小学館文庫

円環

アルネ・ダール
矢島真理 訳

小学館

円環

＊主な登場人物＊

エヴァ・ニーマン……………………………国家作戦局（ＮＯＤ）主任警部。捜査グループＮｏｖａを率いる。

ソーニャ・リド………………………………Ｎｏｖａの一員。

アンニカ・ストルト（アンカン）………Ｎｏｖａの一員。

シャビール・サルワニ………………………Ｎｏｖａの一員。

アントン・リンドベリ………………………Ｎｏｖａの一員。

ルーカス・フリセル…………………………元国家犯罪捜査課主任警部。

ニーナ・ストレムブラッド…………………フリセルの元妻。

エドヴァルド・ラスムッソン………………かつてのフリセルの指導教官。

レッレ・ベルギス……………………………フリセルの友人。

アロンゾ………………………………………情報屋。

ハッサン………………………………………ヒュルスタ・ギャングの親玉。

エリアス・シャリク…………………………ギャングの密輸運転手。

ボリエ・サンドブロム………………………工場抗議運動の先導者。

イェリン・エリクソン………………………スウェーデン農業科学大学の元学生。

トッシュ・ラーソン…………………………生活共同体バトンルージュの創設者。

エヴァ＝ロッタ・テリン……………………地方新聞の記者。

ウッラ・フルトクヴィスト…………………警察官。

プロローグ

1

「どうせ運転してるのはバカ女だろ」そう決めつけて彼は加速する。すぐ前を走る電気自動車を抜き去り、運転しているのろまを睨《にら》みつける。中指を立てるのは、またの機会のために温存しておくことにする。

戦う相手は選ばなければならない。

春のこの朝、部門長のアルフ・シュティエンストロムは、ベッドの自分の側ではないほうで目を覚ました。そういえば、自分の側でないほうで目を覚ますのは久しぶりのことだ。頭をふかふかの枕にうずめ、まるで砂でもはいったかのようにごろごろする目をこすりながら、早朝に送られてきた携帯メールを読んだ。案の定、早起きの常習犯である彼の弁護士からのメールだった。

これまでの人生でずっと追い求め、ようやくのぼりつめた今の地位の唯一の欠点は、朝が早いということだ。ただ、スカンジナビアでも有数の企業の経営幹部にとって、早朝のこの時間を甘んじて受け入れるのはどうしても避けられないことだ。実際には、それどころではない。朝の早い時間というのは、優位に立つための必勝法としてとらえなければならない。

つまり、競争相手が目覚める前に、確実にリードを奪っておく必要がある。いにしえの兵法家、孫子《そんし》が言っていたように、敵に先んじて戦場に赴くことがなにより重要なのだ。そんな経営哲学を心に抱《いだ》くよう心がけながら、弁護士からのメールを読んだ。ところが、離婚訴訟中の妻が今以上の金《かね》を要求していることを知り、そんな哲学は一瞬のうちに蒸発して消えた。これまでも譲歩に譲歩を重ねてきたというのに、それでもまだ充分ではないらしい。あのクソ女、おれがこれまで稼いできた金を根こそぎ奪うまでは満足しないのか？

さすがにこれでは、女性解放思想《フェミニズム》も行きすぎだ。

アルフ・シュティエンストロムは今、ウプサラ市郊外の高速道路を走っている。かなり先のほうを走るＥＶ車が、別のＥＶ車を追い越そうとスピードを上げているのが見える。彼はスロットルを全開にし、まるで海のように波打っている菜の花畑にディーゼルエンジンの排気ガスをまき散らしながら、〝環境保護活動家〟に目を向ける。もう一台のＥＶ車を追い越そうとしていたそのヒッピーは、自分の車のすぐ後ろにＢＭＷの優雅なフロントグリルが迫ってきているのを見て、相当あせっているらしい。人工的な加速装置とでも呼ぶしかない電気自動車はふらふらと揺れながら、内側の車線を走る遅い車の前にすべり込む。そのとき、シュティエンストロムは運転しているヒッピーの顔を見る。明らかに給料をもらいすぎの、見るからに移民のＩＴオタクだ。その顔は恐怖に引きつっている。

オタクの車を抜き去るとき、シュティエンストロムは中指を立てるのが一瞬遅れる。すでに追い越しているため、運転手からは見えなかったかもしれない。

それでも、戦う相手はちゃんと選ぶことができた。

最高速度に達したその瞬間、車の動きがおかしいことにシュティエンストロムは気づく。

車同士の追い越しが起きる瞬間を、少し高い斜めの角度から双眼鏡がとらえている。外側の車線を走っていたBMWはEV車を追い越したとたん制御を失い、道路のカーブにさしかかったとき変な方向に向かう。内側の車線に戻る直前に火に包まれ、そのまま鮮やかな黄色い菜の花畑に吹き飛ぶ。そして、火の玉になって菜の花のなかを転がっていく。

フロントガラスの内側で、立てた中指が松明《たいまつ》のように燃えているのが見える。双眼鏡とリモコンを持つ手がおりる。

宇宙は、深い吐息を聞く。いよいよ始まりだ。

2

典型的なスウェーデンの森の、美しい春の朝。背の高い木々のあいだから、ほのかな光がためらいがちに差し込んでくる。小さな池は、まるで、知られてはいけない闇の秘密を隠している真っ暗な鏡のようだ。空気は、虫の羽音や鳥のさえずり、動物がのどを鳴らす音、さらにはさまざまなにおいや香りに満ちている。長い冬を経て生き返った森のなかに、ひとすじの物悲しさがさざ波のように押し寄せる。

それは、絶望が訪れることを森が知っているからだ。

木々に囲まれている池の岸辺の一部には木がなく、そこから空き地が広がっている。その岸辺に背の低い茂みがある。なにかが動く。茂みのなかではなかなか見かけないような、似つかわしくない動き方をしている。そこに屈《かが》み込んでいるのがひとりの人間だとは誰も思うまい。周囲と溶け込んでいてはっきりとは見えない。男が着ているのが、着古したカーキ色の服だからではない。彼自身がそこに溶け込んでいるからだ。この森は、彼の世界だ。

白髪交じりのグレーの髪をすべて剃《そ》りおとし、ひげ剃りを終えたばかりの顔を木の桶《おけ》の水で洗うと、彼は立ち上がり、大きなハンティングナイフをズボンのウエストバンドに挿す。年齢は五十代だろうか。風雨に晒《さら》された無表情な顔で淡い青色の空を見上げると、空気のにおいを嗅ぐ。緻密な訓練をとおして培われてきた嗅覚《きゅうかく》は、必要な情報をすべて嗅ぎとる。熊ではなさそうだと知り、胸をなでおろす。おととい以降、数頭の鹿が罠《わな》の近くを通ったようだ。爆薬を撤去しておいてよかった。

なぜなら、彼はこの森を去るからだ。人生を一変させる決断をした。これまで、できる限り信念に基づいて行動してきたが、そのときが来た。

いよいよ始まりだ。

自分の名前を思い出すときが来た、と彼は感じる。自然のなかで生きているあいだ、名前など必要なかった。自然のなかでは、名前はない。あるのは、においの痕跡、特徴的な鳴き声、そして行動の変化だけ。しかし今は、ふたたび名乗るときが来た。誰もが知っている名前を。

彼は双眼鏡を目に当て、池の水を見る。そこにはなにもない。まるでタールのような水面《みなも》の池に近づいていく。彼に、また名前が戻る。

ルーカス・フリセル。

その名は覚えている。

名前が戻ると同時に、文化的な生活、自分の歴史、そして別の方向に進んでいたかもしれない人生が蘇《よみがえ》ってくる。水辺に仕掛けた、獲物のかかっていない罠を木からはずす。木の幹に付着した爆薬の痕跡をできるだけ落とすと、罠を麻袋のなかに入れる。そしてもう一度、真っ黒な水面を眺める。

ふたたび、破壊しつくされた廃墟《はいきょ》に戻らなくてはならない。

二度と戻らないつもりで、かつて捨てた世界。

ルーカス・フリセルは麻袋を肩に掛ける。そして、この長い年月のあいだ自分を受け入れてくれた世界を、最後にもう一度じっくりと見わたす。自然は彼を受け入れ、その一部になることを許してくれた。

いくら感謝しても感謝しきれない。

憂愁を断ち切るように、彼は歩きだす。しかし完全に断ち切ることはできない。破壊しつくされた廃墟に戻るときが来てしまった。避けることのできない、人生の次の一歩を踏み出すために。

まるでさよならを言っているかのように、自然が一緒についてきてくれる。自分のしようとしていることをちゃんと理解しているのか、たしかめてでもいるかのようだ。この惑星の豊かさに圧倒される。一瞬、自然が彼を止めようとしているように思える。これから彼が踏み出そうとしている思いきった一歩を、踏み出させないようにしているかのように。

ルーカス・フリセルは、この森では孤独を感じたことは一度もない。長年、ほかの人間とは接してこなかったにもかかわらず、寂しさを味わったことは一度もない。

彼の目の前に広がっている丘の隣に、ぼんやりとした輪郭があることは、森に慣れた経験者の目にしか検知できない。それ以外の目には、たえず変化している自然の一部にしか見えない。しかし、そこにはなにか別のものが存在している。丘が狭い峡谷へと移り変わる場所の木の枝葉が、わずかに不自然な形をしている。彼はそこに向かっている。

彼の家だ。

斜面を滑りおりると、憂愁がナイフの刃のように硬い皮膚を切り裂く。彼の住処《すみか》、彼の隠れ家。長い年月のあいだ、人生の中心になっていた場所。ただそれも、自分の生活環境のなかに増えてきた破壊の跡を目撃するまでのことだ。彼は、唯一可能な結論に至る。

広い庭のなかを通る。野菜にハーブ——すべてが芽吹き、太陽に向かって必死に伸びようとしている。しかし今年は、その収穫を野生動物に任せるしかない。

カモフラージュされて巧みに隠された家まであと一歩というところで、本能が気づく。なにかが違う。ウエストバンドに挿した重いハンティングナイフを握る。そのとき、それを見る。ドア枠に新しく刻まれたしるし。

円のなかの円。

もう一度、彼はその鮮やかな青い目で空を見上げ、空気を嗅ぐ。馴染《なじ》みのない唯一のにおいは、あまりにもかすかで、本当にそこに存在していたのかもわからない。マロニエの木のにおいのような気もする。しかし、この近くにマロニエの木はない。

ルーカス・フリセルが住んでいた森に一陣の風が吹く。ドア枠の削りかすが、地面の上で円を描いて舞う。

3

二〇〇八年　秋

取調室のなかは、テーブルの同じ側に並んで座っているふたりの姿がやっと見える程度の薄暗さだ。向かい側の椅子には誰も座っていない。透視鏡《マジックミラー》をはさんだ観察室にも人はいない。

エヴァ・ニーマンは国家犯罪捜査課所属の警部であり、直属の上司の右腕でもある。いつになくエレガントなデザイナーズ・ブランドの服のしわを、彼女はゆっくりとした手つきで伸ばす。そのとき、上司と目が合う。どうやら苛《いら》つきを必死にこらえているようだ。主任警部のルーカス・フリセルにとって、辛抱強く待つのはむかしから苦手中の苦手だ。

「ピーターからの連絡はまだか?」と彼は訊《き》く。

エヴァ・ニーマンは首を振る。そのあと肩をすくめると、豊かな茶色の髪が波打つ。

「今、ある線を追っていると言っていました。進捗があれば一報を入れるそうです」

フリセルは馬鹿にしたように鼻を鳴らし、うなずく。茶色がかったブロンドの薄い髪を撫《な》でつけると、テーブルにペンを小刻みに打ちつけはじめる。同じ事件のことばかりだ。二〇〇八年の秋、すべてがリーゼロッテ・リンドマンの誘拐事件を中心にまわっている。一週間前、土の床の上で縛られている彼女の写真が、新聞社に送られてきた。彼女の横には、その日の新聞が置かれていた。撮影の時点で彼女は明らかに衰弱しており、ほとんど意識がないように見えた。犯人は、誘拐してからちょうど一ヵ月経《た》った記念に、被害者の最新の写真をマスコミに送りつけたのだ。

最悪なのは、誘拐犯が誰なのかがわかっていることだ。一ヵ月前、真っ昼間に公衆の目前で、その見事なまでの誘拐劇をやってのけたのは、リーゼロッテの元夫ディックで間違いない。しかし、彼の所在を警察は突きとめられていない。

ディックの居場所を知っていそうな唯一の人物は、彼の親友のロバン・スヴァルドだが、最近モルディブにおいて税犯罪で逮捕されていた。その彼の到着が遅れている。今日は取り調べの二日目だが、腹立たしいほどの遅刻だ。

「今日こそ逮捕するぞ」とルーカス・フリセルは言い、ペンでテーブルを叩《たた》くのをやめる。そのかわり、指にはめた結婚指輪をまわしはじめる。エヴァ・ニーマンは彼のその落ち着かない仕草に含まれているすべてを感じとりながら、対抗するようにわざわざ新しい携帯電話をテーブルの自分の前に置く。

二〇〇八年にはあまり見かけない電話。それもそのはず、スウェーデン国内で発売が開始されたばかりの〈iPhone〉だ。

フリセルは携帯電話をちらっと見て顔をしかめると、両手をテーブルの下に突っ込む。そして、スマートフォンが置かれている場所のすぐ隣に刻まれている文字を見つめる。雑に彫られた四文字――FREE。自由。おそらくはまだ希望を抱いていた囚人が、自分の願望を刻み込んだのだろう。それにしても、取調室のなかにこんなに鋭利な道具を持ち込めたのが不思議だ。

それこそが〝自由〟を表わしているのかもしれない。フリセルが言う。「この、新しいテクノロジーというやつのせいで、おれたちはみんな洗脳されてしまうのかもしれないな」

「これが未来です」とニーマンは答える。「好むと好まざるとにかかわらず」

ふたりとも本気で議論したいわけではない。とにかく一刻も早く取り調べを開始し、リーゼロッテ・リンドマンの居場所につながるような情報を、なんでもいいからロバン・スヴァルドから吐き出させたいだけだ。ただ、今現在は自分たちふたりしかここにはいない。

「今回の事件が、どうやって始まったかは知っているよな」とフリセルは言う。

エヴァ・ニーマンはうなずく。発端はフェイスブックだ。それは彼女も承知している。リーゼロッテは警察の保護プログラムの対象者だった。ところが、彼女の住居の近所で開かれたパーティーの写真が、フェイスブックという最近流行しはじめていたソーシャルメディアに投稿された。その写真の背景に、リーゼロッテが写り込んでいた。その二日後、彼女は極秘の新居のすぐ外の道路にいるところを連れ去られた。

今回はその議論にならなくて、エヴァ・ニーマンはほっとする。最近は結論の出ない議論が続いていたからだ。毎日の終わりに、彼女はこう思うようにしている——とにかく、フリセルは上司だ。だから、彼の言い分は絶対だ。でも、誰もが彼女と同じ考えを持っているわけではない。たとえば、明らかにピーターは違う。

「で、ピーターはなんらかの線を追ってるんだな？」とフリセルが言う。気持ちが悪いほど、彼はニーマンの考えを読む。「報告すると言っていたんだな？」

　ニーマンは肩をすくめる。本当はそれ以上のことがあるのを、彼女は知っている。

「警察の労力を、まだ証明もされていない、整合性もとれていないようなテクノロジーに費やすことはできない。それに、トライアンギュレーション手法（複数の異なる方法を用いる複眼的観点からのアプローチ）にしたって、携帯電話をまったく信頼できない情報源のかわりに使うなんていう危険極まりない方法だ。これまで培ってきた検証ずみの捜査方法を忘れ去ろうとしている。自然をないがしろにしているのと同じことだ。おれたちは、破壊しつくされた廃墟のなかを動きまわって、自分たちの原点からどんどん遠ざかっているんだ。事件を解決に導くのは犯罪現場の保存や事情聴取であって、コンピュータや……そういうもの……じゃない」フリセルは軽蔑するようにニーマンの真新しい〈ｉＰｈｏｎｅ〉を指差す。

「そのうち、そんなものは限界に達するよ。たかが知れてる」と彼は言うが、小さな取調室の外の廊下に聞き覚えのある足音が聞こえてくると、口をつぐむ。

緊張がみるみるうちに高まる。ふたりの看守がロバン・スヴァルドをともなって入室する。彼の弁護士があとに続く。スヴァルドは、口の左端に、皮肉めいた笑みをまた浮かべている。椅子にどっかと座る。

ちょうどそのとき、明瞭で耳障りな警報音が鳴る。一瞬、フリセルにはなにがどうなったのか理解できない。それが〈iPhone〉の呼び出し音だと初めて知り、彼は愕然《がくぜん》とする。そもそも、この部屋のなかでは鳴らないように設定しておくべきなのではないか。

「はい。ちょっとピーター、わたしにかけてくるなんて……え？　わかった。ちょっと待って」

フリセルはすでに行動している。看守と容疑者とその弁護士を取調室から無理やり追い出すと、勢いよくドアを閉める。ニーマンは〈iPhone〉をスピーカーモードにし、テーブルの上に置く。ピーターの声が室内に響きわたる。いつもとは聞こえ方が違う。内容が暗号のように聞こえる。

「もう一度、最初から話してくれ」フリセルが割り込む。

ピーターが数回大きく息をし、自分を落ち着かせようとしているのがわかる。「トライアンギュレーションがようやく成果を出した」と彼は言う。

フリセルはニーマンを見る。眉間にしわを寄せている。彼女はただ、首を振る。たしかに、ピーターと彼のチームがフリセルに隠れてトライアンギュレーション手法を使った捜査を秘密裏に進めているのではないか、と疑ってはいた。でも今の今まで、本当にそうしていることを彼女は知らなかった。

ピーターは続ける。「その結果、ヤーナ地区のはずれにある住所に行きついた。まわりになにもない一軒家だ。なかにはいってみたが、誰もいなかった。少なくとも、携帯電話を持った人物はいなかった。でも、地下室があった。下におりてみると、土の床があって……」

フリセルの口から、ことばにならない音が漏れる。このあとなにが続くのか、彼にはすでにわかっている。おそらく心の底では、エヴァ・ニーマンにもわかっているのだろう。

「彼女はあまりにも小さい」とピーターは静かな声で言う。「まるで鳥のひなのようだ。縛りつけられた、ひな鳥だ」

長い沈黙が続く。音ひとつない沈黙。ストックホルム市の警察本部にある取調室のなかも、ヤーナ地区のはずれにある家の地下室のなかも。

やがて、先ほどよりもしっかりとした、若干怒りのこもった声でピーターは言う。「彼女はまだ温かいんですよ、フリセル。もしも、もっと早くからトライアンギュレーションを捜査で使っていたら……」

エヴァ・ニーマンは急いで〈iPhone〉をつかみ、通話を終わらせる。

しかし、もはや手遅れだった。フリセルにも聞こえていた。

「もしも、もっと早くからトライアンギュレーションを捜査で使っていたら、リーゼロッテ・リンドマンが生きているうちに救えていた」

フリセルは、ささやくような声で言う。彼はテーブルに刻まれた文字を見つめる。

〝自由〟。

ニーマンは上司のそばまでゆっくりと歩き、彼に腕をまわそうとする。その腕を、フリセルが静かに押しのけようとしていると、彼女の携帯電話が鳴る。急いで画面を消す前に、一瞬だけ写真が表示される。

リーゼロッテ・リンドマンの遺体は、たしかにひな鳥のように小さい。目を閉じたまま、ルーカス・フリセルはつぶやく。「おれは、ここにいるべきではない」

I 第一の追跡

4

ウーデン通りからダーラ通りへと曲がるたび、彼はアストリッド・リンドグレーンの窓を見上げる。あの部屋で彼女が児童書の古典を書いたと思うだけで、この付近全体に創作的なオーラが立ち込めているような気になる。最近イェスパー・サールグレンは、ときどきこんなことを公言してはばからない――ヴァーサ公園が一望できる新しいデスクに座っていると、自分がこの界隈《かいわい》における創造の中心に思える、と。今がまさにそのときだ。会社をあげての春のキャンペーンが、スウェーデンの広告業界に大きなセンセーションを巻きおこしている。

この五月の日曜の朝、彼にしては珍しく早く起きたのも、そのキャンペーンが理由だ。まだ眠っている家族をストックホルム市にほど近いタビー市の自宅に残したまま、彼はテスラに飛び乗る。六時二十三分のストックホルム市は、ほとんどもぬけの殻のようだ。それはつまり、本来の車線に逆らって道路の左側に駐車できるということを意味している。〈iPad Pro〉を手に、ビルの正面のドアを抜けて数段の階段をのぼり、頑丈そうな金属製のドアまで大股で歩いていく。ドアには、トレンディな四角い文字で〈フラット・ブローク社〉と表示されており、その下に小さな文字で〝必ずしもあなたが求めている広告会社ではありません〟と書かれている。役員連中にそのスローガンを進言したときのことは、まだ鮮明に覚えている。初めは怪訝《けげん》そうにしていた彼らの顔がぱっと明るくなり、納得の色が広がったあのときのことを。

サールグレンは暗証番号を入力すると、網膜スキャン装置をじっと見ながら、前の晩に受けとったショートメッセージが間違っていないことを願う――名前までは知らないアシスタントの女の子が、ヴァレントゥナだかマーシュタだかの自宅から土曜日に出勤して、配達された校正刷りをちゃんと受け取っているといいのだが。

セキュリティ・ドアが開くやいなや、彼はもう我慢できない。親しみのあるオープンプランのオフィスのなかを突っ切りながら――パンデミックのあいだ、出社できなくてどんなに寂しかったことか――保守系の政党の主だったリーダーたちが、油井《ゆせい》ポンプの横にずらりと並んでいる何枚かの独創的な写真を〈iPad〉に表示する。キャンペーンのために作成したポスターのハードコピーが早く見たくてしかたがない。

ヴァーサ公園が見わたせる窓がいくつも並んでいるが、その前を通りすぎるときに公園にはほとんど目もくれない。ただ、公園の木々のなかの一本の横で、なにかが動いたような気がする。なにかの影かもしれない。それ以外は、まだ世界はもぬけの殻のように静まりかえっている。

イェスパー・サールグレンはようやく自分のデスクにたどり着く。デスクの上に円筒形の小包が置かれているのを見て、安堵《あんど》のため息をつく。広いオープンプランのオフィスに、彼のため息が響きわたる。

一瞬だけだが、このひとときを味わう。彼の視線が重量感のある腕時計に向く。今の時刻は六時二十八分。

この純正のオメガ・スピードマスター・ムーンウォッチ・チタンを入手するまで、一年以上も待たなければならなかった。おそらくこの時計は、世界でいちばん衝撃に強い。ニール・アームストロングが月面に降りたったとき、彼の手首にはめられていたのも同じチタン製の腕時計だ。

ひとりの人間にとっては小さな一歩だが、人類にとっては偉大な一歩だ――円筒形の小包を開きながら、イェスパー・サールグレンは思う。

双眼鏡が、窓のなかに人の動きをとらえる。人影は木の後ろに引っ込み、身を隠す。

双眼鏡を持つ手がおりる。

宇宙は、深い吐息を聞く。その直後、大きな爆発音とともにガラスの砕け散る音が、もぬけの殻だった朝に響きわたる。まるで宇宙飛行士かなにかのように、物体が空中を飛んでヴァーサ公園の芝生の上にドスンと落ちる。

ヴァーサ公園の芝生の真ん中に。

人影は、音もなく木から離れる。芝生に落ちた形もなにもないただの真っ黒に焦げた肉のかたまりから、煙が立ちのぼっている。

そのかたまりに残された唯一の人間らしさは、今もまだ時を刻みつづけている腕時計だ。時刻は六時二十九分。

人影が去った木の根元に、彫ったばかりの木の削りかすが散らばっている。

5

今日の郵便物を受け取りに行く途中、主任警部エヴァ・ニーマンはたまたまグスタフ朝風のアンティークな鏡をちらっと見る。この鏡は、退屈極まりないオフィスを少しでもおしゃれで洗練されたものにしようという彼女の努力の極みだ。ところが、ちらっと見ただけのはずが、じっと見つめてしまう。

エヴァ・ニーマンは自分のことを他人には話さないタイプの人間だ。彼女の打ち解けないその寡黙さは、十五年前にさかのぼる。とんでもない窮地に陥ったときからだ。ほとんどの部下にとって、自分が謎めいた存在であるのは自覚している。五十歳より上なのか下なのかもわかっていないだろう。だから当然のこととして、なぜ急に白髪が増えたのかの理由も話していない。ただひとりの真の友にさえ。

でも、自分ではその理由はわかっている。ふたりの関係は壊れるべきではなかった。この世界の意図とは反してしまった。ふたりは別々の道を行くべきではなかった。自然そのものが抗議している。

そんなこと、彼女にはわかっている。それでも、鏡の前で立ち止まらざるをえないでいる。髪の毛の半分が突然白髪になるなんてことが、本当にあるのだろうか。

彼女の表情を厳しいものにしている白髪を指でなぞっていくと、こめかみあたりの髪の生え際にたどり着く。髪を後ろに引っぱりながら、もう少しよく見ようと頭を左右に傾ける。たしかに、白髪と茶色い髪がまだらになって生えているところがある。

彼女は含み笑いをし、自分の机へと向かう。アンティークな机まで行くと、カラーコーディネートされたクラシックなシルエットの服のしわを伸ばしてから椅子に腰をおろし、老眼鏡をかける。そして大きくため息をついてから、手紙の束を引き寄せる。どうしていつも、こんなにたくさんの郵便物が届くのだろう。デジタルな世界に移行したのではなかったのか？

郵便物の束を半分ほど見終えたところで、今考えていたことを裏づけるような手紙に出くわす。

時代遅れのタイプライターで書かれた封筒の宛先は、〝ストックホルム市、警察本部、N

OD、エヴァ・ニーマン主任警部さま〟だ。彼女はひとりごとを言う。「過去からの手紙みたい」

ペーパーナイフで封を破り、タイプライターで書かれた乱れた感じの手紙を取り出す。読みながら、ため息がまた漏れる。

警察には、極端な考えに支配された頭のおかしい人間たちから、驚くほど多くの手紙が届く。

どうやら、電子メールでは〝痒《かゆ》いところに手が届く〟とまではいかないようだ。ひょっとしたら、手紙を書くという手作業そのものに、なにか意味があるのかもしれない。

いくつかの言いまわしに目が惹《ひ》きつけられる。〝かつて人間が暮らしていた穢《けが》れた地が、聖なる怒りによって洗い流されるときがきた〟、〝すでに、穏やかな爆風が鉄の男を黄色い海に散らした〟、〝破壊しつくされた廃墟の反対側で、罪ある者は責任を負わなければならない〟など。かなりよく書けている——でも、それだけではゴミ箱入りを免れられない。彼女は手紙をゴミ箱に捨てる。

エヴァ・ニーマンには、もっと重要な仕事があるのだから。

しかし、正直に言うと、実はそうでもない。彼女も、彼女が率いるチームも、現在進行中の捜査はなにもない。たしかに、ちょっとした仕事は残っているが、そう遠くないうちに最後まで残っているチームメンバーも別の事件に駆り出されかねない。国家作戦局——たいていはＮＯＤと呼ばれている──の隅っこのほうの事件か、あるいはまったく別の組織の事件か。

この火曜日も、直前の日曜日に起きた事件にかかりきりだ。まる焦げの人間がヴァーサ公園に吹き飛ばされた爆破事件。エヴァ・ニーマンは、現場の写真を見た。この事件を担当しているのはストックホルム警察だ。妬ましいほど巨大な事件。国内だけでなく、国際的にも注目を浴びている。

わざわざ広告会社を爆破したいと思う人間など、いったいどこにいる？　しかも日曜日の早朝に？

彼女は首を振りながら、この一ヵ月のあいだに起きた犯罪の一覧を見直す。でも、なにかが頭の隅に引っかかっている。それがなんなのかはわからないが、なにかを見逃しているような気がしてならない。

そのとき警察内部にまわっている最新の更新情報を目にする。すでに二十四時間も前の情報だが、事件の分類が変更になったというのが目につく。燃料漏れが原因だと思われていた事故が、国立科学捜査センターのより詳細な検査によって、爆破によるものだと判明したのだという。

彼女は次の情報の画面に移りそうになるが、そこで手が止まる。ある記述が気になる。菜の花畑。黄色。

頭の隅に、かすかなベルの音が響く。

一分ほど、彼女はそのまま座って考える。菜の花畑。黄色い海。鉄の男。被害者は？　製鉄会社〈SSAB〉の部門長。ウプサラ市郊外の高速道路を走行中に車が爆発し、菜の花畑のなかに吹き飛ばされた車は炎に包まれた。

だから、どうしたというの？　生え抜きの狂人たちにとって最近の犯罪は、欲求不満だらけの幻想のネタでしかない。そこになにか重要な意味がある？

エヴァ・ニーマンは、もうしばらく座ったままでいる。

いやいやながら屈み込み、机の下からゴミ箱を引き出す。封筒も手紙もすでに彼女の指紋だらけだが、細心の注意を払ってゴミ箱から出して机の上に広げる。

タイプライターで書かれた手紙は、文字どうしが密にくっついていて、A4の紙の端から端までぎっちりと文字で埋め尽くされている。紙の片面は、同じような短い文面が何度も何度も繰り返されているが、裏面は何も書かれておらず真っ白だ。手紙にはこう書かれている。

〝……気をつけるがいい、ホモサピエンスの現在の子孫たちよ。かつて人間が暮らしていた穢れた地が、聖なる怒りによって洗い流されるときがきた。近いうちに、破壊しつくされた廃墟を通し、魂を失った者たちに太陽の光は届かなくなる。いよいよ始まりだ。時計はもはや自分の意思では時を刻まず、その動力は暴力によってのみ生み出される。生き残るためには、障害を取り除かねばならない。すでに、穏やかな爆風が鉄の男を黄色い海に散らした。これを書いている今も、恥知らずの嘘《うそ》つきが公園の緑の墓地に真っ逆さまに落下している。そして近いうちに、地獄のホールは恐怖で満たされる。これはまだ始まりにすぎない。反撃は開始されたばかりだ。破壊しつくされた廃墟の反対側で、罪ある者は責任を負わなければならない。気をつけるがいい、ホモサピエンスの現在の子孫たちよ……〃

エヴァ・ニーマン主任警部は老眼鏡で白髪交じりの髪をかき上げると、座ったまま目の前にある手紙を見つめる。

最初にざっと目を通したときよりも、よく書けているとあらためて思う。気候変動の危機を叫ぶ一般的な抗議文に、若干の不吉な終末論を織りまぜたような感じだ。世界の終わりは近づいていて、時計は今までのように一定の時を刻まず、障害は取り払わなければならない。しかし、そのあとに続くのは、最近起きたふたつの事件のことだとしか思えない。〃鉄の男〃を菜の花畑に散らしたのは、爆弾だった。そして、〃恥知らずの嘘つき〃――広告会社の社員――をヴァーサ公園の〃緑の墓地〃に飛ばしたのも、同じく爆弾だった。そして今度は〃地獄のホール〃だ。

これはまだ起きていない。

もうひとつ、彼女が気になっている個所《かしょ》がある。〃これを書いている今も〃。

エヴァ・ニーマンは手紙を横に押しやり、封筒に集中する。そこに印刷されているバーコードをじっと見てから、電話の受話器を取る。

番号を押す。ポストノード（スウェーデン政府とデンマーク政府が共同所有する郵便サービス）の担当者が電話に出るまでのあいだ、彼女はふたつのことを熟考する。

まず、なぜ手紙は彼女個人に宛てて送られてきたのか。個人的な内容とは思えない。

もうひとつは、手紙のなかの言いまわしのひとつだ。このふたつのことは、どういうわけかつながっている。

〝破壊しつくされた廃墟〟。

6

国家作戦局――NOD――の局長は、それほど大きくもないオフィスの机の向こう側に座っている。手紙から顔を上げた彼の表情は険しい。証拠品用のビニール袋に入れられた手紙を振りながら、彼は言う。「実にくだらない」
机をはさんで彼と向き合うように座っているエヴァ・ニーマン主任警部は、髪の毛に絡んでしまった老眼鏡をこっそり引き抜こうと必死だ。彼女は、答えるかわりに質問で返す。

「二件の爆破事件の関連性について、これまで検討されたことはある?」

NOD局長は顔をしかめ、ゆっくりと首を振る。

「いいや」最終的には認める。「だが、どんなにいかれた人間でも、メディアに取りあげられたふたつの犯罪を結びつけることはできる。特に、そのうちのひとつでも大々的に報じられたらな」

老眼鏡は髪に絡まったまま、どうしてもはずせない。「バーコード」と彼女は言う。髪の毛から老眼鏡がぶら下がっているのがわからないように、なんとか取りつくろう。

NOD局長は彼女を見つめる。彼女は指を差して言う。「そっちのほうの袋よ、ピーター」彼はもうひとつの証拠品用の袋を手に取り、ビニール越しになかにはいっている封筒を見る。

「それにバーコードが印刷されている」とニーマンは言う。「現代版の消印。今日は火曜日。封筒に印刷されたバーコードからわかるのは、手紙が出されたのは金曜日だったということ」

局長はうなずき、大きなため息をつく。「たしかに、広告マンがヴァーサ公園に吹き飛ばされたのは日曜日の朝だ」

ふたりはかなり長く、目と目を合わせる。その眼差《まなざ》しには、互いに対する敬意と、そして疑念が入り交じっている。

やがてエヴァ・ニーマンが口を開く。「手紙を書いた人物は、死者が出たふたつの爆破事件について――そのうちの一件は、手紙を書いている時点ではまだ起きていなかったけど――犯行を認めているわ。ただそれだけでなく、また犯行がおこなわれることに言及している。〝地獄のホール〟が〝恐怖で満たされる〟と」

局長は首を振る。「まだ完全には納得できていない」

「大手製鉄会社の〈SSAB〉は、スウェーデン国内でも一、二を争う気候変動の加害企業と言える。人それぞれの価値基準にもよるけど。それに、広告会社の〈フラット・ブローク〉は、石油産業の一大広告キャンペーンの最後の仕上げとして、保守系政党の党首たちが油井ポンプの隣でニタニタ笑っている写真を用意していたの。最悪のシナリオは、手紙の主《ぬし》がアメリカの連続爆弾魔ユナボマーのように、現代社会に反発して自給自足の原始的な生活をしている人物。あるいは、過激な環境活動家のグループか」

彼女はけっして懇願はしない。精根尽き果てるまで反論はするかもしれないが、懇願することだけはしない。それ以外のことならなんでもする。でも、ピーター相手に懇願はしない。

彼は顔をしかめながら、ペンを机に打ちつけている。

「おれが知りたいのは、どうしてこうもはっきりと、手紙がきみ宛に送られているのかってことだよ、エヴァ。なにか個人的なつながりでもあるのか?」

エヴァ・ニーマンは、いつその質問をされるのかと思っていた。自分がこの一連の事件を担当することが確約されるまでは、質問への回答はできる限り先延ばししたい。だが、嘘をつかずにどう答えればいいのだろう。しっぺ返しを食らわされるようなことを言わずに、どうしのげるか。

「必死に考えてはいるんだけど」と彼女は言う。「でも、どうしても思い当たるものがないの」

局長はうなずき、顔を歪《ゆが》める。やがて、普通の表情に戻って言う。

「このふたつの事件を、それぞれの地元警察から取りあげるだけの根拠はまだ不充分だ。状況を見る限り、ふたつの事件がつながっているとは言いきれない」

エヴァ・ニーマンには、反論したいことが山ほどある。しかし、彼女は舌を噛《か》んで耐える。上司には、まだ言いたいことがあるようだ。

「しかし」と彼は言う。「そのテロリストの線を追うのもいいかもしれない。あくまでも、細々と、だが」

ニーマンは、黙ったままじっと座っている。

長い間があいたあと、局長は続ける。「このところ、きみのチームは仕事から離れている。そろそろ別の仕事が割り振られるころだ。その環境活動家の線を捜査するんだったら、彼らを早く呼び戻さないといけない。つまり、きみのチームには正式な名称が与えられるということだ。午前中におこなわれる幹部会議のあと、きみには知らせる。とにかく、人前で〝テロ〟とか〝活動家〟とかは禁句だ。百パーセントの確信がない限り、気候活動家によるテロの可能性については、ほのめかすだけでも禁止だ。わかったか?」

ニーマンはうなずく。NOD局長は彼女を正面から見すえ、栗《くり》色の目をしばらく見つめてから言う。

「ところで、今のきみにチームを引っぱっていくことができるんだろうか。ここ最近の出来事を考えると」

ニーマンは目を閉じる。予想だにしていなかった力強い喜びが、全身を駆け抜けるのを感じる。彼女は、これ以上ないほど確固たる声で答える。「はい。もちろんできます」

目を開けたとき、局長はまだ彼女を見つめている。まるで、彼女の奥深くにある真実を読みとろうとしているかのように。やがて、ぞんざいにうなずく。「よろしい」と彼は言う。「では、きみのチームはその線を追ってくれ、エヴァ。しかし、あくまでも慎重に、だ。本流の捜査の邪魔をしないように、くれぐれも注意してくれ」

ニーマンはできる限りいかめしい顔つきを保ち、揺るぐことなくまっすぐに立ち上がる。向きを変えて部屋から出ていこうとしていると、局長が彼女を呼びとめる。「それにしてもこんがらがってるその眼鏡、どうにかしたほうがいいんじゃないか?」

彼女は笑いをかみ殺すために咳払《せきばら》いをし、ドアロでしばし立ち止まる。あることばが舌の先まで出かかっている。

〝破壊しつくされた廃墟〟。

しかし、なんとかそのことばを呑《の》み込む。自ら墓穴を掘るような馬鹿なまねはしない。自分で解決する方法を見つけなければならない。

誰にも知られずに。局長室のドアを閉めながら、彼女は自分に言い聞かせる。

7

エヴァ・ニーマン主任警部は、広い講堂の前方に置かれた机に腰かけている。その講堂は、いつのころからか〈待合ホール〉と呼ばれている。どんな理由でそういう名前がついたのかはわからない。彼女はそのホールで、わずかな人数しかいないチームメンバーを待っている。現在のところ、誰も来ていない。

論理的に言えば、このホールは人と待ち合わせをするのに使われることが多いからそういう名前になったのだろう。同僚を待ったりすることはよくあることとして、退職までの時間を待ったり、ときには死ぬのを待ったり――あるいは行き詰まった経歴のその後の展開を待ったり。

ことばの意味から考えると、ホール自体がなにかを待っているのかもしれない。〈待合ホール〉。見捨てられた場所のような扱いを受けているホールは、永遠に待ちつづけるのを余儀なくされている。

エヴァ・ニーマンがそんなとりとめもない思索にふけっていると、アンニカ・ストルト――どんなときも、誰からも、単にアンカンと呼ばれている――がはいってくる。驚いたように部屋を見まわしている。いつもなら、彼女が最初に現われることはめったにない。ニーマンからすると、警察の制服を着るために生まれてきたようなこの迫力満点のブロンドの女性が、よくぞここまで立ち直ったものだと感心せずにはいられない。昨年、人生を左右するほどの衝撃的なことが起きたというのに。実際にどこがどう変わったのかは言えないが、数週間ほど前からアンカンは輝きのオーラをまとっている。

輝きのオーラ？　ニーマンはひとり微笑《ほほえ》む。もしかしたら、この自分も新たなオーラをまとっているのかもしれない。というのも、ホールにはいってきたシャビール・サルワニが、いつも以上に見つめてくるからだ。ただ、チームのなかでも観察力においては随一のこの永久機関（外部からのエネルギーなしに永久に動きつづける装置）は、エヴァ・ニーマンの髪の毛の異変に気づいただけかもしれない。髪に絡まってしまった老眼鏡をはずすために、生え際の髪の毛を少し切らざるをえなかったのだ。

次にはいってきたアントン・リンドベリには、このところ彼につきまとっている暗い雷雲が渦巻いている。がっしりとした体形のマイホーム主義者は椅子に座ると、いつものように乱れがちな長い薄茶色の髪を撫でつけはじめる。

最後のメンバーの到着を待つあいだ、エヴァ・ニーマンの思考は〝破壊しつくされた廃墟〟ということばに逆戻りする。きっと、単なる偶然にすぎない。明確な証拠と判断するにはほど遠い。ただ強迫観念に取り憑《つ》かれているだけだ。彼女のこの執着が、本流の捜査に悪影響を及ぼすおそれもある。

丸刈りの頭で筋肉隆々の女性が若干だぼついた服を着て〈待合ホール〉にはいってきたとき、ニーマンはまだどうやって話を進めていけばいいのか決めかねている。

ソーニャ・リドはニーマンに軽くうなずいてから、アンカンとサルワニのあいだの椅子に座る。幸いなことに、彼女の調子は良さそうだ。ニーマンは、ソーニャ・リドの規律正しい筋トレと……その他の取り組みにあらためて感服する。想像をはるかに超えた最悪の性犯罪事件を一緒に捜査したソーニャ・リドが、過去を乗り越えて立ち直ったことに安堵する。

エヴァ・ニーマンは、自分のチームの率直な反応を見たい。これから発表することに対して、どのくらい色めき立つか。

「ここに集まってもらったのは、かなり久しぶりのことよね」そう始めると、腰かけていた机から立ち上がり、机の後ろにまわる。「最後にここに集まったときは、チームとして実際の事件の捜査に当たってた。今回も、事件を担当することになりそうなの。注目を浴びる正式な事件。おそらく、これからしばらくはマスコミでも騒がれるはず」

全員の目がニーマンに向けられている。微動だにせず、集中して、耳を傾けている。期待が感じられる。よし。

「担当することになりそう？」しばらく間があいてからソーニャ・リドが訊く。

「実は、ふたつの事件の関連性を調べることになった。近いうちに三つの事件になる可能性がある」用意していたことばをニーマンは言う。「もしも三件目の事件が起きれば、これはひとつの事件になる」

「なんだか、無理筋のなぞなぞみたい」とリドは言う。

エヴァ・ニーマンは説明する。「今このストックホルムに連続爆弾魔がいるかどうかを、このチームで捜査する。ひょっとすると気候変動を動機とするテロリスト集団による犯行かもしれない」

「それは、ヴァーサ公園の事件のこと？」とアントン・リンドベリが訊く。「あの事件はストックホルム警察が捜査してるんじゃなかったか？」

「ええ。たしかに彼らが捜査してる」とニーマンは言う。「でも、テロリストの可能性について捜査するのはわたしたち。このことについては、内密にことを進める。わたしたちが調べるのは、ヴァーサ公園の事件と、つい最近までは交通事故だと思われていた、あまり話題にはなってないもうひとつの事件に関連性があるかどうか。三十七歳のイェスパー・サールグレンが、ダーラ通りのビルの窓からヴァーサ公園まで爆弾で吹き飛ばされた一週間前、ウプサラ市郊外の高速道路でBMWが爆破された。それに乗っていたのは、製鉄会社〈SSAB〉の部門長、アルフ・シュティエンストロム、六十歳。さらには、予告されている第三の事件について、本当にそのおそれがあるのかも調べないといけない。ところで、わたしたちに正式な名前が与えられたわ」

「名前?」アンカンが驚いたような声をあげる。

「これから、このグループの名前はNovaよ」

「嘘だろ?」とアントン・リンドベリが吐き出す。「そんなの冗談だろ? Novaは、警察のITシステムの名前だよ」

「知ってる」とニーマンは言う。「内部情報システムと同じ名前だなんて、名誉なことじゃないの。でも重要なのは、このグループが正式な捜査班として認められたということ。これで簡単にはクビにできなくなった」

「NODのなかのNovaか」怪訝そうにサルワニが言う。〈待合ホール〉は、しばらく静寂に包まれる。

「さっき、〝気候変動を動機とする〟とか言ってたわよね」ソーニャ・リドが、ニーマンの言ったことを引用する。「つまり、犯行声明かなにかがあったってこと?」

ニーマンは彼女を見つめる。その瞬間、彼女にとってリドはなくてはならない存在だとあらためて気づく。絶好調のリドが。

どうすればその状態をキープできるかが問題だけど。

「犯行声明と呼ぶのがふさわしいかはわからないけど」そう言いながら、机の上に置かれていたラップトップパソコンの電源を入れる。彼女の後ろの壁に、拡大された手紙が投影される。ニーマンはそれを読みあげる。

〝……気をつけるがいい、ホモサピエンスの現在の子孫たちよ。かつて人間が暮らしていた穢れた地が、聖なる怒りによって洗い流されるときがきた。近いうちに、破壊しつくされた廃墟を通し、魂を失った者たちに太陽の光は届かなくなる。いよいよ始まりだ。時計はもはや自分の意思では時を刻まず、その動力は暴力によってのみ生み出される。生き残るためには、障害を取り除かねばならない。すでに、穏やかな爆風が鉄の男を黄色い海に散らした。これを書いている今も、恥知らずの嘘つきが公園の緑の墓地に真っ逆さまに落下している。そして近いうちに、地獄のホールは恐怖で満たされる。これはまだ始まりにすぎない。反撃は開始されたばかりだ。破壊しつくされた廃墟の反対側で、罪ある者は責任を負わなければならない。気をつけるがいい、ホモサピエンスの現在の子孫たちよ……〟

エヴァ・ニーマンが読み終えると、〈待合ホール〉はふたたび静寂に包まれる。どこから始めればいいのか、誰もわからないようだ。

やがて、ニーマン自身が議論の口火を切る。「この手紙は、NODの主任警部であるわたし個人に宛てて送られてきた」

「その理由に心当たりは？」とシャビール・サルワニが尋ねる。

「いいえ、わからない。で、この手紙を見たあなたたちの率直な感想は？」

「文学的」とソーニャ・リドは言う。「そこそこ高学歴」

「語彙力はあるが、完全に常軌を逸してる」アントン・リンドベリがつけ足す。

「信念は本物っぽい気がする」とアンカンは言う。

「たしかに、被害者はふたりとも気候変動の加害者とも言える」とサルワニが言う。「もしかして、これはユナボマーの一種？　歪んだ理想主義かなにか？」

「ただし、単なるありきたりの精神異常者じゃなければ、な」とリンドベリが反論する。

「よかった」うなずきながらエヴァ・ニーマンは言う。「あなたたちがやる気になってて。もちろん核心は、アルフ・シュティエンストロムの車とイェスパー・サールグレンのオフィスに爆弾がどうやって仕掛けられたのか、ということ。どうやったのかがわかれば、誰がやったのかもわかる」

「でも、わたしたちにとっての最優先事項は、〝地獄のホール〟を割り出すことでしょ？」

リドはニーマンの背後に投影されている手紙を指差し、続ける。「〝そして近いうちに、地獄のホールは恐怖で満たされる〟。もしここに書かれている〝近いうちに〟というのを信じていいのなら、あまり時間は残されてないってことよね？　ふたつの事件の間隔は一週間でしょ？　ということは、今回はもっと短い可能性だってある」

「まったく、頭にくるよ、このなぞなぞ」とリンドベリが吠《ほ》える。「地獄のホールって、いったいなんなんだ？　ひょっとしてここか？〈待合ホール〉が、地獄のホールなのか？」

しばらくくすくす笑いが続いたあと、サルワニが訊く。

「これほど曖昧にしか書かれてないことを、未然に防ぐことなんてできるんだろうか」

「ベストを尽くすしかない」とエヴァ・ニーマンは答える。「でもまずは、全体像をできる限り把握することから始めましょう。実際に捜査に当たっている担当者と、現場検証をした技術者から話を聞く。テロリストが相手の場合、これがいちばん早く動きだせる方法だから。とにかく今日は、新生Ｎｏｖａはとことん仕事をするわよ。で、これが仕事の割り振り。まず、アントンはＢＭＷと粉々になった〝鉄の男〟の担当。アンカンはヴァーサ公園とバーベキューになった広告マン。シャビールは、曖昧模糊《あいまいもこ》な〝地獄のホール〟よ」

シャビール・サルワニが深くため息をつくのを聞きながら、エヴァ・ニーマンは決心したように言う。「ソーニャは、ちょっとわたしのオフィスに」

8

エヴァ・ニーマンのオフィスにはいるなり、ソーニャ・リドは窓辺のソファに直行し、背もたれに深く身を沈めて周囲を見まわす。

「相変わらず室内の装飾については、目はたしかなようね」

ニーマンは笑い、リドと向かい合う形で肘掛け椅子に座る。

「まあ、それなりに努力してるとは言えるかな」そう言いながら、一九七〇年代のベージュの壁紙を指差す。

彼女たちの目と目が合う。一風変わったこの友人同士は、ニーマンが昇進してからも、今とまったく同じ位置関係で向かい合っていつも座る。仕立てのいいぴしっとした服を着た主任警部と、だぼついた服装の警部。ふたりのあいだには、互いに対する信頼と自信で満たされた泡のような親密な空間が存在している。その泡のなかでは、隠し事をする必要はなく、上下関係もない。ニーマンは五十歳前後でリドはそれより二、三歳若いが、その年齢の差さえもこの泡のなかでは消える。ここでは、エヴァ・ニーマンは謎めいた存在などではない。自分にとってさえも。

「わたしの様子をチェックしたかっただけ？　それとも、わたしに担当させる秘密の任務が本当にあるの？」リドはそう言いながら、丸刈りにした頭をごしごしこする。

「ふたつの事件は、無関係とは言えない」とニーマンは言う。「でも、秘密というのは少し大げさかも。まあ、非公式、というのがせいぜいなところ。ただ、あなたのこともチェックしないといけないのも事実。どうやったら、そんなに鍛えた体をキープできるの？」

ソーニャ・リドの目が深刻な色に変わる。

「依存症っていうのは、どれも同じ」と彼女は言う。「一日の終わりに、どうしても我慢できなくなると、筋トレをせずにはいられない。そうしないと飲んじゃうから。それより、なんでそんなに極秘にしなくちゃいけないのか教えて」

「〝一日の終わり〟だけなのよね？」

「まあ筋トレに関して言えば、朝のほうが欲求は高くなるけど。夜のうちに不安が蓄積するから。でも、仕事には影響しないってことはわかってるでしょ？」

ニーマンが顔をしかめると、リドは身を乗り出して言う。「そっちのほうが、わたしなんかよりはるかに深刻な失敗をおかしてるけどね、エヴァ」

ニーマンの眉間のしわがますます深くなる。やがて彼女は口を開く。「〝破壊しつくされた廃墟〟」

リドはうなずく。彼女の鋭さにニーマンは感服する。

「二回出てきた」とリドは言う。「手紙のなかで、繰り返されていたのはそのことばだけ」

「あなたなら気づくと思ってた。かなり特徴的な言いまわしだから。ソーニャ、あなたは独特なものの見方をする。刑事になった最初の年の話はしたことがあったかしら？」

「詳しくは聞いてないと思う」

「わたしには、刑事として知っておくべきことをほとんどすべて教えてくれた上司がいた。今でも、彼ほど優秀な刑事とは仕事をしたことがないと思ってる。でも、最新技術を嫌ってた。最新技術がもたらすリスクを、彼はいち早く気づいていた。ほかの誰よりも早く。ただ、少し極端すぎた。誘拐の被害者を捜すのに、トライアンギュレーション手法を使うのを拒否したの。そのせいで、被害者は亡くなった。かなり悲惨な事件だった。しかも、まだ犯人は捕まっていない」

「それって、リーゼロッテ・リンドマンの事件のことね」驚いたようにソーニャ・リドは言う。「かなり古い事件よね。あなたがその事件を捜査してたなんて知らなかった」

「上層部がふたをしたから。捜査チームは雲散霧消した」

「で、その上司は？」

「警察を辞めた」

「それと今回の事件とどう関係があるの？」

ニーマンは深いため息をつく。

「彼は自然を愛する環境活動家だった。しかも、お気に入りの言いまわしが〝破壊しつくされた廃墟〟。それが、あの当時、わたしたちが彼を呼んでいたあだ名」

「おったまげた」リドは大声をあげる。

「もちろん、手紙のなかに〝破壊しつくされた廃墟〟ということばが二回使われていたのは単なる偶然かもしれないし、正式な捜査とは別に、わたしたちが秘密裏に調べないといけない理由にはならない。でも、あの言いまわしは彼以外からは聞いたことがない。もっと言えば、手紙のあの文面は、まさに彼のものなの。それに、彼はそういうタイプの人間なのよ」

「それならなおのこと、あなたが彼について覚えてることはなんでも教えて。でもまずは、最初の質問。彼はこの犯行声明を——そう呼んでいいのかどうかはわからないけど——なんでよりによってあなた宛に送りつけたの？　そんなに近しい関係だったわけ？」

「わたしは、彼の右腕だった」

「あなたは、男が普通右手でするようなことをしてたってわけ？　ねえエヴァ、正直に言って。体の関係があったの？」

ニーマンは咳払いをして、質問に答えるかわりに、彼の身の上話を長々と始める。

「彼は結婚してたし、刑事という仕事にすべてを捧《ささ》げてた。若いころは過酷な環境で育って、そのせいで本物の犯罪者になるところだったらしいわ。でもそんな彼を救ったのは、自然に対する愛と、少年拘置所にいるときに知り合った頑固な警察官だった。その警察官のおかげで、彼は真っ当な人間に変わることができたの。そのあと、農業系の大学に通ったらしいけど——どの大学かは忘れた——警察にはいるために中退した。そして、かつてお世話になったその警察官に連絡を取って、なんとか警察学校に入れてもらうことができた。その警察官が彼の指導教官になったと聞いたわ」

「今の話からすると、まずはふたりの人物に話を聞きにいかないといけなさそうね……ところで、その誘拐事件のあと、彼はどうなったの？　今はどこにいるの？」

「正直言うと、わからないのよ。そのまま接触を断ったから。彼は農業大学に戻ったの。そのあとは、プレッパー（戦争や自然災害などの非常事態に備えて、自給自足をするなど持続可能な生活をしている人々）とかなんかになった、という話を聞いたことがある。ネットを検索してみたけど、彼に関する情報はなにも見つからなかった。でも、死んだという記録はない」

「プレッパー？　本当に？　なにがなんでも生き延びるぞ、っていう生存主義者《サバイバリスト》みたいな？　電気も水道もない森のなかに住んでるの？　自給自足の生活をして？　いかなる文明社会も敵だと見なして？」

「単なる噂《うわさ》だけどね。どこまで調べられるかやってみて。さっき言ってたふたりの人物から始めてちょうだい。ひとりは、フリセルの指導教官エドヴァルド・ラスムッソン。すでに警察を引退しているけど、少年拘置所から人材を発掘していたのはもはや伝説になってるわ。ふたり目は、フリセルの元妻のニーナ・ストレムブラッド。なるべく目立たないように行動

「それは、ほかのみんなに対しても？　つまり……Ｎｏｖａグループにも、ってこと？」ニーマンは顔をしかめる。そのしかめっ面の裏には、躊躇《ちゅうちょ》がある。

「今のところは、ね」と彼女は言う。「もしもこの線で行き詰まったら、このまま放棄する」

ふたりのあいだに、少し沈黙が流れる。ソーニャ・リドは、狭いながらもクラシックスタイルに装飾されたオフィスを見わたす。「あなたの元上司を捜し出してみせる」やがてリドは言う。「ただそれが、ふたりがお互いにとってどんな存在だったかを知るためだけだとしても。なんで彼は、あなた宛に手紙を送ってきたの、エヴァ？　答えないわけにはいかないわよ」

エヴァ・ニーマンはため息をつく。そして、言う。「たぶん、わたしに罠を仕掛けてるんだと思う」

9

シャビール・サルワニは、何度かにわたってアフガン難民が押し寄せた時期に、保護者も身寄りもない未成年者としてスウェーデンにやってきた。入国後は、何カ所かの不適切な里親――保守的なイスラム教徒だという理由や、ただ欲深いというだけの理由で彼を引き取った人たち――のあいだをたらいまわしにされた。彼がその経験から導き出したのは、一刻も早くスウェーデン人にならなければいけない、という結論だった。

それなりの苦労をしてこなかったと言えば嘘になるが、ウメオ大学警察教育科の基礎訓練過程への入学が許可されるころには、すべての科目においてトップの成績をとるようになっていた。これは複数の警察史における独立評価によれば、スウェーデンでは初めてのことだ。

数週間前、そんなサルワニは三十歳の誕生日を迎えた。しかしそれを祝う場には、ひとりのスウェーデン人もいなかった。彼には、密《ひそ》かに自分の使命だと決めている活動がある。それは、人種別に隔離されたような地域のなかで犯罪ネットワークに引きずり込まれそうになっている青少年たちを、彼らと同じことばを使って説得し、その道から救い出すことだ。サルワニ自身、同じような地域のなかでようやく真っ当な里親と出会ったことで、ちゃんとした学校に通う機会に恵まれ、自由な時間を建設的な活動に費やすことができるようになった。当時からはだいぶ時代も変わってしまったが、人種別に隔離されたような郊外からも、社会にとって生産的な人材を生み出せるという信念は揺るいでいない。

彼が自分の誕生日を一緒に祝ったのは、そういう若者たちだった。

でも今は、そんなことを考えている場合ではない。彼は、新生Ｎｏｖａグループの拠点となったオープンプランのオフィスにひとりきりで座っている。グループのほかのメンバーが本物の捜査で現場に出払ってしまっている今、自分に与えられた仕事に集中するのは簡単なことではない。彼が考えなければならないのは、〝地獄のホール〟なのだ。間もなく恐怖で満たされる場所。本物のクソ仕事だ。しかし、ひょっとすると重要な意味を持つかもしれない重要なクソ仕事だ。

もし、これが本当に事件だとしても……

彼は最初からもう一度考えはじめる。〝地獄〟とは、どんな性質のものだ？　〝ホール〟とは、どんな場所だ？　灼熱《しゃくねつ》の地獄は悪人が罰を受ける場所。でも、ホールは？　大きく広い場所？　コンサートホール、公会堂、ダンスホール、ダイニングホール、待合室。それらが恐怖で満たされると、地獄のホールになるのか？

サルワニは頭のなかで、ストックホルムじゅうの大ホールを次々に思い浮かべる――市庁舎、グランドホテル、皇太子宮殿、ストックホルム宮殿までも。やがて思考はスウェーデンじゅうの富と贅沢《ぜいたく》まで浮遊してから、またもとに戻ってくる。

手紙が言いたかったのはそういうことなのか？　時系列を意味しているのか？　最初は饗《きょう》宴《えん》のホールだったところが、地獄のホールに変わる？　いや、それよりは、最初から地獄のホールのような場所を言っているような気がする。そこが恐怖で満たされる？

つまり、高熱のホール。熱くて広い……もしかして工業施設のようなところ？　贅沢な饗宴がおこなわれるホールとは真逆の場所。

だとしたら、どこだ？　製鉄所？　最初の犠牲者、アルフ・シュティエンストロムは巨大製鉄会社〈SSAB〉の幹部だった。溶けた鉄が川のように流れている高炉を、地獄のホールと見なすのは簡単だ。

でも、二番目の犠牲者の広告マンは、どちらかといえば石油関連だ。

サルワニは、頭のなかで一歩もとに戻る。もしも手紙に書かれている三つの事件――二件はすでに実行され、もう一件はこれから起きる――がつながっているとしたら、つまり同一犯による犯行だとしたら、それはいったい誰なのか。犯人像の最初のスケッチだ。

気候に関する怒りは本物のように思える。そして複雑だ。これらの犯行は、さまざまな種類の環境犯罪にスポットライトを当てるのが目的なのかもしれない。今のところ、犯人は製鉄業と石油業を標的にしている。それ以外になにがある？　気候変動に影響があって、熱いホールに関連のある業界とは？

シャビール・サルワニの頭のなかで、小さなベルが鳴る。〝インターネット〟。インターネットは、現状でも世界じゅうの電力の二割を消費している。スウェーデンの電力危機。〝クラウド〟。巨大デジタル企業――フェイスブック、グーグル、アマゾン、マイクロソフト――は、スウェーデンのなかで大型のデータセンターを稼働させている。そこは、エネルギーを大量消費するサーバー群が並ぶ大きなホールだ。雲《クラウド》なんて聞くと涼しげでロマンチックな響きがあるが、その実体は、熱くてうるさくて、電力を無駄づかいする〝地獄のホール〟

だ。極北の小国には不釣り合いなサーバー・ホールに巨大企業が関心を持ってくれることを国はたいそう喜び、雇用をほとんど生み出さないにもかかわらず、巨額の奨励金を出している。

もしもグーグル検索のこの結果が信用できるとしたら、国内には少なくとも十カ所に主要なサーバー・ホールが存在する——北はノールボッテン県のルレオー市から、南はスコーネ県のスタッファンストルプ市まで。フェイスブックは主に北部、マイクロソフトは全国くまなく、アマゾンはストックホルム市周辺、そしてグーグルは中部のダーラナ地方に、それぞれサーバー・ホールを置いている。もちろん国内のIT企業も自社のサーバー・ホールを持っているが、それまで含めるとその数は手に負えなくなる。

インターネット上では、そういった巨大なサーバー・ホールの内部が写った写真はほとんど見つからない。サルワニが思うに、機密情報に関する厳しい規則は、おそらくはスウェーデンというよりアメリカの意向を反映しているからなのだろう。彼がエヴァ・ニーマンに電話をかけると、さっそくNOD局長に緊急ミーティングを開いてもらうようにするとのことだった。彼女は情報に対するお礼——当然のお褒めのことばはほんの付け足し程度だったが——も忘れなかった。これで、巨大デジタル企業への迅速かつ慎重な警告を発信する戦略を練ることができる。

シャビール・サルワニは、探せる限りの〝地獄のホール〟のリストを作成する。それを見ているうちに、気候テロリストの目線でものが見えはじめる——熱くてうるさい巨大な設備を備えているホール。最後には、それがわれわれのこの文明を破滅へと導く。

彼の確信は強まっていく——このリストのなかのいずれかが、間もなく恐怖で満たされる。

10

イースターに起きた暴動では、あまりにも多くの同僚が負傷した。アントン・リンドベリにとっては簡単に忘れられることではなく、今でもまだ前に進むことができずにいる。彼の魂は、あの場に置き去りにされたままだ。それはトラウマとなり、まるで嵐の前兆の雲のように彼のまわりにつきまとって離れない。

イースターの暴動が勃発したのは、二〇二二年の四月だった。当時のスウェーデンは、醜悪極まりないロシアによるウクライナ侵攻への対応と、切羽詰まった自国のNATO加盟の必要性に迫られて忙しかった。そんななか、極右活動家が難民の多く住む地域に突然出没し、コーランを燃やすことでイースターを祝おうとした。彼の挑発は信じがたいほどの成功をおさめた。抗議する集団の一部が暴徒化した——ただ、彼らが標的にしたのはコーランを燃やした先導者ではなく、スウェーデン警察だった。

暴徒たちに負傷者はほとんど出なかった。しかし、少なくとも三百人の警察官が負傷した。アントン・リンドベリは負傷しなかった。でも、あの場にはいた。四月十五日、彼はたしかにリンケビーの暴動現場にいた。人目を惹くほどのたくましい体格のおかげで相手が怖《お》じ気《け》づき、彼は襲われなかったのかもしれない。しかし、何人もの同僚が頭部に投石を受けて負傷するのを目撃した。

襲ってくる暴徒の目のなかには、底なしの憎悪が燃えていた。警察上層部は弱気だった——だが、抗議する民衆に銃を向けなかった判断は正しかった、と彼は今でも信じている。ただ、無防備に頭に投石を受ける以外に、ほかに方法はなかったのだろうか。

そんなことを考えながら高速道路を運転していると、ウプサラ市近くの出口に着く。そこにはパトロールカーが待っている。制服警官の顔には、比較的新しい傷跡がある。石を投げられたときの傷なのか。それを訊きたがっている自分がいる。そんなことを訊いて、いったいなにをたしかめたいのだろうか。

リンドベリは訊きたい気持ちを抑え込む。そのかわりに、思いどおりにならないぼさぼさの明るい茶色の髪を撫でつけ、制服警官が指差している先にある鮮やかな黄色の菜の花畑に目を向ける。

「ディーゼル車は、バイオディーゼル（植物由来の油から作られるディーゼルエンジン用の燃料）のまっただなかに吹っ飛んだんです」と制服警官は皮肉を言う。指差していた手を引っ込め、顔の傷跡をこする。

「バイオディーゼル？」とリンドベリは訊く。

「それに、咲くのが早いんです」

近隣にはふたつの大きな都市があるが、彼が地元の人間だということがリンドベリにはわかる。ウップランド地方には、田舎《いなか》独特の訛《なま》りがあるからだ。

「菜種メチルエステル」彼はその特徴的なアクセントで説明する。

そのとき初めて、アントン・リンドベリは制服警官が手を引っ込める前になにを指差していたのかを理解する。黄色い菜の花畑のなかにできた黒く焼けただれた道が、花に覆われることなくまだはっきりと残っていて、大きく燃えた地点へと続いている。

「なにが言いたいんだ？」とリンドベリは訊く。

制服警官は、急に警戒したような表情になる。先ほどよりもよそよそしい口調で言う。

「ぼくはただ、ここがまさにうってつけの場所だってことを言いたいだけです。今年、菜の花は例年になく早く咲きはじめました。この事件についての最新情報をNODに報告するように指示されているのは、ぼくの勘違いでなければ、気候変動に関連しているからじゃないんでしょうか」

「そうだとして、どうしてここがうってつけの場所なんだ？」

「菜種メチルエステル、つまりRMEは、化石燃料にかわるディーゼルエンジン用の燃料になります。完全に置きかえることができないとしても、少なくとも混合して使用可能です。

この菜の花畑で炎上したのは、化石燃料を大量消費するBMWです。ぼくが言いたいのは、ただそれだけです」

「だったら、これが単なる事故じゃないと判断するまで、なんでこんなに時間がかかったんだ？」

「状況がすべて事故を示していたからです」制服警官はあやふやな仕草で答える。

「つまりこういうことか？」とリンドベリは言う。「BMWだし、時速百三十キロを超えていたという目撃証言があるし、運転していたのがスピード狂の中高年の部門長だから？」

「それに加えて、指です」顔に傷跡のある警察官はそう言い、自分のパトロールカーに向かって歩きだす。

「指？」

「科捜の技術者に確認してください。全部話してくれますから」

　ストックホルム市まで運転しながら、アントン・リンドベリは警察官であることの本当の意味はなんなのかという問題に、ふたたび思いをめぐらす。警察官が危険に晒された場合、殺傷能力のある武器の使用が許されるのか。それに対する意見を変えそうになっている。それは事実だ。しかし、彼は民主的で人道的な伝統のなかで育ってきた。人を殺すために警察官になったのではない。この世界を、ほんのわずかでも良くするために警察官になったのだ。

物事を正すために。でも、それはイースター暴動が起きる前のスウェーデンが前提だ。

ふたりの娘のうちの上の子がもうすぐ中学生になろうとしている今、恐怖は本気でその鉤《かぎ》爪《づめ》を彼の心臓に食い込ませはじめている。絶対に、娘たちをこのような社会情勢の被害者にはできない。

と同時に、海外にルーツを持つ人たちのなかにも非常に高いスキルを持つ同僚がいることも彼は認識している。そのなかのひとりがシャビール・サルワニだ――ただ、サルワニには非常に不愉快な面もあるが。

郊外にある人種的に隔離されたような地域のなかでも、生産的で普通の暮らしをしている多くの人々をリンドベリはその目で見てきている。しかし最近は悪夢にうなされ、恐ろしい映像が頭で渦巻いているなかで飛び起きることがある。娘が、ことばの暴力で娼婦《しょうふ》と罵られているだけではなく、実際に暴力を受けている。肉体的に暴行を受けているのだ。そんな状況に遭遇したとき、自分がどう行動すべきなのかはわかっている。でも、それでは手遅れだ。そういう場合、唯一残されているのは復讐《ふくしゅう》しかない。

彼が求めていることばは、それは〝防止〟だ。先手を打つ、未然に防ぐ、早期に阻止する。絶対に、恐ろしい事態は起こしてはならない。

でも、どうすればこの馬鹿げた状況を止められる？　道を曲がり、ソルナ市にある国立科学捜査センター――ＮＦＣ――の敷地に車を乗りいれながら彼は思う。ドラッグの合法化？

ＮＦＣを訪れると、主任研究員が別件で手が離せないと告げられ、その代理の研究員のもとに案内される。部屋に着くと、研究員はコンピュータの前に立ってデータを打ち込んでいる。彼女が口を開く前にアントン・リンドベリは言う。「主に興味があるのは、指とやらだ」

彼女はリンドベリを見つめる。だが、彼の言っていることが理解できずにきょとんとしているわけではない。理解できないふりの仮面をかぶっているだけだ。それなりに真っ当な仮面を。

「わかっているのは、彼がそういう状態で発見されたということだけです」少ししてから彼女は言う。

「もう少し詳しく話してくれないか」リンドベリは笑みを浮かべて言う。

その笑みが、いいかげんに扱ってはならないものだということを彼女はすぐに理解する。

「彼は中指をまっすぐ伸ばしていました」少し躊躇しながら彼女は言う。「おそらく、追い抜こうとしていた車の運転手に中指を立てていたんでしょう」

「その相手が誰なのかは判明しているのか？」

「いいえ、まだ。ただ、黒焦げになった右手が〝ファック・ユー〟の形になっているのは一目瞭然です。これを見てください」

「完全にホラー映画の一場面だな」コンピュータの画面を見ながらリンドベリは言う。「爆弾に関して、なにか知的な話を聞かせてくれ」

一瞬、主任研究員代理の口がぽかんと開く。でもすぐに気を取り直し、彼女は爆弾に関する知的な話をする。

「さまざまな点が、今回の爆弾が遠隔操作によって起爆されたことを示唆しています。かなり効果的な爆弾です。まだ正確な構造についてはわかっていませんが、とてもバランスの良い爆弾だったと思われます。おそらく起爆薬はピクリン酸で、第二爆薬はジ《D》アゾジ《D》ニトロ《N》フェ《P》ノールでしょう」

「つまり、起爆薬が第二爆薬を作動させた、ということか？」

「はい。起爆薬は非常に不安定な性質の薬品ですが、それが、安定性があり爆発力の強い第二爆薬を爆発させるんです」

「手製のものか？」

彼女は肩をすくめる。「おそらくは」と彼女は言う。「もしそうだとしたら、肥料が使用されていると思います。今、報告書を作成しているところなので、近いうちにお手元に届くはずです」

「つまり、リモコンを持った誰かがある程度の距離内にいて、その人物が爆弾を起爆させたということか？」

「実際にどのように爆破がおこなわれたのか、そのへんの詳細はまだ不明です。でも、おそらくはそうだと思います。彼らにとって、必要な距離で作動する遠隔制御装置作りはお手のものでしょうから」

リンドベリがうなずいていると、廊下の先のほうをNFCの主任研究員が歩いていくのが見える。話ができないほど別件で忙しかったはずでは？　主任研究員のすぐ後ろに、優雅さとたくましさを兼ね備えた女性がいる。ブロンドの髪をシニョンにして、とても生き生きとしたステップで歩いている。

「アンカン！」とリンドベリは大きな声で呼びかける。

アンカンは振り向きざま一瞬だけ顔をしかめ、主任研究員に遅れをとらないように足早に歩いていく。

アントン・リンドベリは若干面食らっている。

「パラダイムシフトですね」にやりとしながら主任研究員代理は言う。

リンドベリにじろっと見られ、彼女は肩をすくめる。

「心配しなくて大丈夫です。今どき、どこでも起きてることですから。今は、女が優位に立つ時代です」

彼はくすっと笑い、たしかに彼女の言っていることは当たっているかもしれないと認める。考えうる最悪な選択肢よりは、はるかにましだ。

わずかに同情をこめた目で彼を見て、慰めのことばを言う。

「資料はすべてあなたにメールします」

11

ソルナ市にある国立科学捜査センター《NFC》の主任研究員は、アンカンを自分のオフィスまで案内すると、机の正面に置かれた低めの回転式の椅子を勧め、無言でコンピュータの画面を彼女のほうに向ける。

この一ヵ月のあいだ、彼女はいやになるほどさまざまな人間の行動を見てきている。だから、彼のこの行動が彼女を驚かそうとしているものだということはすぐに理解する。でも、もはやこの程度のものに動揺はしない。

人生を揺るがすような衝撃を、すでに彼女は経験しているのだ。それに比べれば、画面に表示されている画像は春のそよ風でしかない。

芝生の上に転がっている真っ黒焦げの遺体。

「紹介しよう。彼がイェスパー・サールグレンだ」主任研究員は笑みを浮かべて言う。

「こんにちは、イェスパー」アンカンは落ち着いた声で挨拶してから、イェスパーよりは若干生きしている相手のほうを向く。「どうやらイェスパーは恥ずかしくて口がきけないみたい。わるいけど、かわりにお話を聞かせてくれる？」

主任研究員は咳払いをする。期待がはずれて多少気落ちした声で言う。「予備解析の結果からは、起爆薬はピクリン酸で、第二爆薬はDDNPだと思われる」

「ヴァーサ公園で使用されたこの爆弾は、菜の花畑で炎上したBMWから検出されたものと同じだと思う？」

「ううむ」と主任研究員はゆっくりと答える。「確実な結論を導き出すには、まだほど遠い」

「だとしても、なにか言って」とアンカンは言う。

主任研究員は不満そうに唸《うな》る。「まあ、似てはいる。ただ、手製爆弾ではかなり典型的な構造だとも言える。インターネットを検索すれば簡単に探せるような代物だよ」

「爆破の威力は同等？」

「いや。ヴァーサ公園の爆弾のほうが、高速道路のものよりはかなり強力だ。未熟な結論に飛びつくつもりなら、爆弾魔はより効果的な爆薬の配分を編み出したとも言えるのかもしれない」

「犯人は進化していると？」

「そこまでは言いきれないが……」

「それと、起爆の方法も違う？」アンカンはさえぎって言う。

「ああ、二種類の方法が使われている。高速道路の爆破ではリモコンだし、広告会社の場合は機械的なスイッチだ。特段珍しくはないがね」

「それにしても、被害者の損傷が激しすぎない？」

主任研究員は、アンカンにショックを与えられなかったという先ほどの落胆から立ち直りつつあるらしく、専門家としての熱意をふたたび燃やしはじめているようだ。

「小包のなかから、ネジ釘《くぎ》や留めネジや釘が見つかった。検視官が遺体から取り出した異物の数は、実に百十二個にも及ぶ。自爆テロで使われる古典的な爆弾によく似ているよ、実際の話」

「小包、そうだった」アンカンは、なるべく彼の熱意を煽《あお》らないように冷静に言う。「郵便として届いたの？」

「われわれの得た情報によれば、印刷所から届いた校正刷りだったようだ。現在進行中の石油業界のキャンペーンで使用されるポスターのハードコピーだ。でも、詳細については、事件を捜査している刑事に訊いてくれ」

「もちろん、そのつもり」とアンカンは言いながら椅子から立ち上がり、廊下に出ていく。

国立科学捜査センターを出て運転しながら、アンカンは自分の新しい立ち居振る舞いをほんのちょっとだけ自画自賛する。短期間のうちにこれほど激変できるとは。肩までの長さのブロンドの髪をシニヨンにまとめた自分をバックミラーでちらっと見る。六カ月前は、今のこんな自分がいるとは想像もしていなかった。あのとき、彼女は三十七歳で、十五歳の娘の母親で、死んでいた。少なくとも精神的には。

今の彼女は三十八歳、娘は十六歳。アンカンは生きている。精神的にも、肉体的にも。そして、人生を謳歌《おうか》している。

警察学校時代からのあだ名を振り払うつもりはない。その理由もない。アンニカ・ストルトは、アンカンという呼び名を誇りに思っている。

愛する人の死を知らされたときの気持ちは、経験した者にしかわからない。想像すらできない。青天の霹靂《へきれき》のように、あまりにも突然に、なんの予告もなく。玄関の呼び鈴が鳴ったとき、彼女は泡立て器を持って立っていた。笑みを浮かべて、夕食の準備をしている最中だった。まるで馬鹿げたスローモーションのように、泡立て器からベシャメルソースがゆっくりと垂れるのを、今でも鮮明に思い出すことができる。キッチンにいた娘のリナにも、すべてが聞こえていたことも。

建築技師だったヨルゲンは、仕事中に起きた事故で命を失った。クレーン車からコンクリートのブロックが落下した。埋葬できるようなものはなにも残っていなかった。

だからといって、べつになにも変わらなかった。

夫の死から二週間後、彼女は職場に復帰した。彼女にできるのは、仕事だけだった。嘆き悲しむ方法を、彼女は知らなかった。今でも、知っているかどうかはわからない。

でも、ある日突然、どうすれば先に進めるかを彼女は悟った。

一年間、生きているという実感もなく生きてきた彼女のなかには、生命力が溜《た》め込まれていた。それが今、堰《せき》を切ったようにあふれ出している。

オンライン・デート。こんなに簡単なことだったとは。

彼女にとって、男性はヨルゲンただひとりだった。彼と知り合う前も、結婚しているときも、彼が亡くなったあとも、誰とも付き合ったことはなかった。つい最近までは。それはまるで、神の啓示のようだった。

ダーラ通りを曲がり、ビルを見上げながら進んでいくと、かつて窓があったところに大きく開いた黒い穴が見えてくる。すでに警察の非常線ははずされ、壁に開いた穴はビニールシートで覆われている。しかしヴァーサ公園のまわりには、まだひっきりなしに野次馬が集まってくる。目を惹く光景であることは否定できない。

事件を担当しているふたりの刑事に会うためにここに来た。そのふたりの姿を発見し、彼女は車を半分歩道に乗りいれて駐車する。車から降り、ふたりと握手する。

「ストルト警部」ふたりのうちの年配のほうの刑事が軽く会釈して言う。そして壁に開いた穴を指差すと、その指を公園の芝生が黒くなったところに向けて動かす。「かなりの飛距離だ」

「イェスパー・サールグレンが小包を開けたというのは本当？」

ストックホルム警察のふたりの刑事のうちの若いほうに、彼女は目を奪われる。髪は黒く、濃い茶色の目は並外れて鋭い。彼から目をそらしたくない衝動に駆られる。

「当初は、金曜日の午後に届く予定でした」若い刑事は深いバリトンの声で答える。「ところが、土曜の夜になってようやく配送業者に渡ったようです。フリーダ・セーデルという広告会社のアシスタントが、わざわざリンボから出社して、荷物が届くまで二、三時間待っていたそうです。ようやく荷物が届いたあと、サールグレンにショートメッセージを送り、荷物の到着を待ちわびていたサールグレンが日曜の早朝にやってきた、ということのようです」

「朝の六時。だから、おそらくは完全なしらふ」アンカンはうなずく。「そのフリーダ・セーデルと配達員からも聴取したのよね？」

「事件の調査ファイルのコピーを送るよ」年配の刑事がぶつぶつ言う。「どうせNODは干渉したいんだろうからね」

「で？」アンカンは若い刑事のほうを向いて言う。彼は指輪をしていない。

「アシスタントのセーデルについては、信用できるという印象を持っています。一方、配達員——インドネシア人のディック・ジャヤ——に関しては、たぶん話は聞けないでしょう。先週の土曜日に最後のシフトを入れてから、そのまま休暇にはいったそうですから。ただ、過去に怪しげな点は見受けられません。ひとつ気になるのは、彼の配送車がヴェストベルガにあるDHL（国際宅配業者）の駐車場に不用意に駐車してあり、鍵もグローブボックスに入れっぱなしになっていたという点です。まあ、運転手が急いでいるときにはよくあることですが」

「でも彼が今どこにいるのか、少なくとも誰かは……ところで、あなたの名前は？」

「ラヒム・アブドゥルハミド巡査部長です。彼の友人たちの話では、ノルウェー北部にいるのではないかと。ディック・ジャヤはフィヨルドを見たがっていたそうですから。ノルウェー警察にも連絡を取っていますが、詳細についてはまだ不明なことが多くて」

「ありがとう、ラヒム」とアンカンは言う。「あなたの意見を聞かせて」

若い刑事は少し呆気《あっけ》にとられたような顔をする。誰かが自分の意見に興味を示すとは、考えたこともなかったようだ。

「印刷所は――ハーニンゲ市郊外のヨードブロにあります――相当プレッシャーをかけられていたようです」ほんの少しだけ間をおいてから、ラヒム・アブドゥルハミドは答える。

「イェスパー・サールグレンから、しつこくせっつかれていたそうです。そのため、土曜日に残業して、なんとか仕上げたとのことです。その日の午後に校正刷りが完成すると、担当者がいつも利用している配送会社に集荷を依頼し、あらかじめ言われていたとおりイェスパー・サールグレンに一報を入れたとのことです。で、フリーダ・セーデルに連絡がはいった、という流れです」

「それで、あなたはフリーダ・セーデルを警察に呼び出し、彼女からの情報をもとに似顔絵捜査官がフラット・ブローク社に荷物を届けた配達員の似顔絵を描いた、ということね？

で、その似顔絵と、ヨードブロの印刷所から荷物を受け取った配達員ディック・ジャヤの写真とを照合したんでしょ？　もちろん、荷物が印刷所を出てから広告会社に届くまでにかかった時間の検証もすませたのよね？」

ラヒム・アブドゥルハミドがばつの悪そうな顔をするだけでなにも答えられずにいると、アンカンは即決する。今夜のオンライン・デートは中止。

「まあ、いいわ」と彼女は言う。「このフォルダーのなかに、あなたがたふたりの電話番号があるのよね？　いつでも連絡が取れるように」

了承は得られた。これでオッケー。実は、彼女を生き返らせてくれたのは、娘のリナだった。ある晩、いつものようにただ壁を見つめている母親に向かって、リナは言った。「わたしだって、パパがいなくて寂しいよ。でもママ、こんなふうに生きてちゃだめだと思う」それはまるで、見た人を幸せにしてくれる映画の台詞《せりふ》のようだった。

ストックホルム警察の刑事たちはしぶしぶうなずくと、その場から離れる。そのとき、アンカンはラヒム・アブドゥルハミドと目を合わせることに成功する。彼は立ち止まる。アンカンは、彼の濃い茶色の目のなかにあるものを読みとろうとする——気持ちをくみ取ってくれただろうか。それを確認すれば、馬鹿にしたと勘違いされるかもしれない。それでも彼女は、右手で電話の形をつくって耳に当てる。

彼は笑みを浮かべ、こくりとうなずく。

アンカンも笑みを浮かべて、彼らの車がスピードを上げながらクングスホルメン島に向かって走り去るのを見送る。そのあと、彼女は事件現場の周辺を少し歩く。ヴァーサ公園の芝生の焦げた場所を中心に、少しずつ距離を延ばして同心円を描いていく。

なんの邪魔もはいらない心地よさを久しぶりに味わう。道路の反対側にあるビルを見上げながら歩いていくと、ダーラ通りから少し離れたところにある木に近づく。

木の幹になにかが彫り込まれている。ちょうど彼女の目線より少し下の位置だ。

ここは、ストックホルム市中心部のオーデンプランにあるヴァーサ公園。年から年じゅう、いろいろな人が訪れる場所だ。彼女が今目にしているものは、いつ彫られたのかはわかりようがない。

しかしアンカンは刑事だ。れっきとした、正式な刑事。その彼女の直感が訴えている――これは、なにかの手がかりかもしれない、と。彼女は携帯電話を取り出し、木の幹に彫られた部分の写真を撮る。

ふたつの円。

ひとつの円のなかに、もうひとつの円が刻まれている。

12

ソーニャ・リドは、男やもめのにおいのする居間の椅子に座っている。べつにいやなにおいというわけではない。ただ、高齢のわりに健康な男やもめの家というのは、なぜこうも同じにおいがするのだろうと不思議に思う。夫に先立たれた女性の部屋のにおいは、これとはまったく違う。

汚れた窓ガラス越しに春の日が差し込み、客をもてなすためにかいがいしく動く老人を照らしている。彼は、コーヒーのポットとカップ、クリーム入れとシュガーボウル、ビスケットの盛られた皿を運んでくる。そのもてなしぶりも動きも、過ぎ去った時代そのものを表わしているが、彼の後ろにできる影は、もっと若い男性のもの、若かりしころの彼の影のように見える。

リドは丸刈りの頭を撫でながら、エドヴァルド・ラスムッソンが自分の影の上に腰をおろすのを笑顔で見つめる。

二〇一五年、組織改革の大波が警察を襲った。それを好機ととらえ、当時ストックホルム警察の警視正だったラスムッソンは退職した。そこまで話したところで、彼はコーヒーを淹《い》れにキッチンに行ってしまったのだった。

「でも、一度も後悔したことはない」戻ってきた彼は続ける。まるで、会話を中断してから二十分も経っていないかのように。

「組織改革は、みんなが期待していたとおりにはいきませんでした」とソーニャ・リドは認める。

「とにもかくにも、私は現場から離れて管理職なんかにはなりたくなかった」

ふたりはコーヒーをすする。気づくと、リドはビスケットをコーヒーに浸して食べている。

「ルーカス・フリセルは、私が知っているなかでももっとも前途有望な刑事だった。生い立ちも多分に関係している。彼は、犯罪者の心のなかを見通すことができた」

「あなたが彼を犯罪の世界から救い出したと聞いています」

彼は肩をすくめ、やさしい笑みを浮かべる。痩せこけた彼のその様子は、まるで鳥のようだ。

「いや、救ったのは彼自身だ。ただ、あの当時の私が自由の利く立場にいたのも事実だ。今の世の中では到底許されないだろうがね。警察官が少年拘置所を訪れて、危険に晒されている若者に話しかける、なんてね。あのころルーカスは十六歳で、間違いなく危険に晒されていた。あれは一九八〇年代のことだ。彼は北のほうの、自然の豊かな田舎で育った。父親をアルコール依存症で亡くして、母親は彼を連れてストックホルム郊外のベリングビューに引っ越した。暮らしぶりの違いとか、うまく馴染めなかったとか、そういうことがあったんだろう。今でも、彼と交わした会話のひとつをよく覚えている。突然、彼の目が輝いたんだよ。あれは自然のことを話したときだった」

「自然、ですか？ 彼は自然に興味があったんですか？」

「ああ、そうだ。で、いくらでも方法があることを教えてやった――犯罪歴さえなければ。彼が心を開いてくれるまではかなりの時間がかかったけどね。私が提案したのは、ノールランド地方のレンジャー部隊に入隊することだった。軍のなかでもいちばん自然に近いところで仕事ができる。でも、そのためには専門学校を出なければならない。彼は二年間の化学技術かなにかの教育課程に受け入れられた。レンジャー部隊に入隊したことで、自然との結びつきはより強くなったんだろう。そのあと、農学を勉強するためにスウェーデン農業科学大学に入学した」

「農学ですか？ 農家になるために？」

ラスムッソンは笑顔で答える。「まあ、農家の一種と呼べるのかな。彼は土壌の研究をしたんだ。ところが、なにか心境の変化があったのか、進む方向を変えたようだ。私に連絡をしてきて、どうすれば警察にはいれるのかと尋ねた」

「それで、あなたが彼を警察に入れたのですか？」

「それはちょっと言いすぎだな。せいぜい私がしたことと言えば、彼の積み重ねてきた経験が、警察にとっていかに価値のあるものかを説いたくらいだ」

「今までの話を整理すると、フリセルの特徴や彼の持つスキルは、こういうことですね。自然と特に近い関係性を持っている、犯罪の経験がある、化学技術に詳しい、レンジャー部隊の訓練を受けている、農学に関する知識を持っている。警察にはいる以前から、彼はすでにわたしたちが考えている犯人像と一致しています」

ラスムッソンは深くため息をつき、しぶしぶつけ加える。「彼がのちに抱くようになる最新技術に対する敵意は、そのなかにまだ含まれていない」

「二〇〇八年に、リーゼロッテ・リンドマンの命を犠牲にすることになった、敵意ですね」

「その点については、誰も明言はできない。ただ、それがルーカスを崩壊させたのは事実だ。彼は警察を去り、個人的な危機に陥った。そのあと、彼は気候危機になんらかの意味を見いだした。ルーカスは、人間がこの地球を破滅へと導いていると戒告を発するようになった先駆者のひとりだ。彼はふたたび自然に回帰して農業科学大学に戻り、いろいろ勉強して講師になった」

「スウェーデン農業科学大学の講師になったんですか？」

「ああ、そうだ。警察とは無関係な世界で生きていきたかったんだろうね。私は、遠くから彼を見守っていた」

「それは、彼が森のなかに籠もって、仙人のようなプレッパーになってからもですか？」

「いや、さすがにそれは無理だったよ」ラスムッソンはまた笑みを浮かべて言う。「でも……ちょっと待っていてくれるか？」

ラスムッソンは本人と影が入れかわったかのように軽快な動きで、リドが来てから初めて開けるのを見たドアの奥に消える。

リドは考える。この違和感はなんだろう。かつての警視正はなにか隠し事をしているように思えてしかたがない。これは単なる世代間ギャップなのだろうか。感情よりも事実を重んじている？

部屋に戻ってきたとき、ラスムッソンはまだ若々しい影のほうに支配されている。どっかとソファに座ると、プラスチックのフォルダーから新聞記事を抜き出して読みはじめる。

「〝ついにそのときが来た。地球上には、日光が届かないような巨大都市が複数存在する。ただ座って待っている時代は終わった。われわれひとりひとりが行動を起こさなければならない。人類が生き残るためには、責任ある立場の者は自分の罪と向き合う必要がある。罪ある者は責任を負わなければならない〟」

リドは、激しくまばたきを繰り返している自分に気づく。この語り口調には間違いなく聞き覚えがある。より直接的ではあるが、書かれている内容はほぼ同じだ。まったく同じ文言さえ含まれている。

「二〇一三年に、〈グリーンピース〉の会員向け出版物の編集者に届いた手紙だ。農業科学大学にいたこの年、ルーカスは頻繁にこういった手紙を送りつけていた。かなり怒り狂った内容だ」

リドはテーブルに身を乗り出し、彼を真剣な顔で見すえる。

「〝破壊しつくされた廃墟〟という表現に聞き覚えはありますか？」

「いいや」ラスムッソンは顔をしかめて言う。「でも、いかにもルーカスが使いそうな表現だ」

リドはゆっくりとうなずいてから言う。

「わたしには、あなたがルーカス・フリセルのことをよく知っているとは、どうしてもまだ思えないんです」

ラスムッソンはくすっと笑い、影がソファのなかに押し戻される。

「若かったころ、いつも自分は普通ではないような気がしていた」と彼は言う。「精神神経障害というものについて聞いたときには、もう手遅れだった。現在では〝自閉スペクトラム症〟と呼ばれている症状に、自分がぴったりと当てはまることを知った。なんの手がかりもないまま、非常に複雑な専門性のある仕事をこなすことの困難さを想像してみてほしい。こんなことを訊いては失礼かもしれないが、ソーニャ・リド、きみもなんらかの診断を受けているんじゃないのかい？」

リドはすぐには答えず、刈りあげた頭をこすっている。「ＨＳＰ」やがて、彼と合わせた視線をそらすことなく言う。

ラスムッソンはうなずく。まるで父親のような笑みを浮かべている。

「そうか、きみは〝ハイリー・センシティブ・パーソン（非常に感受性が高く、環境からの刺激に敏感に反応する気質をもつ人）〟なんだね。私にも、きみのように物事に敏感に反応する孫娘がいる。でも、私はそれとは全然違う。ルーカス・フリセルは、私にとっては息子のような存在だった。それでも、彼のことをよく知っているとは言えない。その点、きみの言ったことは正しいよ。ルーカスの気持ちとか、人やものに対するつながり方を完全に理解できたとは思っていない。そういうことについては、彼の元妻のニーナに訊いてくれ」

「はい。そうしようと思っています」とソーニャ・リドは言い、立ち上がる。

エドヴァルド・ラスムッソンは玄関まで見送る。さよならを言い、幾分ぎこちない握手を交わす。テラス付きの家の庭の小道を半分まで行ったところで、ラスムッソンはリドに呼びかける。「助けが必要なときには、力になってくれるところがあるのは知っているね？ 遠慮せずに頼ればいい」

背中を向けたまま、彼女はうなずく。そして急いで角を曲がり、簡素なサッカー場のすぐ脇に駐《と》めてある車に乗り込む。車のシートのあいだにもぐり込んでいた、中身が半分ほどになったミネラルウォーターのボトルを取り出す。なかにはいっている液体は、薄い黄色をしていて気が抜けている。

生ぬるい白ワインを口のなかで転がしても、ほとんど味は残らない。飲み込むのが早すぎるし、回数も多すぎる。ソーニャ・リドはボトルを見つめながら顔をしかめる。ほとんど空《から》だ。サッカー場の周囲を足早に歩く。一周、二周、三周してから車に戻り、ポケットから黒い小さな物体を取り出す。そして思いきり息を吹きいれる。赤と緑の小さな光が交互に点滅し、やがて緑色が勝ち誇ったように点灯する。

ソーニャ・リドは首を鳴らす。エンジンをかけていると声が聞こえる。影の声。

〝助けが必要なときには、力になってくれるところがあるのは知っているね？　遠慮せずに頼ればいい〟。

13

いつものことながら、この雄大な建物は馬鹿げているほど暑い。しかもほぼ無人だ。ここを運用するのに、ほとんど人手はいらないから。もともとの売り口上は、雇用を生み出す施設だったはずなのに。

メルダド・ゴルバハル――ヴェステロース市にあるアマゾンのサーバー・ホールのデータセンター長――は、見まわりの半分を終えたところだ。彼はサーバーを一台ずつ点検する。

この暑さも最悪だが、それ以上につらいのがこの騒音だ。さまざまなノイズキャンセリング機能のついたヘッドホンを試してみたが、今のところなんの効果もない。第一、ヘッドホンのせいで余計に暑くなる。

最近では、射撃訓練で使用されるようなごく普通のイヤープロテクターでがまんしている。好きな音楽を聴くのは、休憩時間の楽しみとしてとっておく。

だが残念なことに、イヤープロテクターもあまり用をなさない。音がはいり込んでくる。今みたいに。

出荷部門からのショートメッセージを知らせる音が鳴る。本部からの荷物が、いつもの集荷場所に届いたらしい。

その集荷場所は、見まわりの次の点検個所からははずれたところにあるが、少しだけ遠まわりをすればいい。そのせいでシアトル側になんらかの警告を発しなければいいのだが、と彼は思う。会社としての活動はすべてシアトルに集約されていて、シアトルのデータセンターではほかのすべてのデータセンターのモニタリングがおこなわれている。一方で、集荷場所まで荷物を受け取りにいく必要も彼にはない。ただ、いつもの決まりきったルーティーンを崩したいという、ほんのわずかな抵抗がしたいだけだ。その気持ちが思った以上に強いことが、自分でも意外だ。

メルダド・ゴルバハルは見まわりのルートをはずれる。唸るように動いている巨大なサーバーのあいだを、右に行くかわりに左に曲がる。本部からの荷物が集められる場所まで、うねうねと曲がりながら進む。届いたのはアップグレードされたメモリーカードだ。特段わくわくするようなものではない。

最後の狭い通路の角を曲がって広い通路へと出たところで、彼は先端技術を駆使したCCTVカメラを見上げる。今のこの姿を、シアトルは監視しているのだろうか。

通路を少し行くと、薄暗く点滅しているサーバーの棚のあいだにテーブルがある。そのテーブルの上に荷物が置かれている。

本部からの荷物。

人生を変えるような大したものではない。

CCTVカメラは、なんの変哲もない工業施設の一角を映している。特に参考になるような目印もないため、建物の大きさを推し量ることはできない。すべてが静止している。

なんの動きもない。

次に起きる出来事を薄気味悪くしているのは、音がないせいだろう。

工業施設の一角が外側に向かって爆発し、なにもかもが地面に吸い込まれる。渦巻く粉塵《ふんじん》にすべてが覆いつくされる。突然、粉塵の渦が止まる。通信が切れたのかと思う。なにも見えない。

次第に、粉塵は下に舞いおりる。

まるでドローンが撮影したイラクの映像のようだ。とても小さな人影が建物からよろよろと出てきて、前のめりに倒れる。その人影から、なにかが転がりおちる。

頭部か？

ラップトップパソコンが閉じられ、映像は見えなくなる。

宇宙の深い呼吸音だけが聞こえる。

14

ルーカス・フリセルの元妻は、ストックホルムから少し東に行ったナッカ市の一軒家に住んでいる。ソーニャ・リドは、一瞬で彼女のことが好きになる。居間を突っ切って歩きながら、「わたし、〝バツ2〟ということばが大のお気に入りなの」と言っている彼女に魅力を感じたのかもしれない。

スウェーデン国内の家にあるパティオというものは、その八十パーセント以上が他人に見せつけるために造られる。リドが通されたパティオは、まさにそんな感じのものだ。テーブルに置かれたふたつのシャンパングラスが、春の光のなかで煌《きら》めいている。まるで、透明人間のように控えめな執事が用意したかのように。リドは、ハンモックに似た形の椅子に腰をおろす。赤と緑の光が点滅するアルコール検知器が、脳裏に浮かぶ。

「つまり、あなたは二回離婚されたのですね？」ニーナ・ストレムブラッドを見つめながら彼女は尋ねる。ニーナは、永遠のバレリーナの優雅さでテーブルの反対側の椅子に座っている。

「そうよ」と彼女は言い、グラスを高く掲げる。

ニーナ・ストレムブラッドの主な関心事は自分の外見をいかに美しく保つかのように見えるが、実は非常に知的だということがリドにはわかる。なにより、二回の離婚を経験しながら精神的に参っている様子が微塵《みじん》もない。

「離婚に、乾杯」とニーナは言う。

リドもグラスを持ち上げるが、くちびるに触れるだけで飲まない。「では、さっそくルーカス・フリセルの話に移ってもいいですか？」とリドは訊く。

「気に障ることを言ってしまったかしら？」とニーナ・ストレムブラッドは笑顔で言う。「なんとなく、あなたのまわりに離婚のオーラが見える。実は、会った瞬間からそう思ってたの。話して」

「それが鍵ですか？」とリドは対抗する。「あなたから話を聞くための？」

「そうよ、いいでしょ？　鍵でも、パスワードでも、暗号でも、なんでもかまわないけど。

交換条件《クイド・プロ・クオ》だわ」

まず、リドは直感的に嘘を言おうとする。でもそのかわりに彼女は言う。「わたしが浮気をして、彼が出ていきました」

「それで丸刈りにしたの？」笑みをまだ浮かべたままニーナは言う。「自分がティスケルトス（第二次世界大戦中ナチス占領下でドイツ兵と性的関係を持ったノルウェーの女性たちを指す。戦後、制裁として丸刈りにされ、迫害された。二〇一八年に国は正式に彼女たちとその家族に謝罪した）に思えたから？　裏切り者だと思ったから？」

リドは強迫的行動が抑えられず、丸刈りの頭をごしごしとこする。

「今では結構気に入ってます。もうドアは開きましたか？」

「まだほんの隙間だけだけど」とニーナ・ストレムブラッドは答える。「なにが訊きたいの？」

「ルーカス・フリセルがどこにいるか」

ニーナはゆっくりとうなずきながら椅子に背をもたれ、もうひとくちシャンパンを飲む。

「なるほど」と彼女は言う。「彼が優秀な刑事だったということを知っているようね」

「はい。今それを調べているところです。だから、彼と話がしたいだけなんです」

「あの人のお気に入りの台詞は『話がしたい』だったわ。なぜか大笑いしてた。正直に話してくれたほうが簡単よ、ソーニャ」

リドは相手を観察する。彼と結婚していたのは再婚する前のことだが、彼女のなかにはさまざまな感情がまだ激しく揺れ動いているようだ。

「今回調べているのは、気候変動を騙《かた》った犯罪です」とリドは言う。

「なるほど」ニーナ・ストレムブラッドは、リドの目の前で変化を見せる。

「なにか思い当たることでも？」

「ただ、あの人が特定の事柄については執念深くなった、ということ。ほかのことに関しての執念深さは、ただの見せかけだったけど」

「彼は、気候変動の話をすると執念深くなったんですか？」

「ええ。でもそれはあの当時の話」ニーナは慌ててつけ加える。「今の話じゃないわ」

「どうしてわかるんです？　今現在、彼とはどのような連絡を取っているんですか？」

ニーナは先ほどまでの、二度離婚を経験した上品な人格に戻り、苦笑いを浮かべる。「精神的なつながりよ、もちろん」

「できれば、時間を無駄にしたくないのですが」

「連絡は一切取ってないわ、ソーニャ。あの人、二度と戻ってこないという約束を守っているの。控えめに言っても、わたしたちはおかしな夫婦だった」

「正反対の者同士は惹かれ合う、というあれですか？」

「たしかに、最初はそうだった。でも、しばらく経ったら、それはまったくなかったわね」

「亀裂の一端は、気候変動に対する彼の情熱ですか？」

「べつにその情熱に対してはなにも思ってなかったわ――情熱は情熱でしかないから。わたしが気になったのは、あの人が幸せじゃなかったということなの。とにかく彼は都市のなかに住むのが嫌いだった。彼は田舎に別荘を買いたがっていたわ。でもわたしから見たら、ストックホルム自体が田舎の別荘のようだった。だったらもう一軒買う必要はないでしょ？」

「ここは自然が豊かだと思いますけど」これ以上ないほど整えられた広大な庭を見わたしながら、リドは言う。

「これは飼いならされた自然」とニーナは笑顔で言う。「ルーカスがここを気に入ると、あなた本気で思ってる？　二日ごとに庭師が手入れをしているのよ」

「当時の、ニーナ・ストレムブラッドは都会派だった？」

「あのころのわたしはニーナ・フリセルよ。旧姓はシルヴァースパーレ、職業はバレリーナ。離婚したとき、ルーカスは財産を半分持っていけたの。当時のわたしは、婚前契約なんてものは知らなかった。でも、あの人はなにも欲しがらなかった。自分の持ち物さえ残していったから、しかたなく屋根裏部屋に置いてあるくらいよ。あのがらくたはあなたに任せるわ。理由を突きとめる精神分析のセラピーの経験があるようだから」

「彼に対する未練は、まだあるのですか？」

「ルーカスは自然の申し子だった。筋金入りの。別れたあとに出会った男性たちのなかには、飼いならされた自然しかなかった。あの人がいなくなってから、わたしは彼とは正反対の人を求めていたんだと思う。その点では、ストレムブラッドは完璧に当てはまったの。彼のなかに筋金はまるでなかった。で、二度目の結婚のときに婚前契約書にサインをしなかったのはわたしのほう。だから今はこうして庭師と執事を雇えていて、破壊しつくされた廃墟のなかで、ひとりきりの生活を満喫できているのよ」

「ルーカスのお気に入りの言いまわしですね？」

ニーナはリドを観察する。

「あなたは、〝彼と話がしたいだけ〟なんでしょ？」長い間をおいたあとニーナは言う。「それなのに、あの人のお気に入りの言いまわしを知っているわけ？　あれは、ロマン主義詩人のフランツェンの追悼文から借りたものよ。〝破壊しつくされた廃墟を照らしつづけるのは、記憶の栄光のみ〟。つまり〝現在〟という意味ね」

気づくと、ソーニャ・リドはメモを取っている。「彼がどこにいるのかはわからないのですね？　それは、本当ですか？」

ニーナ・ストレムブラッドはうなずく。気を悪くした様子はない。

「全然そんな気はしないんだけど、本当にむかしのことなの。わたしたちが離婚したのは、二〇〇九年の春。それ以来、一切連絡は取ってないわ」

「彼の友人はどうです？　知り合いとか？　誰か、話を聞くことのできる人はいませんか？」

「彼の恩師くらいかしら。エドヴァルド・なんとかソン。ルーカスは社交的な人じゃなかったから。両親も亡くなったし、きょうだいもいなかった。たしか、ルドルフソンとかいう人がいたわ。名前はアーロンだったかしら。ふたりで走ってた、マラソンとか。あとは、ときどきおしゃべりをしていたエキセントリックな人たちがいた——カッレ・ローマンとレッレ・ベルギス。それと、あの女性の刑事さん。名前は……エヴァ・ニーストロムだったかしら」

「エヴァ・ニーマン、ですか？」

「そう、たしかそうだったわ」とニーナは言う。急に声がおかしくなったように聞こえる。

「そのニーマンとは、どういう関係だったのですか？」ソーニャ・リドはなんでもないように尋ねる。

ニーナ・ストレムブラッドは、どこか探りを入れるような興味深げな笑みを浮かべてリドを見つめる。「唯一の女性の友人だ、とあの人は言ってたわ」

「それ以上の関係があるのでは、と疑ったこともなかったのですか？」

「そんな必要はなかったの。わたしたちのあいだで最後の最後まで残っていた唯一のものは、互いに対する情熱だった。わたしが結婚指輪をトイレに流したときも、セックスしてたのよ」

リドは、笑いをうまいこと咳でごまかす。

「彼は離婚に納得していなかったということですか？」

「いいえ、納得してた。離婚はたしかに失敗だけど、あの人は心のなかで、なんと言ったらいいのか、ちゃんとした……よくわからないけど……独身時代を切望してたんだと思う。一度もそういう時期を経験してこなかったから。そういうのが必要だったんだと思うわ。わたしとは違って」

「それで、あなたはストレムブラッド氏に惹かれた？」

ニーナ・ストレムブラッドはくすっと笑う。

「どちらかというと、経済的な理由からね」

「ルーカスとのあいだで、一度も……子供の話は出なかったのですか？」

ニーナはひそかに笑い、首を振る。

「ふたりとも欲しいとは思わなかった。だから、そんな話はしなかったわね。でも、それぞれまったく別の理由で。ルーカスは、子供がこの破壊しつくされた廃墟のなかに生まれ出ることを拒んだの。わたしのほうは、ただ自己中心的だっただけ。核家族のなかに収まるのがいやだったのかも。たぶんあなたもそうなんでしょ？」

ソーニャ・リドは一瞬、まっすぐ前を見つめてから言う。「お手間じゃなければ、屋根裏部屋へ案内してもらえますか？」

ニーナが点と点を結びつけるのに、少し時間がかかる。やがて彼女はいたずらっぽい笑みを浮かべ、立ち上がる。リドは彼女のあとを追う。その前に、シャンパンを一気に飲み干す。

ニーナ・ストレムブラッドが暑くて埃《ほこり》っぽい屋根裏部屋を探しまわっているとき、リドにショートメッセージが届く。〝至急、〈待合ホール〉に集合。地獄のホール、ヴェステロース市。ニュース要確認〟。

計画とは異なり、急いでニーナ・ストレムブラッドの家をあとにすることになる。細心の注意を払って手入れがされている庭を通り車まで歩くあいだ、腕のなかに抱えた箱のなかで動きまわっているルーカス・フリセルの過去からのがらくたに目をやる――何冊かのくたびれたノート、さまざまなプラグが飛び出ている絡まったケーブル類、使い古されたヘアブラシ、そして結婚式の写真。

彼女は箱を後部座席に押し込み、写真を手に運転席に座る。エンジンをかける前に、しばらく写真を見つめる。

特注のウェディングドレスを着たバレリーナのニーナは美しい。警察の制服に身を包んだ薄い髪のフリセルは、苦みばしったいい男だ。リドは、彼の明るい青の目を見つめる。彼女はその写真を後部座席に放り投げ、ミネラルウォーターのボトルをつかむ。

残念ながら、ほとんど空だ。

15

ソーニャ・リドが〈待合ホール〉にはいると、すでにほかのメンバーは揃《そろ》っている。正面にある机の後ろに立っているエヴァ・ニーマンから、鋭い視線を浴びせられる。ニーマンの背後の壁になにかが映っている。粒子の粗い奇妙な映像は、はっきりとは見えない。

その靄《もや》のなかに、徐々にものが浮かびあがってくる。煙と粉塵と土がようやくおさまりはじめる。倒れ込んだ壁が現われ、建物の一部が崩壊しているのが見えてくる。その残骸のなかから、非常に小さい人影がよろよろと出てくる。その人影はつまずき、前のめりに倒れる。なにかが転がりおちる。

頭部か？

〈待合ホール〉のなかに複数のうめき声が共鳴する。しばらく経ってから、主任警部エヴァ・ニーマンは咳払いをする。恐怖が支配する部屋のなかで、彼女はあえて独善的なしたり顔をしているように見える。

「これで、三つの事件がひとつになった？」苦笑を浮かべてソーニャ・リドは訊く。

見透かされたことに一瞬苛ついた顔をしてから、ニーマンはゆっくりとうなずく。「この瞬間、スウェーデンに非常に暴力的な気候テロリストがいることが確定した。これからどうなるか。今回のこの事件で、新局面を迎えることになったから」

彼女は〈待合ホール〉を見わたす。まるで、今この瞬間になにが起きたのか、全員が認識したかのように。この一瞬に、Ｎｏｖａグループは単なる末端の組織から、きわめて重要な組織へと変貌を遂げることになる。

ニーマンは続ける。「これは、ヴェステロースにあるアマゾンのサーバー・ホール。戦争が始まったようね。とにかく、地獄のホールは恐怖で満たされた。サルワニ、リンドベリ、アンカン、現地に向かって。今すぐ」

車を運転するのはアントン・リンドベリ。がっしりとしたたくましい体が、まるでハンドルに覆いかぶさるように運転している。猛スピードを出し、覆面パトカーの青色灯を躊躇なく使う。ラッシュアワーの交通渋滞を抜けるために、サイレンも必要に応じて鳴らす。

「ヘリコプターを使わせてくれたらよかったのに」後部座席のシャビール・サルワニがぶつぶつ言う。「Ｎｏｖａは、この国でいちばん注目を集めている事件を担当しているんだから」

助手席に座っているアンカンは、しょげかえったようにおとなしい。たしかに、彼女が今後大事件へと発展しつつある捜査の中心にいるのは事実だ。しかし今夜、若いラヒム・アブドゥルハミドと出かけるのを心待ちにしていたのも事実。お互いの違いを知り、似たところを知り、全体的な感情を分析し合う。彼女がヨルゲンと出会ったのは十六歳のときで、それ以来ひとりでいたことはない。

彼女はそれを、取り戻そうとしている。

ひょっとしたら今夜遅くなってからでも仕事から解放されるかもしれない、という淡い期待をまだ持っている。

リンドベリは運転に集中している。車は混雑するヴェステロース市にはいる。狼煙《のろし》を目印にすれば目的地までは間違いなくたどり着ける。爆破が起きてから二時間近く経っているにもかかわらず、煙は天高く昇りつづけている。

現場で彼らを待っていたのは、まさに戦場そのものだ。警察の非常線を警備している制服警官たちは落ち着いているように見受けられるが、刑務所かと見まがうような建物の前では顔面が蒼白《そうはく》になっている。建物の一角が吹き飛んでいる。そこに、安全な距離を保って遺族が集まっている。六、七台の消防車が懸命に消火活動をおこなっているが、まっすぐに立ち昇る黒煙は一向に弱まる様子はない。

現場では、数人の鑑識と私服警官が作業をしている。アンカンは、そのなかの引き締まった体つきの男性に見覚えがある気がする。公安警察の人ではなかったか。しかし挨拶にやってきたのは、よくいるずんぐりとした警官だ。

「NODか？」質問というより断定だ。「待っていたよ」

「ラッシュアワーに巻き込まれて」自己紹介のついでにリンドベリは言う。

「今のところわかったことは？」いつもながら単刀直入にサルワニは訊く。

ずんぐりした警官は、捜査主任のニルソンだと名乗り、煙に覆われたデータセンターを身ぶりで示す。

「彼らは手のうちをなかなか見せたがらない、とでも言えばいいかな。ここの運用責任者がこっちに向かっているとのことだ。よりにもよって、デンマークのラナース市で一日打合せをしていたそうだ。われわれが無理やり彼らから入手できたのは、すでに送信ずみのCCTVカメラ映像のほかに、もうひとつ建物内部で撮られた映像だ」

ニルソンは〈iPad〉を取り出すと、無遠慮に彼らの車のボンネットの上に置いて映像ファイルを開く。Novaグループが彼を取り囲む。

予想外に鮮明な映像が映し出される。イヤープロテクターをした屈強な体つきの半ズボンの男が、カメラに怪訝そうな目を向け、ちかちかと点滅するサーバーの列にはさまれたテーブルに歩み寄る。そして身をかがめると、テーブルに置かれた大きな荷物を開けはじめる。画面が真っ暗になる前に映し出されたのは、カメラのレンズにひびがはいる瞬間のはっきりとした映像だ。

ニルソンは映像をゆっくりと巻き戻し、男の指先が荷物に触れる場面までくると再生を止める。そして画面の左側の一部分をズームして拡大する。サーバー群の列の後ろに、なにか人の皮膚のようなものが見えてくる。

「これは肘だ」とニルソンは説明する。

Ｎｏｖａグループは、サーバーの後ろから突き出ている肘を見つめる。

「荷物を開けているのは、データセンター長のメルダド・ゴルバハル。遺体はほとんど残ってない。この肘の持ち主はアンドレアス・グラーン。ひとつ前の映像で、壊れた建物から出てくる人物だ」

「あの、頭が転がり落ちた……？」アンカンがためらいがちに訊く。

「ああ、残念ながら」ニルソンはうなずく。「だが、建物の破壊具合に比べると、死者はグラーンとゴルバハルの二名だけのようだ」

「負傷者は？」とアントン・リンドベリが訊く。

ニルソンは肩をすくめ、答える。「重傷者はいない。救急隊によれば、五人が煙を吸い込んで避難しただけだ。われわれの知る限りでは、それ以上被害者はいない」

「荷物に関してわかっていることは？」とシャビール・サルワニが訊く。

「午後二時四十三分、本部からの荷物が届いたというショートメッセージが出荷部門から送信された。アメリカからの荷物を技術スタッフがいつも受け取りにいく場所らしい」

「荷物が大西洋を渡った履歴は調べてあるんですか？」

「会社のルールとして、極秘の荷物は普通の配送会社には依頼しないことになっているようだ。自社の航空会社アマゾン・エアが運ぶらしい。現状の捜査段階では、荷物の履歴についてはオンライン上では確認できていない。ただ、飛行機がヴェステロース市に到着したことはたしかだ」

「爆弾がアメリカから来たものとは考えにくい」とサルワニは言う。「ヴェステロース空港に着陸してからデータセンターに届けられるまでのどこかで、荷物が入れかえられたんだと思う。ヴァーサ公園の事件と同じように。重要なのはそこだ。荷物を届けた人物を特定する必要がある」

「その人も、ノルウェー北部で休暇中なんじゃない?」とアンカンはつぶやく。その時点で、今夜のデートはキャンセルせざるをえないことを悟る。

シャビール・サルワニは、部分的に破壊された地獄のホールを眺める。ここは、彼のリストのなかに載っていた。警察から警告を受けなかったのか? それとも、警告を無視したのか? いずれにしろ、ここでの爆発は威力を増している。犯行に使われている爆薬はますます巨大化し、強力になっている。

なにより、犯人は技術的なスキルを有し、知識もあり、賢い。彼が爆発させているのは、配達が予定されていた荷物だ。予定外の届け物ではない。方法はわからないが、犯人は荷物が到着する前にそれが輸送中であることを知っていた。そしてその荷物を盗み、誰にも気づかれずに中身をすりかえた。

まだ容疑者は特定できていないのか？　警察のデータベースのなかに、技術的なスキルを持つ気候活動家で暴力行為に及ぶおそれのある人物はいないのか？　誰か、そういう観点から調べていないのか？

たとえば、ソーニャ・リドはなにをしているんだ？　誰も気づいていないと思っているようだが、エヴァ・ニーマンとソーニャ・リドのコンビは自分たちだけの捜査をしている。いつものことだが。いったいなにをしているんだ？

サルワニは、半分壊れた巨大なビルを観察する。煙のにおいがする。それはたしかだ。でもそれ以外にも、隠蔽《いんぺい》のかすかなにおいがしないか？

彼が唯一確信しているのは、もう一通新しい手紙が届くのもそう遠くないだろうということだ。

16

エヴァ・ニーマン主任警部は目のまわるような忙しい日を終え、自分のオフィスに転がり込む。今日は緊急会議の連続だった——ただ、静かな賞賛を浴びたことも事実だ。なにしろ、捜査を正しい方向に導いたのがエヴァ・ニーマンだというのが、NOD幹部たちの認識だ。

今日はまる一日、ヴェステロースの事件で明け暮れた。それは会議室のなかだけでなく、会議室と会議室を結ぶ建物じゅうの廊下ではなおさらだっただろう。一般市民だけでなく、スタッフや警察官の顔を見るだけで、このスウェーデンでなにかが起きているのは一目瞭然だ。みんなの顔が語っている。テロリストによる攻撃がますます激化しようとしている、次になにが起きても不思議はない、と。

会議室のなかでの主な議論は、爆破事件が起きる二時間前にニーマン主任警部とNODが発した警告についてだ。今のところ、アマゾンからの回答はない。会社幹部とは連絡が取れない状況が続いている。

エヴァ・ニーマンはアンティークの机の椅子に深く沈み込み、自分のついたため息を聞く。現在はNODのなかのいろいろな部署が捜査に当たっている。彼女が率いているNovaグループもそのひとつだ。今のところ、彼女のグループはテロリストの線での捜査を続けるように指示されている。だから、ある程度は自由に動くことができる。でも、今考えたいのは、そのことではない。

考えたいのは警察の仕事についてであって、政治ではない。彼女は写真の束を持ち、机の上でトントンとそろえて端を整える。ニーマンは写真が好きだ。それも実際に手で持つことができ、写真のにおいのする写真が。ゆっくりと一枚ずつ見ていく。廃墟と化したサーバー・ホールに、あらためて愕然とする。

彼らは耳を貸すべきだった。彼らは、サルワニの警告を真剣に受けとめるべきだった。配達される荷物に、もっと注意を向けるべきだった。

彼女は思考をめぐらせる。巨大な多国籍企業というものは、ほとんどの国よりも大きい。実際、彼らは国家そのものであり、自分たちの法律を持ち、自分たちの司法や警察を持っている。彼らの国家は、これまで民主主義や共同政策決定のようなものとは無縁だった。彼らは自分の世界を築きあげている。

やがて写真が尽きると、エヴァ・ニーマンは写真の束のいちばん下にある異質な紙を見つめる。写真を取り出す前から机の上にあったものだ。

この紙は、あの手紙とよく似ている——タイプライターで〝ストックホルム市、警察本部、NOD、エヴァ・ニーマン主任警部さま〟と宛名が書かれていた手紙。あの手紙を受け取って以来、届いた手紙についてはすべて国立科学捜査センター《NFC》に渡すように指示されていたが、かなり前からその指示には従っていない。

彼女はラテックスの手袋をはめ、ペーパーナイフで封筒を開ける。

なかを見ると、紙の端から端までびっしりと書かれた手紙がはいっている。タイプライターで書かれた手紙だ。封筒から手紙を慎重に取り出し、読みはじめる。

〝……気をつけるがいい、気候変動懐疑論者たちよ。それは、おまえたち全員のことだ。なぜならおまえたちは、自分たちの生き方をほんの少しでも変えたいとは本気で思っていないからだ。まるでその気がない。おまえたちがなにを言おうが、なにを主張しようが、それが気候変動懐疑論の実体だ。地獄のホールの残響は今でも鳴り響いている。人間は、大量消費主義の生活を拒否しなければならない。それも、今すぐにだ。やがて、自分たちの愚かさから目覚めさせてくれる波が、おまえたちを洗い流す。波はどんどん大きくなっている。その波は、死にゆく橋の街の一部を流し去り、神の白い住処《すみか》は、破壊しつくされた廃墟を見おろすだろう。おまえたちが目撃したものは、ほんの始まりにすぎない。その始まりのなかに、おまえたちの悲惨な未来が映し出されるだろう。存在が消える前に、その真の姿が垣間《かいま》見えるかもしれない。気をつけるがいい、気候変動懐疑論者たちよ……〟

エヴァ・ニーマンは手紙を読みあげるのはやめるが、〈待合ホール〉の壁に映し出された手紙はそのままにする。少し間をおいてから彼女は言う。「遅くまで残ってくれてありがとう」

「まるで、ほかに選択肢があったみたいな言い方」とアンカンは文句を言う。

シャビール・サルワニがすかさず口をはさむ。「彼女が言いたいのは、ほかの選択は考えられない、ってことだ。ヴェステロースの捜査は任せておけばいい。すべての情報はこっちにまわされてくるんだから」

「たしかに、ほかの選択は考えられない」話題を変える前にニーマンは言う。「マスコミは、すでに容疑者に〝爆弾テロ犯〟という呼び名をつけたようね。それがどういう意味だかはわからないけど。それで、この手紙についてのあなたたちの意見は？」

「〝波はどんどん大きくなっている〟」とアントン・リンドベリは引用する。

「そうね」とニーマンは言う。「ほかには？」

「地獄のホールについても書かれている」とアンカンは言う。

「それも古い情報よね。ほかにもなにかあるでしょ？」

ほかのメンバーから少し離れて座っているソーニャ・リドが言う。「この手紙の核となってるメッセージが、より大きな波が〝死にゆく橋の街の一部を流し去り、神の白い住処は、破壊しつくされた廃墟を見おろす〟だというのは明らか」

「そうかもしれない。でも、どういう意味だと思う？」とニーマンは訊く。

「〝橋の街〟というのはストックホルムを意味している」とリンドベリが言う。「〝神の白い住処〟が意味するのは……教会？」

「たしかに、その可能性はある」とリドが同意する。「もしそうだとすると、標的は教会じゃない。教会は、犯行が目撃できる場所であって、標的になっているのはストックホルムにある教会の近辺。そこを爆破するつもりなんだと思う」

「白い教会か」とサルワニは言い、さっそく携帯電話でグーグル検索を始める。

「ストックホルムには、白い教会は少なくとも五十はあるわよ」とアンカンが異議を唱える。

「いや、何百もある」グーグル検索をつづけているサルワニが言う。「ストックホルム郡全体では、何百もの白い教会がある」

「でも、ストックホルム県まで広げると、〝橋〟という条件からはずれる」とリドは言う。

「ストックホルムの中心部に限定して検索したほうがいい」

サルワニが画像検索を続けている一方で、ニーマンは古臭いホワイトボードを引きずり出してくる。ホワイトボードは、すでにさまざまな情報で埋め尽くされている。彼女は新しい手紙のコピーを、四番目の列――高速道路、ヴァーサ公園、ヴェステロースの右隣――に貼りつけ、〝白い教会〟と名付ける。

「ここに関しては、まだまだ情報が不足してる」三番目の列を指差しながら彼女は言う。

「みんなで協力して……」

「そこだけじゃないですよね」携帯電話から目を上げずにサルワニが言う。

「え？」とニーマンは言う。なんとか彼と視線を合わせようとするが、彼はストックホルムじゅうの教会の検索で忙しい。検索を続けながら彼は言う。「なにか、別の線を追ってますよね？」

ニーマンは答えない。目を合わせようとしているリドにも応じない。

そのとき、サルワニは顔を上げる。「そうなんですよね？　でも、秘密にする理由はなんなんですか？」

みんなの視線が、ニーマンひとりに集中する。彼女はそのまま沈黙を続ける。必死に言い逃れの方法を考えている。しかし、観念したかのようにまばたきをすると、正直に話しはじめる。「まだ、本当に暫定的なことなの。わたしのかつての同僚がからんでいるのではないかと、個人的に疑っているだけだから。確たる証拠はなにもない」

「同僚？」リンドベリが大声をあげる。「つまり、警察の人間ってことなのか？」

「元警察官」とニーマンは正す。「この手紙についての話が終わったら、ソーニャに説明してもらう」

「少し先が見えてきたかも」リドは素っ気なく言う。

サルワニはしばらくニーマンを見つめてから言う。「ざっと調べたところ、候補は四つ」

「四つ？」

「ストックホルムの教会で、〝神の白い住処〟と呼べるような白い教会は四つだけ。アドルフ・フレデリック教会、グスタフ・ヴァーサ教会、ユールゴー教会、そしておそらくマティウス教会。写真から判断するのは難しいけど。あとは、福音派の教会でフィラデルフィア教会とか聖ペテロ教会もある。でも、それらを含めていいのかわからない」

「それは幸先《さいさき》の良いニュースだわ」安堵の表情を浮かべてエヴァ・ニーマンは言う。「じゃあ、それらの神の住処は、どこを見おろしているの？　次にしなくちゃいけないのは、可能性のある候補地をしぼることね。万が一この爆弾が爆発すれば、世界じゅうの注目を浴びることになる。ではソーニャ、いわゆる〝容疑者〟について話してくれる？」

ソーニャ・リドは注意深い足取りでホールの正面まで歩いていく。ホワイトボードのところまで行くと、余白のある角に写真を貼りつける。見るからに古めかしい。まるで第二次世界大戦中に撮られた写真のようだ。

「把握できている限り、これがルーカス・フリセルの最後の写真」

17

ものすごいスピードで重りが上下する。黒い円板は、本来これほど荒々しくケーブルを上下する想定になっていないのは明らかだ。しかし、ここにはソーニャ・リドしかいない。自宅のアパートメントから百メートルという距離にあるこのジム最大の利点は、早朝にはほかの利用者がいないということだ。

彼女は、怒り狂ったように筋トレをする。トレーニングの最初から最後まで、高速のペースをキープする。

今朝は、いつも以上にペースを上げなければならない。昨夜の夜更かしが原因だ。その結果、不健康な状態を招いた。もしかしたら自分を罰しているのかもしれない。トレーニングマシンで背中を鍛えながら、脊椎から二日酔いと〝裏切り者〟ということばを排出しようと努力する。

最後の二十回で、彼女は完全に力が尽きる。息も絶え絶えに前かがみになると、背中上部の筋肉に痛みが走る。少しだけそのままの姿勢でいたあと、力任せに丸刈りの頭をこすり、立ち上がる。よろめきながら更衣室に向かうあいだ、ひとつの画像が頭に焼きつく。いかにも古臭い、まるで第二次世界大戦中に撮られたような写真。

彼女の意識は、その画像一点に集中する。ただそれだけに。

警察本部を出たときは真夜中を過ぎていたにもかかわらず、全員が八時には戻ってきている。彼らの聖堂の祭壇画――巨大なホワイトボード――が、どのようにしてこのオープンプランのオフィスに出現したのかは依然として謎のままだ。

エヴァ・ニーマンは机のあいだを歩く。グループのエネルギーがひしひしと伝わってくる。今日一日を乗り切るためには、このエネルギーが必要だ。彼女は確信している――この不揃いのメンバーを集めたＮｏｖａよりすぐれたチームはない。しかし、もっと巨大で、もっと力のある組織が、この事件をＮｏｖａグループから奪おうとしていることも彼女は知っている。〝スウェーデン国家の安全と国民の自由に対する脅威を阻止する〟ことを目的としている組織――公安警察――は特に。同じNOD内でも、ほかの部門がこの事件を引き継ごうと名乗りをあげている。

誰にも気づかれることなく、ニーマンは部屋を抜け出す。

ヴェステロースの警察と電話しながら、アンカンはブロンドのシニョンをきつく結ぶ。科捜は迅速に仕事を進めて――どうやったのかは不明だが――証拠品の収集もすでに終え、サーバー・ホールの再建は急ピッチで進められている。

交換部品は、夜の便でシアトルから届く。いわゆる〝クラウド〟と呼ばれる人々のファイルやデータに、どれほどの被害が出たかはまだ明らかにされていない。アンカンは、出荷部門の上層部に連絡を取ろうとしているが、いまだに捕まらない。彼女は、ノルウェー北部を旅行中だと言われているDHLの配達員ディック・ジャヤにふたたび注意を向ける。

アントン・リンドベリは国立科学捜査センター《NFC》と密に連携を取っている。彼らの予備解析によれば、ヴェステロースで使用された爆弾は、先に起きた二件の爆破に使われたものと類似しているらしい。主任研究員から、もっと突っ込んだ結論を引き出そうとするリンドベリの試みは失敗に終わる。そのかわり、進展があり次第連絡をもらう約束を取りつける。

リンドベリはシャビール・サルワニに目を向ける。

「福音派の教会は任せた」とサルワニは言う。「その近辺で、標的になりえそうな場所を探してくれ」

サルワニ自身、スウェーデン国教会に所属する四つの教会についても同じことを調べている。彼はとことん調べることにする。それぞれの教会の尖塔《せんとう》が、どこを見おろしているか。尖塔の高さによって、半径の異なる円を描く。

彼の仮説が正しければ、街の広い範囲に被害が及ぶ。

小さなユールゴー教会――民間人の家のように見える木造の教会――でさえ、建物自体は高くないにもかかわらず、グローナルンド遊園地の一部が見おろせる。ＡＢＢＡ博物館やスカンセン野外博物館よりも近い。一方、アドルフ・フレデリック教会が見おろしているのは、スウェーデン社会民主労働者党の本部や大手出版社のあるスヴィア通り、歩行者専用のドロットニング通り。しかも数年前にイスラム過激組織がテロ攻撃で使用したトラックを盗んだ場所も、実際にこの範囲に含まれている。グスタフ・ヴァーサ教会は、この街の交通の中心地であるオーデンプラン広場を見おろす。ヴァーサ公園の一部もその範囲に含まれているが、あまり関係はないだろう。興味深いことではあるが。白に近いというレベルのマティウス教会――サルワニは出勤途中に実際に立ち寄ってたしかめてみた――は、ヴァーナディィスプラン広場のほか、地下鉄と通勤電車のオーデンプラン駅の出入り口を見おろしている。

サルワニは、四つの円が描かれている地図をじっと見る。そして、ふたつの福音派教会を調べているリンドベリに視線を向ける。

ソーニャ・リドは、フリセルの線を追っている。はたしてフリセルは、今回の一連の事件を起こせるほど自家製爆弾について詳しいのだろうか。彼は農学の専攻課程を途中まで学んでいたのだから肥料についてはある程度詳しいと考えられる。専門学校では、化学技術を学んでいる。警察を辞めたあと、スウェーデン農業科学大学で彼がなにをしていたのかの詳細を調べる必要がある。でもまずは、元妻のニーナ・ストレムブラッドから聞き出すことができた、フリセルが連絡を取りそうな相手からだ——ランニング仲間のアーロン・ルドルフソンと、エキセントリックなカッレ・ローマンとレッレ・ベルギス。

ルドルフソンは警察官ではないだろう。もし警察官なら、ニーナ・ストレムブラッドはそう言っていたはずだ。検索の結果出てきたのは、照明会社のCEOただひとり。電話をかけると、機嫌の悪いアーロン・ルドルフソンは、ルーカス・フリセルなどという名の男など知らないと言い放つ。先に進むことにする。スウェーデン国内にカッレ・ローマンはそう多くはなく、ストックホルム在住はふたりだけだ。そのふたりに電話をかけるが、応答はない。

レッレ・ベルギスはふざけた名前だ。おそらくレッレはレンナルトの略称だろうが、ベルギスはベリ、ベリストローム、ベルイマンなど、なんでもありうる。

レッレ・ベルギスを調べるかわりに、ソーニャ・リドはウプサラ市郊外のウルトゥナにあるスウェーデン農業科学大学に電話をかける。何度かたらいまわしにされてから、二〇〇九年から二〇一四年までフリセルの親しい同僚だったレイフ・スティエナがまだ大学にいることがわかる。リドは本人に電話をかけ、ショートメッセージを送り、メールも送信するが、

なにも反応が返ってこない。しかしこの日の午後、彼がオフィスに来ることになっていると
いう情報を得る。
オープンプランのオフィス内に、控えめな電話の呼び出し音が鳴る。電話を取ったアンカ
ンは黙って聞いていたが、いきなり叫ぶ。「ヴァーサ公園の事件を捜査していた科捜からだ
った。爆弾の残骸から、身元不明のDNAが検出されたそうよ」
「ぶったまげたな」とアントン・リンドベリは大声で言う。「犯人は爆弾を作っている最中
に怪我《けが》でもしたのか？」
「警察のデータベースに、まだルーカス・フリセルのDNA情報は残ってる？」とソーニ
ャ・リドは訊く。
「どうかな」とサルワニは言う。「警察を辞めたのはかなり前だから」
リドは一瞬、じっと前を見すえる。とっくに反応していてもいいはずだという思いにとり
つかれる。次の瞬間、彼女は行動に移す。自分の机の下にもぐり込むと、フリセルの持ち物
がはいった箱のなかを漁《あさ》りはじめる。ニーナ・ストレムブラッドが屋根裏部屋に保管してお
いた箱だ。
リドは机の下から顔を出し、手に持った使い古したヘアブラシを見つめる。完全な毛包《もうほう》の
残った髪の毛が絡まっていることを確認すると、証拠品用の袋に入れ、アンカンに渡す。
「科捜の研究員にも、そろそろやり甲斐《がい》のある仕事をあげないと」

18

ウプサラ市郊外のウルトゥナにあるスウェーデン農業科学大学のメインキャンパスは広大だ。車を停《と》めながら、ソーニャ・リドはその大きさに驚嘆する。

春のよく晴れた日。心地良い静けさに包まれたキャンパスを歩いていると、ストレスも不安も、なんて意味のない不要なものなのだろうと愕然とする。依存症とも呼べるような状況に彼女を追い込んだものは、たぶんＨＳＰ——感覚過敏症——の産物にすぎないのだろう。

そのとき突然、ルーカス・フリセルがどこから生み出されたのかがわかったような気がする。ストレスの原因となるようなものをすべて捨て去り、自然のなかに埋没する。自分の起源に戻る。

世界の終末に極力関わらないようにする。

大学本部のオフィスに行くと、レイフ・スティエナのオフィスへの行き方が書かれた手書きの小さな地図を渡される。

彼は、いかにも学者という風情だ。どんな分野なのか学部なのかもわからない、広い意味での学者。彼女自身がなにもわからないまま学問の世界に飛び込もうとしていたころ、よく知っていたしかめっ面の教授たちと同じだ。でも、彼女の専攻は哲学で、レイフ・スティエナは農業工学者だ。それに、彼は顎ひげを伸ばしている。

「彼とはときどき一緒に仕事をした」スティエナはうなずきながら言う。そうしているあいだも、携帯電話をスワイプしている。「いくつかのカリキュラムや講座を共同で受けもっていたのだよ。と言っても、フリセルは考えられるものならどんなことでも教えるのを躊躇しなかった。専門分野からかなりはずれた内容でもね」

「どういうことです？」

「スウェーデン農業科学大学は、ここ以外にウメヤやアルナップ、クインスカッテベリ、そのほかの場所にもキャンパスがある。初めのころ、ルーカスは各地のキャンパスに行くのを楽しみにしていた。都市部から離れた場所のほうが林業には適しているし、プレッパーの興味を惹くようなものが多いからね。でも最後のころは、ここウルトゥナのキャンパスで過ごすことが多かった」

「あなたとルーカス・フリセルは友人と呼べるような関係でしたか？」

スティエナは頭を少し下げ、顔をしかめる。やがて、眉間のしわがゆるむ。「ああ、これだ」と言いながら、彼は携帯電話をリドに差し出す。「たぶん十年くらい前の写真だよ」

彼女は携帯電話を受け取る。そこには、ニーナ・ストレムブラッドの結婚式の写真よりも若干年齢を重ねた薄い髪の男が写っている。それに比べてレイフ・スティエナは今とまったく変わらない。ふたりは互いの肩に腕をまわし、十人ほどの学生に囲まれて笑っている。

リドはうなずき、電話を彼に返す。

「これが、わたしの質問に対する答えですか？」

スティエナは空々しい笑みを浮かべる。

「まあ、それなりに食事に行ったりビールを飲みに行ったりはしたよ。自然に対する関心は共有していたし、ふたりとも独身だったからね」

「では、学者っぽく顔をしかめたのはなぜですか？」

「は？」

「躊躇しましたよね。その理由は？」

「それはたぶん、性格的に結構違っていたからだろうな。彼は激しい熱情に駆られていた。それに比べると、私は教師としての立場を受け入れていた。当時も今も、理論的な農学の研究にほとんどの時間を割いている。でも正直言うと、彼のことを少し怖く感じていた」

「怖いとは、どんなふうに？」

「あまりにも激しすぎる情熱にだよ。一瞬で攻撃的になれるような、そんな激しやすさを持っていた。いつだって確固たる信念を抱いていて、その信念のためならすぐにでも闘う覚悟を持っていた」

「フリセルはなんの専攻だったんですか？　農学ですか？」

「実は、よく知らないんだ。警察を辞めて大学に戻ってきてからは、実にさまざまな専門課程を短期間で修了して、そのあとは教える立場になった——農学、林学、化石燃料を使わない農作、環境科学。彼は講師として人気があった。特に女子学生にはね。危機管理に関する講義なんかは、とんでもなく好評でね。警察官だったときの経験が大いに盛り込まれていたんだと思うけど、フリセルが活動していたほかのキャンパスでも見られるように、ビデオ撮影までされていたくらいだ。実際に見せていたかはなんとも言えないが」

リドは、自分とスティエナのあいだの机に置いてある携帯電話に目をやる。録音機能が作動している。これがないと、すべてを覚えてはいられない。彼女はもはや学者ではない。哲学者からもほど遠い。

それになにより、彼女の字は判読不可能だ。

「彼は、刑事だったころの過去をどのように言っていましたか？」

「ほとんどなにも。まるで葬り去りたいかのようだった。ただ最初のころは、警察を辞めることになった原因については、かなりの挫折を感じていたのが見てとれた。警察はすっかりデジタルで官僚的な組織になってしまったと嘆いていたよ。でも、この大学で時間を過ごすうちに、静かな学問的な存在として自然のふところに抱かれていったようだ。彼の情熱は、警察組織から気候変動との闘いに移っていったとも言えるかもしれない」

「彼は危機管理の講義を受けもっていたんですか？　それは、どういう内容のものだったんですか？」

「地球規模の大災害からどうやって生き残るかだ。戦争とか洪水とか地震とか。インターネットや電力が失われた場合とか。石器時代に逆戻りしなければならない状況になったときにどうすべきか、とか」

「危機管理の講義のなかに、暴力的な内容も含まれていましたか？」

　スティエナは肩をすくめる。

「正直言うと、彼の講義を聴講したことはないんだ。好きな分野ではないのでね。私はどちらかというと、しっかりとした仕組みや規則のある、きちんと耕された分野が好きでね。ただ、ルーカスの講義の授業計画のなかに、自己防衛の要素も含まれていたのはたしかだ。彼は警察官としての経験を活かしていた。もちろん銃器については教えていたが、基本はハンティングナイフの使い方だった」

「自家製爆弾については？」

「私が知る限りではなかったと思うが、爆薬というのは、おそらく自己防衛の面でも狩猟の面でも、講義内容には当てはまるだろうね。一度だけ、狩猟のときに簡単な爆弾を利用するとか話していたような気がする」

　リドはしばらく黙り込み、今の話を自分のなか深くに浸透させる。そのとき、なにかが頭のなかでブーンと音をたてる。

「さっき見せてくれた写真」と彼女は言う。「どこで撮られたものですか？」

レイフ・スティエナは、驚いたように彼女を見つめる。「あれは学生から拝借したものだ。たしかフェイスブックだったと思う」

「フェイスブックですか」とリドは言う。「その写真が載っていたフェイスブックのアカウントを教えてもらえますか？」

少しためらいが見えたが、スティエナはパソコンを開き、リドには画面を見せずにスクロールしはじめる。

「もう十年も前のことだからな」と彼は言い、首を振る。

数分間の沈黙ののち、スクロールする彼の手は動きをゆるめ、ようやく探していたものを見つける。

「ああ、これだ」と彼は言い、指を差す。「〈楽しい農業〉というフェイスブックのページに写真が公開されていた」

「すばらしい」気持ちのこもらない声でリドは言う。「そのページは今でも生きていますか？」

スティエナはあちこちクリックしたあと答える。「まだ残ってはいるようだね。でも、最後に投稿されたのは二〇一五年だ。もしかしたら、学生が大学に在籍していたころに使っていたものかもしれない」

ソーニャ・リドはうなずき、机の上の自分の携帯を見つめながらなにかを記憶に留《とど》める。

そして、話題を変える。

「フリセルはここに住んでいたのですか？」

スティエナは顎ひげを掻《か》きながら答える。「ああ、彼はキャンパス内のアパートメントに住んでいた。実際には学生向けの部屋だったのかもしれない。でも同時に、彼はどこかの森のなかに家のようなものを建てていたようだ」

「森のなかの家ですか？　それがどこか、わかりますか？」

「残念ながら。それほど親しくはなかったのでね。でも……」

「でも、なんですか？」

「なんらかの噂を耳にしたような気がする。誰か、なんと言えばいいのか、プレッパーの〝教祖《グル》〟のような存在がいて、彼を生存主義者《サバイバリスト》の道に導いたとか」

「では、フリセル自身もサバイバリストになったんですね？」

「そうなのかどうか、本当にわからないんだ。彼は突然姿を消したんでね……たしか、二〇一四年の春学期だったと思う。とにかく、そういう噂があったのはたしかだ」

「スウェーデン農業科学大学には、噂が蔓延《まんえん》しているようですね」リドは笑みを浮かべて言う。「その、グルという人に会ったことは？」

スティエナは首を振る。

「いいや、一度も」

「その噂のなかで、グルには名前がありませんでしたか？」

スティエナは記憶の沼を手探りしているように見える。「どうも名前を覚えるのが苦手なもんで」と彼は言う。

「どんなに時間がかかってもかまいません。なにか思い出せませんか？」リドは言いながら、自分の本能と闘っている。

「マルクなんとか、だったかな」しばらくしてスティエナは言う。

「ファーストネームがマルクですか？　そのあとはスウェーデンの苗字《みょうじ》？　それとも、外国の？」

「いや、マルクは苗字の一部だった。たとえば、マルクルンドとか、ルンドマルクとか」

「マルクストロム、ステンマルク、マルクベリ、スンドマルク、マルクリンド、ベリマルク、リンドマルク……？」

「どうだったか……」

リドの頭のなかで、ほんの小さなダニのような考えが飛びはじめる。ブーンと唸りながら、着地する場所を探しまわっている。

「どうしても思い出せませんか、レイフ？」そう言いながら、時間を稼ぐ。「その人はフリセルの古い友人なのか、それとも新しい友人なのかはわかりますか？」

「古い友人だったような気がする。知り合って間もないころに話を聞いたような覚えがある。でも、どんな内容の話だったかは思い出せない」

その瞬間、頭のなかのダニが彼女の脳のちょうどいい場所に着地する。それと同時にひとつのことばが浮かぶ。〝ベルギス〟。

レッレ・ベルギス。

「ひょっとして、ベリマルクではありませんか？」と彼女は訊く。「レンナルト・ベリマルク？」

19

エヴァ・ニーマンは、造りつけの本棚の横に掛けてあるグスタフ朝風の鏡に映る自分の顔をじっと見る。意に反して険しく見えてしまうしわの多い顔の裏には、なにがひそんでいるのだろう。茶色なのか白髪なのかはっきりしない豊かな髪の奥には、なにがひそんでいるのだろう。

なかにひそんでいるのは、巨大化しつづける事件の捜査を任されたチームのリーダーなのだろうか。彼女の暗い過去にマスメディアが気づくまで、どのくらい時間がかかるのだろう。

荒れ狂う嵐のなかで、強く自分を持って立ち向かえるのだろうか。

そしてルーカス・フリセルについては、どれほど確信しているのだろう。自分ひとりが追っている線の捜査に、いちばん信頼をおいているソーニャ・リドを専念させるほど、確信を持っているのだろうか。失敗に終わったとしても、ほかの誰かのせいにはできない。

深く息を吸い込み、電話をかけたいという衝動を必死に抑え込む。相手の強い希望に反して、記憶してしまった電話番号。最後まで、自分ひとりだけで向き合うしかない。それ以外の選択肢はない。

オープンプランのオフィスに戻ろうとしたそのとき、携帯電話が鳴る。ソーニャ・リドからだ。

グループのメンバーは、誰もが心ここにあらずという様子で〈待合ホール〉にはいってくる。アンカンは、忽然《こつぜん》と姿を消したふたりの配達員――ヴァーサ公園の事件のデディック・ジャヤとヴェステロースの事件のヴィルヘルム・ボック――のことを考えている。アントン・リンドベリは、類似している爆弾について熟考している。シャビール・サルワニは、ストックホルム市中心部に迫りつつある爆破事件のことで頭がいっぱいだ。

「それぞれの進捗状況について簡潔に説明して」ホールの正面の机についているエヴァ・ニーマンが言う。「短く端的に。まずは、アンカンから」

「配達員ふたりが行方不明」ラップトップパソコンを開きながらアンカンは言う。「ヴァーサ公園の事件で荷物を配達したディック・ジャヤは、休暇でノルウェー北部になんて行ってない。アマゾンの配達員ヴィルヘルム・ボックは、空港から荷物をサーバー・ホールに届けてから行方がわかっていない。端的に言えば、ふたりとも消えてしまった。似顔絵捜査官が配達員の似顔絵を仕上げたんだけど、映してもいい？」

ニーマンがうなずくと、アンカンがパソコンをクリックする。壁に投影されたディック・ジャヤのパスポートの写真の隣に、かなり写実的な似顔絵が映し出される。ふたりが別人なのは一目瞭然だ。それでも、〈待合ホール〉のなかに何人かのため息が漏れる。Novaのメンバーは幻影のような似顔絵をあまりにも多く見ているため、スケッチだけでは顔認識をするには抽象的すぎることを認識している。アンカンはもう一枚の似顔絵を映し出す。今回はため息が漏れない。二番目の似顔絵が最初のものより具体的だからではない。ふたつの似顔絵が非常に似かよっているからだ。二番目の似顔絵は、その隣に表示されているヴィルヘルム・ボックのパスポート写真とはまるっきり違う。

「みんなの言いたいことはわかる」誰もひとことも発していないのに、アンカンは言う。「どの目撃者からも、配達員を特徴づけるような証言は得られなかった。いずれの事件でも、配達員ははっきりと見えないように顔をそむけていた。でも、同一人物だと思われる三十代の男」

「移民の可能性は高いのか？」とリンドベリは訊く。

「それは結論を急ぎすぎ」腕時計に目をやりながらニーマンは言う。「ただ、この男が中東系によく見られるような特徴を持っている、ということは言えるかもしれない」

「この人物が誰なのかは、現時点では皆目わかっていない」と言ってアンカンは報告を終える。「全国的にこの似顔絵を配って、情報を待つしかない」

「ありがとう」腕時計にまた目をやってニーマンは言う。「次、アントン」

「残念ながら、まだ報告できることは少ない」とリンドベリは言う。「ヴェステロースの事件で使用された爆弾は、前の二件の爆弾と同じものだと考えられる。今は科捜からの詳しい情報を待っているところだ。それを待つあいだ、いくつかの福音派教会の周辺地域の脅威分析を進めている」

「ありがとう」と言ってニーマンはため息をつく。「シャビールは？」

「今アントンから報告があったように、ストックホルム市中心部の白い福音派教会の周囲で、標的になりうる場所の特定をしてもらっている。それ以外にもいくつかあるから、壁に映していい？」

ニーマンはくちびるをぎゅっと結んでから、うなずく。

「これがそのリスト」とサルワニは言う。「ぼくが前に提出したリストが的を射たものだったことを考えると、今回のこれも深刻に受けとめるべきだと思う」

ニーマンの背後の壁に、テロ攻撃の対象になりうるストックホルム市内の約二十カ所のリストが投影されるのと同時に、けたたましく電話が鳴る。ニーマンは素っ気なくうなずくと、自分のパソコンをクリックする。サルワニのリストは、ワイヤレスヘッドホンをつけた茶色い髪を刈りあげた女性の映像に切りかわる。どうやら図書館から電話をかけているらしい。「こんにちは、みんな」とソーニャ・リドは言うが、誰も挨拶を返さない。「わたしは今、ウプサラ市にあるスウェーデン農業科学大学にいる」

〈待合ホール〉のなかに、興味のない反応が広がる。そんなことにはかまわず、リドは続ける。「たぶんだけど、ルーカス・フリセルにとってのサバイバリストの師匠の名前と、その人物がウップランド地方の森のなかに住んでいることを突きとめた。フリセルが文明社会を去るように、かなり長い時間をかけて彼を説得したらしい。おそらく、その人物の名前はレンナルト・ベリマルク」

興味のなさが、徐々に消えていく。

「ちょうど年齢とか特徴が合致するレンナルト・ベリマルクは三人いる」ソーニャ・リドは続ける。「その三人に話を聞く必要がある。捜している本人なら、フリセルの居場所がわかるかもしれない」

「そのベリマルク本人も森の仙人なんじゃないか？」とサルワニが訊く。「ということは、フリセルと同じように住所も身元もわからないのでは？」

「つまり、捜す意味はないと言ってるの？」カメラを見つめながらリドは言う。

「そんなことはないわ」エヴァ・ニーマンはきっぱりと言う。「もしもその人物がフリセルの師匠なら、年齢も上のはずよ。あなたもそう考えているんでしょ、ソーニャ？　捜し出そうとしているその人物は、フリセルより十歳は上かもしれない。六十五歳の人間が、社会から完全に隔絶してサバイバリストとして生きていけるのかしら。なんらかの文明社会の近くに移動しているかもしれない」

壁に映し出されているソーニャ・リドはうなずく。「いずれにしろ、三人のレンナルト・ベリマルクはみんな田舎に住んでいる。ひとりはウプサラ市の近くだから、ここからこのまま話を聞きにいく。もうひとりはストックホルムの南にあるオスモの郊外。あとのひとりはオーカーズ・スティッケブルックの近く」

「その三人について、それ以外の情報は？」

「この老人たちは、自分の生活をフェイスブックでひけらかしたりはしない」とリドは答える。「わたしが掘り起こせたのはこんなところ。オーカーズ・スティッケブルックのレンナルト・ベリマルクは、村の中心部から少しはずれたところにかなり広大な土地を持っているらしい。オスモのレンナルト・ベリマルクは森の真ん中に住んでいて、なんらかの狩猟グループの一員みたい。彼がいちばんの候補じゃないかと思う。ウプサラ市郊外のヴェンゲ村のレンナルト・ベリマルクについては、住所しかわからない」

「わかった。ありがとう」とニーマンは言う。「アントンとアンカンはオーカーズ・スティッケブルックを担当して。シャビールとわたしはオスモに向かう」

「でも、今日は千個くらい会議があるんじゃなかったでしたっけ？」とサルワニが言う。

20

ヴェンゲ村に足を踏み入れる前から、いやな予感がソーニャ・リドを襲う。森に囲まれた道を曲がると、村が見えてくる。まるで富裕層のための田園風景だ。レンナルト・ベリマルクのような年老いた元プレッパーが住むようなところには思えない。気づくと、うねるような裏道を運転している。GPSのおかげで正しい住所にはたどり着くが、大きな建物の裏側に出てしまう。かつては荘園《しょうえん》領主の邸宅だったのかもしれない——まるで、忘れ去られて久しい時代に踏み込んだような、見捨てられ歪んだ雰囲気をまとっている。

リドは車を停めて外に出る。自分が来たことで悪霊を刺激してしまったのではないかと、身動きもせずに様子を見る。しかし、動いているものはなにもない。ポプラの葉さえも微動だにしない。彼女は古い勝手口へと続く短い階段をのぼりはじめる。ペンキのはげた裏口のドアの前のパティオに上がると、もう一度立ち止まる。心を決め、できる限り静かにドアハンドルを押し下げる。

　ドアは、音もなく開く。

　オーカーズ・スティッケブルックのはずれにある土地は広大だ。アントン・リンドベリとアンカンは石垣に沿って数分運転したあと、頑丈な門に着く。驚いたことに門は開いていて、その奥に赤い家が見える。門をはいって五十メートルほど運転していくと、アンダーシャツを着た白髪の男性が突然パティオに現われる。肩にライフルのようなものを担《かつ》いでいる。リンドベリたちをちらっと見ると、階段を駆けおり、角を曲がって姿を消す。

「なんなんだ、いったい！」リンドベリは吠え、車の速度を上げて家に向かう。

　アンカンは自分の拳銃をたしかめてからショルダー・ホルスターに戻し、車のドアを開けて飛び降り、老人を追って走る。

「レンナルト・ベリマルク」と彼女は叫ぶ。「動くな！」

　リンドベリが車を停めたときには、すでにアンカンの姿は見えない。彼自身も車から飛び降り、彼女のあとを追う。家をまわりこんで木々のあいだをぬっていくと、突然立ち止まる。

　長い斜面の下に、ペンキの塗られていない山小屋が少なくとも十棟ほど建っているのが見える。未完成のスキーリゾートのようだ。白髪の老人の姿も、アンカンの姿も見えない。

　アントン・リンドベリは銃を取り出し、深呼吸をしてから山小屋に向かって斜面をおりはじめる。

エヴァ・ニーマンとシャビール・サルワニは、オスモ郊外の郵便受けが並んでいる場所にいる。そのうちのひとつの郵便受けに、ベリマルクという名前が書かれている。不動産情報の検索によれば、ここからはまっすぐ森のなかにはいっていかなければならない。ニーマンにとって、サルワニの歩く速さについていくのは大変だ。幸い、彼はときどき立ち止まっては携帯電話で方向を確認している。目的地までは一キロ半の予定で、最初のうちは電波状況もいい。

ところが、サルワニの携帯電話の電波表示から最後の一本が消えたとき、彼らはまだレンナルト・ベリマルクの山小屋にたどり着けていない。

「覚えている限りでは、ここからまっすぐ先にあるはずです」とサルワニは言う。「百メートルも離れていないはず」

「でも、ここで言うまっすぐ先って、どっちのこと?」深い森を手ぶりで示しながら、彼女は小声で言う。

彼女にとってはもはや自然な居場所となってしまった警察本部内の会議室から遠く離れた森のなかは、居心地の悪い場違いな気持ちになって当然だ。ところがその正反対に、気分は爽快そのものだ。警察官として、本当の仕事をしている。現場にいる。真実に近づいている、という実感がある。

突然、なんの前触れもなしにものすごい力で押し倒され、膝から崩れ落ちる。見上げると、サルワニが隣にいる。ふたりは、苔《こけ》むした大きな岩の陰にうつ伏せで倒れている。彼はニーマンの肩から手を離し、指を口に当てて黙るように指示する。その指が空を差すのをニーマンは目で追う。彼女が頭を上げるのをサルワニが制止するのがわずかに遅れ、彼女の頭が一瞬だけ岩の上に出る。

爆音が鳴り響く直前に、彼女は松の木の高い位置に設置されたカメラを発見する。耳をつんざくような爆音はしばらく森のなかにこだまするが、エヴァ・ニーマンの中心部に深くはいり込んでくるのは別の音だ。低く乾いた音。岩の陰に体を倒して隠れたとき、弾痕を見る。息がとまりそうになる。

銃弾の穴は、彼らのすぐ後ろの木の幹に開いている。その穴から一条の煙が立ちのぼっている。

ソーニャ・リドは、身分を明かさずにこの家にはいるのが許されないことは重々承知している。それでも、彼女は裏口からなかにもぐり込む。

邸宅内のマツ材の床板は、歩いても軋《きし》み音をたてない。彼女がはいり込んだのはなんの特徴もない廊下で、三つのドアと二階へと上がる階段がある。彼女は階段を選ぶ。まだこの家がどんなところなのかわからない。人が誰もいないのか、音ひとつしない。ただ、なにかはわからないが、かすかなにおいを感じる。

二階に上がると、長い廊下が左右に延びている。依然として人の気配はない。左手にある閉じたドアの横に、番号の書かれた表がある。各番号の隣に、名前が書かれている。その表はカラープリンターで印刷された画質の悪いもので、紙の上部には楕円形《だえんけい》のロゴが紫色で印刷されているが、文字は判読できない。

ただ、印刷されている名前のひとつはわかる。〝八〟という番号のあとに続いているのは、レンナルト・ベリマルク。

リドはいちばん近くにあるドアまで行く――十四。彼女はさらに廊下を進む。廊下の右側が少し広くなり、建物の正面を見おろす出窓がある。リドは窓際まで行って外を見る。何台かの車が駐車してあり、紫色の楕円のロゴマークが描かれている。〝スコークシャネン老人ホーム〟。

彼女は深くため息をつき、廊下に戻って左側に並んでいるドアの前を次々と通りすぎる――十二、十、八。八号室のドアに菱形《ひしがた》の窓がある。なかを覗《のぞ》く。汚れた大きな窓の前に、シルエットが見える。

車椅子に座っている人のシルエット。

斜面を駆けおりながら、アントン・リンドベリは撃たれるのを覚悟する。いちばん近い山小屋に走るときにも、未処理の木材が使われている山小屋の裏側の壁に背中をぴったりとつけているときでさえ、撃たれる覚悟をしている。しかし、銃声は聞こえてこない。

斜面を駆けおりているときにざっと数えたのが正しければ、山小屋は三列あり、それぞれの列に数棟ずつある。逃亡者が山小屋のなかか、そのあいだに隠れている可能性は高い。アンカンがいずれかの山小屋のなかにいる可能性も高い。彼とアンカンの両方が撃たれる可能性も皆無ではない。

リンドベリは左のほうの山小屋のあいだの小道をちらっと見る。なにも見えず、なにも聞こえない。彼は山小屋の反対側まで忍び足で行き、別の小道を見る。何棟か先の山小屋でなにかが動くのが見える。急いで体を引っ込め、瞬時に分析をする。

今見たのはなんだ？　誰かが山小屋から別の山小屋まで行くのに、小道を突っ切ったのか？　彼は耳をそばだてる。くぐもった声が聞こえてくる。唸り声かもしれない。これ以上受け身ではいられない。

銃を構え、歯を食いしばりながら山小屋のあいだの小道に出る。三つ目の山小屋の裏だろう。ひとつ目の山小屋の周囲をざっと調べるが、なにもない。ふたつ目の山小屋の壁に飛びつく。棘《とげ》が刺さる。角で少し立ち止まり、角の向こうを覗く。なにもない。次は三つ目の山小屋だ。音をたてずに山小屋まで行き、銃を構えたまま角でしばし待つ。氷のように冷たい銃身が鼻に触れる。硫黄のにおいがする。死が耳を舐《な》めているような感覚を味わう。

彼は角をまわり込む。

白髪の男は地面に倒れている。土のなかに顔をうずめ、手の横には杖《つえ》が落ちている。遠くから見れば、ライフルと見間違えるような杖だ。アンカンが彼の背中にまたがっている。アントン・リンドベリは、これほど堂々とした〝盾の乙女（北欧神話に登場する女戦士）〟を未《いま》だかつて見たことがない。彼女の顔のまわりには、ブロンドの髪が光輪のように輝きを放っている。今ほど、アンカン（アヒルの意）というあだ名がふさわしくないと思ったことはない。

彼女は銃をショルダー・ホルスターに戻し、白髪を引っぱって老人の顔を上げる。

彼の顔には土と草が付着し、見開いた目は恐怖で怯《おび》えている。

しわがれた声でレンナルト・ベリマルクは言う。「あんたら、住宅建築計画委員会の人じゃなさそうだな」

シャビール・サルワニは、松の木に取りつけられているカメラを躊躇なく撃ち落とす。銃声は森のなかにしばらくこだまする。

「二手に分かれたほうがいい」と彼は小声で言う。「さもないと背後にまわられてしまう」

「どうやって？」とエヴァ・ニーマンは言う。まるで他人の声のように聞こえる。

「こっちからは山小屋が見えます。ほかにカメラがなければ、彼からぼくたちは見えない。

ここから見る限り、山小屋の入り口は反対側にあるようです。右側には隠れる場所がある──あっちです。あなたはそっちに行ってください。ぼくは左側に行きます。くれぐれも気をつけて。軽率なことはしないように」

言い終えるとサルワニは行ってしまう。ニーマンは険しい顔で彼の後ろ姿を目で追う。

彼女は岩の陰から覗く。遠くのほうに、たしかに山小屋が見える。サルワニの言っていた〝右側〟の意味がおぼろげながらわかる。彼女は岩から岩へと慎重に移動していく。ほかにカメラはなさそうだ。生命の気配がまったくない。ゆっくりと、彼女は山小屋に近づいていく。今はもうサルワニがどこにいるのかもわからない。すでに山小屋にたどり着いているのではないだろうか。彼女は少しだけ速く進む。ただし、軽率なことはせずに。サルワニのことばが頭のなかでこだまする。そのせいで、軽率なことがしたくてしかたがない。彼の上司というより、反抗的なティーンエイジャーになった気分だ。

山小屋の近くまで来る。小屋の右壁とほぼ同じ高さにいる。サルワニなら同じ距離をもっと速く移動したはずだ。いったいどこにいるの？　山小屋のなか？　なぜ、なにも合図を送ってこないの？　行けるところまで近づくが、あるものを目にして動きを止める。木製の靴箱のようなものが、腰の高さの棚に固定されている。その瞬間、かなり近い距離で銃声が聞こえ、木々のあいだにこだまする。

木っ端微塵《こっぱみじん》に撃たれている。

サルワニは残骸をじっと見る。衝撃がまだ彼に届いていないのかもしれない。すべてが完全にねじれている。

彼のグロック45は、山小屋の唯一の出入り口の地面に粉々になって散らばっている。握られている銃をここまで完璧に撃ち抜くには、どれほどの正確さが必要なのか。しかも、散弾銃のような不正確な武器で。痛みはあるものの、手は負傷していないように思える。サルワニは左手で右手首を握り、散弾銃の銃口をまっすぐ胸に向けているだらしない身なりの老人を見つめる。

「銃弾があと一発残っているのはわかっているはずだ」とレンナルト・ベリマルクは小声で言い、いちばん近い木に向かってゆっくりと後ずさりする。

それは嘘だ、とサルワニは思う。二連式散弾銃からは、すでに二発発射されている。しかし、最初に撃ってから再装塡している可能性もある。ベリマルクは後ずさりしながら、腰の高さにあるなにかを必死に探そうとしている。

老人は散弾銃を折るのと同時に背後にある木の箱を開け、なかを漁る。彼は取り出したものを見つめる。手に持っているのは、ふたつのカートリッジではない。

ふたつの松ぼっくりだ。

その瞬間、エヴァ・ニーマンが拳銃で彼を殴り倒す。

レンナルト・ベリマルクが意識を戻したとき、両手に手錠をはめられている。彼は険しい目でふたりを見上げ、しわがれた声で言う。「忌々《いまいま》しい泥棒たちめ。もう警察を呼んであるんだからな」

ソーニャ・リドは菱形の窓のあるドアを開け、なかにはいる。車椅子に座っているシルエットはゆっくりと彼女のほうを向く。シルエットではなくなるまで彼は車椅子をまわす。彼の顔に太陽の光が当たる。ずっとなんなのかわからなかったにおいがはっきりする。尿だ。男の灰色の目の下、左の頬に大きくえぐられたような傷跡がある。しわがれた声でレンナルト・ベリマルクは言う。「ルーカス・フリセルのことで来たんだろ？」

21

どういうわけか、目的地の住所が老人ホームだということをソーニャ・リドは見逃していたらしい。検索が不正確だったようだ。

レンナルト・ベリマルクが、かつては立派な体格の男だったことは明らかだ。しかし今は背が曲がり、身長が縮んだようにさえ見える。それでも、ソーニャ・リドには彼の奥に存在する別の男が見える。電気も水道もない森のなかで、何年もたったひとりで生き抜いてきた男。

「どうして、わたしが来た目的がルーカス・フリセルのことだと思うんですか？」

彼は鉄のような灰色の目を、一瞬たりとも彼女の目からそらさない。

「おれの過去のなかで、警察が興味を示すような人間はあいつだけだからだ」低くしわがれた声でベリマルクは答える。

なぜ警察の人間だとわかったのか、リドは訊かない。形式的に警察の身分証を見せ、鋭い勘ですね、とだけ言う。

「つまり、ルーカス・フリセルは常習的な犯罪者だということですか？」ベリマルクのすぐ近くまで椅子を引きながら彼女は訊く。尿漏れのにおいがきつすぎて、息をするのにも苦労する。

「臭いだろ？　わかってる」と彼はつぶやく。「フル山の崖から落ちたときに、内臓がめちゃめちゃになった。登山者が見つけてくれるまで六日かかった。まあ、相当な試練だったよ」

「フル山ですか？」

「ダーラナ北部の山だ。そこに住処があった。だが、その暮らしもあれで終わった」

「ルーカス・フリセルもそこに、住処とやらがあるんですか？」

レンナルト・ベリマルクは彼女をじっくりと観察する。

「まあ、家とか山小屋とは呼べるようなものじゃないだろうね。だからおれは〝住処〟と呼んでいる。それ以上は自分で想像してみてくれ。おれの勘じゃ、きみの想像力はかなり鋭そうだ。さっきの質問の答えだが、ルーカス・フリセルは常習的な犯罪者ではない。ただ、おれはあまり多くの人を知らない。あいつは無情かつ不屈で、すぐれたサバイバル能力を持っている。そのうえ、ノールランド・レンジャーと警察官の経験もある。だから、非常に危険な人物になりうることは、きみもおれもわかっている」

「ニュースは見ますか、レンナルト？」

「できることなら見たくないがね」

「爆弾テロ犯について聞いたことはありませんか？」

ベリマルクは返事をせず、ただリドを見つめる。彼女はじっと待つ。

「いいや、聞いたことはない」と彼は答える。しかし、どこか身構えているように見える。

「ルーカス・フリセルもダーラナ北部に住処を持ってるんですか？」

老人は窓の外に広がっている自然に目を向け、そのまま動かなくなる。リドは、今回も彼の邪魔をしない。

「問題は」やがてベリマルクは言う。「持ってないということだ」

「問題？」

「住処について、提案してみた。おれにとって、そんなことをしたのは人生で一度きりのことだ」

「でも……？」

「おれの住処から十五キロほど離れた場所を選んで提案した。べつに、砂糖を借りに互いの住処を行き来したかったわけじゃない。だがおれが説得しようとしたら、あいつはまるっきり自分だけのものを欲しがった」

「つまり、説得するのは難しい人だったんですね？」

「精神的には、彼は最初からサバイバリストだった。人間の生活というものは、持続可能性とは相反している。彼はそのことはよく知っていた。加速するこの惑星の破滅につながるようなことに、積極的に関与する人間はいない。魂が圧《お》し殺されるような大学での生活にますます嫌気がさしていったようだったが、その一方で、彼はある側面を楽しんでもいた。たとえば、学生たちと食事に出かけるのが好きだったよ。特に女子学生とね」

「そのうち、彼は自分だけのなにかを造ったんですか？」

「ああ、クソみたいなもんをね。まだ初心者だったんだからしかたがないことだ。彼にもわからないことはあった。たとえば、家の建て方。きみにもわかることばで言えば、住処を造りあげる、か」

「つまり、彼の住処がクソみたいなものだと知っているのは、そこに行ったことがあるからですか、レンナルト？」

「レッレと呼んでくれ」ベリマルクは言う。「ああ、そうだ」

「そのそうだは、『そうだ、行ったことがある』のそうだ、ですか？」

　レッレ・ベルギスは答えようと口を開いたところで、なにか思い当たったような顔をする。今まで見せていなかったかすかな笑みが、日焼けでしわだらけになった顔に広がる。

「さあ、どうだったかな」と彼は言う。「どうも記憶が曖昧になってきていてね」

「どういう意味ですか？」

「その爆弾テロ犯とやらは、何人殺した？」

「少なくとも四人です。なんの罪もない四人です、レッレ。彼を止めない限り、もっと被害者が出ます」

「それじゃあ、今年は何人の人が気候変動に関連した災害で死んだ？　次の十年間で、何人が死ぬ？」

「それと今回の事件とは関係がありません」

「そうかな。なにも考えていない大衆の目を開けさせるには、思い切った手段が必要なのかもしれない。なんだか、自分が爆弾テロのチームの一員のような気分になってきたよ。ルーカスのクソみたいな住処がどこにあるかは、まったく思い出せない。さて、どこだったか。モンゴルだったかな？」

ソーニャ・リドは気持ちを抑え、彼の燃えるような鉄色の眼差しを真っ向から受ける。その目のなかにあるものを、じっくりと推し量る。この男は過激主義者ではない。彼は、かつて自分自身で決断をくだした。その決断は過激なものだったかもしれないが、過激主義者のそれではない。

「爆破は、もともとの目的を阻害しています」と彼女は言う。「爆弾テロ犯は、大衆の注目をなにかに向けることはできない。注目されるのは自分の野蛮な行為だけです。物事がどこに向かっているのかみんながわかっているなか、ひたすら突き進むのが本物の過激主義者です。彼らはそれで逃げきってしまう。彼らは、完全な自由《カルテ・ブランシュ》を手に入れる」

ベリマルクの額にしわが寄る。彼は、首を振りながら床を見おろす。

「おれは知らない」ゆっくり言う。

リドはさらに続ける。「ルーカス・フリセルは、本物の犯罪者、本物の気候犯罪者に無料パスを与えている。だからお願いします、レッレ」

ベリマルクは深く息を吸う。

「たしかに、きみの言っていることは正しいかもしれない」と彼は言う。

「あなたは、フリセルの住処がどこにあるか知っていますね、レッレ。どの森にあるのか」

レンナルト・ベリマルクは顔を上げる。鉄色の目は澄んでいる。

「知らない」と彼は言う。

「知らない?」ため息とともにリドは繰り返す。

「知らない」ベリマルクはまた言う。「おれは、その森の名前は知らない。でも、地図なら描ける」

22

最初にオープンプランのオフィスに戻ってきたのは、ニーマンとサルワニだ。彼らのレンナルト・ベリマルクは、たしかに警察を呼んでおり、オスモ郊外の森に制服警官たちが登場したときにはちょっとした混乱が起きた。NODの非公式な捜査に対する見返りとして、巡査たちはベリマルクを地元の拘置施設へと連行する権利を得た——実際、ベリマルクは警察官に対して発砲しており、戦利品としては充分だった。

サルワニは自分の机につく。右手首が痛みだすのを待っているが、一向に痛みは襲ってこない。まるであの出来事は起きてはいなかったかのように。それでも、彼はエヴァ・ニーマンに感謝の目を向ける。彼女はサルワニの向かい側に座り、Novaのほかのメンバーの到着を待ちながらパソコンを見ている。

ニーマンは木箱にはいっていた散弾銃のカートリッジを松ぼっくりとすり替え、ベリマルクを完全にノックアウトした。ある意味、自分のボスを過小評価していたことをサルワニはうれしく思っている。

エヴァ・ニーマンのパソコン画面に表示されているのは、応答できなかった電話の長いリストや緊急のショートメッセージ、急ぎのメールや重要なメモだけではない。地図帳の一ページを切り出し、地図の上にボールペンで長方形が描かれた画像も表示されている。地図上の道は、広い道路からだんだん狭くなって森の小道になり、やがて森の真ん中で突然途絶える。そこからは歩道が長方形へと続いている。

その地点が、かつてルーカス・フリセルが本物のレンナルト・ベリマルクを案内した場所だ。車で行けるのはそこまで。車をそこに残し、残りの三キロほどを彼らは徒歩で行った。フリセルの住処のおおよその場所が含まれている長方形まで。ベリマルクの推定では、その長方形は短い辺が約三キロ、長い辺が四キロほどらしい。

そのなかのどこかに、フリセルの住処がある。

それが、ソーニャ・リドの報告から得られた情報だ。ウップランド地方の名もない森の奥深くにあるフリセルの住処を襲撃するための道筋が、目の前に表示されている。

ただ、彼が犯人だと断定するだけの証拠は、ひとかけらもない。あるのは、エヴァ・ニーマンの勘だけだ。彼女は、それが単に自分の頭のなかだけのものではないかという拭いきれない疑いから逃れられずにいる――十五年も前の出来事に基づいた勘。潜在意識のなかで、ルーカス・フリセルに罰を与えようとしているのだろうか。彼の頑固さが、リーゼロッテ・リンドマンの死を招いただけでなく、あのときのチームを解散に導いたことに対して。あのチームは、彼女が一緒に仕事をしたなかで最高のチームだった。

今のＮｏｖａグループが結成されるまでは。

その思いが、エヴァ・ニーマンの心のなかの葛藤を静める。このグループがこんなにも早くＮｏｖａと名付けられたこと自体、自信につながる。

そのとき、リンドベリとアンカンがドアからはいってくる。ふたりとも少し息を切らしている。

「こっちのレンナルト・ベリマルクは、警察本部まで来るあいだじゅう、わたしたちのことを計画委員会の人間だと信じきってた」アンカンは言う。

「今は、留置場でぐっすり寝て酔いをさましてる」とリンドベリが割ってはいる。「住宅建築計画委員会からの許可を得ずに、こっそり十二棟も山小屋を建てて貸し出そうとしていた。しかも正体をなくすほど泥酔していたから、なおさら大変だった」

ふたりは同時に椅子に座り、同時にラップトップパソコンを開き、サイバースペースへとはいり込んでいく。まるっきり別々のサイバースペースに。ニーマンは画面上の地図から彼らに視線を移し、また地図に戻す。

手書きで描かれたルーカス・フリセルの森。

くそっ。決断できない。リスクをおかすべき? 自分の将来を棒に振るかもしれなくても?

確実な証拠がなければ、ルーカス・フリセルに関しての警鐘は鳴らせない。今のところ、この件に関しての捜査は内々で進めているので問題はない。しかしウップランドの森での強制捜索ともなれば、もっとリソースが必要になる——おそらくは、国家特別部隊。そうなれば上層部の許可が必要になる。しかし今の彼女は、彼らからの評価が低下しているだけでなく、そもそもの義務を履行していないことになる。考えれば考えるほど、熊の罠に掛かったように身動きがとれない。考える時間が必要だ。でも、そんな時間はない。

そのとき、ソーニャ・リドがオープンプランのオフィスに大股ではいってきて、ニーマンに仏頂面を見せる。地図をメールで送った直後、森の捜索は一旦保留すると言われた。すでにそのときリドは、フリセルの森にあと半分の距離まで行っており、ストックホルムまで戻ってくるのはまったくの時間の無駄だと思った。

とはいえ、彼女には理解できる——ニーマンが慎重にならざるをえないこと、この事件がNovaから奪われかねないこと。なんの証拠もないことをリドは知っている。ニーマンの過去は、なんの役にも立たない。

エヴァ・ニーマンの目の前で、ソーニャ・リドの仏頂面がおだやかになり、やがて笑みが浮かぶ。ふたりを見ていたシャビール・サルワニは、わかったような気がする。森の強制捜索はおこないたい。たとえ標的が経験豊富なサバイバリストだとしても、彼らならやり遂げられる。アントン・リンドベリをちらっと見ると、彼も同じ考えでいることがわかる。季節は五月で、日が落ちるのは遅い。まだ間に合う。一方アンカンは、ふたりの同僚たちが交わしている視線を見て、これが今、自分のすべきことだと思う。当分のあいだ、デートはすべてキャンセルしてある。今日、日が暮れる前にルーカス・フリセルを逮捕できる。

奇妙な落ち着かないムードが彼らを支配する。まるで全員が、なんらかの合図を待ってでもいるかのように。

リドがまだ座ってもいないうちに、最初は誰も気づかないかん高い着信音がオープンプランのオフィスに鳴り響く。アンカンが、少し手間取りながら壁に掛けてあった上着を取って携帯電話を取り出す。彼女は電話に出るが、そのまま沈黙が続く。一秒一秒がのろのろと過ぎていく。

アンカンの顔は無表情だ。ようやく彼女は電話を切ると、同僚たちのほうを向く。「科捜からだった」と彼女は無感情に言う。「DNA鑑定の結果を知らせてきた」

すべての視線が彼女に集まっている。彼女の顔は、依然として無表情だ。

アンカンは、突然大声で言う。「一致した」

全員が立ち上がり、残りのことばを待つ。

「ヴァーサ公園の爆弾のなかから検出されたDNAと、ルーカス・フリセルの元妻が提出した古いヘアブラシの髪の毛のDNAが一致した」

「やっぱり、クソ野郎の仕業だった」アントン・リンドベリが叫ぶ。

〝破壊しつくされた廃墟〟、とエヴァ・ニーマンは頭のなかで思い浮かべてから、声に出して言う。「さあ、行くわよ」

立ち上がりながら、熊の罠からするりと抜け出したような感覚になる。ほんの少し皮膚をすりむいただけで。

23

黒いヴァンがますます細い道路へと四度目に曲がったとき、〝道路〟ということばはまったくの誤称になる。レッレ・ベルギスの描いた地図のもっとも細い線は、八年前までは道路だったかもしれないが、今では自然がしっかりとその権利を取り戻している。焦りを感じているにもかかわらず、アントン・リンドベリは何キロにも及ぶ岩や木の根だらけの道なき道を慎重に運転している。今では、このまま進めるのかどうかを見極めるために、数百メートルごとにヴァンを停めてたしかめなければならないほど道の状態は悪化している。

しかし今回は、今までとはなにかが違う。山道を数百メートル行ったあたりの、落ち葉が厚く積もった陰に、アンカンがなにかをちらっと見る。彼らはヴァンに乗り込み、もはや乗り越えられそうにない起伏を越えてそのそばまで行く。

木の下に見つけたのは、汚れた黒いボルボだ。一見すると、自然と一体化しているように見える。しかし注意深く見ると、ボルボは置き去りにされたものでも、植物が生い茂ったものでもなく、ただ汚れているだけだとわかる。ナンバープレートはないが、泥に残された長方形が、取り除かれてからそれほど時間が経っていないことを示している。

「ルーカスおじさんは、ジャングルの外では身元を隠したいらしい」とリンドベリは言い、車体に指を走らせる。

「彼の車とは限らない」とエヴァ・ニーマンは言い、携帯電話を見る。「でも、ここから始めましょう」

サルワニも、画面に表示されている地図を見ている。リドがベリマルクから入手した長方形をみんなに送ったのはサルワニで、今は全員の携帯電話に同じ地図が表示されている。

「あとたったの四キロを行くだけ」と彼は言う。「みんな、GPSはちゃんと機能してる？長方形は見える？ネットワーク・プロバイダーは、このあたりでも通信状況は良いと言っているけど、当てにならないからね」

ヴァンから離れ、彼らは大自然のなかに踏み出す。警察本部の予想外に豊富な装備品のおかげで、みんなそれなりの装備を身につけている。森が前人未踏の野性味を露《あら》わにするまで、それほど時間はかからない。まるで森に呑み込まれたような気分になる。

結局、〝あとたったの四キロ〟は、とても長いものになる。森のにおいと音が、ひしひしと迫ってくる。彼らは今まで、これほどまでに豊富な緑の色合いを見たことがない。個別の宇宙を構成している森のなかで、鳥の歌声が空気のなかに満ちる。深くはいり込めばはいり込むほど、ここがルーカス・フリセルの宇宙だということがはっきりと感じられる。どういうわけか、彼の存在が感じられる。お互いを見るだけで、Ｎｏｖａグループ全員が単一の生物となって、すでに完成され調和のとれた体系のなかに侵入していっているのがわかる。自分たちはできるだけ一緒にいて、自分たちの体系をつくりあげなければならない。自分たちの力で。

「四キロ」やがてサルワニが言う。「まあ、約四キロ。これで充分な近さ？」

「ベリマルクがどれくらい正確だったのかはわからない」とリンドベリは言う。

「彼は何年も森のなかに住んでいた」とリドは言う。「彼の目を見るだけでわかった。かなり正確だと思う」

「じゃあ、なんでどこなのかはっきりとはわからないんだ？」

リンドベリの反論はただの愚痴でしかない。明らかに疲れの見えるエヴァ・ニーマンがサルワニにうなずく。

「ぼくは、スウェーデン人になろうとしていたときに、森のなかで過ごすことが多かった」

バックパックをおろしながら、彼は苦笑いを浮かべる。彼は、筒状に巻かれた三色のリボンを取り出す。

「アリアドネの糸」と彼は言う。「道標《みちしるべ》のリボン。一応言っておくと、このリボンは生分解性の素材でできてる。ここからは三つのチームに分かれる。青は、エヴァとアントン。緑は、ソーニャとアンカン。そして、赤はぼく。ソーニャとアンカンは、長方形の長辺の方向を歩く。エヴァとアントンは短辺。そしてぼくは対角線。みんなが長方形のそれぞれの辺を歩いているあいだに、ぼくは対角線上をジグザグに行く。そのあと、みんなもそれぞれの方向に沿ってジグザグに歩く。誰がそこを通ったかがわかるように、百五十メートルごとにリボンを結ぶ。長方形の長辺と短辺には各チームともリボンを二本重ねて結び、角では三本を重ねて結ぶ。そうやってくまなく探せば、結構早くフリセルの住処を見つけられるはず」

「とにかく、細心の注意を払って」ニーマンが念を押しているあいだに、それぞれのチームは三本重ねたリボンを近くの木の幹に結ぶ――捜索の基点となる長方形の角に、青と緑と赤のリボンが結ばれる。それを見届けると、サルワニはさっそく長方形の対角線上をジグザグに歩きはじめる。百五十メートルほど行くと赤いリボンをちぎって木の幹に結び、深い森のなかへと消えていく。

エヴァ・ニーマンは、アンカンとリドも木々のあいだに消えていくのを見守る。そして、明らかに待ちきれなくなっているアントン・リンドベリにうなずく。はたして自分は、ここで指揮権を発動できているのだろうかと自問する。

彼女も歩きはじめる。

24

エヴァ・ニーマンとアントン・リンドベリは、サルワニが定義した長方形の短辺に沿って進む。今のところ、人が足を踏み入れたような形跡はない。今ごろになってようやく、アントン・リンドベリがいかに鍛えられた体をしているのかをエヴァは再認識する。彼の若々しさも。前に進むのも困難なこの地形では、彼についていくだけでも大変だ。しかし幸いなことに、百五十メートル進むごとに彼は立ち止まり、二重の青リボンを木の幹に結びつけなければならない。

変わった鳥の鳴き声が聞こえてくる。聞き覚えのある、低くしゃがれた鳴き声。背筋に悪寒が走るのは、彼女の遠い過去に根があるからだ。遠い、遠い過去に。鳴き声が近づいてくる。

カサカサという音が徐々に大きくなり、すぐそばの木の梢《こずえ》のあたりに近づいてくる。大きな黒い影が、ニーマンとリンドベリのあいだをすり抜ける。一瞬、静止画像を見つめているような気持ちになる。黒いシルエット。詩のなかに出てくるような漆黒の鳥。カラス。

次の瞬間には、姿はもう見えない。

リンドベリは落ち着いた様子で振り返り、言う。「さあ行こう、エヴァ」

ソーニャ・リドは、前を歩いているアンカンの均整のとれた後ろ姿を見つめながら、一瞬思考が別のところに飛ぶ。同僚がデート・アプリを利用していることも、なにをしているのかも知っている。アンカンは、遅ればせながら自分の魅力に気づいたらしい。その武器を最大限に活用しようとしているようだ。リドは、それと自分を比べる。おそらく同じくらいの時間——ちょうど一年ほど——が経ったと思うが、アンカンのように立ち直れていない。しかも、リドの元夫は死んでもいないし、埋葬もされていない。ただ、妻に裏切られただけだ。彼の名前を思い出すのに数秒かかる——ヨナタン。顔を思い出そうとすると、薄い髪の、筋張って無表情な日焼けした顔が浮かぶ。

アルコールが必要だ。

でも、バックパックから〈サーモス〉を取り出すのはまだ早すぎる。警察署のロッカールームで、箱ワインから注いできた〈サーモス〉。

ようやく、頭上を覆っていた枝葉に少し隙間ができはじめている。ソーニャ・リドが空を見上げると、さっきよりも暗くなっているのがわかる。彼女は身震いする。

雨にならなければいいが。視線をおろすと、アンカンが後ろ向きに歩きながら、彼女のことを見ているのに気づく。

「注意散漫になってない、ソーニャ？」彼女は小声で訊く。その眼差しには、疑いとやさしさが半々に混ざっている。

「わたしのことなら、心配しなくて大丈夫」とソーニャは言う。最初の雨のひとしずくが、分厚く重なった梢の隙間から落ちてくる。

サルワニは、長方形の対角線上を進む。すばやく、しかし忍び足で。初めのうちはいい運動になると思っていたものが、森が深くなるにつれ、今では生と死に関わるものになりつつある。立ち止まってリボンを木に結ぶたび、何者かに見られているような感覚に襲われる。彼は周囲を見まわす。木々が密集していてあまり遠くまで見通せない。それなのに、自分は見られているような気がしてならない。森全体が、飼いならされていない野性的なひとつの生命体のようだ。

あるいは、自分を見つめているのは人間の目なのかもしれない。用心深い、動物のあらゆる資質を持ちあわせた人間の。

長い年月味わったことのないような猛烈な孤独を、シャビール・サルワニは感じている。

ショルダー・ホルスターから銃を抜き、あちこち見まわしながら進んでいく。フリセルの住処に足を踏み入れたとしても、まったく気づかないのではないかと不安になる。少なくとも、銃を構えているだけでも安心できる。

森の木々が少し開けた場所に出る。アントン・リンドベリはGPSを調べ、約三キロ歩いてきたことを確認する。長方形の角に当たる地点だ。同じ長さになるように青いリボンを三本にちぎっていると、エヴァ・ニーマンが追いつく。彼女は息を切らしている。

「そろそろ内側に進まないとね」喘《あえ》ぎながら彼女は言う。

リンドベリはうなずく。彼女は足手まといになってきている。なんでほかの管理職みたいに、オフィスに残って書類をめくっていないのだろう。なんでこんなところまで一緒に来て、足を引っぱっているのだろう。

「あっちのほうは、さらに木が密になっているようね」と彼女は言う。

「この空き地はかなり狭い」答えになっていないことを彼は言う。

彼らは先に進む。森はふたたび密になる。終わりなど永遠に訪れることがないかのように時間が過ぎていく。頭上の枝葉のあいだから雨がしたたりはじめる。冷たい水が、あらゆる隅や隙間にはいり込んでいく。空気は、急激に冷えてきている。ある意味では心地良いが、その一方で怖くもある。雨のせいで、周囲が霞《かす》んで見える。視界はもはや三メートルもない。

エヴァ・ニーマンは身震いする。なにか不吉なことに近づいているような気がする。心のなかで、目の前を鳥のシルエットが横ぎっていく。

アントン・リンドベリはしゃがみ込む。失敗から学んだようにニーマンは遅れをとることなく、ただちに彼の横にしゃがみ込む。彼はカーキ色の双眼鏡を目に当て、森の奥のほうのかすかに明るい場所を見る。そして無言で、双眼鏡をニーマンに渡す。彼女は目と額の雨を拭い、双眼鏡で先ほどよりも広い空き地を見る。雨で霞んだ先に、小さな池が見えるような気がする。その池は地図には載っていない。だが、土砂降りのなかでも、そこに魔女の煮えたぎる鍋のような池があるのはたしかだ。

アントン・リンドベリは身を乗り出す。

「生活の気配があるような気がする」と彼は小声で言う。「ここで待ってて」

「生活の気配？」と彼女は言うが、すでに彼の姿はない。

彼女は岩の陰に隠れる。つい最近同じことをしたような気がする。あのとき、彼女は急に命の危険に見舞われた。サルワニと、別人だったレンナルト・ベリマルクと、オスモの森で。二〇〇八年の秋、ルーカス・フリセルは彼女のほうに振り向く。茶色がかったブロンドの薄い髪で縁どられた力強い顔は、とても中年とは思えないほど若々しい。彼の顔はすぐ近くまで寄ってきている。自分の未来を変えてしまうようなことを言うのではないか、と彼女は期待する。しかし、彼は深くため息をつき、体を強《こわ》ばらせる。

エヴァ・ニーマンは、自分の両手を見る。雨のせいで、手のひらは溶岩のように泡立っている。その両手のあいだから、漆黒の鳥の輪郭が現われ、彼女の目をまっすぐに見つめる。突然、彼女は思い出す。初めて祖父の家の近くの森を訪れた十歳のとき、まっすぐ彼女に向かって飛んできたカラスが、今はっきりと見える。

そのとき、背後でなにかが折れる音がする。

リドとアンカンは、木々のあいだをすばやく移動する。長方形の長辺を歩ききり、ジグザグに進むために方向を変えたとき、捜索活動はある種の競争に形を変える。長方形の角にある木に三本の緑のリボンを結び終えると、すぐさま歩きはじめる。どちらも、一瞬たりとも注意を怠ってはいけないことを認識しているため、スタートの合図のピストルなど鳴っていないふりをしている。しかし、明らかにスタートの号砲は放たれた。野生動物になったような、皮膚一枚で自然と一体化したような感覚は、文明化された人類の目新しい論理が達成できるどんなものよりも強力だ。

リドは、自分がほぼ超人的な相手と競争していることに気づく。チームが結成されてから、アンカンとは四年間一緒に仕事をしているが、今になってようやく、アンカンの控えめな人格の裏に、まったく別のなにかが隠されていることを認識する。この一カ月のあいだに、彼女はまるでサナギから羽化したかのようだ。とはいえ、彼女よりもソーニャ・リドのほうが鍛えた体をしている。リドは、体のなかから悪魔を追い出すために、朝の五時からジムに通っている。アンカンも筋トレはしているが、伝統的なやり方だ。リドにとって筋トレの目的は、自らを鞭《むち》で打つのと同じ自己処罰だ。それに対し、アンカンの目的は〝優雅さ〟。もしかしたら、違いはそこから来ているのかもしれない。

彼女たちはさらにペースを上げる。ふたりが交わす視線は、まさに二匹の動物そのものだ。ひとりの女対ひとりの女。その視野はきわめて狭く、鋭い。どちらが最初に犯人のにおいを嗅ぎつけるか。捕らえなければならない獲物がいる。遺伝的価値のないひとりの男が。まるで狂人のように彼女たちは走る。アンカンとリド、リドとアンカン。力は、もはや外に向かってはいない。今は内面の葛藤と闘っている。

そのとき、突然なにかが彼女たちの前に現われる。彼女たちの上に立ちはだかる。

ふたりはぴたりと停止する。競争関係は一瞬にして消え去る。ふたりにはお互いしかいない。あとは、目の前にいる巨大なバケモノだけ。

ソーニャ・リドの視界の端に、銃を抜くアンカンの姿が映る。

シャビール・サルワニは重心を低く保ちながら移動する。彼の銃は、水浸しの地面すれすれにある。スウェーデン人よりも完璧なスウェーデン語を学び、誰よりも優秀でなければならなかったころ、こうやって彼は森のなかで行動していた。しかし、はたして森についてなにか学べたのだろうかと疑問に思う。今はただ、できる限り早くここから抜け出したい。あの奇妙な存在感は、ますます増大している。

彼はそれから逃げきろうとしている。

焦点がずれはじめているとは思わないが、明らかに彼の視野は変化している——狭く、鋭く、密になってきている。脅威ではないもの、獲物ではないものは、すべて視野から排除される。彼は今、自然と一体化している。

彼が木の幹に結んだ赤いリボンだけが、文明の名残だ。

森が迫ってきているように感じられる。まるで彼を口のなかに押し込め、これから貪《むさぼ》り食おうとしているかのように。

文明は終焉《しゅうえん》を迎えた——そのことに、人がまだ気づいていないだけだ。

突然、サルワニの視界の端になにかが映る。降りしきる雨のなかでは、ただのぼんやりとした影のようなものでしかない。ほんの一瞬、彼の目の焦点がずれる。足が木の根に引っかかる。不思議なほどゆっくりと倒れるなか、すねのほうからなにかが折れるような大きな音が聞こえてくる。

アントン・リンドベリは小さな池に忍び寄る。池の水際でなにかが動くのをはっきりと目撃したと思ったが、今はなにも見えない。雨の灰色が濃くなり、ますます見通せなくなっている。いつでも発砲できるように、銃を両手で持って構える。

どこから池になっているのかはわからない。一瞬、池の上を歩いているような気になる。しかし、池は突然そこに現われる。小さくて黒い、深さがどのくらいあるのかもわからない池。水面は、まるで煮えたぎるタールのようだ。

そのときまた、なにかが動くのを見る。先ほどと同じ影が、視界の端を駆け抜ける。彼は振り向く。最後の一ミリ秒で、すべてを台無しにしていたかもしれない発砲をなんとか食いとめる。

そこにはなにもない。影も形もない。

しかし、リンドベリは別のものを見つける。木の幹に、なにかの痕跡が残っている。人間以外が残したものには見えない。池の横にある二本の木の幹のあいだに、なにかが渡してある──木の幹にも、いくつかのこすったような痕がある。おそらくなんらかの罠のようなもので、最近取りはずされたばかりだ。焼け焦げた痕を指でなぞってにおいを嗅ぐ。爆薬の類いだ。

いよいよ近づいている。

リンドベリは振り向く。雨は少し小降りになり、前に構えた銃もはっきりと見ることができる。彼は斜面を登り、エヴァ・ニーマンと分かれた大きな岩まで戻る。なにか言おうとして口を開きながら、岩をまわり込む。

しかし、彼女はそこにいない。

心拍数が上がるのを感じながら、何分間か周囲を捜索する。Ｎｏｖａのリーダーはどこにもいない。疑う余地はない。

エヴァ・ニーマンは消えた。

ほかのメンバーに連絡しようと携帯電話を耳に当てたとき、彼の手は激しく震えている。

25

エヴァ・ニーマンに残されている感覚は聴覚だけだ。痛みすら感じない。ただ、かなり長い時間意識を失っていたことだけはわかる。どんな物体で殴られて気を失ったにせよ、そろそろ痛みを感じてもいいはずだ。

急に意識が戻ったが、パニックに陥らないようにヨガの呼吸法を使い、血圧を下げる。そして、自分のおかれている状況の把握に努める。

わかっているのは、床にネジ留めされていると思われる椅子に腕と脚を縛りつけられ、座っているということ。ここが室内だということもわかる——体は濡《ぬ》れていないし、比較的暖かい。それに、屋根と思われるものに雨が打ちつけている音も聞こえる。しかし、音がそれほど大きくないことを考えると、ブリキの屋根ではない。

目隠しからはいり込んでくる光は、猿ぐつわをされている布から声が漏れるのと同じくらいの量だ。つまり、ほとんど漏れないということ。彼女の耳は、まだ聞こえているというのではなく、聞こえはじめた、と言ったほうが正しい。

それも、ほとんど聞こえない。それが意味しているのは、彼女はもう長くはないということなのかもしれない。命が尽きようとしているということなのかもしれない。

今、彼女は爆弾テロ犯の住処にいる。かすかながら、彼が動きまわっている音が聞こえる。閉じられたドアの向こう側にいるのかもしれない。なにか作業をしているようだが、なにをしているのかは知りたくもない。なにかを切る音、なにかがふつふつと煮えたぎる音、なにかが注がれる音。ときどき、動きまわる足音が聞こえる。

いやでもルーカス・フリセルの姿が脳裏に浮かぶ。この十五年のあいだに、彼はどんな変貌を遂げているのだろう。少なくともそのうちの八年間は自然のなかで過ごしたはずだ。仙人のようになったのか。それとも野生動物？　狂人？　サディスト？　いずれにしろ、少なくとも四人を殺害し、今後もさらに殺人を繰り返すと脅している男の家で、彼女は椅子に縛りつけられている。気候変動を盾にした殺人。

彼のDNAがヴァーサ公園で使用された爆弾のなかから検出された。彼は元同僚宛に手紙を送りつけた。

手紙に書かれているのは、彼のことばだ。彼女に向けたことば。

〝破壊しつくされた廃墟〟。

犯人は彼だ。ルーカス・フリセルだ。彼は、森のなかで彼女を拉致した。彼女が唯一気づいたのは、背後で小枝が折れる音だけ。それも、故意にやったものかもしれない。そのあとは、ひたすら静寂と暗闇と虚無だけ。

しかも、アントン・リンドベリは気づきもしなかった。ルーカス・フリセルは庭のように知り尽くしたこの森のなかで、獲物を狙う捕食動物のように彼女を追っていたのだろう。動きまわっていた五人のなかで、狙っていたのはただひとり。手紙を送りつけた相手、必ず自分を捜しにくるとわかっていた相手、過去を共有した相手。

これが彼の計画の本当の目的だったのかもしれない。

は最初から、狙いはエヴァ・ニーマンだったのかもしれない。拷問する準備を整えているのかもしれない。

そのとき、爆発音が聞こえる。ドアの向こうだからなのか、音がくぐもっている。突然、聴覚がつくりあげていた風景が変化する。広がりを感じる。くぐもっていた音が、フィルターがはずされたように直接的に聞こえてくる。トランペットの消音用サイレンサーが突然はずされ、大音量の音色が直接鼓膜に響いてきているように。

足音はもはや足を引きずるような音ではなく、権威のある、力強い音に変わっている。

彼の存在を感じ、エヴァ・ニーマンは息を止める。

においがする。

彼女の体の右側に暖かさが広がる。そのにおいは、灯油に似ている。おそらく彼女の前のテーブルに灯油ランプが置かれたのだろう。

次の瞬間、まるで魔法がかかったように、その炎が消える。

十五年経っていても、彼のにおいはあまりにも鮮明に覚えている。

26

アンカンの目の前に、堂々たる牡鹿《おじか》が横を向いて立っている。ちょうどそのとき、ポケットのなかで携帯電話が振動し、手に持っていた銃がびくっと動く。それだけで、牡鹿が急に向きを変え、そぼ濡れる深い木々のあいだへと消え去るには充分だった。彼女が携帯電話を取り出すより先に、後ろにいたソーニャ・リドがかすれ声で言う。

「エヴァが消えた」

シャビール・サルワニが両膝から苔の上に崩れ落ちたとき、後ろポケットのなかの携帯電話が振動する。転んだときに聞こえた骨折の音のあまりの大きさに、いつ痛みが襲ってくるのかと身構える。こんなに深い森のなかから、はたして救急隊は複雑骨折した者を運び出せるのだろうか。

一向に痛みが襲ってこないため、彼は携帯電話を取り出すと同時に、振り向いて地面を見る。足を取られた木の根が見える。折れたのはその根のほうで、すねの骨ではなかった。安堵のため息が即座に消える。彼はショートメッセージを読む。

〝エヴァが消えた。これが座標。ただちに集合〟。

激しかった雨も、今では霧雨になっている。最初にアントン・リンドベリのところに到着したのはサルワニだ。岩に腰をおろし、リンドベリは両手で顔を押さえながら首を振っている。

「おれは、なんて馬鹿なんだ？」

「今はそんなことを言ってる場合じゃない」そう言ってサルワニは彼の肩に手を置く。「とにかく、夜になる前に彼女を取り戻さないと」

数分後、ソーニャ・リドとアンカンもやって来る。まるでずっと走ってきたように息を切らしている。競走してきたのかもしれない。

サルワニはバックパックから〈ｉＰａｄ〉を取り出し、携帯電話よりははるかに大きい地図を表示する。彼はその地図に三本の線を描く——緑と青と赤の線。赤い線は、長方形の角と角を対角線で結んでいる。緑と青の線は、それぞれ直角に曲がっている。サルワニは、青い線の終点に小さな円を描く。

「池はここ」そう言って円の横に×を描きいれる。「で、ぼくたちがいるのはここ。どこにフリセルがいるか割り出す方法はあるかな」

互いの頭がぶつかるほど全員が身を乗り出し、サルワニが描いたマークを観察する。

「まだ捜索していない範囲がいちばん広いのは北東の部分」とリドが指差して言う。

「それはつまり、北東の可能性が高いってこと?」とサルワニは訊く。

「彼が正式なサバイバリストだと仮定すると、電気は通っていないはず」とアンカンは言う。

「つまり、カメラはないってこと。不意を突いて捕まえるチャンスはある」

「だとすると、余計に気味が悪い」とリンドベリはため息をつく。「もしそうなら、やつはカメラもなしにエヴァを見つけたってことだ」

サルワニは姿勢を正し、それとなく自分の解釈を述べる。「もっともありうるシナリオは、彼が気づいたのは、ぼくたちが近づきすぎたからだ。つまり、彼の住処はすぐそばにある。

少し広がって捜索しよう——ただし、お互いが視界にはいる距離を保って。グリッドサーチみたいに格子状に捜索する。まずはここから南に向かって、緑のリボンのある位置までいく。そこから東に百メートル横に移動して、今度は北に向かって進む。この方法なら、必ず彼を見つけられる」

「じゃあ、並ぶのは三十メートル間隔にする？」とアンカンが提案する。サルワニはうなずく。

「四人いる。幸い雨も小降りになってきたから、前よりも少し離れて歩いても大丈夫そうだ。ぼくが右端、ソーニャ、アンカン、そして左端がアントン。リボンを結ぶのは、アンカンとアントン、そしてぼく。ソーニャはいい。お互いから絶対に目を離さないこと。これでいい？」

ほかの三人はうなずき、間隔を空けて一列に並ぶ。ほかのみんながそれぞれの位置につくあいだ、リドは〈サーモス〉から一気にがぶ飲みする。

全員が進みはじめると、リドは銃を抜く。湿った春の空気のなかに、夕闇が迫りつつあるのを感じる。

27

エヴァ・ニーマンから、目隠しがゆっくりとはずされる。そのあとのことは、おおよその見当はついているものの、実はなにも予想できていない。なにが待ち受けているのだろう。

あとどのくらい生きていられるのだろう。

目隠しが完全にはずされたとき、彼女は二〇〇八年の秋に逆戻りする。彼女が見ているのは、男の後頭部だ。振り向いてほしい。茶色がかったブロンドの薄い髪で縁どられた彫りの深いシャープな顔を彼女の顔のすぐそばまで寄せ、彼女の未来を変えてしまうようなことばを言ってほしい。

しかし今は、その髪はグレーだ。ナイフかなにかで刈ったような、一センチほどの長さのまばらな坊主頭をしている。彼は振り向こうともしない。忙しそうに、膝の上のなにかをいじっている。

これまで経験したことのないような静寂が、徐々に光に慣れてきた彼女の目に映りはじめた空間に広がる。

そこは三方向にドアのある、がらんとした素朴な部屋だ。装飾の類いは一切ない。壁を覆っている板も、手作業で削ったもののように見える。窓はなく、たったひとつの灯油ランプが部屋を照らしている。部屋の片隅には火のついていない暖炉もあるが、それも手造りのようだ。

彼女に背を向けて座っている男の手が止まる。顔をこちらに向けることもせず、大きなハンティングナイフをテーブルの上に叩きつけるように置く。ゆっくりと振り向きながら、ナイフを拭いていた布を下に落とす。赤い染みができている。

エヴァ・ニーマンは今、着古されたカーキ色の服を着た、厳しい気候に晒されて疲れきった男と向かい合っている。

なんとも不思議な体験だ。目の前にいるのは間違いなくルーカス・フリセルだが、何年ものあいだ煉獄《れんごく》をさまよいつづけてきたような顔をしている。唯一変わっていないのは、彼の青く澄みきった目だ。

ひょっとしたら、その目は今まさに煉獄をさまよっているのかもしれない。そこから上がってきている途中なのか、それとも落ちていっている途中なのか。

目と目を合わせたまま、時間だけが過ぎていく。彼の眼差しのなかには、今まで見たことのないなにかがある。森のなかでの孤独な生活でしか生み出せないようななにかが。彼女は、太古の時代を直視している。

「こんなところでいったいなにをしている、エヴァ・ニーマン？」十五年前に比べると一オクターブ低い声で彼は尋ねる。

どうすれば声音を制御できるだろうかと思いながら、彼女は言う。「わたしのこと、覚えていてくれてうれしいわ、ルーカス」

彼の目が、注意深く彼女を観察する。それは、まさに捕食動物の目だ。

「まあ、それも当然よね。手紙のことを考えれば」と彼女はつけ足す。自分も負けないほど彼を観察する。

「手紙？」雷鳴のような声で彼は言う。

彼の本心を読みとろうとする。でも、できない。彼女は形式張った口調で言う。「あなたと話がしたいだけです。わたしたちと一緒に来てください――さもなければ、一生逃げつづけてください」

初めて彼は笑みを浮かべる。それは皮肉っぽい苦笑いであることはたしかだが、かつての彼の笑みの名残がある。ひとつの顔のなかに、時間の流れを見るのはなんだか不思議な感じがする。これが、四次元を目にする唯一の方法なのかもしれない。

「話がしたい、本当にそれだけか？」くすっと笑いながら彼は言い、ひげを剃ったばかりのような顎をゆっくりと撫でる。

「きみを拉致した瞬間、おれは罪を犯した。失うものなど、もうなにもないよ、エヴァ」

「そんなこと、爆破事件に比べればなんでもないわ、ルーカス。今のところ、死者は四人。もしかしたら六人に増えるかもしれない。あなたが犯人だということを示す物的証拠があるの。それに、あなたのことばで書かれたわたし個人宛の手紙もある」

「おれのことば？」

「〝破壊しつくされた廃墟〟」

彼は、かつてと同じような用心深い目で彼女を見る。その視線は、以前よりも少し鋭くなったかもしれない。やがて、首をゆっくり横に振りながら言う。

「外にいる四人はきみより若い。ボスを捜しているんだろう。もうすぐ夜だ。きみたちが、親切なことに森のあちこちにリボンを残してくれたから、おかげで捜しやすかった」

エヴァ・ニーマンは不本意ながら顔をしかめる。それにかまわず、フリセルは続ける。

「よくまとまった少人数のチームだ、エヴァ。あのころと同じだな。おれからなにか学んだとすれば、これは正式には許可を得ていない捜索なんだろ？　さもなければ、とっくにヘリの音も聞こえているだろうし、国家特別部隊の連中の姿も見えているはずだ」

彼女は、また目隠しされているのを感じる。真っ暗な世界に戻る直前に彼女が目にするのは、ハンティングナイフを手にするフリセルの姿だ。一瞬、ナイフの形が漆黒の鳥の輪郭に見える。

「今ごろ彼らはかなり近くまでやってきているだろう」立ち上がりながらルーカス・フリセルは言う。

28

雨がやんだにもかかわらず、彼らの間隔は、当初合意した三十メートルよりもかなり狭くなっている。日が暮れはじめたからだ。

彼らは三度目の方向転換をする。南に向かっていたのを、今度は北に向かう。かなり速いペースを保ってきたが、岩だらけででこぼこの浸水した地面を確認しながら進むのは困難を極める。ペースを落とさざるをえない。

自然のにおいがますます強くなっている。

サルワニとリンドベリが両サイドを固め、リドとアンカンがふたりのあいだの区間を捜索しながら進む。まるで縮んでいく布のように、彼らはお互いの間隔を詰めていく。

サルワニは、何者かに見られているような感覚をいまだに拭いきれずにいる。彼の一挙手一投足を、森そのものに見張られているかのようだ。リドは、全身に突きあげる恐怖を若干楽しんでもいる――自分が受けるべき当然の報いとして。アンカンは、自分のなかに闘争心が湧きあがってきているのを感じる。しかし、絶対に撃たれたくはない。警察官としての訓練を受けはじめた初日から、それをいちばん恐れている。リンドベリは、この追跡を自分がもっとも望んでいるものに置きかえてとらえている。彼にとって、これはスウェーデンの将来を脅かす犯罪に対する戦争以外のなにものでもない。

彼らは森に注意を向けるのと同じくらい、お互いの動きを見る。どの時点で屈服し、本部に応援を要請するか。警察組織の幹部が誘拐されたのだ。いまだに連絡を入れていない時点で、彼ら全員の将来が断たれることを意味しかねない。

しかし、エヴァが死ぬようなことがあれば、それどころではすまない。

ソーニャ・リドは二〇〇八年の秋に思いを馳《は》せる――誘拐されたリーゼロッテ・リンドマンのこと、そして、事件を解決しようとルーカス・フリセルとエヴァ・ニーマンが死力を尽くしたこと。彼女は一瞬だけ目を閉じる。

エヴァ・ニーマンは、彼女にとっていちばんの親友かもしれない。その親友は、今この瞬間どのような目にあっているのか。そもそも、まだ生きているのか。今のような状況下で集中力を切らさずに自分のすべての力を出しきって戦うために、リドには必要なものがある。しかし仲間がすぐそばにいる今は、その効力は使えない。〈サーモス〉をバックパックから取り出すことはできない。

アンカンが顔を上げると、最初の雨粒が落ちてきて顔に当たる。

と同時に、いちばん最初に彼女がそれを発見する。

暗くなりはじめた上空に、空よりさらに黒い筋が見える。稲光の白と黒が反転したような、下から伸びる筋。

彼らはいっせいに立ち止まり、その現象を観察する。

「煙だ」やがてサルワニが小声で言う。

「この近くのどこからか立ちのぼってる」アンカンも小声で言う。

彼らはゆっくりとその方向に進む。そのうち、煙のにおいもしてくる。すぐ近くで、何者かが火をつけたのだ。五月下旬の夜に、なにかが燃えている。

木々が密集した森のなかを進んでいくと、少し木の間隔がまばらになり、目の前に丘が現われる。まるで蜃気楼を見ているようだ。丘の斜面から煙が立ちのぼるはずがない。しかし、現実に煙が出ている。

サルワニは、唯一の暗視双眼鏡を取り出す。プロ級の精度とまではいかないが、それでもなにかが見える。彼は小声で言う。

「あれはなんらかの建物で、斜面に隠れるようにカモフラージュされてる。彼は住処を人工的な丘に造りあげたらしい。ドアが見える。みんな、受信状況は？」

あとの三人はそれぞれの携帯電話を確認する。全員がうなずく。

「彼はぬかりのないプレッパーだ」とサルワニは続ける。「出入り口がひとつだけしかないとは思えない。ソーニャはぼくと来て。アンカンとアントン、ドアは見える？」

彼らはサルワニが指差している方向を見る。リンドベリは低機能な双眼鏡でドアらしきものを発見する。彼はうなずく。

「ぼくの合図を待ってて」とサルワニは言う。

リドはサルワニのあとに続き、アンカンとリンドベリはその場で待機する。

立ちのぼるひと筋の煙は、冥界から伸びてきた骨張った指みたいに見える。サルワニとリドは、それを囲むように半円状に移動する。

サルワニはリドを立ち止まらせ、暗視双眼鏡を目に当てる。双眼鏡を見ながら、ゆっくりと進む。リドは身をかがめてあとを追う。彼女からはほとんどなにも見えない。

突然サルワニが動きを止める。彼が指差している方向にはなにも見えないが、彼の興奮気味のささやき声は聞こえる。「あそこにもうひとつドアがある」

サルワニの顔に携帯電話の画面が反射し、深まる夕暮れのなかで青白く光る。月は出ていない。少ししてから彼は言う。「アントンとアンカンが、なかにはいる」

サルワニの言っていることの半分しかリドには理解できない。彼女はここにいない――ちゃんとした意味では。リドは死にそうなほどのパニックに襲われながらも彼のあとについていく。しかしどういうわけか、彼女には準備ができている。いざというときには、パニックを決断に変換することができる。プロ意識を取り戻すことができる。

この肌寒い森のなかで、彼女は汗をかいている。銃は、手に溶接されたように握られている。

ゆっくりと、彼らは丘に向かって進む。暗闇に呑み込まれながらも、かろうじて煙はまだ見える。

やがて壁に行きつく。リドは手を伸ばし、壁に触れる。苔のような感触。しかし、もはやなにも見えない。

ついに夜が訪れた。

サルワニの顔がまた照らされて光る。さっきよりも青白い。

彼はリドに向かってうなずき、壁のほうに進む。目ではなにも見えないが、音は聞こえる。ドアの把手《とって》が下に押されたような、かすかなカチッという音。もしそれがドアだとすると、それは音もなく開く。

とても淡い光が、得体の知れないこの構造物の奥のほうでちらちらと光っている。リドとサルワニは、廊下のような通路を音をたてずに進んでいく。

なにが起きても不思議はない。

やがて、彼らは少し広い部屋に行きつく。まるでカーテンが少しずつ開いていくように、少しずつ見えてくる。

ソーニャ・リドの目に最初に飛び込んできたのはエヴァ・ニーマンだ。

それは、無意識のうちにエヴァはもう死んでいると思い込んでいたからなのかもしれない。そこに座っているエヴァ・ニーマン主任警部は、本当に死んでいるように見える。彼女の顔は、すぐ前にあるテーブルの上に置かれた灯油ランプに照らされ、白く輝いている。

リドは、部屋のなかの第二の光源に目を向ける。暖炉だ。

その瞬間、部屋の反対側から押し入ってくるリンドベリとアンカンが見える。

暖炉脇の暗がりのなかに、五十代とおぼしき男が椅子に座っている。彼の両手が鮮明に見える。

爆弾がどうの、という女の叫び声が響く。

Ⅱ　取り調べ

29

テーブルに刻まれたひと文字ひと文字を、彼は人差し指でなぞる。最初の文字はF。二番目はR。そして、三番目と四番目の文字はE。

FREE。

壁に埋め込まれた大きな鏡に視線を戻したとき、彼はまだ気だるそうな笑みを浮かべている。自分の笑顔を見るのは、実に八年ぶりだ。

それだけで、彼の顔から笑みを消すには充分だ。

エヴァ・ニーマンは彼の笑顔を見る。彼女が座っているのは鏡の裏側、つまり彼女の側からはただの素通しの窓になっている。そこから、彼の笑みが消えるのを見る。そして、とりあえず訊く。「みんな、準備はいい？」

Ｎｏｖａグループ全員が取調室の裏にある小さな観察室に集まっている。ビデオを録画するコンピュータも作動してある。マジックミラーの上の時計は午前三時四十二分。

観察室のなかは、茶色い染みのついた紙コップでいっぱいだ。コーヒーの消費量は尋常ではない。

「あの椅子に仕掛けられていた罠《わな》は、本当に爆弾に見えたのよ」アンカンは決まり悪そうにまた言う。以前の控えめな彼女に逆戻りしている。

「きっと池から取り除いたものだ」とアントン・リンドベリは助け船を出す。「池と木に爆発物の痕跡が残ってた。なんらかの手製爆弾の罠が、木と木のあいだに仕掛けられていたんだろう」

「現場検証班にとっては、長い夜になりそうね」うなずきながらニーマンは言う。「もちろん、最新情報を共有してくれることになっている。明日はいろんな議論が起きると思うけど、わたしたちの行動の裏付けとなる証拠がもっと集まるはずよ。でも、今いちばん大事なのは、最初の取り調べをおこなうこと。まだすべてが新鮮なうちに」

「体調は大丈夫ですか？」コンピュータ画面の向こうからシャビール・サルワニが訊く。

「なにしろ、薬物を投与されて誘拐されてから、まだ数時間しか経ってないんだから」

「医者に診《み》てもらった」ニーマンは素っ気なく言い、立ち上がる。

ソーニャ・リドがフォルダーを手にドア口に立っている。神経質そうにフォルダーで左手を叩いている。

「はい、はい」とニーマンはぶつぶつ言い、机から自分のフォルダーを取ると、リドが押さえて開けてくれているドアまでほかの者を押しのけて行く。リドはニーマンのあとに続き、ナイフで刈った鉄灰色の髪の、風雨に晒《さら》されて日焼けした顔の男のほうに歩いていく。彼は微動だにせず、古い取り調べ用のテーブルに目を落としている。唯一動いているのは彼の人差し指だけだ。

ニーマンとリドも座る。フリセルはまだ顔を上げない。ニーマンはフォルダーを開き、厳格な声で言う。「ルーカス・フリセル、あなたはいくつかの罪の疑いで逮捕された。どんな罪に問われているのか、わかる？」

そのとき初めて彼は顔を上げる。彼の青く澄んだ目が、まっすぐにエヴァ・ニーマンの目を見る。彼は首を横に振る。

「わかっていると思うけど、はっきりとことばで答えて」とニーマンは続ける。「あなたは、弁護人の選任を辞退したの？」

フリセルは天井を見上げ、空気のにおいを嗅ぐ。「エタノールのにおいがする」

リドとニーマンは一瞬目を合わせる。

「質問にだけ答えるように」冷ややかな声でニーマンは言う。

「きみはふたつの質問をした」天井を見上げたままフリセルは言う。彼の指は、まるでなにかを書いているかのように、テーブルの表面をなぞりつづけている。

「だったら、ふたつとも答えて、ルーカス」

「おれは、弁護士が存在するような世界に属している人間ではない」

「それは、『はい、弁護人の選任を辞退します』という意味？」

「そうだ。それから、どんな罪に問われているかはおおよその見当はついている。しかし法的に言って、かなり曖昧な表現だと言わざるをえない」

「まあ、いいわ。では先に進めましょう。こちらは、わたしの同僚のソーニャ・リド」

ニーマンがリドのほうを向くと、彼女はいきなり攻撃態勢にはいる。「においと言えば、思ったほど臭くないのね」

フリセルはリドのほうを向く。彼と面と向かうのは初めてだが、彼女はたじろがない。

「なにが言いたいかというと、普通のプレッパーに比べると、快適な生活をおくっていたみたいね、ってこと。どこかに熱いお湯の出るシャワーとかを隠してたの？ それとも、サウナとかスパがあったとか？ 高級なオードトワレを揃えていたとか？」

「プレッパーがどんなものか、おれは知らない」とフリセルは答える。

「でも、わたしの意図はわかるわよね？」

エヴァ・ニーマンは椅子の背にもたれる。マジックミラー越しに、自分の気持ちがあまり露わになっていなければいいが、と願う。今回恐ろしい体験をしたのはたしかだが、かつて彼女が指導を受けたフリセルと、彼女が指導したリドと同じテーブルについていると、ある種の高揚感を覚えずにはいられない。まるで三世代が一堂に会したようだ。はたして、古い尋問方法は新しい方法に立ち向かえるのか。この取調室という空間で、リドの予期せぬ話題の変化にフリセルは対応できるだろうか。リドとその件に関して直接話たことはなかったが、彼女独特のアプローチ方法は、特殊な哲学的背景に関連しているのかもしれない。

「意図?」とフリセルは言う。彼の口角に浮かんだかすかな笑みを見逃さなかったのは、自分だけではないことをエヴァ・ニーマンは知っている。

「今あなたは、暴露されたものについて思い描いているんでしょ?」と言ってリドも笑みを返す。「あなたの秘密を発見したとき、それがどうわたしたちの目に映ったのかも想像しているんじゃない? 科捜が発見するいろんなものは言うに及ばず。まあ、その件については、またあとで話しましょう。プレッパーより、サバイバリストと呼ばれるほうが好き?」

ルーカス・フリセルはテーブルの表面をなぞっていた指の動きを止め、テーブルに身を乗り出して言う。「これらすべてを想像するのは、きみにとってはおそろしく難しいんだろうね」

「これらすべて?」とリドは言う。「あなたの……計画のこと?」

フリセルは顔をしかめ、椅子に背をもたれる。

リドは続ける。「ええ、そのとおりかもしれない。あなたの計画を理解するのは難しい。だったらルーカス、説明してよ。あなたの計画というのは、一般の人々の目を覚まさせるために、無差別に人を殺して、国民に恐怖を植えつけることなの?」

「それが、おれの問われている罪なのか?」

リドとニーマンは彼をじっくり観察する。驚きを演出できるほど、彼は人間的な反応を覚えているのだろうか。

「重要な詳細事項について、あなたに明かせないのはわかっているわよね?」ニーマンが口をはさむ。

「だが、それが殺人やテロに関することなら、おれに話すべきだったんじゃないのか?」

まるで二〇〇八年のようだ。悲劇が起きる前。フリセルの薄い髪は、茶色がかったブロンド。彼の権威の重みで、エヴァ・ニーマンは押しつぶされそうだ。

しかし、ソーニャ・リドにはそんな重みはのしかからない。

「今回の事件は、複数かつ不特定な凶悪犯罪に関連している。そのため、捜査の指揮を執っているステン・ロベルト=オルソン検事が、当面、罪状については広範囲にとらえることを決定した。これは特段珍しいことではない。では、においの話に戻りましょう」

フリセルはリドをじっと見る。そして、また頭を後ろに傾けてにおいを嗅ぐ。だが、なにも言わない。

「なんであなたは臭くないの?」とリドは尋ねる。

フリセルはあざけるように鼻を鳴らし、両手で宙に引用符を描きながら言う。「〝サバイバリスト〟なら誰でも言うだろうさ。第一優先すべきは、衛生状態を保つことだって」

「つまり、こっそり水道を引いているということ?」

「もちろん違う。一キロちょっと行ったところに池がある」

「ああ」とリドは言う。「罠が仕掛けてあったところね」

「そこで毎日水浴びをしている。三日に一度は洗濯もする。池が凍った場合は、氷に穴を開けて」

「石けんはあるの？　シャンプーは？　洗剤は？」

「もっといい方法がある」

「あの罠は、最近取りはずしたばかりよね？　痕がまだ新しかった」

「それに、爆弾とは全然違う」フリセルは苦笑いを浮かべて答える。

「どうして罠を取りはずしたの、ルーカス？」

「おれの計画には必要なくなった」

「つまり、最近になってあなたの計画は変わったというわけ？　八年間も森に住んでいたのに？」

　フリセルはなにも答えず、また天井に顔を向ける。

「わたしたちがなにを発見したか、知っているのよね？」リドは落ち着いた声で続ける。

「それで、この会話の前提が変わってくる」

「もう話すことはない」フリセルはつぶやく。

　ニーマンとリドは目を見合わせる。そこには多くのものが含まれている。

「その計画とやらは、どう変わったの？」リドは訊く。

「ノーコメント」

リドはフリセルを見つめる。そこに見えるのは、揺るぎない決断だ。彼女が知りたいのは、なぜ最初からそれがなかったのか、ということだ。

フリセルはなんらかのゲームを仕掛けている。

リドはニーマンにうなずく。ニーマンは深くため息をつき、フォルダーを閉じながら言う。

「今日は長い一日だった。取り調べは午前四時六分に終了。朝八時に再開します」

30

マジックミラーの裏の小さな観察室には、椅子がひとつ置けるだけのスペースしかない。しかし、どのみち誰も座りたがらない。みんな立ったまま、取調室に座っているルーカス・フリセルを見つめている。その姿は、まるで映画のスチール写真のようだ。

やがてソーニャ・リドがドアに向かうが、今回エヴァ・ニーマンは動かない。かわりに、ソーニャ・リドはシャビール・サルワニのためにドアを押さえて開けておく。

時計が八時を告げた瞬間、取調室のテーブルの前に微動だにせずに座っている男のところまで、ふたりは並んで歩いていく。そして並んで座り、それぞれのフォルダーを開く。

「取り調べを再開します」とリドは淡々と言う。「こちらは同僚のシャビール・サルワニ」

サルワニはマジックミラーとは反対側の壁を指差す。そこには大型スクリーンが設置されている。息を吹き返したように画像が現われ、やがて動画に変わる。しばらくすると、フリセルの住処《すみか》の居間に焦点が合ってくる。エヴァ・ニーマンが捕らわれていた部屋だ。人の姿も音もない映像は、手製のドアに向かう。ドアが開くと、そこは物置になっている。いくつもの棚にがらくたが乱雑に置かれ、何枚かの布がでこぼこの木の床の上に吊《つる》されている。画面のなかに手が現われ、その布をどける。電気のコンセントが見える。

「これは、昨日見つかったものです」とサルワニは言う。「映像は科捜が撮影したもので、今日じゅうにもっといろいろ送られてくるでしょう。あなたが電気をなにに使っていたのかも判明するはずです。あなたの住処に、電力の正式な契約がないことはすでに確認できています。また、電気がどこから来ているのかもわかっています。つまり、一番近い農場から——といっても十キロも離れていますが——盗電していたのですね。これだけでもいくつかの罪を犯していますよ、ルーカス」

フリセルは、まるで獲物に対するような視線でサルワニを見すえる。サルワニはデジャヴで身震いする。昨夜、深い森のなかで何者かにずっと見られていた感覚が蘇る。それを無視し、彼は続ける。「おそらく、あなたがパソコン、インターネット、携帯電話を使用していた証拠が見つかるでしょう。でも、われわれが関心を持っているのは、電気を使わないものです。それは、タイプライターです」

「タイプライターを持ってるの、ルーカス?」とソーニャ・リドが訊く。

「持っているとしたら、科捜がすでに発見しているんじゃないのか?」

「どうやらあなたの家のまわりには、あちこちに秘密の隠し場所があるようだから」とリドは言う。「科捜はひとつずつ時間をかけて探している。それに、あなたも知ってのとおり、タイプライターにはそれぞれ独自の特徴がある」

「つまり、おれがタイプライターを使って手紙を書いた、と?」フリセルは訊く。

リドがあまりにも長く彼を見つめているので、サルワニは書類をめくり、何枚か引き抜いてから質問を引き継ぐ。「スウェーデン農業科学大学で教えていた最後のころ、編集者宛にたくさん手紙を書いていますよね?」

サルワニはフリセルに紙を渡す。雑誌の記事のコピーだ。「ハイライトを付けた部分を音読してくれますか?」

フリセルはまっすぐサルワニを見すえる。彼は記事に視線を落とそうとしない。

サルワニは続ける。「ぼくのお気に入りは、〝ついにそのときが来た。地球上には、日光が届かないような巨大都市が複数存在する。ただ座って待っている時代は終わった。われわれひとりひとりが行動を起こさなければならない。人類が生き残るためには、責任ある立場の者は自分の罪と向き合う必要がある。罪ある者は責任を負わなければならない〟です。この場合、〝責任を負わなければならない〟というのは、どういう意味ですか、ルーカス？」リドはサルワニを見ている。フリセルを黙らせないで、と彼女は思う。彼の興味を惹いて、口を閉ざさせないで。もっとドアを開けて。

「あなたは、自然や気候に純粋な興味を抱いていた学者だった」とサルワニは言う。「どうしてもっと本格的な論文を書かなかったのですか？　どうして、ティンホイル・ハット（電磁波やマインドコントロールから脳を守るための、アルミ箔で作ったヘッドギアの一種）をかぶる一般人のように、編集者に手紙を送ったのですか？」

沈黙が取り調べ用のテーブルの上に重くのしかかる。サルワニは続ける。「わかりました。ぼくから言いましょう。それは、あなたがティンホイル・ハットをかぶる人のような言動をしていたからだ。これらの手紙の論調は狂気じみている。まともな編集者なら、普通の記事にはできない。投書欄に載せるのがせいぜいだ。あなたは、圧倒的な怒りを抱えてサバイバリストになった。罪のある者は、自分の犯した罪と向き合い、責任を負わなければならないと考えた。その怒りが、森のなかで仙人のように暮らしているうちに静まるわけがない。八年前に比べて、気候変動はまるで改善していない。あなたの怒りは、日に日に巨大化していったはずだ。そしてついに、それが爆発した」

取り調べが始まってからずっとサルワニに固定されていたフリセルの鋭い目が、不意にそれる。彼は首を振りながら言う。「自然ほど、怒りを和らげてくれるものはない」

サルワニは口を開くが、太ももがつねられているのを感じ、視線を落とす。太ももに置かれたリドの手から視線を上げると、彼女はおだやかに微笑んでいる。

少し間をおいてから、フリセルは続ける。「きみ自身もあの森で感じただろ。狩猟の根源的な力。自然の鋭い脅威。根源への近さ。特に、シャビール・サルワニ、きみにとって自然は非常に近い存在になった」

ふたたび、森に見張られているという感覚、森に押しつぶされそうな感覚がサルワニを襲う。何者かに見られているという強い感覚。

「赤いリボンはきみが結んだものだ」フリセルは一瞬サルワニに微笑む。サルワニは目を閉じる。

あれは、ただの想像ではなかったのだ。

フリセルは続ける。「ああ、そうだ。おれは、この惑星を黙って死なせていることに怒りを感じている。毎年、毎月、地球が破壊されるのを目撃してきた。肉眼でもはっきりと見える。そこまで進んでしまったということだ。その一方で、自然というのは平和でもある。脅威と危険、死と破壊。どれも本当だ。でも、その上には強い安寧がある。それが危険を制御するすべを与えてくれる。そうやって、人は自然と一体化する」

リドとサルワニは互いをちらっと見る。リドがうなずく。

「あなたは、自分から捕まったのですね」とサルワニは言う。「ぼくたちから煙が見えるように、わざわざ火を焚《た》いた。最初から、あなたの計画どおりに物事が進んだ。ぼくたち全員を倒すことだってできたはずなのに、どうしてそうしなかったんですか？」

フリセルはマジックミラーのほうを向き、一瞬笑みを浮かべてから言う。

「そんなことをしたら、一生逃げつづけなければならなくなる」

「盗んだ電気をCCTVカメラに使っていたんですか？」

「そんなこと、科捜が調べているんじゃないのか？」

たしかに調べている、とリドは思う。しかし、そういう形跡は見つかっていない。物置で見つかったコンセントが唯一の電源だ。

「カメラはバッテリーでも動く」とサルワニは言う。

「監視カメラの映像を映すモニターは見つかったか？」

見つかってはいない。今はまだ。フリセルはため息をつき、言う。「おれの森のなかにどうしてきみたちがいるのか、そのわけを知りたかった。きみたちが警察の人間だというのはすぐにわかった。そのとき、エヴァが見えた。きみたちがなにを求めているのかを調べようと思った。公式な捜査には見えなかった」

「どんな爆薬を使うの？」唐突にリドが訊く。

フリセルは、不意を突かれたかのように彼女を見つめる。彼が答える前に、彼女は話題を変える。「あなたの車には、なんでナンバープレートがないの？」

フリセルはとっさに自分を取り戻すが、一瞬の戸惑いをなかったものにはできない。彼の世界に棲息《せいそく》する動物たちは、ソーニャ・リドよりも予測可能なのだろう。

「おれの車?」

「車体ナンバーが削り落とされた黒いボルボ」

「おれは車なんか持ってない」とフリセルは答える。

「なるほど」とリドはつぶやき、壁のスクリーンを指差す。

先ほどと同じと思われるカメラが今度は森のなかを移動している。ふたつの大きな岩のあいだの濃い茂みまで、下生えが取り除かれて小道ができている。画面のなかに手が現われ、茂みまで伸びる。すると、その茂みが木製のハッチだとわかる。そのハッチを持ち上げてなかのゴミを払うと、六枚の長方形の金属板が現われる。それらを外に取り出して上下を正しい方向に向けると、車のナンバープレートだとわかる。

「あらまあ」とソーニャ・リドは言う。「言い逃れはできないわね。あなたの住処は、まるでアドベントカレンダー(クリスマスまでの日数を数えるためのカレンダーで、毎日ひとつずつ窓を開けていく)ね。ドアを開けるたびに、なにか贈り物が見つかる。嘘が次々に暴かれる」

フリセルは動揺しているように見える。しかし、彼はなにも言わない。

「あなたが、また新しい罪をリストにひとつ加えたことは無視するとしても、これだけは訊かないといけない。どうして森を出るときは、別人に成りすまさないといけないの?」

　フリセルは首を振りながらゆっくりと答える。「おれにとって、身元を明かさないことは重要なことだ。おれは、ライフラインからは切り離された生活をおくっている。社会の一員じゃない」

「だけど、電気もライフラインの一部なんじゃない？　つまり、あなたの言っていることは全部が本当のことじゃない」

「おれは、どんなデータベースにも登録されたくない。だから、どうしても食料を調達しにいかなくちゃならないときは、廃車になったナンバープレートをいくつか使いまわしている」

「てっきり、あなたはれっきとしたプレッパーなのかと思ってた。爆破事件を起こしにいくために、身元を隠していたんじゃないということ？」

「その〝爆破事件〟とやらに関しておれに与えられた情報は、まだまだ曖昧すぎる」

「あるいは、あなたの共犯者に会いにいくときに？」

「おれが、共犯者のいるようなタイプに見えるか？」

「ええ、あなたはテロ組織の一員に見える。すでに過激な思想を持っていたのが、社会から隔絶した生活をおくるうちに、より過激化したように見える。あなたは爆弾テロ犯に見えるのよ、ルーカス。ねえ、これは誰なの？」

　リドは、フリセルの目の前に書類を叩きつける。ヴァーサ公園とヴェステロース市の事件で爆弾を届けた配達員――〝中東系によく見られるような特徴を持つ〟三十代の男――の似顔絵が二枚。

「下手《へた》くそな似顔絵だな」フリセルはつぶやく。

「この男は誰？」リドはきつい声で訊く。

「見当もつかない。本当だ」

「偽のナンバープレートをつけた車に乗せたんじゃないの？　その男が揮発性爆発物をちゃんと扱えるか心配で。自爆なんかされたら大変だから」

フリセルは黙って彼女を見ている。リドはかまわず続ける。「ナンバープレートについては、しっかりと調べるつもりよ。そうすれば、一連のテロ事件のあいだのあなたの動きがはっきりする」

彼女は深呼吸する。

「あなたはいろんな種類の爆薬について、長年にわたって実験している。動物用の罠でも使ったわよね。それで最愛のヘラジカを吹き飛ばした。そして、ついにそのときが来た。森のなかの住処を離れて街に行き、爆弾テロ犯としての画期的な攻撃を実行するときが。わたしたちは、あなたがどこかに消える寸前で捕まえることができた。街のどこかに家があるのは間違いない」

取り調べ用のテーブルの向こう側に座っている男を、ソーニャ・リドはにらみつける。

「ルーカス・フリセル、あなたは間違いなく罪を犯している」

31

マジックミラーの裏の窮屈な観察室のなかで、リドとサルワニはケバブをシェアしている。ニーマンはパソコンの前に座り、サラダを食べている。アンカンとリンドベリは部屋にはいない——それは無理もない話で、観察室内の温度は三十度を超えている。ミラーの反対側では、留置場の独房で昼食を堪能したフリセルが、取調室に連れ戻されてくる。

「あの森のなかで、彼はなにを食べていたんだろう」とリドは言う。

「本当にそれが知りたいかどうか」とサルワニは答える。

「同じテーブルなの」とニーマンは言う。

リドとサルワニはニーマンを見つめる。

「テーブルの上を人差し指でなぞるあの仕草」ニーマンは続ける。「興味をそそられた。だから、彼が昼食で部屋を出たときに見にいったの。テーブルには文字が刻まれていて、彼はそれを指でなぞっていた。彼は自由になりたいと思ってる。刻んである四文字——F、R、E、E。二〇〇八年には、もう刻まれてあったのを覚えてる」

「当時も、彼は自由になりたがっていたのかもしれない」とサルワニはつぶやく。

ニーマンはくすっと笑い、話題を変える。

「パソコンも携帯電話も見つからなかった。外の世界の状況を知りたいと思っていなかったのなら、なんで農場から電気を盗んでいたのかしら。でも、まだ捜査は続けてる。あの周辺で3G通信サービスにつないだ人がいるかを調べるのは、かなり難しいことだけど。あの森で、ときどきつながる唯一の通信ネットワークは3Gだけだから。固定電話回線はなさそうよ」

「つまり、彼は自分でケーブルを十キロも引いたと思ってるんですか？　あの森のなかを？」とサルワニは大声を出す。「たったひとりで？」

「ええ。それもかなり深く埋めて」ニーマンはパソコン画面から目をそらさずにうなずく。「相当太いケーブルを、五百メートルごとにプロ並みの精度で接合したはず。そういうケーブルは、たいてい五百メートルのスプール巻きで売られているから。それをシーシュポス（ギリシャ神話に出てくるコリントス王。終わりのない徒労を意味する〝シーシュポスの岩〟で知られる）のように、険しい森のなかを押していったんでしょうね」

「ナンバープレートについても情報は一切見つかりません」とサルワニは言う。「彼に弱点なんてあるんだろうか。取調室ではいろんな話が引き出せているけど、どうしても尻尾《しっぽ》がつかめない」

「大丈夫。尻尾はわたしがつかむから」とリドは言う。

ニーマンとサルワニは同時に彼女を見る。彼女の声音に、ぎくりとするなにかを感じる。

彼女の説明は、〝尻尾をつかむ〟でしかない。

リドは立ち上がると、サルワニのためにドアを開けて押さえる。フリセルの向かい側に座るより先に、リドは言う。「最近、元バレリーナと数時間一緒に過ごしたの。ちなみに、彼女の旧姓はニーナ・フリセル」

リドはゆっくりと椅子に座りながら、大げさすぎるほどの関心をフリセルに向けて見つめる。「彼女は、いろいろと興味深い話を聞かせてくれた」少し長い間をおいてから彼女は続ける。「ねえ、たとえば結婚指輪事件のことは覚えてる?」

フリセルは深く息をつき、首を振る。「それは、おれに容疑がかかっているテロ事件とどんな関係があるんだ?」

「質問に答えて」

「ああ、もちろん覚えている。つらい別れだった。気持ちがめちゃくちゃになった」

「離婚はどっちの希望?」

「彼女と数時間も過ごしたのに、そんなことも聞き出せなかったのか?」

「実は、聞いてる」リドは歪んだ笑みを浮かべながら言う。「でも、あなた側からの見解を聞きたい」

「ほとんどの女に言えるのかもしれないが、ニーナには目の前の事象しか見えてなかった。

その先にあるものは見えなかった」

「つまり、気候問題のこと？」

「この宇宙全体のことだ！　くそ。存在の神秘に対する基本的な敬意も、畏《おそ》れも感じることができなかった」

「今のその発言が、女性差別的だという自覚はあるのよね？」

「きみは、思想警察のメンバーなのか？　道徳警察なのか？」

リドには、隙間がわずかに開いたのが見える。初めてルーカス・フリセルの、いわゆる〝情熱〟が垣間見える。もっと見たい。ニーナ・ストレムブラッドが話していた〝自然の申し子〟とやらを。もしも本当に彼のなかにその一面があるなら、今は巧みに隠しおおせている。

「あなたは敬虔《けいけん》とは正反対な人だと聞いた。ニーナと一緒にいるときも無慈悲で不機嫌だったと。それほど興ざめなことってある？」

フリセルは肩をすくめる。

「おれたちが別れたときは、たしかにそのとおりだった」

彼はするりと彼女の網をすり抜けてしまう。もっと締めつけなければ。

「あなたと別れて以来、やさしい性格の人としか出会っていないらしいわよ」

フリセルはしばらく黙ったまま座っている。彼がなにを考えているかは読みとれない。それでも、自分のことばが彼の神経に触れたという実感がある。見事に命中したのだ。彼は目を閉じる。

「これでどこに通じるドアが開いたのか、わかるわよね、ルーカス？」

彼にはわかっている、と彼女は確信する。どんなに硬い表情をしていても明らかだ。

「あなたは二〇〇九年の春に離婚した」リドは続ける。「二〇〇八年の秋に、なにかが起きたのね？　今と同じくらい劇的なことが。八年も森のなかにいたあなたが、ひとつの時代が終わったことを象徴するように、古い罠を取りはずすほど劇的なことが。ところで、今こうして話しているあいだにも、罠に仕掛けられていた爆薬の分析がおこなわれている。爆薬が一致するかどうかが判明するのも時間の問題ね。で、二〇〇八年の秋に、何があったの？」

「〈iPhone〉と呼ばれる代物が現われた」

リドは、フリセルがかすかに微笑むのを見る。また壁が築かれてしまった。だが、今そこには足場がある。壁は崩しやすくなっている。

「それに、リーゼロッテ・リンドマンという女性もいたわよね？　そうでしょ？」

「それがわかっているなら、もう全部知ってるんだろ」フリセルはそう言いながら鏡に向かって手を振る。

少なくとも、ちょっとした感情の爆発だ。でも、まだ〝情熱〟とまでは言えない。

「警察の仕事でも、これほどの不祥事は珍しい」とリドは言い、煽《あお》りたてる。彼はまた無表情になる。その目は、取調室よりはるかかなたを見つめている。

「あなたはクビになったんでしょ、ルーカス？　あなたの意思で辞職したんじゃない」

沈黙。

「でも、今度はあなたの意思で選択した。あなたは自分から森を去った。長年愛してきたあの森を。もう辟易《へきえき》していた。あなたは、自分の正しさを信じている。今度は世の中を納得させなければならない。どんな代償を払ってでも。自然のなかでは、さまざまな種《しゅ》が絶滅していっている。それをあなたは、季節を追うごとにその目で目撃してきた。虫はどんどんいなくなり、木々は死んでいく。社会の意思決定プロセスが骨抜きになっている以上、大衆を喚起するためには極端な方法が必要となる。だから、あなたは動きはじめることにした。罪ある者は責任を負わなければならないから」

リドは間をおき、サルワニをちらっと見る。彼はうなずく。フリセルは沈黙し、心を閉ざしている。リドはかまわずに続ける。「ルーカス、あなたの頑固さはこの目で見てきた。その固い決意も。あなたは、自然が与えてくれるものだけで住処を築きあげた。家の外には見事な畑も作った——根菜類、キャベツ、レタス、ジャガイモ、ハーブ。栽培していたものすべてのリストを科捜が作ってる。それに、電気を盗むために何キロにもわたってケーブルを引いた。あなたはその同じ強い決意で、ストックホルム内外での爆破事件の計画を立てた。その人でも、すぐに自分ひとりでは実行できないことに気づいた。共犯者はひとりだけ？　その人はおそらく殺人者よ。ふたりの配達員の行方がわからなくなっているから。あなた自身も汚れ仕事に手を染めているの？　それとも、頭脳に徹しているだけ？」

フリセルは依然として無言のままだ。

「あなたは実務的な人。だから、もちろんほとんどの汚れ仕事は自分でするんでしょ？　盗んだナンバープレートで車を乗りまわすのにはなんらかの理由がある——しかも大量のガソリンを消費する車で。その類いの環境破壊については、どう正当化するの？」

「おれだって移動が必要なときもある」突然フリセルが答える。

リドは自分のリズムを崩され、一瞬困惑する。それが彼の狙いなのかもしれない。「これからが正念場よ、ルーカス。今、交通警察が過去のデジタルデータを必死に探してる。あなたが車でどう動きまわっていたのか、森のなかでインターネットをどう使っていたのか、調べ終えるのは時間の問題ね。あなたが警察をクビになってから、技術はずいぶんと進歩しているの。最終的にあなたの尻尾をつかむのがデジタル技術だなんて、ずいぶん皮肉なことよね」

「人間を洗脳してしまった技術、すべての電力を消費し、二酸化炭素消費量の天井を突き破ってしまう技術、がね」

「あなたの古いボルボだってまったく同じ。自分だけは潔白だなんて、しらばっくれるのはよして。あなたが死んだとしても、その死体の重さ分の〝炭素の足跡〟は残るんだから。わたしたち人間は、この〝破壊しつくされた廃墟〟に生まれてくるかどうか選べるわけじゃないのよ」

彼女は、目の前の彫像を観察する。彼女の声が彼に届いていることも、彼がそれを理解していることもなんとなくわかる。彼女を見るその眼差しが変化している。

ソーニャ・リドは立ち上がり、身を乗り出してテーブルに両手をついて言う。「〝神の白い住処は、破壊しつくされた廃墟を見おろすだろう〟。今度はその話をしましょう、ルーカス」

32

彼をとらえることができた。ソーニャ・リドは狭い観察室の後方に立ち、刈りあげた頭を撫でながら考える。たしかに彼をとらえることはできた。でも、そのあとなにがあった？ なにを間違ってしまった？ いったいいつの時点でルーカス・フリセルはせっかく開いた隙間を閉じ、両端を縫いつけてしまったのだろう。

あのあとは、数時間同じ話をぐるぐると繰り返していただけだった。彼女はその場で立ち泳ぎをしていただけで、どこにも進めなかった。だからサルワニがかわってくれた。でも、一歩も前に進めなかった。その逆に、後退したと言ってもいい。だからこれからやろうとしていることは正しい戦略かもしれないと、しぶしぶ認めざるをえない。エヴァ・ニーマンは彼女の内面も外面も知っている。まるで本を読むように彼女の心が読める。

それとも、ニーマンが読んでいるのはルーカス・フリセルの心なのだろうか。

フリセルとニーマンの関係性は、驚くほどいまだにはっきりしない。

リドは隅のほうからまわりを見る。せいぜいふたり用でしかない部屋のなかに、六人もいる。そのうちのひとりはかなりの年配だが、遠いむかしの時代の影が、彼をかろうじて立たせているかのように見える。

この老人がエヴァ・ニーマンの秘密兵器なのだろうか。

ニーマンは彼にうなずくとドアを開け、彼のあとについて取調室にはいり、ドアを閉める。

リドはマジックミラーの反対側から見ている。ルーカス・フリセルが顔を上げ、仮面がずれるのを目撃する。それはほんの一瞬のことだったが、ルーカス・フリセルに心を開かせるのは可能だと知るには充分だ。

過去が、一瞬にして取調室を覆い尽くす。

「エドヴァルド」とフリセルは言う。立ち上がっただけでなく、テーブルをまわりこんでエドヴァルド・ラスムッソンが座る前に彼をハグする。ドアが開いてリンドベリとアンカンが駆けこんでくるが、すでにフリセルは自分の椅子に戻っている。

「席から立たないで」とアンカンは怒鳴る。

「わかった」とフリセルはつぶやく。

「少しでも人に触れるのは禁止だ」とリンドベリは言い、テーブルの下にあるふたつの頑丈な金属製の輪にフリセルの手錠を固定する。

ふたりはいってきたときと同じようにすばやく退室し、ドアを閉める。嵐のあとの静けさのなかに、エドヴァルド・ラスムッソンの声が響く。「実に残念だよ、ルーカス。こんな状況で再会したくはなかった」

「同感です」とフリセルは言う。「でも、元気そうですね、エドヴァルド」

老人は苦笑いを浮かべる。「〝元気そう〟というのは、相対的に見れば、ということだろう」

狭い観察室のなかから、ソーニャ・リドはふたりの男たちのあいだの空間に目を凝らす。彼らのあいだでなにが交わされているのか、見極めようとする。

「おまえがなにをしたのか話してくれ、ルーカス」少し間をおいてからラスムッソンは言う。

「ティスリンゲでのあの日のことを覚えてるか？　おまえがやっと心を開いて、なにが好きなのかを教えてくれたときのことを？」

「もちろん覚えていますよ。そんなことは百も承知でしょ」

「あのときのおまえは、まるでパチパチとはじける欲求不満の花火みたいだった。でも何度か話しているうちに、自分の好きなことを打ち明けてくれるようになった。少年拘置所なんかに閉じ込められて、暴力やくだらないことで人生を無駄にするより、もっとやりたいことがあると話してくれた。おまえは、自然のそばに行きたいと言っていた」

「あなたが会いにきてくれて――」

「私がここに来たのは、なにかを検証するためじゃないんだ、ルーカス」ラスムッソンはフリセルのことばをさえぎる。「私は、感傷とはとことん無縁な男だ。おまえはあのころと全然変わっていない。同じだ。だから、おまえから無理やり事実を聞き出すことができないのはわかっている。それでも、話してもらわないとならないんだ、ルーカス。どうしても、だ」

「あなたは、おれが……」

「おまえがどう思っているかは知らない。私の目の前に今いるのは、ティスリンゲにいたころの十六歳のおまえだ。世界は自分の敵だと思い込み、他人には絶対に心を開こうとしなかった少年のころのおまえだ。でも、本当は誰かに自分のことを理解してほしかったんだよな、ルーカス。今もそうなんじゃないのか？　それとも、今はもう誰もおまえの心を開かせることはできないのか？　森のなかでの暮らしは、おまえをどう変えてしまったんだ？」

「おれは、より自分らしくなることができた」

「そう言うけど、わたしたちが森に行ったとき、あなたはその暮らしを終わらせようとしていた」とエヴァ・ニーマンは言う。

リドには、ニーマンの意図がわかる。フリセルの頭のなかに時間の流れがはいり込んでいくのが見える。ニーマンは、ラスムッソンが彼の少年時代に刺した針の穴を利用して、はいり込む隙間を探そうとしている。

でもリドは、ねじれたり曲がったりする急なテンポについていけない。公平にものを見ることができていないのかもしれない。

もしかしたら、嫉妬しているのかもしれない。

「その話ばかりしているようだが」とフリセルは言う。「あの罠は、おれの計画にそぐわなくなったから取りはずしただけだ」

あなたの計画、とリドは思う。気がつくと、鼻先がマジックミラーの裏側に触れている。

「私に話してくれ、ルーカス」ラスムッソンがふたたび会話にはいってくる。「おまえはどこに行こうとしてたんだ？　八年間も森に住んでいたおまえに、急に出ていくことを決断させたものはなんなんだ？」

「突然、青と緑と赤のリボンが木に結ばれていた。おれの森は毒で汚染された」

「あのリボンは、生分解性の素材でできたものなの」エヴァ・ニーマンが落ち着いた声で割り込む。

こっちには、あんたのＤＮＡがあるんだよ、とリドは思う。落ち着いてなんかいられない。鼻をマジックミラーの裏側にこすりつけている。でも顔を引っ込めて思う。約束してくれたよね、エヴァ。DNA爆弾を落とすのは、わたしに任せてくれるって。そのときが来たら。彼が完全黙秘にはいらないようなタイミングで。

エヴァ・ニーマンは歯を食いしばる。フリセルを見つめている。次に、視線をマジックミラーに移す。そして、ラスムッソンに向けて促すような眼差しを送る。

「私がおまえと初めて会ったときのことは覚えているか、ルーカス？」とラスムッソンは尋ねる。「そのときの自分の気持ちは覚えているか？　どういう状況で会ったのか、覚えているか？」

フリセルは天井を見上げる。ニーマンの目的が彼の頭のなかを混乱させることなら、彼女は成功しているように見える。リドにとっての足がかりは、フリセルという人間が社会生活にはまるで適合できていない反面、動物的な感覚は鋭いという点だ。だから彼の頭のなかがどういう状態になっているのかはわからない。

フリセルはなにも言わない。ラスムッソンと目を合わせようともしない。老人は続ける。

「あのときのおまえほど、打ちひしがれた少年を私は見たことがなかった。まず最初に思ったのは、おまえの父親のことだった――ヘルシングランド地方の森に住む、アルコール依存症の軽犯罪者。もちろん彼のことは知らなかったが、面会予定の若者については事前に調べることにしていた」

そのことばを聞いて、フリセルはかつての指導教官に視線を向ける。ラスムッソンは続ける。「父親の死は、おまえが自由になれるきっかけになった。でも、おまえ自身が父親と同じになってしまった。おまえを目覚めさせたのはこの私だ、ルーカス。自分を見失い、そのままならまっしぐらに墓へと向かっていたおまえを」

「ノールランドのレンジャー部隊、ですね」とフリセルは言う。彼の声には切なげな響きが混じっている。

「でも、まずあなたは学校に戻った」とニーマンは言う。「そして化学を学んだ。そこで爆弾の作り方を学んだの？」

フリセルは、無愛想にただ首を振る。ニーマンは続ける。「あなたが電気を盗んでいた農家の人たちは、そんなことをされているとはまるで気づいていなかった。ただ、過去五年のうちに二度ほど、肥料が盗まれたことを通報していた。あなたくらい化学の知識があれば、その肥料を使ってジアゾジニトロフェノール、ＤＤＮＰを作ることはできる。森に仕掛けていた罠で使用していたのは、そういう種類の爆薬？」

フリセルは依然としてなにも言わない。心配になるほどの沈黙だ、とマジックミラーの裏側でソーニャ・リドは考え込む。

今、口をつぐませるわけにはいかない。

「その農園には、広い菜の花畑があるわよね」とニーマンはつけ加える。「そこからなにか着想を得た、そうなんでしょ？」

エドヴァルド・ラスムッソンは身を乗り出して言う。「ノールランドのレンジャー部隊にいたころに、ブービートラップについてもかなり学んだと言っていたね。それから、ゲリラ戦の方法や秘密攻撃や拉致についても。なんでもいいから、なにが起きているのか話してくれ。おまえに一線を越えさせたものは、いったいなんだったんだ?」

フリセルは無言のままだが、手錠がかすかにカラカラと音をたてる。彼はもはや、原始の森のなかにいた、石のように無表情な男ではない。

ニーマンは説明する。「あなたは、警察官を森のなかで拉致した。見事にやってのけたわ。それは否定のしようがない。誰にも気づかれずにわたしを拘束し、意識を失わせ、住処まで運んで縛りあげた。そしてさまざまな恐怖を味わわせた。それなのに、今さらのように無実だと主張している」

彼らは目と目を合わせて動かない。エヴァ・ニーマンは、彼がけっして口にすることのないことばをその目のなかに見る。

そのことばは、間違いなく〝すまない〟だ。

「あなたにはわかっているはずよね、ルーカス。確固たる証拠がない限り、わたしたちがあの森に行くはずがないことを」

ニーマンはマジックミラーのほうを見て軽くうなずく。

ソーニャ・リドは、それを鏡の裏側から見ている。そして理解する。

すべてのお膳立ては整った。

33

今回、取調室のなかにはソーニャ・リドしかいない。ソーニャ・リドとルーカス・フリセルだけ。取り調べ用のテーブルをはさんで向かい合って座っている。動くものはなにもない。

フリセルが天井を見上げていた顔をゆっくりと下げるまでは。

「またエタノールのにおいがしてきた」鼻をクンクンさせながら彼は言う。リドは、集中していて聞こえない、というふりをする。

「それじゃあ、結婚指輪の話に戻しましょうか、ルーカス」

少し落ち着かないのか、フリセルは椅子の位置をずらす。

「そのときの様子を頭のなかに描き出そうとしてるんだけど」とリドは続ける。「きっと、気が滅入《めい》るような口喧嘩《くちげんか》だったんでしょうね。ニーナはバスルームまで走っていって、結婚指輪をトイレに流そうとしたんでしょ？　あなたは追いついた。でも、止めなかった。そのかわりになにをしたの？　彼女の服を無理やりはぎとった？」

「ふたりとも服を着ていたなんて、誰が言った？」

リドは、自分が目をしばたたいているのを感じるが、気にせずに続ける。

「あなたがたふたりのあいだにあった情熱は、別れなんかよりももっと強力だった、とニーナは言っていた。でも正直言って、それがどういう意味なのかわたしには――」

「きみはあの場にはいなかった。どんなに興味深そうに話しているとしても」

「なんとなく、レイプに近いものがあるように感じる。〝罰を与えるためのセックス〟は、あなたの趣味かなにかなの、ルーカス？」

「あのときの出来事をニーナがなにもかもきみに打ち明けた、なんてことをおれに信じさせようとしても無駄だ」

「あなたにも少しくらいは人間的な感情があったなんてよかったわ、ルーカス。法廷では、少なからず同情を買うことができるかもしれない。幸い、別のシナリオもあるのよ」

彼の顔に見えるのは憎しみ？　それとも苛立《いらだ》ち？　失望？

「トイレの上でニーナとセックスをしたのは、彼女とはまったく関係ないことだったのかもしれない。もしかして、独り身になってしまうという切迫感のほうが関係している？　あなたは、若いころに女の子と遊びまわるような経験をしてこなかったのよね？　ニーナとは若いころに出会い、あなたは人生の新たな段階にはいるのを楽しみにしていた。もう少しあなたの背景について掘り下げていきましょうか」

フリセルはヘビのような目で彼女を見ている。

「ヘルシングランドの森のなかの貧しい生活から始まった。大きな街に移っても、事態は改善されなかった。少なくともヘルシングランドでは、父親から虐待を受けて痣《あざ》だらけになっても、逃げ込める自然があった。でも、移り住んだベリングビューでは、あなたは軽犯罪者の世界に呑み込まれた。それに、女性にもてるタイプでもなかった。しばらくして通うようになった学校も化学技術の専門学校だった——当時は女子学生もほとんどいなかったでしょうね。まして、ノールランドのレンジャー部隊に女性は皆無だった。だから、独身生活を謳歌するチャンスなんてなかった」

「そのことと、おれがテロリストだということにはどんな関係があるんだ？」

「それを説明させて」リドは微笑みながら言う。「爆弾テロ犯は性的欲求不満に駆られて犯行を繰り返している。自分自身には〝崇高な目的のため〟とか言い聞かせているかもしれないけど、現実にはただセックスがしたいだけ。その衝動が消えることはないでしょ？　どんなに歳《とし》をとっても」

「おれたちふたりのうちでは、きみのほうが好きそうだけどね、ソーニャ・リド」

「警察をクビになったあとスウェーデン農業科学大学に戻ったのは、自然に対する渇望だけが理由だったんじゃない。あなたの目的は学生だった。特に、自然とか動物が好きな女子学生」

「おれは、クビになったわけじゃない」とフリセルはつぶやく。

「わたしが今言ったことのなかで、あなたが気になるのはその点だけ？　ほかに否定したいと思うことはないの？」

彼はまた黙り込む。フリセルとの会話には、いつ棺《ひつぎ》のふたが閉じられるかわからない脅威が常に存在する――「ノーコメント」や「弁護士を呼んでくれ」と言いだしかねない脅威。しかし今回の沈黙は、それとは少し違うように見える。

「あなたは女子学生と夜の食事を楽しんでいたそうね。それが目当てで教師になった、というわたしの仮説には、反論しなくてもいいの？」

フリセルはただ首を振る。とはいえ、話したくないわけでもなさそうだ。彼女は歯を食いしばり、続ける。「フェイスブックの〈楽しい農業〉というページに、あなたの写真がいっぱい載っているけど、それは知ってた？」

沈黙と、首を振る仕草が続く。

ソーニャ・リドは、このカードに勝利を懸けている。だから続けなければならない。

「これはスウェーデン農業科学大学の元学生のページで、二〇一三年から二〇一五年にかけていろいろ投稿されている。そのなかに、あなたが写っている写真が十枚ちょっとあって、夜に出かけたときの写真も含まれている。彼女のことは覚えているはずよ。名前はヨンナ・カールグレン。大学では、景観設計学を専攻していた。離婚後に大学に戻ったのは、女の子たちと知り合うのが目的だった、そうなんでしょ？」

「実際以上に馬鹿なふりはしなくていい」フリセルはぴしゃりと言う。「おれは作物栽培学、林学、化石燃料に依存しない農業、環境科学を学んだ。大学に戻った理由はそれだ。堅実で実用的な知識を修得するためだ。その知識のおかげで、原始的で純粋な自然を愛し、そのなかで生きることができた」

リドはほっとする。まだ意思疎通が図れることに安堵する。

「それはそうかもしれないけど、やっぱりいちばんの理由はリーゼロッテ・リンドマンだったのよね？」彼女は静かに言う。

フリセルは、宇宙の片隅を見つめる。

「二〇〇八年」リドは続ける。「信じられないような失態だった。あれほど注目を浴びた捜査を任されたのは、あの事件が初めてだったの、ルーカス？」

また沈黙が流れる。

「いずれにせよ、あなたはその事件にすべてを懸けた。最新式の技術なんかには頼らずに、リーゼロッテを救うつもりだった。彼女は保護対象者だったのに、フェイスブックに投稿された写真のせいで居場所がばれてしまった。あなたは捜査を指揮していた。地位も力もあったあなたは、普通の警察の捜査方法で充分だという方針にすべてを懸けた。二〇〇八年の秋、そのときのあなたは絶対的支配者《アルファ・メール》だった。傍《かたわ》らにはエヴァ・ニーマンを控えさせていた。彼女は若いながらも頼りになる右腕で、いつでもあなたの正当性を立証してくれる存在だった。

ところが、悲劇が起きた。リーゼロッテ・リンドマンは殺され、あなたはその責任を取らされて警察をクビになり、ニーナにも捨てられた。アルファ・メールは粉々に打ち砕かれた。あなたが去勢されるのを最前列で見ていたのは、エヴァ・ニーマンだった」

フリセルは身動きひとつせずに座り、聞いている。彼の顔は、また石のように無表情になっているが、そこにはかすかにひびがはいりはじめている。

「だから、手紙の宛先は彼女だった。そうなんでしょ？」静寂は固形化している。リドは続ける。「あなたには、男らしさを取り戻す方法があった。大学にいたころの女子学生のことを思い出して、中断していた勉強を再開することにした。自分のイメージを刷新して、ついに準備は整った。あなたは講師になった。元警察官で、年齢のわりには若く見える、評判の良い講師だった。常に社会から脱出することを匂わせながらも、実際には行動には移さなかった。あなたは、女子学生と森での本物の暮らしとのあいだで板挟みになった。レッレが闘わなくちゃいけなかったのは、あなたの性欲だった」

「おれの居場所を話したのは、やっぱりレッレだったのか」

「あなた同様、彼もかつての自分の影のように生きている。レッレから誘われたのは、まだ女子学生との関係を楽しんでいたころだった。絶え間ない供給に背を向けることはできなかった。でも、ようやく準備ができた。自分の性的な衝動を、究極の熟女への——母なる地球への——欲望に転換することに成功した」

「自然との近しさがどんなものなのか、きみには一生理解できないだろう」

「たしかにそのとおりかもしれない。でも、どうやらそれも終わったようね。ビーバーをファックしまくって、もう満足した？」

予想外の音が轟《とどろ》く。まるでジェット機のエンジンのようなフリセルの笑い声が、わずか数秒でやむ。

「あの森にビーバーはいない」と彼はつぶやく。「どんな種類も」

「でも、禁欲生活はもう充分だったんでしょ？」

「なぜきみたち人間は、大きな問題を矮小化《わいしょうか》するんだ？」

「わたしたち人間？」

フリセルは、あからさまに話すのをやめる。ソーニャ・リドは深くため息をつき、首を振る。しかたなさそうにマジックミラーに身ぶりをし、続ける。「もしあなたのことをよく知らなければ、森での生活があなたを狂人と女嫌いの両方に変えたと思ったでしょうね。でも、あなたを知れば知るほど、初めからその両方だったことがはっきりしてくる」

「地球は死につつあるのに、きみは些細《ささい》なことで口論している」

「ぜひとも、わたしが正しいことを証明して。女嫌いは間違いないけど、狂人というのは正しくないかもね。どちらかというと、〝執着〟のほうが合ってる？　それとも〝取り憑《つ》かれてる〟？　耐えきれない禁欲と、自然からその癒えない傷を見せつづけられることで、強迫観念がますます大きくなっていったの？　そのふたつが合わさると、過激化の完璧な温床になる。なにが、最後にスイッチを押させたの？」

「スイッチって、なんのスイッチのことだ」

「あなたがこれまで得てきたさまざまな技能と失望と信念を合体させて、社会に攻撃を仕掛けることを、あなたに決断させたスイッチのことよ」

「おれはそんな決断はしていない」

「じゃあ、どんな決断をしたの？」

フリセルは答えない。リドは彼と目を合わせようとするが、彼は目をそむけたままだ。

「この三つの時間はわかる？」リドは、フォルダーのなかから紙を出して彼に渡す。

フリセルはその紙を見るが、なにも言わず、表情も変えない。

「この三つは、爆弾が起爆された日付と時間。この時間に、あなたにアリバイがあるかを確認したいの」

フリセルはため息をついて言う。「おれは八年もひとりきりで暮らしてきたんだ。そんなおれにアリバイがないのは、百も承知だろ」

「でも、あなたに共犯者がいることはわかっているのよ」

フリセルは首を振りながら、落胆した表情を見せる。

「あなたが農園から盗電しはじめたのがいつなのかは、もうすぐわかるはず」とリドは言う。

「それがわかれば、あなたの計画が始まったおおよその時期がわかる。計画を実行するうえで、インターネットが必要なことにあなたは気づいた。象徴となるような重要人物を選んだり、なにより爆弾を作りはじめる時期を見極めるために。ウップランドの森のどこかに実験室があるんでしょ、ルーカス？　見つかるのは時間の問題よ。あなたが、とんでもないへまをしてしまった実験室」

フリセルは視線を上げる。その澄んだ青い目のなかに好奇心が見える。

「ふたつ目の爆弾を作っていたとき、なにか突発的なことでも起きたの？」とリドは続ける。

「あの爆弾は結構ユニークなものだったわよね。細長いし、機械式起爆装置がついていて」

フリセルは、用心深く黙ったままだ。

「かなり強力な爆弾だったわ、ルーカス。わたしのことばを信じてもいい。ヴァーサ公園の芝生を焼きながら横たわっていたイェスパー・サールグレンを、あなたも見るべきだった。でも、あなたのDNAを吹き飛ばすほどの威力はなかった。爆弾の残骸のなかに、DNAがまだ残っていたの。なにがあったの？　爆弾を作っているときに、指でも切って出血した？」

リドは、彼が目を合わせてくれることは期待していなかったが、フリセルのほうを見ると、目が合った。そのなかになにが見えたのか、彼女にはわからない。本気になってきた？

「おれは、爆弾なんか作っていない」と彼は言う。

「でも、あなたが作ったのをわたしたちは知っているの。あなたは森のなかに爆薬を使った罠を作ったじゃない。それを取りはずしたのは、共犯者たちと合流して本格的にテロ活動を開始するためだったんでしょ？　ただの前奏曲だったんでしょ、ルーカス？」

「罠をはずしたのはそんな理由からじゃない。そんなことをする決断なんかしていない」

「じゃあ、どんなことをする決断をしたの、ルーカス？」

「おれはクビになったわけじゃない」

「だから？」

「今日のところは、もうなにも話さないほうがよさそうだ」

34

アントン・リンドベリが注意しながらトレーをパブの奥のほうの隅まで運ぶあいだ、上に載っているグラス同士がすべって共鳴し、メロディーを奏でる。なんとか無事にトレーをテーブルに置くと、一滴もこぼすことなくトレーがからからに乾いているのを確認して満足する。

それにひきかえ、テーブルを囲む面々は乾いてなどいない。これで何杯目だろう。

「あの男が何者なのか、ぼくにはさっぱりわからない」自分のビールを取りながら、シャビール・サルワニは言う。「彼をこの目で見て、彼の話を聞いて、彼に話しかけているのに、ルーカス・フリセルが何者なのか、皆目見当もつかない」

「有罪」いちばん奥のソファにもぐり込むように座っているソーニャ・リドが言う。「それは、間違いない。有罪。今回ほど確信したことはなかった」

「でも、その根拠は？」ミュンヘンかどこかのビールの売り子さながらに大ジョッキをつかみながらアンカンは訊く。「まるで、自分が取調室にいること自体に驚いているように見えた」

「驚いている動物みたいにね」とサルワニは言い、ビールをがぶ飲みする。「いつ何時も警戒を怠らない。渡れるかどうか予想もつかないけど、渡れる可能性もある地形を注意深く観察しているみたいだ。まるで、情報収集をしているように思えた」

エヴァ・ニーマンは〈シンガポール・スリング〉を飲みながら言う。「彼は、以前とはずいぶん変わった」

「それじゃあ、あなたはどう思うんだ？」リンドベリがトレーに最後に残ったグラスを取り上げながら訊く。「彼のことはよく知っていたんでしょ？　彼は本当に爆弾テロ犯なのか？彼はどのくらい嘘が上手なんだ？」

ニーマンはため息をつき、肩をすくめる。「正直言って、わたしにもわからない。でも、すべてのことが彼を指している」

「動かぬ証拠も含めて」とリドは言い、赤ワインのグラスを持ち上げる。「たしかに、それもあったわね」とニーマンも認める。「だけど、それでもわからないのよ。誰かが、彼に罪をなすりつけようとしているということは？」

「そんなことがありえないのは、あなたも知っているはずです」とサルワニは言う。

「このぐちゃぐちゃな現実のなかでもはっきりしているのは」とリドは断言する。「むかしむかし、そのむかし、彼がとんでもなく優秀な刑事だった、っていうこと」

「そして、かなり女の子にもてた、ってこと」アンカンがつけ加える。

一瞬、テーブルのまわりで笑いが起きる。リドはニーマンを観察する。

「きみならわかるんだろうけど」リンドベリはアンカンの腕をとんとんと叩きながら言う。

「男のおれからしたら、八年も森のなかで暮らしてきた今は、『指輪物語』に出てくる歩きまわる木にしか見えないよ。彼のなにがそんなに女性を惹きつけるんだ？」

「危なさ」とサルワニは言う。

「一度もガールフレンドがいたことがない、っていつも文句言ってなかった？」アンカンが言い返す。「違うわよ。危なさが魅力なんじゃなくて、男の……振る舞い、っていうか……」

「シャビールがゲイなのは、本人のせいじゃない」とリンドベリは大声で言い、大ジョッキを口元まで上げたままアンカンのほうを向く。「魅力的なのは、振る舞いだって？　本気なのか？」

「あなただって、認めざるをえないでしょ、ソーニャ？」アンカンはそう言うと、リドのほうを向く。彼女はワインをがぶ飲みして答える。

「わたしは今、そんなことにかまってる暇はない。でも、エヴァなら十五年前の彼がどんなだったか教えてくれるはずよ。刑事としても、男としても」

「ところで、ぼくはゲイじゃないよ」とサルワニは口をはさむ。「ただ、深く関わりを持ちたくないだけなんだ」

「ねえ、できれば話題を変えたいんだけど」とエヴァ・ニーマンは落ち着いた声で言う。「今いるのはバーだし、時間も遅いし、おそろしく長くハードな仕事のあとで、こうして全員で集まったんだし。ちょっとお祝いでもすべきだと思わない？　今のところ、みんながんばって、よくやってる。最後にどんな終わり方をするかはわからないけど。それに、明日は彼にもっとビデオを見せなくちゃならない」

「〝白い教会〟っていう餌に彼が食いついてくれるのを願うしかない」とリドはつぶやく。

「たしかに、エヴァの言うとおりだ」とリンドベリは吠える。「Ｎｏｖａは、ＮＯＤの新しい前衛部隊だ。そんなこと、二週間前に誰が想像できた？」

「前衛部隊？」とサルワニが声をあげる。「ぼくたちは、ＮＯＤの中核となるコアチームにほかならないよ」

「コアチーム、ね」と言ってニーマンはくすっと笑う。「そうね、それがわたしたち、Ｎｏ

vaだわ。NODの星」

　みんなもくすくす笑いだす。やがてニーマンは自分のカクテルを飲み干し、言う。「それに、個人的にもこの勝利をお祝いしたい気分なの。幹部連中のなかには、わたしがいなくなるのを楽しみにしている人が少なくないのよ」

　沈黙が流れる。彼女の部下たちは、互いの顔を見合わせる。やがて、アンカンが口火を切る。

「なんとなく、噂は耳にはいってきてた。でも、それがなんのことなのか、詳しいことはわからなかった」

「おれは知ってた」とアントン・リンドベリが打ち明ける。「でも、おれが味方だということはわかっているよね、エヴァ」

「ありがとう。でも、わたしは自分の味方にはなれない」ニーマンは静かに言う。「わたしは間違いを犯した。そして、さらに間違いを重ねてしまった」

「最近は、どんな犯罪もギャングとつながってる。そんなことは警察の人間なら誰でも知ってる。だからたまにキレることがあっても、充分に理解できることだと思う」とリンドベリは言う。

「必ずしもそうでもないけど」とソファに座っているリドはつぶやく。

「キレてしまったんですか、エヴァ?」とサルワニが訊く。

「ほぼ一年前のことよ」とニーマンは答える。「取調室のなかで、ある男がわたしのことを馬鹿にしていた。何時間も」

「誰だってあの野郎のことは殴りつけていたよ」とリンドベリは言う。

「まあそうかもしれないけど、法令集では殴らないでしょうね」首を振りながらニーマンはつぶやく。

「法令集？」アンカンが言う。

「どんな理由だったかは思い出せないけど、その法令集は男の弁護士がテーブルに置いたものだった。そのとき取調室のなかでは、ギャングの親玉が性的な嫌がらせをこれでもかと吐き出していた。そんなとき、弁護士がトイレのため部屋を出ていった。わたしは、親玉の頭の側面を法令集で殴ってしまった」

「ワオ」とアンカンは言う。「さらに間違いを重ねたっていうのは？」

「わたしは、それを隠蔽しようとした。そのときのわたしのチームのメンバーたちも、手を貸してくれた。チームはその後、解散させられたけど。とにかく、なんとかその件は公《おおやけ》にならずにすんだ。でも、当然ながら幹部には知られてしまった。まあ、政治的な問題があった、とでも言えばいいかしらね。それが今もまだ続いているの」

「でも、あなたはまだここにいるじゃないか、エヴァ」アントン・リンドベリは自分の携帯電話をテーブルに叩きつけるように置く。画面に表示されているのは、ヴァーサ公園とヴェステロースに爆弾を届けた配達員ふたりの、警察が描いた似顔絵だ。

「これは同一人物で、フリセルが雇った殺し屋だ。賭けてもいい」リンドベリは続ける。「この人物は、エスカレートしていっているこの国のギャングによる犯罪にも関わっているのは間違いない。そして、アラブ系の人間だ」

そのときアントン・リンドベリの目に最初に飛び込んできたのは、アンカンが残りのビールを一気に飲み干し、立ち上がる姿だ。そして、二番目に見たのは、自分を見つめている濃い茶色の目だ。

「友だちと一緒だとは思わなかった」黒い髪の男がアンカンに言う。目はリンドベリに向けたままだ。

「今日はもうこれでお開きよ、ラヒム」とアンカンは言い、背の高い男の顔を自分のほうに向けるとロにキスをし、同僚たちにうなずく。そして彼と腕を組んで出口に向かって歩きだす。男は一度だけ振り向き、肩越しにリンドベリを見る。リンドベリは立ち上がって彼らをただ見つめている。なにか言いたそうにしているが、まるでスウェーデン語をすべて忘れてしまったような顔をしている。

ソファに埋もれているソーニャ・リドが、眠そうな声で言う。「あの男、絶対に警察官ね。賭けてもいい」

「彼のこと、知ってるの？」とサルワニは言い、半分残っている大ジョッキをテーブルに置いて立ち上がる。

「あのタイプは絶対にそう」とリドは答える。

エヴァ・ニーマンも、ため息をついてから立ち上がる。サルワニは硬直しているリンドベリに腕をまわし、リドを見る。

「明日こそ、彼を落とそう」そう言うと、彼女に向かって親指を立てる。

リドはうなずく。驚いたことに、自分も親指を天井に向けて伸ばしている。ニーマンは、サルワニに抱えられて出口に向かうリンドベリの肩をとんとんと叩く。そして立ち止まり、リドを見る。

「警察のなかには、どれほど人種差別がはびこっているのかしらね」と彼女はつぶやく。そんな暗い思いを振り払い、出口を身ぶりで示しながら言う。「あなたも行く、ソーニャ？」

「一カ所、電話をかけてから」リドはそう言うと、携帯電話を持ち上げる。

ニーマンはもう少し彼女を見ている。やがて満面に笑みを浮かべて首を振り、かがみ込んでソーニャ・リドの坊主頭を思いきり撫でる。そして、リンドベリとサルワニのあとについて店を出ていく。

みんなが店外に出ると、ソーニャ・リドは携帯電話をポケットに戻し、大きく息をついてからバーカウンターまで歩いていく。そして声帯の準備を整えてから言う。「赤ワインのハーフボトルをちょうだい」

ソファまで戻りながら、彼女はつぶやく。「Ｎｏｖａだなんて、ひどい名前」

35

五月のこの朝、ストックホルムの日の出は午前四時二十分。Ｎｏｖａグループのメンバーがそんなに朝早くから起きることはないが、朝日はひとりまたひとりと彼らに降りそそいでいく。

シャビール・サルワニは、ソルベリヤにあるアパートメントのブラインドを開ける。コーヒーを手にバルコニーに出ると、朝日のまぶしさに圧倒される。フーヴスタのテラスハウスで寝ていたアントン・リンドベリは、子供にみぞおちを蹴られるのと同時に朝日を浴びる。娘たちふたりの笑い声を聞く。フレイ通りでは、エヴァ・ニーマンは枕の下の携帯電話を取ろうとして、朝日が頭痛を引き起こすのを感じる。自分でも理解できないまま、絶対にかけてはいけない番号を見つめる。ストゥレビューの住宅地では、アンカンはラヒム・アブドゥルハミドのオリーブ色の肌に早朝の光が反射しているのを見ている。まだ起きないことにする。ようやく朝日がソーニャ・リドに届いたころ、彼女はホルン通りの二十四時間営業のジムのローイングマシンで、吐き気を抑え込もうと必死にトレーニングをしている。マシンを引くたび、毒素を体から放出し、エタノールのにおいがしないように備える。

約一時間後、リドは手紙を読みあげている。

「〝人間は、大量消費主義の生活を拒否しなければならない。それも、今すぐにだ。やがて、自分たちの愚かさから目覚めさせてくれる波が、おまえたちを洗い流す。波はどんどん大きくなっている。その波は、死にゆく橋の街の一部を流し去り、神の白い住処は、破壊しつくされた廃墟を見おろすだろう。おまえたちが目撃したものは、ほんの始まりにすぎない〟」

彼女が読み終えると、シャビール・サルワニが引き継ぎ、指差しながら言う。「壁のスクリーンを見てください」

フリセルが言われたとおりにするのをリドは見守る。真っ白なスクリーンに、ストックホルムのモノクロームの地図がゆっくりと現われる。最後に、街のなかに描かれた六つの丸が見えてくる。

「これが、見おろせる場所です」とサルワニは言う。「白い教会、つまり〝神の白い住処〟から。ちょっと手伝ってもらえるかな」

取調室のドアが開き、リンドベリとアンカンがはいってくる。彼らはフリセルの手錠をはずし、多少乱暴にシャツを脱がせ、装置から伸びるワイヤーを腕や胸に取りつける。そして、入室したときと同じくらいすばやく出ていく。

サルワニは続ける。「これからこの丸をひとつずつ見ていって、あなたの反応を測定します。ルーカス、準備はいいですか？」

フリセルの返事を待たずに彼らは始める。画面がズームされ、初めてそれぞれの教会の名前が読める大きさになる。リストの最初にあるのはマティウス教会、そのあとにフィラデルフィア教会、アドルフ・フレデリック教会、聖ペテロ教会、グスタフ・ヴァーサ教会、ユールゴー教会と続く。

「ありがとうございます」とサルワニは言う。それが合図だったのか、ふたたびアンカンとリンドベリが入室し、フリセルの体から測定器をはずしていく。それがすむと、彼の傷跡だらけの体にシャツを着せ、テーブルに手錠でつないでからまた退室する。サルワニは言う。

「これで、次に犯行現場となる可能性のある六カ所についての記録が取れました。専門家による分析結果が出るまで、そう長くはかからないでしょう」

「このうちの一カ所で、脈拍数が上がったんじゃないかしらね」空々しい笑みを浮かべてリドは説明する。「あなたに話す気があるかどうかは関係ない。そんなこととは無関係に、わたしたちは先に進まないといけないのよ、ルーカス。もはや誰もあなたの言うことなんて信じない。もうあとには引き返せない」

フリセルは虎刈りの頭を振るだけで、なにも言わない。

「それじゃあ、もう一度スクリーンに戻りましょうか」とリドは言う。

映像が流れはじめる。森が見える。夕暮れのようだ。カメラは斜面をまわり込み、苔に覆われた三メートルほどの崖の下にたどり着く。カメラが地面に近づくと、ラテックスの手袋をはめた手が画面のなかに現われる。苔がこそぎ落とされたところに、ほとんど気づかれない木製のハッチがある。どうやら丘のなかにはいるためのハッチのようだ。ラテックス手袋をはめた手はさらに苔をこそげ落とし、ハッチの下端をつかんで上に持ち上げる。懐中電灯の光が暗闇を裂き、カメラは地面に近づく。ハッチの下にあった穴のなかに手が伸び、誰かの体が、外から見れば崖の縁としか見えない空間にもぐり込んでいく。懐中電灯の光が明るくなり、空間を照らす。そこには椅子と、短くなったろうそくが立っている簡単な机がある。だが、あったのはそれだけではない。机の上には、ラップトップパソコンが置かれている。USBポートには、インターネット接続用のモデムが挿し込んである。カメラは次に、棚に積まれた大量のプリンター用紙にズームする。しかし、どこにもプリンターはない。タイプライターもない。そのかわりにカメラが映しているのは、土の床に積もっているおびただしい量の紙くずだ。

「キノコ狩りの人があなたの森に迷い込むはずがないと信じきっていたようね」とソーニャ・リドは言う。

フリセルは、動画が停止状態になっているスクリーンを見つめている。特に、床の上の紙くずを。

「ここに持ってくる前にパソコンは充電しておいたようね。ここには電気が通っていないようだから。でも、充電できるプリンターはまだ見つけられていない」とリドは言う。「ということで、なんで大量のプリンター用紙がここにあるのか、という問題が出てくる。わたしが思うに、この紙くずはプリンターで印刷したものじゃなくて、むかしながらのタイプライターで打ったものなんじゃない？　間違っていたら訂正して」

フリセルはただ首を振る。

「なにもかもが見つけ出されることになるって、もういいかげんわかっているんでしょ？」質問にもなっていないことをリドは訊く。「タイプライターは必ず見つけ出す。それに、もうすぐパソコンのなかにある検索履歴も明らかになる。でも、今パスワードを教えてくれたら、助かるわ。時間を無駄にしないですむ」

フリセルは顔を上げてリドを見る。そして言う。「そこはおれの書斎だ」

「書斎？」とリドは驚きの声をあげる。「いったいなにを書いていたの？　かつての相棒に宛てた警察への脅迫状以外に」

「自然と一体化した暮らしについて書いていた。書いていたのはパソコンだ。タイプライターなんかじゃない」

「それがどんな内容なのか、根っからの都会人にもわかるように説明して」

フリセルは短く笑う。

「きみには想像もできないだろうな」

「だから、その手助けをして」

「自分を取り囲むすべてのことを一ミリ単位に理解しなければならない。近しい友人を理解するときのように。いろいろなものがどんな動きをするのか、良いことも悪いことも含め、どんなムードでいるのか。自然のほうから受け入れてくれるのを待つしかない。無理やりはいり込むことはできない。すべての木、すべての石、すべての苔、すべての植物、そしてもちろんすべての動物を知らなければならない。それらのものに、近づかなければならない。たとえば、牡鹿と目と目を合わせ、相手がおれのことを知っているのと同じように、牡鹿のことを知らなければならない」

「それなのに、罠に仕掛けた爆薬で吹き飛ばしても平気だったわけ？」

「飢えていて、ほかにどうしようもなかったときだけだ。車で食料を調達しにいくのは、おれにとっては敗北だった。だから、食べ物を買いにいったのはほんの数回だけだ。かなり厳しい冬が何度かあったから」

「つまり、車を持っていたのはほかの目的のためだと言っているのね？」

フリセルは答えない。リドはまだ希望を捨てていない。お願いだから黙り込まないで。今は話をしてくれている。そのまま話しつづけて。

「この前、きみが言ったことは正しい」しばらくしてフリセルは言う。

「この前?」

「禁欲についてだ。おれは、それ以外のことに対しては心の準備ができていた。でも、それだけは無理だった」

リドはうなずく。彼女自身、禁欲については熟知している。〝裏切り者〟。

「で、どうやって対処したの?」

「あのパソコンから見つかるのはその情報だけだ。おれの本――そう呼べるのであれば――以外は。女たちとのオンライン上でのやりとりだけだよ」

「あなたが会っていた女性たち? 売春婦?」

「もちろん違うよ。出会い系サイトの普通の女たちだ」

「彼女たちとはどこで会っていたの?」

「彼女たちがバーに行きたがったら、現金でも大丈夫なところに行った。たいていはウプサラの〈フルストレット〉だった。ときどき彼女たちの自宅にも行ったが」

「頻繁に会っていたの?」

「それほどでもない」ルーカス・フリセルは笑みを浮かべて言う。「しかしある意味、自然の根本的な部分だと思わないか、ソーニャ・リド?」

彼女ができるだけいかめしい顔で質問を続けようとしていると、フリセルが言う。

「苔の上に寝ころんで、真っ暗な空に星が見えはじめるのを見上げ、冬の最初の雪片が顔に落ちてくるのを経験しなければ、人類がどれほどの危機に瀕《ひん》しているかは、絶対にわからないだろうね。五、六匹の赤リスの子供たちがやさしい母親に見守られながら、葉の落ちた松の木の幹を駆けおりて世界を探検しにいくのを見るまでは、わからないだろう。それから……」

ソーニャ・リドが事態を把握するまで、数秒かかる。フリセルが繊細な絵の具で描く自然の鮮明な絵を想像しているとき、サルワニに腕をぐいと引かれ、観察室のドアロでアンカンが激しく腕を振っているのを見る。彼女が最後に目にするのは、ルーカス・フリセルを独房に引きずっていく看守たちの姿だ。

「重大事件」リドを狭い観察室に押し込みながら、アンカンは叫ぶ。

36

観察室のなかは混み合っている。エヴァ・ニーマンはつま先立ちになりながら携帯電話を耳に当てている。NODの局長に連絡を取ろうとしているが、電話口に出るのは民間職員ばかりだ。絶対に悪態をつかない彼女の口から罵詈雑言《ばりぞうごん》は出てこないが、携帯電話の扱いは荒い。Novaグループ全員、それぞれの伝手《つて》をたどって〝重大事件〟の内容を確認しようとしている。ようやくアントン・リンドベリが叫ぶ。「現場にいる同僚から確認が取れた。オーデンプラン駅のプラットホームに、バックパックが放置されているのが見つかった。朝の通勤ラッシュの真っ最中だ」

「オーデンプラン」とシャビール・サルワニは言う。「そこは、神の白い住処から見おろせる廃墟のひとつだ」

「でも、地下鉄の駅よ」と顔をしかめてソーニャ・リドは言う。「教会からは見えない」

「現場にいる警官からのライブ映像がある」とリンドベリは大声で言い、携帯電話を高く掲げる。

まるでひとつの巨大な生物になったかのように、彼らは携帯電話のまわりに集まる。画面の映像は手ぶれで揺れているが、緊急車両が続々と到着するなか、地下鉄の出口から流れ出てくる人々が映し出されている。

「あなたたち三人はすぐに現場に向かって」ニーマンはそう言いながら、彼らを指差す。「わたしとソーニャはここに残って指揮を執る。あなたたちの背後にいる」

サルワニ、リンドベリ、アンカンは観察室から走り出て車へと向かう。オーデンプラン駅はそれほど離れていないため、数分で到着できる。そのときには通勤電車と地下鉄の出入り口は封鎖され、駅からの完全避難は終わっているはずだ。

リンドベリは駅周辺に設置されたバリケードのあいだを車ですり抜ける。オーデンプラン広場の半分まで行ったところで駐車すると、彼らは車から飛び降り、内側の警戒線まで駆けていく。制服警官たちが出入り口を警備している。すでに到着していた爆弾処理班は、さまざまな装置を主要出入り口の外に設置しはじめている。サルワニ、リンドベリ、アンカンの三人は簡単な挨拶をすませると、警察の立入禁止テープの内側に設置されたばかりの大型モニターの前に案内される。

オーデンプラン広場の制服警官たちは、必死に一般人を規制線の外に押しとどめ、防護柵が届けられるまでの処置として、立入禁止テープを張りめぐらしている。それでも、まるでロックコンサートの観客のように野次馬たちが押し寄せ、大変な混乱状態だ。グスタフ・ヴァーサ教会が作る影のなかに、ほぼ全員が携帯電話を手にした半円形状の人だかりが、波打つようにできつつある。

圧倒的に数が足りていない制服警官たちに向かって、サルワニがむなしく叫ぶ。「その人たちに、すぐにここを離れるように言ってくれ」

サルワニ、リンドベリ、アンカンの横にあるモニターが急に明るくなり、なにもなかったところに画像が浮かびあがる。人っ子ひとりいない通勤電車のプラットホームだ。サルワニの隣に立っている捜査官が、ジョイスティックを使いながら爆弾処理ロボットをゆっくりとベンチのほうに移動させている。そのベンチの上に、置き去りにされたアーミーグリーンのバックパックが載っている。

サルワニの頭のなかに声が響く。ソーニャ・リドの声だ。〝でも、地下鉄の駅よ。教会からは見えない〟。

神の白い住処からは見えない。

見えなければ意味がない。なぜなら、〝神の白い住処は、破壊しつくされた廃墟を見おろす〟必要があるのだから。

サルワニは、警察の立入禁止テープのそばで押し合いへし合いしている群衆に目を向ける。彼はモニターも、プラットホームをゆっくりと進んでいるロボットも無視する。そのかわり、携帯を振りまわしている野次馬のなかに、アーミーグリーンの不明瞭ななにかを、視界の端に一瞬だけとらえる。でもそれは、すぐに視界から消えてしまう。

彼は、曲線状に群がっている人々のなかに見覚えのある顔がないか必死に探しまわるが、知らない顔ばかりだ。でもそこでまたあれが視界の端にちらっと映る。人の海のなかから声があがる。ある一ヵ所から、人々が左右に分かれて逃げはじめる。まるでモーセの前の紅海のように。

すでにサルワニは駆けだしている。その一ヵ所に向かって。

アスファルトの地面の上に、アーミーグリーンのバックパックが置かれている。プラットホームのベンチに置かれたものと同じバックパックだ。

シャビール・サルワニはことばにならない絶叫を放ちながら、オーデンプラン広場の真ん中に置かれたバックパックに向かって走る。人々に逃げるように促すために、両手を激しく振りながら。

彼がバックパックを目指して走っているそのとき、爆発が起きる。

神の白い住処は、廃墟を見おろす。

37

朝日を浴びてきらきらと輝くクララ運河が、ストックホルムらしい美しい一日になることを市民に約束している。一方パトロールカーは、強烈な青色の回転灯でバーンフス橋の南端を照らしながらサイレンを鳴らしはじめ、ダーラ通りに曲がるとほかのサイレンのコーラスに加わる。

ソーニャ・リドとエヴァ・ニーマンは後部座席に座っている。リドはサルワニ、リンドベリ、アンカンに電話をかけつづけているが、誰ともつながらない。ニーマンのパソコンには別々のニュース映像のウィンドウが開いているが、いずれも混乱と血と破壊が映し出されているだけで、状況の説明はない。

ふたりを乗せたパトロールカーはヴァーサ公園を通りすぎ、オーデンプラン広場の周囲にまで広げられた規制線のなかにはいる。すでに何台かの救急車が到着しており、救急救命士たちが戦場と同じような医療をおこなっている。

パトロールカーが停車する。リドは片手を額に当てる。馬鹿らしいほど脈拍が速くなっている。彼女とニーマンは深呼吸をし、相互理解とでも呼べるように顔を見合わせ、ふたりして顔を歪めて車外に出る。

すべての動作が一致している。

オーデンプラン広場の混沌《こんとん》のなかを、ふたりは人を押しのけながら進んでいく。人々がほかの人々の上にかがみ込んでいる。悲鳴や音の半分は、とても人のものとは思えない。パニックで引きつった体を誰かが押さえ込む。視界のほとんどが赤い。飛び散った血、飛び散った内臓。なにもかもが赤い。

Ｎｏｖａグループのメンバーを捜すことに集中しなければならないことにニーマンは気づく。そうしなければ、頭がおかしくなりそうだ。リドが立ち止まり、教会の白い正面と黒いドーム屋根、そして最後に緑色のランタン塔を見上げる。まるで本当に、グスタフ・ヴァーサ教会は、廃墟を傲慢に見おろしているように見える。

ニーマンはリドを無理やり引っぱっていく。彼女たちは今、第一次世界大戦の塹壕《ざんごう》のなかにいる。タイムワープしたかのように。唯一の違いは、手足を切断するための頑丈なノコギリがないことだ。

しかし、モルヒネは充分にある。

ようやくソーニャ・リドがアントン・リンドベリを見つける。彼は地面に横たわっている怪我人に包帯を巻いている。ほとんどちぎれている腕から血がポンプのように噴き出し、手の施しようがないように見える。リンドベリも彼女たちに気づくが、そのまま応急措置を続ける。

より教会に近いほうの場所で、エヴァ・ニーマンは見覚えのあるブロンドの髪を見つける。アンカンが救急車のストレッチャーの横に膝をついている。ニーマンとリドは駆け寄る。救急救命士たちが驚くようなスピードでストレッチャーのまわりを動きまわっている。ストレッチャーには、誰かが横たわっている。真っ青な顔をしたアンカンが血だらけの手を握り、宙を見つめている。

アンカンが握っているのは切断された手なのではないかとニーマンは一瞬思う。吹き飛ばされた手。しかし、その手がストレッチャーに掛かっている薄いオレンジ色の医療用毛布の下から出ていることに気づく。

そのとき、ストレッチャーに横たわっているのがシャビール・サルワニだとわかる。彼は目を閉じ、顔には散弾銃で撃たれたときのような無数の傷が穴を開けている。少なくとも二十の余計な口から血が漏れ、生気のない顔に赤い川が流れている。

ニーマンは硬直しているアンカンの隣にしゃがみ込む。そのとき、背後からこすれるような音が聞こえて振り返る。

ソーニャ・リドが地面に倒れている人につまずいて転倒し、大きな音とともにアスファルトに頭をぶつけるのを見る。

38

この廊下に、日の光が降り注ぐことはない。森のなかで向かい合ったのとはまるで異質の〝永遠〟が、ルーカス・フリセルの前に伸びている。これは、飽き飽きとするような永遠だ。まさかこの自分が、クロノベリ留置場の廊下でこんなにみじめな思いをすることになるとは想像もしていなかった。それでも、独房のなかで味わう気持ちとは比較にならない。

彼の独房は、地獄そのものだ。壁にある小さな窓は、残酷な冗談にしか思えない。

フリセルは今、ふたりの屈強な看守にはさまれて歩いている。まるで映画の音響のように、足音が壁のあいだにこだまする。若いほうの看守がドアを解錠し、フリセルをなかに押し込んで手錠をはずす。フリセルは、耳障りなサイレンが聞こえてくる窓のほうに歩く。なにが起きているのか、さっぱりわからない。窓の外に見えるのは、どこまでも味気ない屋根だけだ。

それはまるで、〝退屈〟そのものを見ているかのようだ。

若い看守が廊下に出ていったあと、年上のほうの看守はドアロにしばらく立っている。彼はフリセルとほぼ同年代だ――かつてお互いを知っていたということには、どちらも触れない。友人ではなかったが、会ったことがあるのはたしかだ。

それ以来、なんと離れた立場になってしまったことか。

その看守はフリセルを見つめる。かなり長い時間、彼らは動くことも話すこともしない。やがて、看守は気を引き締めて、言う。「あれはおまえの仕業じゃないと言ってくれ、ルーカス」

フリセルは深くため息をつき、窓のほうを手ぶりで示す。「あれがなんなのかさえ、おれにはわからない」

看守はその場に留まったまま、落ち着かなげに足を踏みかえている。

フリセルの答えに満足していないらしく、さらに言う。「真面目《まじめ》な話、約束してほしいんだ、ルーカス。この世は、ますます腐りきったものになってきてる。それなのに、おまえまで腐っちまったら、おれはどうすればいいんだ?」

窓のほうを向いていたフリセルは深く息を吸い、振り返る。そして看守の目をまっすぐに見て言う。

「おれは戻ってこようとしていたところだった」

「戻ってくる？」

フリセルは彼と目を合わせたまま、思わず苦笑いする。

「このクソみたいな場所に」

少し間をおいて彼は続ける。「警察の仕事に、だ」

39

彼女たちが今いるのは、もはや第一次世界大戦の塹壕ではない。いるのは中世だ。悲鳴とうめき声が鳴り響く大広間——通常は受付と待合室がつながっている広間——は、十四世紀のフィレンツェのペストハウスそのものだ。

オーデンプラン広場から数百メートルと離れていないサバッツベリ病院は一八七〇年代に建てられ、一八八四年に電気が通ると、一九〇〇年にはストックホルム初のレントゲン科が開設された。しかし、悲鳴に時間は関係ない。このような混沌とした現場は、人類が地球上に誕生してから常に存在する。それが人間の歴史。

ソーニャ・リドは大広間の隅に座っている。彼女の額にできた深い擦過傷の治療をしてくれている女性が、本物の医療従事者なのか疑念を抱いている。どちらかというと、その辺の道路から紛れこんできたという印象だ。白衣のサイズが合っていないことからしても、どこかの廊下に掛かっていたものを適当につかんで、はおっているだけなのではないだろうか。ただ、今のソーニャ・リドには、ものがまともに見えていないのも事実だ。それに、世界がぐるぐるまわっている。

「めまいは？」と看護師が訊く。「ちゃんと見えてる？」

「大丈夫」とリドは答える。なんとか意識を集中して立ち上がろうとする。「めまいもないし」と彼女は言う。「ものもちゃんと見えてる」

エヴァ・ニーマンはリドの向こうに身を乗り出して訊く。「彼にはもう会える？」

看護師は茶化すようにニーマンを見てから答える。「見てのとおり、ここにいるのはあなたたちだけじゃないの」

「だとしても、わたしたちがここの捜査の責任者なの」とニーマンは主張し、もう一度警察の身分証を提示する。

看護師は人を馬鹿にしたように首を振ると、体の向きを変えて歩きはじめる。ニーマンとリドは、彼女のあとについて六人部屋にはいる。その場しのぎのカーテンが開けられるのを待つあいだ、エヴァ・ニーマンはリドに言う。「ところで、プラットホームに置かれていたバックパックの中身は、環境上問題のあるピンクの風船がふたつと、〝ブーム《BOOM》、マザーファッカー〟と書かれたメモだった。ちなみに、〝ブーム〟は、Oが三つ」

「賢い」とリドは言う。自分をまるごと呑み込もうとしているめまいと、彼女は懸命に闘っている。「わたしたちの注目がプラットホームに向いているすきに、爆弾を人混みのなかに置いたわけね」

ちょうどそのとき、許可がおりたらしく看護師が巨大なカーテンを少しだけ開ける。

彼女たちは今、トスカーナ地方にいる。ネズミが運んできたペストは黒海の遠い海岸から海を越え、ジェノヴァ経由でトスカーナに到達したのだ。何世紀もむかしのうめき声が、どんよりと腐敗した空気のなかに染み出してくる。

部屋のいちばん奥に、目を閉じて横たわっている人が見える。まるで白い包みが肩の上に載っているように、頭は包帯でぐるぐる巻きにされている。包帯には、赤い染みがあちこちにできている。

そのベッドの横に、アンカンが座っている。いくぶん顔色が戻ったようだ。しわがれた声で彼女は言う。「医者は、彼は大丈夫だって言ってる。意識もすぐに戻るだろうって。でも、信じていいのかわからない」

エヴァ・ニーマンは彼女を抱きしめ、ほっとしたようにうなずく。「あなたは大丈夫なの、アンカン？」

アンカンは、血だらけになった自分の両方の前腕を上げて言う。

「本当に治るのかわからない。この血は、洗い流せない」彼女は意識のないサルワニを指差して続ける。「でも、彼についての武勇伝は、これから何日かはいやというほど聞くことになるでしょうね。シャビールのおかげで、いったいどれほどの人数の命が救われたか。自分の安全なんてかえりみずに、集まってた人たちに逃げるように警告していたんだから」

リドは、部屋がぐるぐるとまわっているのを感じる。アンカンに目の焦点を合わせることもできない。自分の体調について嘘をつかなければよかったのかもしれない。でも、ミイラのように包帯が巻かれているサルワニを見て、彼女のなかのなにかが変わる。なにより、彼が生きていることが純粋にうれしい。

アンカンはニーマンの腕をつかみ、その目をじっと見る。ふたりの顔は数センチしか離れていない。「犯人を絶対に捕まえなくちゃならない」と彼女は言う。「この爆破が起きたとき、ルーカス・フリセルは鉄格子のなかにいた」

40

今回、観察室の中にいるのはソーニャ・リドだけだ。取調室の奥のドアが開き、ふたりの看守に付き添われてルーカス・フリセルが入室するのが、こちら側からは素通しのガラス越しに見える。

今日、彼女はこの部屋にいたかっただけでなく、いなければならなかった。緊急の必要性からだ。額に貼られた湿布の内側のズキズキといううずきが、自分では制御できない。しかしもう世界はまわっていない。ただ、エヴァ・ニーマンのきれいに片付けられたクラシックなオフィスで彼女に会ったときは、まだめまいが残っていた。リドはニーマンからの提案を断わった——それは、提案という形を装った命令だった。しかも、命令以外の何ものでもない内容の一部を、めまいのせいで聞きのがしていた。

あれからもう二時間ほど時間が経過し、ようやく正常な状態が戻ってきている。混沌とした状況を、データが塗りかえた。オーデンプランでは五人が死亡し、十四人が負傷、そのうちの三人が重傷。

二〇一七年にストックホルムで発生したトラック暴走によるテロ事件と同じ被害状況だ。エヴァ・ニーマンは、ある役割をリドに押しつけようとしている。その決断は、上層部によってくだされた——それが、今回の事件にほんの少しでもNovaグループがしがみつく唯一のチャンスであり、ルーカス・フリセルならではの専門知識と洞察力を活かすチャンスでもある、と。なんて馬鹿げたことだ。

リドの上司であり友人でもあるニーマンは今、取調室にいる。室内にはフリセルもいる。どことなく乗り気になっているように見える。しかし、取調室にいるのはそのふたりだけではない。スーツを着たいかめしい顔つきの中年男性もいる。彼はゆっくりとブリーフケースを開ける。フリセルは椅子に座って落ち着いた声で言う。「そろそろ釈放されるということかな？」

ニーマンは身なりの良い男性を身ぶりで示す。「こちらは、ステン・ロベール＝オルソン検事。あなたに提案があります」〝ロベルト〟を〝ロベール〟と流暢《りゅうちょう》なフランス語で発音する。

明らかにフリセルはなにか言いたげだが、ことばを呑み込む。

かわりにニーマンが言う。「オーデンプランで爆発が起きたとき、あなたはこの取調室にいた。それはわたしたちが知っている事実。ただ、一連の事件で使用された爆弾のひとつから、あなたのDNAが検出されたのも事実。それに、あなたには複数人の共犯者がいるかもしれない。身柄を確保されているあいだに爆破事件が起きたからといって、あなたの無実が証明されるわけじゃない」

「おれは、共犯者がいるようなタイプに見えるか？」フリセルは、以前と同じことを言う。

彼を無視してロベルト＝オルソン検事は言う。「ことばを変えれば、あなたはまだ容疑者ということだ。理論的にも、DNAという証拠があれば、無期限に拘束できる――実際、そういうことになるのだがね」

その間合いの効果は抜群で、自然のなかで八年も過ごしてきたフリセルにも通じる。野生の動物のように吠えだしたい無数のことばを、彼は呑み込む。

検察はいつでもそう、とソーニャ・リドは思う。

「われわれの提案というのは、形を変えた拘束だ」ロベルト＝オルソン検事は続ける。「ある意味、現在進行中の捜査の一環として、ということになる。拘束は継続するが、留置場ではなく、電子アンクレットでだ」

「それを使うには家が必要なのでは？」フリセルは暗い顔をして訊く。

なにを考えているかまったく読みとれない魚のような目でロベルト＝オルソン検事は彼をじろりとにらみ、答える。「あなたは知らないかもしれないが、電子監視装置はかなり進歩した。電子アンクレットを使用した拘束も、技術革新に遅れを取らずについてきている。現在有効性が確立されているアンクレットは、ストックホルム市の限定された地域以外での移動はできないようになっている」

検事は続ける。「別の言い方をすれば、GPS付の電子アンクレットを装着していても、市内のほとんどは自由に動きまわれるということを意味する。ただし、条件がある——それは、Ｎｏｖａグループに協力することだ」

「その、Ｎｏｖａグループっていうのは、いったいなんだ？」とフリセルは言い返す。

ステン・ロベルト＝オルソンは、法律家にしかできないような態度で彼を無視し、平静を保って続ける。「関係当局による標準の集中監督監視に加え、Ｎｏｖａグループのメンバー全員があなたの位置情報を携帯電話やタブレットで確認できる。あらかじめ決められた領域をたとえ数センチでも踏み越えた場合は、ただちにアラーム音が鳴って知らせる。立入が禁止されている場所、たとえばインターネットカフェや電器店、その類いの場所に足を踏み入れた場合も同様だ。インターネットもパソコンも使用してはならない。あなたには、基本的な機能を備えた携帯電話が与えられる。その電話は、発信も着信もすべてが記録され、Novaグループはリアルタイムで監視できる。その電話以外の携帯電話には、近づくことも許されない」

エヴァ・ニーマンは取り調べ用のテーブルに身を乗り出して言う。「偶然と呼ぶにはあまりにも多くのことが、あなたを指し示しているのよ。もしも無実なのだとしたら、ルーカス、誰かがあなたに濡れ衣《ぎぬ》を着せようとしている」

フリセルは椅子の背にもたれ、天井を見上げる。彼はゆっくりと首を振りながら言う。

「実は、おれもそう思っていた」

「誰か、心当たりは？」

彼は首を振りつづけ、やがて言う。「誰も思いつかない。とにかく、誰とも連絡を取っていないんだから」

「これらの条件を受け入れますか、ルーカス・フリセル？」ステン・ロベルト＝オルソンは儀礼的に言う。「本件の捜査を指揮しているNovaグループに、昼夜を問わず協力することに同意しますか？」

「Ｎｏｖａ」とフリセルは言う。

ロベルト＝オルソン検事は、しばらく黙って待つ。そして、厳格な調子で言う。「合意の確認が取れれば、あなたには旧式の基本的なプリペイド携帯電話、〈ノキア３３１０〉が与えられる。それを常に携帯し、それのみを使用しなければならない。そのほか、新しい服、洗面道具、タオル類、そしてこの本部に近い警察当局のアパートメントの鍵が渡される。Ｎｏｖａグループは、いつでもあなたを打合せのために呼びつけることができる。一方あなたは、事前連絡及び正当な理由なく打合せに遅れてくることは許されない。繰り返しになるが、これだけははっきりと言っておく。あなたは、いかなる状況下においても、別の携帯電話やパソコン、その他、警察の監視が行き届かない方法で他者と連絡が取れる装置を入手または借用してはならない。これらの条件を受け入れますか？」

フリセルは、取調室の大きな鏡にわざとらしく顔を向ける。そして、ゆっくりとうなずく。「受け入れます」苦笑いを浮かべて言う。彼は、鍵の束、紙に包まれた衣服、そしてえび茶色の古い〈ノキア〉の携帯電話を受け取る。

ニーマンは咳払いをしてから言う。「あなたの連絡係は、ソーニャ・リド警部が担当します。ふたりで膝をつき合わせて、可能性のある容疑者がいないか、じっくりと過去を振り返ってもらいます」

ルーカス・フリセルはマジックミラーに向かってうなずき、からかうように言う。「ソーニャ・リド……」

リドは、手のひらをマジックミラーの裏側に叩きつける。取調室にいる全員が振り返り、鏡を見つめる。

Ⅲ　第二の追跡

41

オープンプランのオフィスは変貌を遂げている。アンカンはドアロで立ちすくむ。Ｎｏｖａグループの五人のメンバーのうち四人しかいないが、それを埋め合わせるように、にわかに約二十人の捜査官——警察官と民間職員——が増員されている。多くの机やパソコンが持ち込まれ、オフィスの印象は今までとはまったく違う。

「びっくりした！　Ｎｏｖａも一人前になったものね」と叫び、エヴァ・ニーマンが新しく加わった三人と一緒に座っているテーブルへと歩いていく。三人の顔に見覚えはあるが、名前までは知らない。

ニーマンは立ち上がってアンカンを出迎え、脇に引っぱっていって訊く。「シャビールはどう？」

「意識は戻った。怪我は結構ひどいけど、包帯の内側は相変わらずのシャビール・サルワニのままよ。ここに来ないよう抑え込むのに、相当苦労しそう」

「それを聞いて安心したわ」とニーマンは言う。「見てのとおり、いろいろ状況が変わったの。ここがわたしたちの拠点であることに違いはない。でも、今回の連続テロ事件について、テロリストや活動家の側面からの捜査のために捜査班が拡大されて、Ｎｏｖａがその指揮を執ることになった」

「それ以外にどんな側面があるの？」とアンカンは訊く。

「そうねえ、たとえば単なる権力抗争とか？　警察の上層部の誰かが自分の評判を懸けて、これはテロとは無関係だと言っているの」

アンカンは激しくうなずき、そのせいでブロンドのシニヨンがほどける。ふたたび髪をまとめながら彼女は訊く。「あのテーブルに座っている人たちは誰？」

「コーディネーター」ニーマンは笑みを浮かべて言う。「ある意味、代償と言ったらいいかもしれないわね。でも、物事を俯瞰《ふかん》的に見てくれるから、役に立ってくれるはずよ」

「つまり、あなたの秘書みたいなもの？」

「というより、代役と言ったほうがいいかも」とニーマンは言って肩をすくめる。「わたしはほとんどここにはいられないから。緊急会議やら記者会見やらで、わたしはひっきりなしに引っぱり出されることになると思う」

ニーマンはホワイトボードのほうに歩いていく。このホワイトボードも縦横に拡大され、いちばん上には、ただ〝Ｎｏｖａ〟という一語が書かれている。

「班分けがはっきりと定義されてる」とニーマンは言い、指差す。「四列に分かれてる――ウプサラ、ヴァーサ公園、ヴェステロース、そして新たに加わったオーデンプラン。新しい列には続々と情報が加わっているわ。でもだからといって、最初のころの爆破事件の捜査をやめるわけじゃない。シャビールが戻ってくるまで、わたしたちは四つの班に分かれる。オーデンプランはアントン、フリセルの線はソーニャ、そして前の三つの事件はアンカン、あなたが指揮を執って。コーディネーターたちはわたしの指揮下にはいる。ここでは、あなたたちは四つの班のリーダーとして明記されている」

「それは、昇格を意味してるってこと？」ホワイトボードに書かれている自分の名前を見つめながらアンカンは訊く。

「もし成果を挙げられれば、昇格も期待できるかもしれないわね。ちょっとついてきて」

ニーマンは、たくましいアントン・リンドベリがほかの六人と一緒に座っているコーナーにアンカンを連れていく。彼は顔を上げると、サルワニの容態について訊いてから言う。

「オーデンプラン駅のプラットホームと広場の両方の画像や動画、目撃者からの証言が続々と集まっている。結構な人員が必要だ。なにか参考になりそうなものが見つかれば、すぐに下僕をホワイトボードまで走らせる。〝下僕〟って呼ばれることに、おまえたちも同意したんだよな？」

アントン・リンドベリの取り巻きが、文句を言っているのが聞こえる。ニーマンはその場を離れ、オープンプラン・オフィスの中央のテーブルまでアンカンを引っぱっていく。テーブルには四人が座っている。

「これがあなたのチームよ、アンカン」とニーマンは言う。「あなたの仕事は、三つの事件について最新の進捗状況を把握すること。わたしはもう行かないといけないから、自己紹介と今後の作業内容については任せた」

アンカンは少し驚いた顔を歩き去るニーマンに向けるが、すぐに新しい環境のなかにとけ込む。

ニーマンは、次にリドのところに行く。彼女の両脇には巡査が座っている。リドは、携帯電話を頬と肩のあいだにはさみながら、パソコンになにやら打ち込んでいる。ニーマンは彼女のもう片方の肩をとんとんと叩く。

「フリセルの動きは把握できてる？」

携帯電話での通話を続けながら、リドはパソコンの横に置いてある〈iPad〉を押して寄こす。ストックホルムの都心部を、赤い線がうねうねと移動している。ホンシュトゥール駅の近くの一点で、光が点滅している。ニーマンが不思議そうな顔をすると、リドは通話するのを諦め、携帯電話の相手に言う。「数分後にかけなおすわ、ニーナ」そして新しい同僚に向かって言う。「五分間のコーヒーブレイクを取りましょうか」

命令に従うことに慣れている巡査たちは、すぐさま立ち上がってその場を去る。リドはニーマンのほうを向いて〈iPad〉を指差す。

「赤く点滅しているのがフリセルの現在地で、線は彼の動きの履歴。つまり、彼は許可されている範囲に留まってる。ただ、この線からもわかるように、すでに何度も警察本部の近くまで来ている。ここで打合せを予定しているから、そのうち来るはず。どうでもいいけど」

「この技術は百パーセント信頼できる。あなたがそれを理解することが大事なのよ、ソーニャ」

「そんなこと言ってるんじゃない」首を振りながらリドはつぶやく。「今回の作戦について、わたしがどう思っているかはわかってるわよね、エヴァ。あの男は有罪よ。こんなの、スウェーデンの時代遅れの愚直さにすぎない」

エヴァ・ニーマンは深くため息をつき、リドのそばに身をかがめる。そして小声で言う。

「尾行させているの」

いかに懐疑的な目で上司を見ているか、ソーニャ・リドは自覚している。

「わかってる」と言ってニーマンはうなずく。「実は、きわめて非公式に、彼を二十四時間尾行するように監視チームを割り当てることができたの。彼らもわたしたち同様に、リアルタイムでGPSアンクレットの情報を監視できる。彼らは、絶対にフリセルを逃がさない」

意思に反して、リドはニーマンに感心する。少なくとも、上層部には内緒で監視チームを確保すること自体、かなり挑戦的だ。

ニーマンは話題を変える。

「フリセルは、いつここに来る予定？」

「今日じゅうに来るように、と言ってあるだけ。外の世界に慣れるために数時間の猶予を与えたの。今は四時。彼が遅くなればなるほど、わたしはうれしいけど。エヴァ、ほんと、勘弁してよ。わたしにあいつのベビーシッターをさせるなんて……」

「そんなことじゃないのは、あなたもよく知ってるはず。あなたは、彼とのあいだで意思疎通が図れていた。わたしにはそう見えた」

リドは一瞬顔をしかめ、首を振る。「大事なのは、この事件をＮｏｖａが担当しつづけることなんでしょ？」リドは歯を食いしばりながら言う。「でも、この部屋でおこなっているのは、フリセルが有罪だということを示す証拠を集めること。たとえば、わたしはニーナ・ストレムブラッドとの会話の途中なの。彼女にはもっと言いたいことがありそう。それに、フリセルとの意思疎通って、わたしにはよくわからない」

ニーマンは少しうろたえているように見えるが、すぐに自分を取り戻す。「ええ、そう」と彼女は言う。「意思疎通。あなたが望んでいるかどうかに関係なく」

「正直に言うと、まるで彼がわたしを取り調べているような気がしてた」とソーニャ・リドは言う。

42

ルーカス・フリセルは、アンネ通りにある警察のアパートメント——警察本部から目と鼻の先にある——を一歩外に出た瞬間から、彼らの存在に気づく。フレミン通りに着くころには、誰にも見られずにメモを郵便受けに入れるのは不可能だと悟る。

彼らは、監視を専門とする捜査官の定石どおりに動いている。念のため、フリセルはまわり道をして彼らがどのように尾行を引き継いでいるかをたしかめ、どこかに死角がないかを探る。

その結果、サンクト・イエリクス界隈を突っ切り、蛇行する裏道を通ってイネダル通りに出れば、可能性があることがわかる。途中で公園のベンチに座り、メモ用紙に何点か書き足す。

目論《もくろ》みはうまくいく。捜査官一号が茂みから現われ、息を切らした捜査官二号がフレミン通りで追いつくまでのあいだに、三十秒の空白を生み出すことに成功する。それだけあれば、イネダル通り沿いの建物の短い階段を駆けおり、ドアの郵便受けにメモを入れるには充分だ。あとは、街の反対側にあるかつての引き渡し場所で、返事を待つだけだ。

ちょうど三十分後——それで充分のはずだ——に引き渡し場所のフレッドヘル公園に着く。捜査官たちからはちょうど死角になっているブロンズ像の下を手探りし、紙切れを引き抜く。そして、機会を見計らってそれを読む。

そのあと、フリードヘムスプラン広場の電器店に向かう。そこは立入が禁止されている場所だ。何回か試みに失敗したあと、少女を説得して店にはいってもらうことに成功する。少女には、お礼として百クローナ（一クローナは約十四円）紙幣を渡す。

店の外で待つあいだ、フリセルは監視役の捜査官ふたりをこっそりと観察する。彼らは目立たないようにするためだろうが、まるでズボンのなかに蟻《あり》が侵入したかのようにそわそわと落ち着かない。しばらくして少女が店から出てきて、小さな袋をフリセルに渡す。そうやって、彼は残り少ない現金を、時代遅れのボイスレコーダーを買うために費やす。彼は向かいの店のショーウィンドウを利用し、捜査官一号が道路の角から彼を見張っているあいだに、捜査官二号が電器店にはいるのを確認する。

そのあとフリセルは、ローランブショフ公園のなかをぶらぶら歩き、ヴェステル橋を渡ってストックホルムのいちばん美しい景色を眺める。橋の南のたもとにある小さな公園のなかを、フード付のグレーのパーカーを着た人物が動きまわっているのが見える。フリセルはその公園を通りすぎ、ホンシュトゥールまで歩きつづける。

これまでずっと歩きまわっていたフリセルが、そこで立ち止まる。片方の足を木のベンチにのせ、ヴェステル橋をぶらぶらと歩いて渡ってきたふりをしている監視役の捜査官を待つ。GPSアンクレットの位置を調整する。すでに皮膚炎ができている。どうやら、プラスチック・アレルギーになってしまったらしい。実に今どきな疾患だ。

フリセルはカーキ色のズボンの裾を古いハイキングブーツの上にかぶせ、足をベンチからおろして複合レストランビル〈ホンヒューセット〉を見上げる。階段状になった壁の一部が、夕陽《ゆうひ》に照らされている。

街を去ったころのホンシュトゥールと、目の前に広がっている姿とは明らかに別ものだ。もちろん、そのころにも携帯電話は存在していた——なにしろ、彼は最初の世代のスマートフォンが世に出たときにそこにいたのだ。でも今は、誰も携帯電話から目を離して見上げたりしない。ここまで歩いてきた長い道のりの途中、何度か実験をしてみた。携帯電話を夢中でタップしている人の隣に座ってみたり、公共の場で個人的な話を大声でしている人の話を聞いたり。この現代という時代は、十五年前よりもいっそう理解できない。

ソーシャルメディアが人々の生活を乗っ取ってしまったようだ。まさにあのころ、自分が恐れていたとおりに。

彼はきびすを返し、ロングホルム通りをもと来た方向に歩きだす。彼の敏感な嗅覚が、空気のなかにパニックを感じる。この街がふたたびテロ襲撃の犠牲になったことがわかる。

ヴェステル橋の南端で、彼はポールスンドバッケンの小さな公園にはいる。今は誰もいない——あのグレーのフードをかぶった人物も。監視役からは死角になっている場所を見つけて身をかがめると、公園の真ん中にある彫刻まで走る。彫刻のモチーフは闘鶏。その名のとおり、二羽の金属製の雄鶏《おんどり》が、命を懸けて戦っている。その彫刻の台座から、彼は小さなワイヤレスイヤホンを取る。そして、捜査官一号が角を曲がってくる前に耳に挿し込む。

「あの彫刻は、二十年前のおれたちそのものだな、アミーゴ」しわがれた男の声が、右耳から聞こえてくる。

フリセルは思わず笑みを浮かべる。ふたたび歩きながら、言う。「アロンゾ」

「ルーカス」と声が答える。「今はあまり話さないほうがいい。それより、よく聞け。第一、そのちっぽけなイヤホンのマイクの性能は最悪なんだ。それにしても、今のあんたの姿も最悪だな、アミーゴ」

フリセルはくすっと笑うが、なにも言わない。

「むかしの行きつけの場所に行ってくれ」と声は言う。

フリセルは公園を出て、階段をおりる。ポールスンド橋にグレーのフードの男がいるのがちらっと見える。フリセルはロングホルメン島に渡ると木造の小さな赤い家々が並ぶ道を通って丘に登る。ストックホルムの中心部で味わえる自然は、これが限界だ。

「装置の用意はできてる」とアロンゾの声が耳のなかで聞こえる。「何年も微調整して改善してきた。近隣の二ヵ国でも検証ずみだ」

フリセルは、自分に対してのようにゆっくりとうなずく。

ロングホルメンの円形劇場に着く。三千人は収容可能な木製のベンチが大きな半円形を描いている。古代ギリシャの円形劇場の、気楽に楽しめる一九四〇年代版という感じだ。五、六人の人たちがそれぞれ離れてベンチに座り、みんながみんな身をかがめて携帯電話を見ている。近くの森のなかに、携帯電話で通話しているグレーのフードの男を見つける。男と一瞬だけ目が合う。それが本当にアロンゾだということを、初めて目で確認する。

「ボイスレコーダーを取り出せ」と耳のなかでアロンゾが言う。「おれの位置からもやつらが見える。パラボラマイクは持っていないようだ。だからあんたの声は聞こえない。もうちょっとしたら、おれはまわりこんで反対側に行く」

「なるほど。ボイスレコーダーに向かって話しているように見えるわけだ。さすがにおまえは賢いな」

「素早い決断が必要だったからね。まさかあんたから連絡が来るとは思ってもいなかったよ。あとで、どうでもいいことを録音するのを忘れるなよ。念のために、誰かが確認する気になったときのためだ。ああ、そこにまたあんたが座っているのを見るなんて、懐かしくて泣けてきそうだよ」

「おまえはいつだって、おれにとって最高の情報屋だったよ、アロンゾ」

「今の時点では、あの装置は作業場に置いておくのがベストだ」とアロンゾは言う。「二十四時間は必要だ。あんた自身にも行ってもらう必要がある。もちろん、場所は覚えているよな？」

視界の端に、捜査官一号がさっきフリセル自身ものぼってきた道を歩いてくるのが見える。捜査官二号は、携帯電話で会話をしているふりをしながら円形劇場のステージの上を横切っている。フリセルも、ボイスレコーダーに向かって話しているふりを続ける。「ああ、覚えている。で、携帯電話の件は？」

「第二の引き渡し場所に、使い捨ての携帯電話を置いておく」とアロンゾは言う。「そっちの場所も覚えているよな？」

「ああ、旧市街だろ。でもその前に、警察本部に行かなければならない。たぶん一時間くらいだと思うが……」

「おれは、五時半に引き渡し場所に置きにいく。あそこなら安全だ。携帯電話の問題については、想像力を発揮しないとならない。警察から渡された電話をおれがチェックして、あんたに返せばいいんだよな？」

「おれの理解が正しければ、携帯電話なしではここを離れられない。メモにも書いたとおり、〈ノキア３３１０〉だ」

「だいたいの方法は考えてある」とアロンゾが耳のなかで言う。「今、そっちに向かう。おれが『今だ』と言ったら、あんたは適当なことをボイスレコーダーに録音してくれ。考えをまとめた結論でもなんでもいい。そのあと、ボイスレコーダーをポケットにしまうふりをして、地面に落とす。で、その横に〈ノキア〉を置く。絶対にやつらに見られないように、充分に注意してくれ。そのあとは、おれが今いるここまで、森のなかにはいるんだ。やつらふたりがあんたのあとを追っているのを確認したら、そのまま三分間歩きつづけろ。そこでちょっと芝居がかった大げさな動作で、ボイスレコーダーを落としたことに気づいたふりをする。そうしてくれれば六分くらいは稼げるから、おれは〈ノキア〉をチェックできる。そのくらいの時間があれば充分なはずだ」

「ありがとう、アロンゾ」とフリセルは言う。「もっと時間があればいいのに、と思うよ」

「今の状況から自由になれれば、時間なんていくらでもあるよ、アミーゴ。そんときは、森のなかの暮らしがどうだったのか、じっくりと話してくれ。マジな話だ」

「まるで……夢のようだったよ。でも、何事にも潮時がある」

「今、ボイスレコーダーに話しかけてくれ」

フリセルはボイスレコーダーに向かって、文明社会に戻ってきたことに関するどうでもいいことを話しはじめる。どのみち、どんなことを話したとしても真実とはほど遠い。

捜査官たちのほうをちらっと見ながら、足元にボイスレコーダーと〈ノキア〉の携帯電話を置く。そして、アロンゾの姿が見えなくなった木々に向かってゆっくりと歩きだす。捜査官たちは、フリセルが座っていたベンチを確認することなく、彼のあとを追う。

フリセルは気晴らしに、ロングホルメン島のいちばん高い場所までまっすぐに向かう。その見晴らし台は、ヴェステル橋の斜め上にあり、尾行する側にとっては悪夢のような場所だ。ボイスレコーダーを落としたことに気づく小芝居を打とうとしていると、アロンゾの声が聞こえてくる。

「やっぱり、〈ノキア〉には追跡装置が仕込んである。電源を落とすだけじゃ解除できない。でも、おれならなんとかできる。どうすればいいかはあとで知らせる。先に誰かに取られる前に、ブツを回収してくれ」

「恩に着る」とフリセルは言う。

「どっちのほうに返せないほどの恩があるかは、よくわかってるはずだ、アミーゴ。近いうちに、顔を合わせて話せるさ。ところで、そのイヤホンは海に捨ててくれ」

イヤホンの向こうのアロンゾが消えたのがわかる。

フリセルは小芝居を打つ。ただし、なにかに気づいた人間が慌てている控えめなバージョン――上着のポケットを叩き、顔をしかめるだけ――で充分だ。

捜査官たちは、彼を追って円形劇場まで戻る。まるで俳優のあとをつけるストーカーのようだ。ボイスレコーダーも〈ノキア〉もまだそこにある。フリセルはそのふたつを拾い上げると、尾行者たちを困らせるためにわざと来た道を引き返す。ただ、そこは彼らもプロだ。

とっさの判断で彼が通りすぎても不自然ではない体勢を取る。フリセルは木々のあいだを抜けてヴェステル橋の階段をのぼる。橋を渡れば、その先にあるのはクングスホルメン島だ。警察本部がある。

橋のいちばん高い場所でしばし立ち止まる。彼が覚えていたより、今の人間界はますます劇場化している。

フリセルは慎重に小さなイヤホンをはずし、三十メートル下の波に落とす。少なくとも、そこにあるのは本物の水だ。

43

もちろん、ソーニャ・リドはほかの仕事をおろそかにしているわけではないが、どうしても頻繁に〈iPad〉を確認せずにはいられない。彼女はニュースを見ないようにしている——ストックホルムじゅうにパニックが広がっているのはすでに認識している。彼女が目を離せないでいるのは、フリセルの動向だ。彼は今、忘れ去ってしまった街を再発見している。地図上を移動する赤い光の点滅を追うことで、自分自身も癒やされていることに気づいて彼女は驚く。しかしそれも、フリセルがフリードヘムスプラン広場を通り、クロノベリ公園を突っ切って警察本部へと向かうまでのことだ。

癒やしの効果は、その瞬間に消える。

彼女はホワイトボードまで行くと、そこに貼られているいくつかの資料を剝がし、タブレットでホワイトボードの写真を撮る。そして元どおりに戻してから、フリセルを出迎えに向かう。途中で、そのことをエヴァ・ニーマンに知らせる。電話ではなく、ショートメッセージで。

ふたりの関係は、今はごくわずかにぎくしゃくしている。

彼女がプール へム通りに面した正面入り口の内側に立っているとき、着古されてはいても清潔なカーキ色の服に身を包んだフリセルがドアからはいってくる。防弾ガラスの向こう側から彼女の姿を見つけ、彼は指を差す。リドは、警備員に恭《うやうや》しくうなずく。しかし、警備員はフリセルをそのまま通さず、「ちょっと待て」というような身ぶりをする。リドはフリセルと目を合わせ、肩をすくめる。

数分後、奥から別の警備員が出てくる。その警備員は、重武装している。

「ボディーガードだ」とその警備員は素っ気なく言う。「命令を受けている」

リドは、フリセルが通されるあいだ、警備員を見つめる。フリセルも警備員を見ている。

「時間の流れを感じるよ」とフリセルは言う。

「ついてきて」リドはそれしか言わない。

彼らは、警察本部のなかでもあまり目立たない部分にある地味な会議室へと歩いていく。警備員が、ほかには解釈のしようのない仕草でフリセルにうなずく。フリセルは両腕を広げ、脚を開いて立つ。警備員は、それなりの乱暴さで彼の体を叩いて所持品のチェックをし、見つけたものをソーニャ・リドに渡す。

リドは〈ノキア〉をフリセルに返すと、ボイスレコーダーを不審そうに観察する。

「どうってことない感想ばかりだ」肩をすくめながらフリセルは言う。「思いついたときに録音している。すでに報告はあがっていると思うが」

リドがなるべく無表情を保ってボイスレコーダーをフリセルに返すと、警備員は彼女に非常ボタンを手渡し、部屋のドアのすぐ外に立つ。リドとフリセルは会議室にはいり、テーブルに向き合って座る。テーブルの上には、コーヒーのはいった保温ポットと乾燥してしまったシナモンロールが用意されている。

「その顔、どうした？」と指を差してフリセルは訊く。

「コーヒーとパンをどうぞ」と彼女はつぶやく。なんとかがまんして絆創膏《ばんそうこう》には手を触れず、〈iPad〉と非常ボタンをテーブルの上に置く。

「ありがとう。それにしても、武装した警備員と非常ボタンというのは、さすがに大げさだな」

「あなたがどんな行動に出るのかはわからないから」

フリセルはコーヒーにもシナモンロールにも手をつけず、ただうなずく。

「こんなことをして、意味があるのか？」彼は両手を広げ、尋ねる。

「わたしが指示されているのは、一緒にあなたの過去を振り返って、気候変動関係の過激派で、かつ、あなたに罪をなすりつけたがっているような人物がいないか探りあてること。だから、自由連想法に基づいて思いついたことを話して」

「そのためにはもっと情報が必要だ。そんなことはきみも承知しているはずだ」

「それは、あなたの前提にわたしが同意しているとしたらの話」

「おれの前提？」

「あなたが無実だという前提」

フリセルは黙り込み、椅子の背にもたれる。彼はリドの目をまっすぐに見すえ、彼女も目をそらさない。

「じゃあ、さっきの質問に戻ろう」彼は深いため息をつく。「こんなことをして、意味があるのか？」

今度はリドが首を振る。

「わたしがあなたを信じている、という仮定のうえで進める必要がある」

「なら、おれにはもっと情報が必要だ」

彼らは袋小路にいる。先に進めない。

「とにかく、すべてを話してくれないとなにも始まらない」とフリセルはたたみかける。

リドは腕を組んだまま、じっと座っている。時間だけが過ぎていく。

やがて、彼女は心を決める。その決断が正しいのかは、彼女にもわからない。勘にも論理にも反するが、万が一ルーカス・フリセルが無実なら、助けになってくれるかもしれない。だから、彼を受け入れる決心をする。ただ、ハイリスクな部分を除いて。

彼女はシナモンロールのそばに置いてあるリモコンに手を伸ばす。すると、壁面をプロジェクターの長方形の光が照らす。リドが〈iPad〉をブルートゥースでプロジェクターに接続すると、写真が現われる。タブレットを持ちながら、彼女は壁面に近づく。非常ボタンはテーブルに置いたまま。

「これが、捜査情報をまとめたホワイトボード」投影されている画像を指しながら彼女は言う。

フリセルは驚いたように彼女を見て、背を伸ばして椅子に座りなおす。

「ただ、これがすべてじゃないし、すべてを見せることは今後もない」彼女は念を押す。「ここにあるのは、あなたが犯人だった場合に知っている情報だけ。言い方を変えれば、わたしたちが知っている情報すべてをあなたに開示するわけじゃない」

「賢いな」とフリセルは言ってうなずく。

彼女は彼を凝視する。さっきまでとは違う。リラックスしてる？　それとも、うぬぼれてる？　そのどちらなのか結論は出さないまま、〈ｉＰａｄ〉に表示されている第一の列を拡大する。少しの時間差で、壁の表示も大きくなる。

「ウプサラ市郊外」と彼女は言う。「リモコンで爆弾を起爆させて、重いディーゼルエンジンのＢＭＷを、運転していた製鉄会社〈ＳＳＡＢ〉の部門長もろとも高速道Ｅ４号線から菜の花畑まで吹き飛ばした。これについて、初めは交通事故だと思われてた」

次の列を拡大しながら彼女は続ける。「ヴァーサ公園。石油業界のキャンペーンを担当していた広告マンが、配達されたばかりのポスターの校正刷りを確認するために、ある日曜の早朝にオフィスに行った。開けたとたんにその荷物が爆発して、広告マンはミディアムレアの状態でダーラ通り沿いの芝生の上に吹っ飛んだ」

さらに次の列を拡大しながら彼女は続ける。「ヴェステロース。アマゾンのサーバー・ホールのかなりの部分が、シアトルの本社から直接送られてきたはずの荷物をデータセンター長が開けたときに爆破された。この事件は、先のふたつの事件より爆弾の規模も人的な被害も大きい――死亡したのはふたり、負傷者は五人」

リドはふたたび次の列を拡大する。「そして、これが今朝のオーデンプランの事件。犯行はさらにエスカレートした――初めての無差別攻撃だった。ふたつのバックパックを使った替え玉作戦。通勤電車のプラットホームに置かれていたバックパックは、乗客を駅の外に出すためのおとりで、本物の爆弾がはいったバックパックはオーデンプラン広場の人混みのなかに置かれていた。つまり、この事件には少なくともふたりの犯人がいるということ。オーデンプランの事件では今のところ死亡者は六人、負傷者は十六人、そのうちふたりが重傷」

リドがズームを元に戻したホワイトボードを、フリセルは凝視する。そして、首を振る。

「死亡者は全部で十人か」と彼はゆっくり言う。

「すべての証拠が、あなたを指し示しているのよ、ルーカス・フリセル」

「そんなことをきみが信じているとは思えないよ、ソーニャ・リド」

「じゃあ、なんでヴァーサ公園の爆弾のなかから、あなたのDNAが検出されたの？」

「おれにも皆目見当がつかない。爆弾なんかに触った覚えはない」

「でも、それは嘘よ、ルーカス。それはわかっているの。何年ものあいだ盗電していた農場から、肥料も盗んだでしょ？」

「彼らが気づかないほどの量だ。罠で使う爆薬を作るためのものだ。動物が通ったときに瞬時に殺す指向性爆薬だ。飢え死にしそうだったときしか使ってない」

「まだあの森のどこかに、爆薬を隠してあるんでしょ？　科捜の技術者たちも吹き飛ばされるおそれはある？」

「いや、もうその心配はない。でもソーニャ・リド、きみはただおれを尋問しているだけだ。これでは取調室となにも変わらない。この捜査を進める手順は、そうじゃないはずだろ？」

リドは黙り込み、額の絆創膏に触れる。面談を開始してから傷がちくちくと痛んだのはこれが初めてだ。怒りの拍動に合わせるように痛みが襲う。

「じゃあ、最初からやりなおしましょう」食いしばった歯のあいだから彼女は言う。「力を貸してもらえると助かります、ルーカス」

「わかった。それなら、まずはその手紙とやらを見せてもらおう」

44

これは夢。鮮明な夢だ。半円形を描いて立っている人たちのあいだをぬって動く、まるで輪舞《サークルダンス》のようだ。動いているのは、曖昧でとらえどころのないアーミーグリーン。それが、反射した光のようにきらきらと、すばやく不規則に動いている。きらきらと輝くアーミーグリーンの光。

そこでなんらかの衝突が起き、顔が露わになる。

シャビール・サルワニは、病院のベッドで突然目を覚ます。自分が今いる場所がどこなのかはわからないが、顔は覚えている。その顔が、アーミーグリーンの光のほうを向いたときの様子も。

なんでそっちを向いたのだろう。衝突？　もしかして、誰かとぶつかったのか？

その顔は、ただ見覚えがあるだけでなく、知っている男の顔だ。ほかのことは、すべてぼやけている。ただ、男の顔が驚いたかのように引きつったのはたしかだ。アーミーグリーンの光が地面に置かれるのを、その男は振り返って見た。そのときの男の顔を、走っていたサルワニは瞬時にとらえ、潜在意識の奥底にしまい込んだのだろう。

人垣が二手に分かれ、アーミーグリーンのバックパックが爆発して人間の体から手足を吹き飛ばす前に、ほんの一瞬だけ時間があった。

サルワニはベッドから転がり落ちるように起きると、流し台の上の鏡に映った自分の姿を見る。患者衣を着せられ、ぐるぐる巻かれた包帯のあちこちに赤い染みができている。愕然とする。いったいどうして、こんなにぼろぼろな生き物になってしまったのか。

しかし、彼の頭のなかには重要なものがしまわれている。たぶん病室だろうと思われる部屋を探しまわりながら、彼は顔の記憶を頭のなかにしっかりと保存する。男の顔を、脳幹に焼きつける。

そのとき、ようやく音が脳まで届いてくる。うめき声が聞こえる。ほかのベッドで身もだえしている人々が見える。彼のベッドの横に置かれた椅子に、服が無造作に掛けてあるのを見つける。自分の服なのかわからないまま、それを着る。服に見覚えはない。

しかし、シャビール・サルワニには覚えていることがある。夢のなかで見た男の顔、人混みのなかで起きた衝突。それだけは絶対に忘れない。

意識がまだはっきりしないなか、彼はなんとかズボンのチャックを上げ、病室を抜け出す。

45

彼女はこの気持ち――彼女がフリセルを尋問しているのではなく、その反対にフリセルから尋問されているような気持ち――を振り払わなければならない。いやでしかたがないが、建設的な話し合いをするためには、自分のほうから彼に歩み寄るしかない。

たとえ、顔を突き合わせて話している相手が、大量殺人犯だと確信していても。

そんな考えは脇に追いやり、彼女は無理やり視点を変える。フリセルのことをこれほどよく知っているうえに彼のDNAを入手でき、それでいて、彼に罪をなすりつけて人生を破滅させるほど憎んでいる人物とは？

「さあ、ルーカス。なにかうすうす感づいていることがあるんじゃないの？」

「必ずしも、おれの過去に関係がある人間とは限らない」

「わたしが読みあげた手紙の口調というか全体の調子は聞いたでしょ？　極めて個人的なものを示唆する、なにか錯乱気味の激情みたいなものを感じなかった？」

「正直な話、そうは感じなかった。ひょっとしたら、たまたまおれのことを知って、スケープゴートにちょうどいいと思っただけなのかもしれない。明らかに、そいつらは研究者タイプの犯罪者だ。実際に行動を起こす前に、念入りに計画を練っている」

「でも、だからといってそれが……」

「どんなに必死に思い出そうとしても、おれに対してそれほどの敵意を向けるような過去の知り合いは思い浮かばない。とにかく、心当たりがないんだ。この手紙の主旨がおれに対する敵意だとは、どうしても思えない。そいつらはどこかでおれのことを読んで、元警察官に罪を着せるなんて、これほど愉快なジョークはないと思ったんじゃないだろうか。おれが編集者に送った手紙をグーグル検索して、おれの口調の真似《まね》をした。むかしの口調だ。エヴァ・ニーマンがすぐに気づくような。それで、〝破壊しつくされた廃墟〟とかの特徴的な言いまわしをいくつか見つけて、それを多用しただけなんじゃないだろうか」

「フランツェンでしょ？」

フリセルは無言のまま、まばたきを繰り返す。

「きみも研究者タイプのようだな、ソーニャ・リド。ああ、そのとおりだ。フランス・ミカエル・フランツェン。ロマン主義詩人であり牧師でもあった、スウェーデン系フィンランド人だ。おれがまだ若かったころ、現代の消費社会に嫌悪を抱きはじめたころに、詩のなかの一節に出会った。〝破壊しつくされた廃墟は、われわれから奪われた虚《むな》しい時間である〟」

「あの手紙はなんの感情も伴っていないと、本気で考えてるの？　もしも一連の事件がなんらかのグループによるものだとしても、赤の他人のあなたを情け容赦なくただ利用するなんてこと、ある？　いったい、なんのために？」

「ほかのテロリストたちと同じだ――人々に、混乱と恐怖と不安を植えつけるため。そして、どうせ行き詰まるしかない捜査に警察を駆りたてて無駄骨を折らせるため。その間、テロリストたちは、なんの邪魔もはいらずに犯行を繰り返す。やつらの目的は罪のある人間を殺害することじゃない――今回は世論を方向付けるために、たまたまそのように始まったかもしれないが。しかし製鉄会社役員、石油業界の広告マン、サーバー・ホールのあとは、やつらは一般市民を標的にした。なぜなら、全員に罪があるからだ」

リドは不本意ながら、フリセルの思考を先読みして結論を導く。だが彼女が話しはじめる前に、彼は続ける。「やつらは、おれのDNAをどこかで見つけ――おそらく、きみも同じような方法で手に入れたんだろう――それを爆弾のひとつのなかに仕込んだ。おれを巻き込んだ目的は、水を濁すことだけだろう。大して意味はない。ただの目くらましだ。そして、こういうふうに話していても、なんの成果も得られない。それより、おれに仕事をさせてくれ」

「仕事？」

リドは彼を見つめる。野性的な自然のなかで暮らしていたことで、ルーカス・フリセルはこんなにも壊れてしまったのか、と自分自身に問いかける。彼のことばにはふたつのメッセージが混在しているように思える。彼女は咳払いをしてから言う。

「ニーマンに話してみる。でも、ルーカス・フリセル、あなたはもう警察官でもなんでもないのよ」

「この仕事は、本当に辞めることができる仕事なのか？」フリセルは彼女をまっすぐ見すえて訊く。

自分が笑みを浮かべていることにリドは気づく。これも、彼お得意のはぐらかしのひとつなのか？　それとも、本気で警察に復帰できると信じているのか？　その年齢で？

彼女は、彼の目の奥にあるものを読みとろうとする。彼も視線をそらさない。

どうやら、この狂人は本気でまた刑事になれると確信しているようだ。

「あと、これはどうでもいいことなんだが、おれのことを四六時中尾行している能なしの捜査官は、お役御免にしてもいいんじゃないかな」とフリセルはつけ加える。

46

ホワイトボードは、おびただしい枚数の写真に呑み込まれて溺れかけている、とエヴァ・ニーマンは思う。アントン・リンドベリ率いるオーデンプラン班の下僕たちが貼りつけた写真は、ほとんどが間引きされてもいいものばかりだ。ホワイトボードに貼るのは、本当に重要な写真だけでなければならない。

通常の勤務時間は過ぎているので、彼女の会議もやっと終わりつつある。今日一日でいくつ緊急会議があったのか、数える気にもならない。さらに言うと、今日は家に帰るのも諦めている。どのみち、寝室がふたつあるフレィ通りの自宅に、どうしても戻らなければならない理由もない。

そこには、彼女が求めているものはない。

振動している携帯電話に目を落とす。どうやら、技術者たちも今夜は帰宅できないらしい。携帯電話の画面は、科捜からの電話であることを簡潔に表示している。電話を耳に当てると、疲れた男の声が聞こえてくる。「なにか見つけたかもしれない」

「森？　それともオーデンプラン？」とニーマンは訊く。

「いや、そのいずれでもない。そもそも、森の捜索からは手を引かされた。国家的トラウマと同時進行で仕事をするには人手が足りなすぎる」

「じゃあ、どこから？」

「もしも今見ている画面をおれが正しく解釈しているとすれば、そのなにかの現在地はそこだ」

「ちょっと待ってて」とニーマンは言い、殺気立った雰囲気のオープンプラン・オフィスの端のほうに移動する。「もう一度最初からお願い。理解できなかった」

電話の向こうから、大げさすぎるほど大きなため息が聞こえる。男の声が戻ってくると、小さな子供に話すように言う。「爆弾テロ犯が使用しているのは、主にピクリン酸と第二爆薬のジアゾジニトロフェノール、つまりDDNPを使った爆弾だ。これは、ノルウェーの大量殺人犯ブレイビクが使用した爆弾を思い起こさせる」

ニーマンは冷ややかな声で言う。「それは、かなり前から知られていたことよね」

「あまり知られていないのは、われわれ国立科学捜査センター《NFC》が、そのふたつの成分が国内で見つかった場合に備えて、警戒態勢を張っていたということだ」

「で、それに引っかかった人物がいるの？」とニーマンは訊く。

「どうやら、イェルヴァ警察が、バルカン半島から密輸された旧式の銃器を積んだヴァンを押収したらしい。ところがそのヴァンから、ピクリン酸の痕跡が見つかった。この手の密輸では珍しいことだ」

「ふうむ。で、容疑者も確保されたってこと？」

「少なくともひとりは」と科捜の技術者は言う。「運転手だ。ストックホルム郊外のヒュルスタの犯罪組織とつながりがあるらしい。その男が今、クロノベリ留置場に勾留されている。イェルヴァの施設は満杯なんだそうだ」

エヴァ・ニーマンは礼を言い、電話を切る。部屋の中央に向かいながら、警察本部の留置場に電話をかける。アントン・リンドベリの席に着くまでには会話は終了している。彼女はリンドベリを脇のほうに呼び寄せ、携帯電話に見慣れた似顔絵を表示する。リンドベリはその似顔絵を凝視する。ニーマンが言う。

「留置場の看守に確認してもらったのだけど、この似顔絵とよく似た男が、今まさにこの建物のなかにいるの。密輸された武器を積んだヴァンを運転してヒュルスタ工業団地を通過していたとき、地元警察に逮捕された。そのヴァンから、ピクリン酸が検出されたそうよ」

「今すぐ行ってくる」期待で身震いしながらリンドベリは言う。

ニーマンは彼を引き止め、首を振る。

「その男は、有名なギャングの顧問弁護士の立ち会いを要求しているんだけど、あいにく今夜は来られないらしい。だから、取り調べは明日の朝まで待つしかない。それまでに準備をしておいて。でもアントン、冷静でいるように注意して。この件をあなたに任せるのは、実はとても心配なの。とにかく、感情的にならないように。お願い」

リンドベリは彼女の目を見つめ、しかたなく自分を抑え込む。そしてうなずくと、彼の下、僕たちのもとへと戻っていく。

ニーマンが自分の席に戻りかけているとき、廊下に通じるスイングドアの半分開いた隙間から、なんらかの騒ぎを目にする。片方のドアが開いたままになるように押さえられており、その隙間から包帯でぐるぐる巻きになった人影が見える。なにか短いやりとりがあり、そのミイラがオープンプランのオフィスにはいってくる。

ドアの隙間が開いている。そのドアを押さえているのはソーニャ・リドだ。彼女はルーカス・フリセルのほうを向き、小声で言う。

「オープンプランのオフィスが見たいと言うから連れてきただけよ。もう見たでしょ？　なかにははいれないから」

「それなのに、重傷の同僚はなかにはいれるのか？」

「彼は容疑者じゃないから。それに、彼を止めるのは無理そうよ」

エヴァ・ニーマンは、包帯姿のサルワニを出迎えにいく。彼がまともに歩けないのは明らかだ。それに、服が歪んでいて体にまったく合っていない。

アンカンとリンドベリも集まってくる。

「シャビール、まだこんなところに来ちゃ……」

「目撃者がいる」同僚のことばをさえぎってシャビールは言う。彼の声は、驚くほどしっかりとしている。

「病院まで車で送っていってくれる？」ニーマンはアンカンに言う。

アンカンはうなずき、サルワニの腕をつかむ。

「ぼくは、犯人を目撃した男を見た」アンカンに腕をつかまれたことを無視してサルワニは続ける。「その男を見たことがあるんだ。実際に見たか、写真で見たかは覚えてない。その男は、オーデンプランに爆弾を置いた人物を見ている。ふたりはぶつかったんだ」

ニーマンはアンカンに目配せをする。彼女はサルワニの腕を放し、言う。「オーデンプランの事件に関しては、目撃情報がどんどん集まってきてるの。アントンのグループがそれを確認してるところよ」

「ああ、情報はいっぱい集まっている」とリンドベリも言う。「おまえの言うその目撃者も、そのなかにいるはずだよ、シャビール」

サルワニは首を振り、みんなを驚かせる。

「ぼくは、確実にその男を見たことがある。具体的なことは思い出せないけど、その男は絶対に自分から警察に話すような、証言をするような男じゃないんだ。とにかく、できる限りの映像をぼくに見せて。警察が撮影した映像、ティックトック、その他のSNS、携帯電話で撮った映像、報道の映像。とにかく、あのときオーデンプランにいた人の映像なら、なんでもいいから」

「おれの下僕たちに、持っているものは全部おまえに渡すように指示しておく」とリンドベリは言う。「でも正直な話、体は大丈夫なのか？」

「ああ、大丈夫だ」とサルワニは言い、顔に巻かれた包帯を強く引っぱる。「有名な犯罪者の顔写真も見ないといけない。地中海、もしくはバルカン半島も含めて」

「データベースから、関係しそうな人物の情報をメールする」そう言うと、ニーマンは自分の机に向かって駆けだす。

　ソーニャ・リドはスイングドアの外から、アンカンとリンドベリがサルワニを空いている席に連れていくのを見守る。静寂が垂れ込めていたオープンプランのオフィスは、次第にざわめきはじめ、やがて先ほどまでの騒がしさに戻る。

　リドはフリセルのほうを向く。オープンプランのオフィスの混沌は、社会にまだ適合できていないサバイバリストの変わり果てた精神に、大きな打撃を与えたらしい。ソーニャ・リドの腕をつかんだ彼の顔は、ごまかしているとはとても言えないほど実際に青ざめている。

「おれには、もう限界だ。ひとりになりたい」

　ソーニャ・リドは、よろめきながら出口に向かう彼を見守る。少なくとも、間違った方向には向かっていない。

　彼女がスイングドアを開けてオープンプランのオフィスにはいろうとしたまさにそのとき、シャビール・サルワニが椅子から真っ逆さまに転がり落ちる。

47

　ルーカス・フリセルは、新しく手に入れたばかりの使い捨て携帯電話での通話を終了すると、バスルームに戻る。流し台に置かれていた格子をつかみ、バスタブの縁に上がる。そして、バスタブの真上にある通気口の奥深くに携帯電話を押し込み、見えないようにダクトテープで覆い隠してから、通気口に格子をカチッとはめる。

監視されている身であることを考えると、アパートメントが捜索されないとは限らない。

窓の外に広がる舗装された中庭を見ながら、閉所恐怖がじわじわと迫ってくるのを感じる。アンネ通りにある警察の狭いアパートメントは、クロノベリ留置場の独房よりひどい。一見、自由そうに見えるが、狭苦しく、まるで壁が四方から迫ってきているように感じられる。街に出ないとやっていけない。とはいえ、街が好きなわけでもない。それに、間違いなく尾行がついてくるだろう。新しいコンビと交代したかもしれないが。

新しい服と洗面用具とタオルを提供された。初めは、どうやってシャワーを出すかさえ覚えていなかったが、今ではすっかり体もきれいになり、さっぱりしている。森で着ていた汚れた服に、切望の眼差しを向ける。階段をおりていくと、シャワーを浴びたばかりの体に、工場直送の真新しい服が屍衣《しい》のようにへばりつく。

一刻も早く外に出なければ。

行き止まりの短い道に出たとたん、悪臭と騒音にもかかわらず、フリセルは今夜がどんな夜なのかに気づく。五月の下旬は、森にとっては一年のなかでも特にすばらしい季節だ。色彩の変化も落ち着き、孵化《ふか》した鳥も魚も昆虫も育ち、動物たちの殺気立っていた目も落ち着きを取り戻す。食べられるあらゆる植物——イワミツバ、ムラサキベンケイソウ、ニンニクガラシ、ナズナ——が芽吹き、蜂やその他の昆虫が森じゅうの花の受粉を手伝う。鼻先に漂ってくるにおいも、これまでの腐敗臭ではなく、心地良いものに変わる。この季節になると、ルーカス・フリセルは本格的に野宿する。外で寝るのは、いちばん気持ちが良い。

彼はフレミン通りに出る。夜の八時を過ぎたというのに、交通量が多い。遠くのビルにはさまれた空が少し広がっているように見え、その方向に歩きだす。開けた天空を目指して逃げ出す。それが、ストックホルムの良いところのひとつだ。海と橋。角を曲がれば、そこには必ず広い空間がある。

フリセルはバーンフス橋の上をしばらくぶらぶらと歩く。通ってきたばかりの橋のたもとを、何気なくちらっと見る。おそらくは尾行していると思われる捜査官がふたりほど目にはいるが、彼は気にしない。今夜のこの散歩には、特段の目的があるわけではない。ただアパートメントから離れたいだけで、どこかに向かっているのではない。

クララ運河の先に見える市庁舎に目を向ける。太陽は、あと一時間は沈む気がないらしい。雲ひとつない、澄みきった空だ。街全体が、いつもよりいくぶん澄みわたっているように感じられる。

彼はダーラ通りに曲がり、アドルフ・フレデリック音楽学校、サバッツベリ病院を通りすぎる。さらにヴァーサ公園の向かいにある、爆破の傷跡も生々しい広告会社〈フラット・ブローク社〉を通りすぎると、オーデンプラン広場の周囲に張りめぐらされた規制線まで行きつく。立入を規制する柵のそばには、わずかながらも報道チームが今もうろついている。本来の〝神の白い住処〟であるグスタフ・ヴァーサ教会のかわりをするように大きな白いテントが設置され、全身白ずくめの犯罪現場捜査官たちが出入りしている。フリセルにとっては人生そのものだったあの森の捜索から、この現場に招集された者はいるのだろうか。

ここに警察がいるのは当然のことだ、と彼は思う。GPSアンクレットで足首が擦れて痛い。それに、腹が空《す》いて悲鳴をあげている。森にいたなら、今ごろは燻製《くんせい》した肉を取り出し、秋に収穫したマッシュルームと一緒に炒めていただろう。池の水を沸かしてコーヒーを淹れ、もしも太陽が今のように輝いていれば、警察にはまだ見つかっていない秘密の隠し場所から缶ビールも掘り出していたかもしれない。

オーデンプランの近くにパブがあったことを思い出す。どういうわけか、その店のことは気に入っていた。でも、住所までは覚えていない。勘に従い、あてどもなく裏道をさまよう。自転車や、後部にカラフルな箱のついた原動機付き自転車《モペッド》に乗った若者に、何度も追い抜かれる。

そしてようやく、お目当ての店を見つける。

まさしくあの店だ。ただ、同じではない。かつてのつつましく古かったパブは、大きく変貌を遂げている。まるで学生会館のようだ。バーカウンターで食べ物を注文しようとして十九歳の若者に叱りつけられ、店の奥のほうの隅に空いているテーブルを見つけて座る。店内の暗さは、あのころと同じだ。フリセルは一パイントのビールと、プルドポーク――メニューのなかで唯一わかる料理――の注文になんとか成功する。

プルドポークとは加工された豚肉で、理解不能な理由から筋肉の繊維に沿ってひきちぎられた料理だ。森のなかで食べていた本物の肉が恋しくなるが、それでも心地良さが体に染みわたってくる。過去の痕跡が、パブの繊維に染みこんでいくようだ。ひきちぎられてはいるが。

勘定をするころには、すっかり良い気分になっている。ところが、ショックは二段階でやってくる。まずは、勘定書を手渡されたときに、自分が青ざめたのがわかる。気を取り直して丸めた古い紙幣を取り出すと、ウェイターは大きくため息をついて言う。「ここは、キャッシュレスの店なんで」

ソーニャ・リドは最近になって、ホルン通りの狭いアパートメントで飲むのは箱ワインに変えている。価格の安さに加え、どのくらい飲んだかがわかりづらいからだ。

グラスにワインを注いでいるとき、電話が鳴る。彼女は驚いて跳びあがり、〈イケア〉の白いテーブルの上にワインが散る。電話なんてかかってこないはずだ。サルワニを病院に送り届けたかわりに、エヴァ・ニーマンから帰宅していいと言われていた。

ウェイターから怪訝そうな目で見られながらも、フリセルはもう一杯ビールを注文して待つ。不思議なことに、初めの一杯よりもおいしい。椅子に深く座り直し、彼のまわりでパブが変化していくのを眺める。古きよき時代の親しげな雰囲気に包まれながら、なぜこの店に引き寄せられたのかを思い出す――ここは、当時の妻ニーナのお気に入りのパブだった。バレリーナとしては、たぶんあまりよくない飲み方をしていた。今も、彼女は隣の椅子に座って彼の腰に腕をまわし、顔を近づけようとしている。彼女はなにかを言おうと、くちびるをゆっくりと開く。まったく別の女の声が言う。「ここは、エタノールのにおいがする」

ソーニャ・リドは彼の隣の椅子に座り、グラスにワインが注がれるのを見ている。ワイングラスが満たされると、上に掲げて彼のジョッキと乾杯する。グラスとジョッキがぶつかると、調和しない音が鳴る。まるで、ふたりは別の世界に存在しているかのように。

「キャッシュレスの店がどんなものなのか、知らなかったの？」口の端についた赤ワインを拭きながら彼女は尋ねる。

「もうわかった」フリセルはつぶやく。「来てくれて恩に着る」

「ベビーシッターだから、しかたない」苦笑しながら彼女は言う。

「まさか、今は携帯電話で支払いができるようになったなんて言わないでくれよ」

初めてふたりは一緒に笑う。ただ、ほんの一瞬だけ。それからしばらくは、沈黙が流れる。

「尾行はもうやめてくれたのか？」とフリセルは訊く。

「ここに来るまで見なかった？」

「あえて見つけようとも思わなかった」

「その質問にわたしが答えられないのはわかっていると思うけど」とリドは言う。「実はわたしにも、警察本部では訊けない質問がある。まして、取調室では絶対に」

「パブなら大丈夫、ってことか？」

「今は、こういう店は〝バー〟って呼ぶのよ」

フリセルは笑みを浮かべる。リドも笑顔になる。

「さあ、訊いてくれ」とフリセルは言う。

リドは咳払いをしてから顔をしかめ、ワインをひとくち飲む。「あなたとエヴァ・ニーマンは、どんな関係だったの？」

フリセルは若干身を後ろにそらせ、うなずく。そして、考え込む。

「たぶん……」と言って、彼は壁を見つめる。

ここが取調室ではないことを、リドは無理やり自分に言い聞かせる。彼女はもうひとくちワインを飲む。自らを制する練習をする。

「たぶん」フリセルは続ける。「ほんの少し、おれに恋愛感情を持っていたんだと思う」

「恋愛感情? あなたに?」

「とても信じられないよな? こんな髪型をしているのに」

リドは笑わないようにがまんする。

「いっそのこと、そのみすぼらしい髪の毛は全部剃ったらいいのに」

フリセルは少し不思議そうな顔でリドを見て、続ける。「エヴァ・ニーマンはロマンチストだったんだと思うよ、ソーニャ。そして、たぶん今でもそうだ」

「正確には、どんな関係だったの?」

「本当になにもなかった。おれはニーナを愛していた。でも、だんだん心が離れつつあった。もしかしたら、エヴァはそれを感じとっていたのかもしれない。ふたりのあいだに、なにかが起きるのを期待していたのかもしれない。今となってはわからないが」

「じゃあ、ふたりは堅苦しい上司と部下の関係だった?」

「そうとも言えない。気楽な関係で、なんでも率直に言い合えた。エヴァ・ニーマンは、とても……忠実だった」

「悲劇が起きるまでは?」

「ああ、そうだ。あのおかげで、すべてが崩壊した。トランプを積み上げた家のように」

「で、あなたは解雇されたの、ルーカス?」

彼はゆっくりと首を振る。

「いや。おれのほうから辞職した。そういう事態になる前に。ニーナと離婚したばかりだった。新しい人生に踏み出す良い機会だと思った」

「いつかまた、警察に戻ってこられるように？　本気でそう思っていたの？」

「あのときはそんなことは考えてもいなかったが、もしかすると潜在意識のなかでは思っていたのかもしれない。でも森のなかで暮らしているうちに、その思いはどんどん大きくなっていった。まだ、橋は燃やされてはいなかったんだ。おれは、警察官だったころがいちばん幸せだった。結局、おれの人生であのころがいちばん良かった。あと少なくとも十年は生きているだろう。自然の近くに住んで、街には通勤できる。それは可能だ。両方の世界のいいとこ取りができる」

「あなたが警察にいたころとは、考えられないほど仕事のやり方は変わった」ウェイターを呼びながらリドは言う。

「おれは呑み込みが早い」フリセルは言う。若いウェイターが、いやそうに歩いてくる。

「もう一杯どう？」とリドは訊き、ウェイターのほうを向いて自分のグラスを指差す。フリセルは彼女を見つめる。

「あと一杯だけ」と彼は言う。

48

実に気持ちの良い朝だ。フリセルは、きれいに手入れされた広い庭に視線を漂わせる。まるで自分自身を見ているようだ。

飼いならされた自然。

家のドアが開く。ニーナ・ストレムブラッドの顔から、一瞬ですべての色が失《う》せる。あちこちせわしなく目が動いたあと、ようやくフリセルに焦点が合う。凍りついたような笑みが、少しだけほころぶ。

「その髪型、なんとかしたほうがいいわ」

「きみと話がしたいだけだ」とフリセルは言う。

そのひとことで、彼女の笑みが歪む。

「わたしと話がしたい？　冗談でしょ？」

そのときになって初めて、フリセルの後ろにふたりの制服警官がいることに気づく。険しい表情の武装警官たちが、彼女に軽く会釈する。

「きみに会いにくる特別な許可をもらった」と彼は言う。「でも、あまり近くには行けない」

「二メートルより近づいたら、その時点で面会は即中止です」筋肉隆々で、赤褐色の口ひげを生やした警察官が言う。

「アメリカの監獄映画みたいだろ?」フリセルは笑みを浮かべて言う。

まるで電気を帯びたような二メートルの距離を保ちながら、家のなかを通ってパティオに出る。つい先日、彼女とソーニャ・リドが座ったのと同じ椅子に、ふたりは腰をおろす。警察官たちは、いつでもふたりのあいだにはいれるよう、戦略的な位置に立つ。

「で、あなたは……どういう状況なの、ルーカス? 容疑をかけられているだけ? それとも逮捕されたの? 勾留されているの?」

「その全部、だと思う」とフリセルは言いながら、ズボンの裾を引っぱり上げる。ニーナは、黒いアンクレットをじっと見る。

「いったいなにをしたの?」

「なにも」

彼女の顔が、また蒼白になる。ソーニャ・リドと電話したときのことを思い出す。なぜあのとき、リドは逮捕のことを言わなかったのだろう。

「オーデンプラン?」と彼女は言う。「あの爆破テロ? ああ、ルーカス。あなたは森のなかで、危険人物になってしまったの? わたしもあなたを恐れるべきなの?」

「ここに来たのは、きみに謝るため。ただそれだけだ」

「謝るって、なにを？　爆弾で人を吹き飛ばしたことを？」

フリセルは黙り込み、彼女を見つめる。ことばが見つからない。「なにもかもを、だ」と彼は言う。

ニーナは首を振る。「いいえ、ルーカス。贖罪《しょくざい》かなにかのためにここに来たなんて、わたしが信じるはずがないでしょ？　あなたはあまり変わってないのね。ここに、どうしても欲しいなにかがあるの？　それは、わたしが持っているなにかなの？」

フリセルは何度かまばたきをする。

「むかしから、おれのことはなんでもお見通しだな、ニーナ」と彼は言う。

「じゃあ、あなたが欲しいものはなんなの、ルーカス？」

「きみが元気にやっているか、知りたかっただけだ。別のなにかがあるような気がするが、それがなんなのかはわからない」

「もしかしたら、そのうちわかるかもしれないわね」笑顔でニーナは言う。「おかげさまで、わたしは元気にやってるわ。見てわかると思うけど。男性とは付き合ってない──それが気になるんだったら。だからといって、禁欲主義者じゃないわよ。完全な異性愛主義の段階は、とうに過ぎたの」

ルーカスは広大な芝生の庭を見わたす。小さな雲の影が、ゆっくりと庭を横切っていく。

「昨日、きみが好きだったパブに行った」

「オーデンプランの近くの？」ニーナは驚いたような声を出す。「犯罪現場に戻ったの？」

「まさか。ただ懐かしくなっただけだ」

「もう二十年は行ってないわ。まだあった？」

「十五年だ」ルーカスは言う。「それに、今は〝バー〟になってた」

「歳をとって頑固になったなんて言わないでよ、ルーカス」

彼はくすっと笑う。彼女も同じように笑う。二メートルの距離が、二キロのように感じられる。

「本当に森のなかで暮らしていたの？」しばらくして、ニーナが尋ねる。

「そうしたいと思っていた」うなずきながら、フリセルは言う。

「説明して」

フリセルは鼻を鳴らす。

「八年間、おれはどんどん自然に近づいていった。自然と調和を保って生きることを覚えた。気候変動に、最小限の影響しか及ぼさないように心がけた」

「そんなとき、彼らが突然やってきて、あなたを森から連れ去ったわけ？」

「どうしてそうなったか、きみは知っているんだろ、ニーナ？」

彼女の表情が変わる。警戒心が混じる。彼女が警察官たちに向ける視線にそれが表われている。彼らは姿勢を正し、神経を集中させる。

「わたしたちがまだ結婚していたころの、あなたの友人たちのことを話したの」少しとりすました顔で彼女は言う。「エドヴァルド・ラスムッソン、アーロン・ルドルフソン、カッレ・ローマン、レッレ・ベルギス。あなたの男友達。わたしには一度も会わせてくれなかったけど」

フリセルは申し訳なさそうな身ぶりをする。

「すまなかった」と彼は言う。「非難しているように聞こえたとしたら、本当に申し訳ない。おれはただ、全体像を把握したいだけなんだ」

「なんで全体像が必要なの？　もう刑事じゃないのに」

彼は笑みを浮かべる。困ったような表情が一瞬だけ明るくなったが、またすぐもとに戻る。

「よくよく考えてみると、おれの欲しかったものは、それなのかもしれない。できる限り完全な、全体像。おれのことを憎んでいる人間について、なにか言ってなかったかどうか覚えてないか？　なにか、そんな噂を耳にしたことはなかったか？　おれに害を与えたがっているような誰かについて」

「あなたは刑事じゃないのよ、ルーカス」

「でも、警察に協力することを条件に、このアンクレットをはめることになった。もし協力できなければ、独房に逆戻りだ」

ニーナは椅子の背にもたれる。

「もし、あなたが逮捕した犯罪者に脅迫されていたことがあったとしても、そういう話をわたしには聞かせてくれなかった」

「おれが聞きたいのは、警察の仕事に関することじゃないんだ。それ以外のことだ」

「まるで藁《わら》をつかむような話ね、ルーカス。わたしには、なんの心当たりもない。夫婦としての結びつきが、所詮はその程度だったと認めるしかないのかもしれないわね」

フリセルは、全身の力が抜けていくのを感じる。ふたりは、しばらくそのまま座っている。ただの離婚した元夫婦でしかない。

そのとき、突然ニーナの目になにかが光る。「そういえば、ひとつ思い出したわ」と彼女は言う。「かなり前のことよ。ちょうどストレムブラッドとの離婚の真っ最中だったとき。女性から電話があったの。あなたを捜してた。でも、なんとなくストーカーっぽい印象を受けたの」

「ほう。で、彼女はなんて？」

「連絡が取りたかったみたいよ。あなたとはデートをする仲だと言ってたけど、なんとなく違和感があった」

「誰だったか、覚えてるか？」

「名前は覚えてないわ。でも、あなたは覚えてるはずでしょ、ルーカス？　それとも、わたしと結婚してたころから、そんなに大勢の女と付き合っていたの？」

フリセルはたじろぐ。ニーナは彼をじっくりと見ながらさらに続ける。「ウプサラの大学では、かなりお盛んにやっていたんじゃないの、ルーカス?」

取調室でのソーニャ・リドの姿がちらついて集中できない。そのとき、ニーナ・ストレムブラッドが言う。「実は、その人の名前を覚えているの。変わった名前だったから」

「そうなのか?」

「ロセッタ」

フリセルは深く息を吸い、うなずく。「ロセッタか。ああ、なんとなく覚えてる。彼女は自殺した。いろいろと大変なことがあったみたいだ」

ニーナは彼をじっと見る。そして言う。「今は、むかしより思いやりがあればいいんだけど、ルーカス」

結局、ふたりの距離が二メートル以内になることは一度もなかった。

49

彼らは、警察本部内のNODのすぐ外にある掃除用具入れのなかで会う。赤褐色の口ひげを生やし、デニムのジャケットを着た屈強な体つきの男が、無言でUSBメモリをソーニャ・リドに渡す。彼女はそれを受け取り、うなずいてから言う。「ありがとう、オッレ。なんで私服なの？」

「面通しのためだ」彼は苦笑いを浮かべ、腕時計に目をやる。「おれの役は、怪しげなヤクの売人だ。そういうことは得意だが、今回みたいなことはごめんだ。おれには向いていない」

　リドはまたうなずく。

「これで最後」と彼女は言う。「うまくいった？」

「それはあんたが判断してくれ。会話は全部そこにはいっている」

　彼はそう言い、USBメモリを指差す。

「もう行かないと」と言って、彼はリドを押しのけるようにして出ていく。

　一分待ってから、彼女自身も掃除用具入れから出て、警察本部の建物のなかでもぱっとしない場所にあるNODにはいる。スイングドアを開けてオープンプラン・オフィスにはいりたいという誘惑に耐え、そのままそこを通りすぎて廊下の先にある〈待合ホール〉に向かう。新しくNovaグループに加わった人員の出入りはオープンプラン・オフィスに限定されているため、〈待合ホール〉のなかにいるのはオリジナルメンバーだけだ。サルワニもいる。包帯は巻いてないが、顔は絆創膏だらけだ。リドはサルワニの隣の椅子に腰をおろす。ふたりは挨拶がわりに笑みを交わす。ポケットのなかのUSBメモリが気になってしかたがない。

なにが録音されているのか、早く確認したい。その一方で、エヴァ・ニーマンから送られてきたショートメッセージも気になる。オッレ——警察学校時代からの古い友人——との掃除用具入れの密会も、なんとかねじ込んだものだ。

エヴァ・ニーマンが、覚悟を決めたような表情で〈待合ホール〉にはいってくる。彼女が自分の机まで歩いていくのを、Ｎｏｖａグループ全員の目が追う。ニーマンはラップトップパソコンをつなげると、プロジェクターの電源をつける。

タイプライターの文字がぎっしりと打たれた紙が、壁に投影される。

〝……太陽が消滅することはない。太陽はますます拡大して赤色巨星となり、水星、金星、火星を呑み込み、地球をも呑み込む。しかしそれが起きるころには、どのみち地球はすでに荒廃した惑星になっている。それはすべて、おまえたちのせいだ。なぜなら、地球の運命を変えられるのは、おまえたちだからだ。おまえたちの罪は永遠に宇宙に刻まれ、何十億年後の高度な生命体によって、悪い見本として語り継がれるだろう。神の白い住処によって目撃がなされた今、城の門を開き、無関心な者たちの上にピンク色のマイクロプラスチックを撒《ま》くときが来た。もっとも大きな裏切りが記憶されるのは、赤色巨星が白色矮星《わいせい》——不誠実な行為や知られているすべての歴史とともに、われわれが最小限に圧縮され、はいり込むだけの空間がある——に縮小されるときだ。なぜなら、太陽が消滅することはないからだ……〟

エヴァ・ニーマンは言う。「肉眼で見ても、これが前の二通と同じタイプライターで書かれているのは明らかよ。pとbの文字を見て。それに、前の二通と同様に、宛先はわたしになっている。一見して気づいた点は?」

「なぞなぞが含まれてる」とアンカンが言う。「お馴染みの〝神の白い住処〟が、そのなぞなぞをはっきりと示していると思う」

「〝城の門を開き、無関心な者たちの上にピンク色のマイクロプラスチックを撒くときが来た〟のところだろ?」壁を指差してアントン・リンドベリが言う。「まったく意味不明だ」

「そのなぞなぞに行く前に、なにかほかに気づいたことは?」とニーマンは訊く。

「宇宙的な視点で書かれている」とサルワニは言う。「赤色巨星だとか白色矮星だとか、今から何十億年後かの高度な生命体が、人類の遺産を見て恐怖を感じるとか」

「それが今のわたしたちの捜査にとって、なにかのヒントになる?」

「爆弾テロ犯の活動が、宇宙のように永遠に拡大しつづけることを言いたいんじゃないかと思う」とサルワニは答える。「つまり犯人には、やめる気はない」

「じゃあ、なぞなぞに行きましょうか。どんなお城の門が開いて、ピンク色のマイクロプラスチックとはどんなもので、それがどこの無関心な人々の上に散布される?」

〈待合ホール〉に垂れ込めた静寂の密度は、白色矮星に匹敵する。

「さあ」とニーマンは促す。「どんな突飛なことでも言ってみて」

「もちろん、ここに書かれている城は本物の城のことじゃない」とリドは言う。「でも、マイクロプラスチックに関しては、そのものを指していると思う。今の時代、環境破壊のいちばん大きな要因のひとつだから。人間の体のなかに蓄積されるプラスチックの量も増えてきている。だれもが知っていることだと思うけど」

「つまり、標的はプラスチック製造業者？」とニーマンは言う。「でも、マイクロプラスチックは製造されているわけではないでしょ？ 普通のプラスチックが自然のなかで徐々に細分化されてできるものなんじゃない？」

「あるいは、爆発して粉々になるとか」とアンカンは言う。「プラスチックを爆発させるつもり？ 爆破するような巨大なプラスチックなんてある？」

「最近は、新しい建築資材はプラスチックでできてるんじゃないのか？」とリンドベリは言う。「あとは、アクリルを原料とするプレキシガラスとか？ ほら、ホッケーのリンクに使っているような」

「実際、製造されているマイクロプラスチックもある」携帯電話から目を上げずにサルワニは言う。「研磨剤とか、化粧品のスクラブ剤として使用されているそうだ。人工芝にも使われているようだけど、詳しいことはぼくに訊かないで」

「つまり、サッカーもアイスホッケーも、か」とリドはつぶやく。「爆弾テロ犯も庶民的になってきているわけ？」

サルワニはさらに続ける。「ただ、世界じゅうのマイクロプラスチックのほとんどは、プラスチックやゴム素材が細分化されてできる。主な出所は、道路、車のタイヤ、合成繊維、たとえばナイロン製のシャツ、アクリル・カーディガン、フリース・ジャケット」

「その手紙は、いつ送られたものなの？」とリドは尋ねる。「フリセルは勾留中だった？」

ニーマンは書類をめくる。

「封筒のバーコードから、日付と行き先がわかる。今回の手紙には、ルーカスがウップランドの森で逮捕される前日のスタンプが押されている。つまり、彼は除外されない。さらに、国内にある九ヵ所の郵便ターミナルのうちどこで処理されたのかがわかった。以前の手紙と同じローセシュバーリだった。ただし、どこで切手を購入したかは確認のしようがない」

「ウップランド」とリドは言う。

「残念ながら、わかっているのはそれだけ」とニーマンは言う。「手紙の内容は狂信的だし、常軌を逸しているように見える——でも、追跡も身元の確認もできないように書かれてから送られている。指紋もＤＮＡももちろんないし、どこから送られているかもわからない。それに、紙と封筒からもなにも手がかりは得られない。だからわたしたちにできるのは、マイクロプラスチックについて調べることだけ。それにしても、どうしてピンク色なのかしらね」

「スウェーデンの会社で、ピンク色のプラスチックを製造しているところはあるの？」とアンカンが訊く。

「まずはそこから調べましょう」とエヴァ・ニーマンは言う。「この手紙がどんなに馬鹿げているように見えても、ふたつのことを念頭に置かないといけない。ひとつ目は、爆弾テロ犯の犯行がエスカレートしているということ。そしてふたつ目は、次のビッグバンがおそらく差し迫っているということ」

50

ほとんどの取調室が使用中のため、アントン・リンドベリはいちばん小さな部屋でがまんするしかない。三人がやっとはいれるような、狭苦しい小部屋だ。

でも、それでかまわない。そんなに長くかからないはずだ。

彼は部屋の外に立ち、簡単にリハーサルをする。ドアの向こう側にいるのは、リンドベリがもっとも関わりたくない二種類の人間の代表たちだ——犯罪組織の一員と、犯罪組織の弁護士。とにかく、なにがなんでも冷静さを保たなければならない。まるまる一分かけて、鼻からゆっくりと息を吸い、そしてゆっくりと吐く。

準備ができると、彼は部屋にはいる。テーブルの反対側に座っているのは、身なりの良い弁護士と、黒い髪とオリーブ色の肌の、ぶかぶかの囚人服を着た三十五歳の男だ。横柄というより、緊張していると言ったほうが当たっているかもしれない。リンドベリは軽く会釈をしてから椅子に座る。取り調べにはいる前段のルーティーンをすませてから、状況を説明する。

「エリアス・シャリク、おまえは警察の監視下にあったヒュルスタ郊外において、バルカンから密輸した銃器及び弾薬を隠した車両を運転していたとして現行犯逮捕された。ただし、われわれが注目しているのは武器ではなく——それはよくあることだからな——ヴァンから発見されたピクリン酸だ。検出されたのがごく微量だったことから、ヒュルスタまでの道のりの途中で、ピクリン酸はどこかに置いてこられたとわれわれは考えている。この特殊な薬品は、過去数週間のあいだにストックホルム内外で発生したテロ攻撃で使用された爆弾を製造するのに使われた成分だ。現時点では、少なくとも十人の死者が出ている」

「私のクライアントは、そのことと自分になんの関係があるのかを理解していない」ギャングの顧問弁護士は簡潔に言う。

「いたって簡単なことだ。エリアス・シャリク、ヒュルスタの倉庫にヴァンを乗り入れたのはおまえだ。おそらく積み荷はヨーロッパを通って運ばれてきたのだろう。おまえはそれをヴァンに載せたまま街の外を走って未確認の場所まで行き、ピクリン酸だけ降ろしてから残りの武器をギャングの倉庫まで運んだ。いったいどこにピクリン酸を置いてきたんだ？」

アントン・リンドベリは弁護士のありきたりな抗議を無視し、にらんでくるエリアス・シャリクをにらみ返す。落ち着いた、やさしい声でリンドベリは続ける。「ここに来る前に、逮捕者リストを確認してきた。なんと、ちょうど今この廊下を少し行ったところに、われわれの力になってくれそうな男がいることがわかった。彼の名前はハッサンで、ヒュルスタ・ギャングと呼ばれている犯罪組織に属している。おれの読み間違いじゃなければ、彼はヒュルスタ・ギャングの親玉だ」

リンドベリは意識を集中する。まるで耳も聞こえず口もきけないように見えていたシャリクの表情が微妙に変化する。しかし驚いたことに、弁護士はなにも言わない。リンドベリは続ける。「エリアス、おまえもヒュルスタ・ギャングにつながりがあるとは、おもしろい偶然の一致だな。だけど、組織の下っ端にしては、おまえは歳もくってるし、経験も豊富だ。犯罪歴も相当なものだ。つまり、地元の麻薬組織を一緒になって築いてきたんじゃないのか？　凶悪犯罪、麻薬犯罪、脅迫、マネーロンダリングとか」

「それらについては、すでに刑期を務めあげている」と弁護士は言う。「誰にでも人生をやり直すチャンスは……」

「まあ、簡単に言えば」リンドベリは、弁護士をちらりとも見ずに続ける。「エリアス、おまえがあのヴァンを運転する必要なんかなかった、ということだ」

ふたりが交わす視線は、説得しているようでもあり、詮索しているようでもある。エリアス・シャリクは、アントン・リンドベリの目のなかにあるものを読みとろうとしているように見える。

「おまえはヴァンの運転を買ってでたんだろ、エリアス？　なぜなら、ピクリン酸の届け先はヒュルスタ・ギャングなんかじゃなかったからだ。途中のどこかに降ろしてきた。ひょっとして、副業でもしているのか？　それとも、ヒュルスタ・ギャングを自分のために利用していたのか？　利益をちょろまかしていたのか？」

リンドベリはわざとらしく立ち上がり、フォルダーを閉じる。

「一応、今後のおれの予定を話しておくよ」と彼は言う。「ハッサンは今日、麻薬がらみの裁判があって忙しい。ただ、午後には時間が空くから、ヴァンの件について詳しく訊いてみるつもりだ」

リンドベリはドアに向かって歩きだす。そして振り向くと、天使のような笑みを浮かべて言う。「どうだ、気に入ったか、エリアス？」

51

ソーニャ・リドは、ようやくUSBメモリをラップトップパソコンに挿し込むチャンスを得る。会議室でのフリセルとの面会まで、十五分ある。またしても、武装警備員と、シナモンロールと、非常ボタンつきの面会だ。オープンプランのオフィスの隅に席を見つけ、ワイヤレスイヤホンを耳に入れる。ニーナ・ストレムブラッドの声が流れてくる。

「ああ、ルーカス。あなたは森のなかで、危険人物になってしまったの？　わたしもあなたを恐れるべきなの？」そして、「贖罪かなにかのためにここに来たなんて、わたしが信じるはずがないでしょ？」

次に聞こえてきたのは、「そんなとき、彼らが突然やってきて、あなたを森から連れ去ったわけ？」

それに対するフリセルの声。「どうしてそうなったか、きみは知っているんだろ、ニーナ？」

ニーナの声。「ウプサラの大学では、かなりお盛んにやっていたんじゃないの、ルーカス？」

残りの会話を聞いているうちに、記憶がゆっくりと蘇ってくる。ウプサラ。ウルトゥナ。スウェーデン農業科学大学《SUAS》。

ふたたびフリセルの声が聞こえてくる。「ロセッタか。ああ、なんとなく覚えてる。彼女は自殺した。いろいろと大変なことがあったみたいだ」

録音の最後にニーナが言う。「今は、むかしより思いやりがあればいいんだけど、ルーカス」

もしかしたら、ＳＵＡＳではリドが思っていた以上のことがあったのかもしれない。記憶がはっきりしてくる。フリセルの写真が載っていたあのフェイスブックのページ、名前はなんだった？　なんか、ふざけた名前？　そう、〈楽しい農業〉だ。

リドはそのページを開く。以前も見たが、そのときはざっと見ただけだ。フリセルは何枚もの写真に写っているが、そのうちの一枚は比較的広い講堂で撮影されたものだ。リドは頭のなかにメモする――もう一度ＳＵＡＳに連絡を取り、ルーカス・フリセルがおこなったサバイバルと危機管理に関する公開講座について問い合わせること。これは、レイフ・スティエナから得た情報だ。以前送信した問い合わせには、大学からまだ返答がない。そこで、少し脅しめいた短いリマインダーメールを送る。たいていはそれだけで効果がある。

〈楽しい農業〉は、二〇一〇年代なかごろの三年間に学生が綴《つづ》った日記のようなもので、作成していたのはひとりの学生のようだ。必死に探しまわった結果、リドはその学生の名前に行きつく。フェイスブックのアカウントの持ち主は、当時学生だったヨンナ・カールグレンという名の女性だ。現在はセーデルテリエで都市計画プランナーをしていることまで調べたところで、少し離れた机についているサルワニが、できる限り控えめに彼女に手を振っているのに気づく。リドは彼の机まで行く。

「ちょっとこれを見て」とサルワニは言い、パソコンの画面を彼女に向ける。

リドは身をかがめ、再生されはじめた映像を見る。オーデンプラン広場に集まっていた野次馬の後ろから撮影されたものだ。いかにも素人による手ぶれした映像は、青と白の警察の立入禁止テープで引き止められている半円形の集団を映している。人々の端には警察官も映っており、そのうちのひとりはサルワニだ。しかしそれ以外に、リドはなにかを目にする。それは、ふたりの人間がぶつかる瞬間だ。ひとりはほとんど映っていないが、もうひとりは非常に目立っており、無音で叫んでいる。

サルワニは再生を止め、ゆっくりとコマ送りしていく。すると、怒っている男の顔がはっきりと見えてくる。男の顔はまさにステレオタイプの顔つきだ——シャープな頬骨、きつい目つき、過度な怒り、暴力的な傾向、混じりけのない自信。リドはさらに身をかがめてパソコン画面に顔を近づける。彼女の頬がサルワニの頬に触れそうになる。

「わたしが知っているはずの顔？」と彼女は訊く。

「もしここに知っている人がいるとしたら、きみ以外は考えられない」とサルワニは言う。

「彼は犯罪者だ。ぼくは前に見たことがある」

「でも、どこで見たのかは覚えてないのね？」

「どうしても思い出せない」

「ちょっと待って」とリドは言う。「もう一度確認させて。つまり、オーデンプランの人だかりのなかであなたが見たというのが、この男なのね？　この男が、爆弾のはいったバックパックを置いた人物を見たのね？」

「そう」サルワニは、やきもきしながら答える。「前に見たことがあるんだ。もしかしたら話したこともあるかもしれない。でも、どこだかわからない。データベースすべての顔認識検索をしないといけない。それが有効なのは知っているよね？」

彼はもう一度映像をスローモーションで再生する。

彼とリドの頭がまた接触する。ふたりの人間が一瞬ぶつかった以外、特別なものは映っていないが、アーミーグリーンのバックパックがちらっと見える瞬間がある――しかし、バックパックを担いでいる人物の顔は見えない。

「くそっ」とリドは吐き捨てる。「あとちょっとなのに」

サルワニはほかの映像と見比べはじめる。パニック状態の人々が四方八方に散り、緑色のバックパックが一瞬だけ見える映像がひとつだけ見つかる。しかしその映像にも、犯人の姿は映っていない。

サルワニは最初の映像に戻り、力強い顔にフォーカスを当てる。そして、顔認識ソフトを起動し、両手を首の後ろに当てて椅子の背にもたれる。

「しばらく時間がかかりそうだ」と彼は言い、背を伸ばす。

そのとき、ソーニャ・リドの携帯電話が鳴る。受付の警備員からだ。

「受付でルーカス・フリセルが待ってます。十五分前にあなたと会う約束だったと言っています」

52

朝早いにもかかわらず、拡大したＮｏｖａグループのほとんどはオープンプランのオフィスのそれぞれの机についている。全員が仕事に集中しているためか、一台の携帯電話に着信を知らせる音が鳴っても誰も反応しない。立て続けに二台目が鳴っても同じだ。しかし次々に鳴りだす携帯電話の耳障りな音で、オフィス内は騒然となる。

比較的真面目な報道機関からのプッシュ配信だ。アンカンが携帯電話の画面を見つめてから叫ぶ。「ヘルシングランド地方のシュルフォシュという町で、なんらかの爆発があって、死者数は約十人。シュルフォシュなんて町、あった？」

「メーデルパッド地方にならシェルフォシュという町がある」とサルワニは言う。

そのとき、エヴァ・ニーマンがスイングドアから飛び込んできて、静粛を呼びかける。

「手紙に書かれていた内容と一致するような爆破が起きた。オーデンプランに比べれば規模も小さいしストックホルム中心街からは離れているから、犯行がエスカレートしているという仮説は見直さないといけないかもしれない。いずれにしろ、標的になったのは各種のプラスチックを製造している〈メルプラスト社〉で、所在地はイェストリークランド地方のカルフォシュという小さな町。正確な地理を把握する必要がある。地元警察はすでに現場に到着していて、今のところ死者の報告はない。爆破についてはまだなんの情報もはいってきていない」

アンカンが大声で言う。「脅迫文を送ってきてから、今回の犯行まではあっという間だったわね。なぞなぞを解く時間もなかった」

「たぶん、なぞなぞなんて解く必要はなかったんだと思う」とリドは言う。「結局のところ、なぞなぞなんて存在しなかった。たとえ宛先がエヴァだったとしても、彼らは警察とゲームをしてるんじゃない。彼らがしているのはそんなことじゃない」

「ぼくも現場に行くよ」とサルワニは言いながら、顔の絆創膏を剝がす。

ニーマンは彼を観察する。そして言う。「現場にはわたしとアントンが行く。あと十分でヘリコプターが出発するから」

「ちょっと待ってくれよ。おれはエリアス・シャリクの取り調べがある」とリンドベリは反論する。「別の誰かを連れていってくれ」

「シャリクはどこにも行かない」とニーマンは言う。「ひょっとしたら今夜じゅうに帰ってこられないかもしれないから、下に行って着がえを持ってきて」

「本当に行きたがっている人間を連れていったほうがいいと思うけど」とサルワニは言い張る。

ニーマンは彼をまた観察する。「ついこの前、ここで意識を失ったばかりじゃない、シャビール。本来なら病欠を取るべきなのに。それに、人前に出られる状態じゃないでしょ」

「つまり、仕事上負傷した移民の警察官は、人前には出せないということ？」

エヴァ・ニーマンは深くため息をつく。「わかったわ、シャビール。アントンと一緒に行って」

サルワニはドアに向かって駆けだし、そのあとをリンドベリがゆっくりと追う。

エヴァ・ニーマンはソーニャ・リドをしばらく見つめてから言う。「わたしがいないあいだは、アンカンに指揮を執ってもらうから」

アンカンの顔が一瞬ぱあっと明るくなるが、すぐに真顔になってうなずく。エヴァ・ニーマンはうなずき返し、〝本当の警察の仕事〟をするためにオープンプランのオフィスを出ていく。

53

彼女は、朝のラッシュアワーに通勤電車に座って仕事をしている。警察本部にいるあいだにざっと計算をした結果、新たな爆破テロの衝撃が渦巻いているなか、これがもっとも効率的な移動手段であると結論づけた。セーデルテリエまで車で行けば少なくとも三十分かかる。電車だと四十五分はかかるが、移動しながら仕事をしたほうがよっぽどいい選択に思えた。とはいえ、古いフェイスブックのページを片っ端から見ていくのは、仕事と呼べるのだろうか。

〈楽しい農業〉というフェイスブックのページは、大人が無理やり子供っぽさを演出しようとしているが、成功しているとは言えない。くだけた口調が、秩序と制御の明らかな必要性と嚙み合っていないからだ。どうやらヨンナ・カールグレンがこのページを作った目的は、周囲の人たち——つまりSUASの学生仲間——の主導権を握るためだったようだ。

合計すると、百枚以上の写真が登録されている。

ソーニャ・リドは退屈な旅になるのを覚悟していた。しかしふたを開けてみると、フェイスブックのページに登場する人々——ほんの一瞬だけ、なんの説明書きも物語もなく通りすぎていく学生や教員たち——に興味をかきたてられていることに気づく。

全体的な写真数からすると、ルーカス・フリセルが写っている写真は比較的少ない。おそらくそれは、景観設計に興味のあるヨンナ・カールグレンとは趣味が合わなかったからだろう。それでも、いくつかの写真——必ずしもフリセルが写っているとは限らない——に、リドは注目する。フリセルが森に引き籠もる前、SUASで過ごした最後の年の雰囲気をうまくとらえているように思えたからだ。最後のほうになればなるほど、刺激が増しているように見える。

「雰囲気？」とセーデルテリエのとりすました都市計画プランナーは繰り返す。その言葉にぴんときていないようだ。

ソーニャ・リドは机に身を乗り出し、髪を後ろにまとめてシニヨンにしている若い女性を見つめる。その髪は、まるで背後にいる誰かに引っぱられているかのようにきつく結ばれている。

「あなたが〈楽しい農業〉というページを頻繁に更新していたころのこと」とリドは言う。

「そのときの雰囲気は、かなり……浮わついていたと思わない？」

「わたしは一所懸命に勉強していたけど、ページの更新には時間を割いていたの」

「パーティー三昧のように見えるけど」

「学生だもの。みんなパーティーを開いていたわ。わたしはよく写真を撮っていたの。でも、撮影したのはわたしだけじゃない。ほかの人も、自分たちが撮った写真を送ってくれたのよ」

「ルーカス・フリセルという名の講師とは、親しかった？」

「いいえ、あんまり」少し躊躇したようにヨンナ・カールグレンは言う。「覚えている限りでは、彼は農学者だった。でも、サバイバルについておもしろい講座を持っていたの。そのときの写真が何枚かあったはず」

「講堂で撮られた写真よね、たしかにあった。でも、パーティーのときの写真の何枚かにも彼は写っている。彼はパーティー好きだったの？」

「キャンパス内ではそんな噂があったけど、実際にそれほど見かけたわけじゃないわ」

「いくつかパーティーの写真を集めてみたの」とリドは言い、カールグレンに見えるようにパソコンを向ける。「フリセルと一緒に写っている学生の名前を教えてくれる？」

最初の写真には、ふたりの若い女性に腕をまわしている赤ら顔のフリセルが写っている。

「右の子は」とヨンナ・カールグレンは言いながら、茶色いボブカットの女性を指差す。「ヨセフィンで、たしか生物学専攻だった。で、左の子は、たしかロセッタって呼ばれてた。ロセッタ・ストレーム」

ソーニャ・リドは、カールグレンの並外れた記憶力に感服する。そのあと、写真のなかでフリセルを真剣な目つきで見つめている短い黒髪の女性をじっと見る。そのこと以外にも、この写真には興奮気味な雰囲気が感じられる——三人の背後にぼんやりと写っている人々のあいだに、手が突き出ていて、人差し指と小指でなにかのサインを出している。

「SUASではヘビメタが流行《はや》っていたの？」とリドは尋ねる。

「もしロセッタのことを言ってるんだったら、彼女はたしか農学部の学生だったはず……」

「わたしが言っているのは、背景に写っているハードロックの角《つの》のサインのこと。ほら、ここ。この指。悪魔のサイン」

「残念ながら、その写真はわたしが撮ったものじゃないわ」とカールグレンは言う。「でも、それは〝コルナ〟のシンボルよ。悪魔除《よ》けの、古いシチリアのサイン」

「ほかにロセッタ・ストレームのことで知っていることはある？」とリドは訊く。

「いくつか同じ科目を取ったことがある。でも、そのあとかなりひどい鬱になったって聞いた。知っているのはそれくらい」

リドは携帯電話の録音機能がまだ作動していることを確認してから、次の写真に移る。

パーティーの写真が続く——フリセルが写り込んでいるものもあれば、写っていないものもある。カールグレンに抱いたリドの印象は間違ってはいなかった。彼女は、自分のフェイスブックのことは細部まで覚えていた。名前が次々に録音されていくあいだ——エリーカ、カルロッテ、コリーヌ、そしてアントン、アルビン、ウルバンといった男の名前——リドは、いったいこんなところでなにをしてるんだろう、と自分に問いかける。イェストリークランド地方で、また爆破事件が起きたというのに。なんでこんなところに座っているの？　こんなことをしている時間なんてあるの？　もしもフリセルが犯人だと確信しているなら、彼の過去につながる人間なんかになんで興味がある？　共犯者を探しているの？

リド自身、はっきりとはわからない。彼が最終的に文明社会に別れを告げる決心をした時期に、なにかがあるのかもしれない……どこか腑《ふ》に落ちないところがある。

最後のパーティーの写真が画面上に表示される。この写真でも、フリセルはふたりの若く元気のよい女性のあいだに立っている。左の女性の髪は長く、燃えるような真っ赤な色をしている。右の女性は茶色の髪を丸刈りにし、絡みつくようなタトゥーを入れている。そのうえ、どう見ても舌の先が蛇のように割れていて、カメラに向けてその舌を踊らせている。一方、赤い髪の女性は、その緑色の目でフリセルを食い入るように見つめている。

「このふたりは獣医学部の学生」とヨンナ・カールグレンは言う。「同じ大学だったけど、ほとんど付き合いはなかった」

「つまり、同じSUASのなかでも学部としては少し分かれていた、ということ？　じゃあ、彼女たちの名前はわからないのね？」

カールグレンは首を振る。ほかにもやらないといけないことがあるので、そろそろ解放してほしいという素振りが見えはじめる。

リドは、蛇のような舌をした女性を見つめ、理解しようと努める。そして次の写真に移る。SUASの廊下で撮影された写真の数々が続く。カールグレンは、過去の人々の名前や出来事をひとつずつ挙げていく。大したものだ。

「これも獣医学部の学生たちだと思う」と彼女は言い、カフェのテーブルを囲んで座っている六人の女性を指差す。

最初に写真を見たとき、いちばん左に写っているのは蛇の舌をしたタトゥーの女子学生だとリドは思う。ところがよくよく見ると、丸刈りの髪は茶色ではなく、赤い。タトゥーの女性とは別人だ。どこかで見覚えのある、悲しげな表情をした女性。リドが次の写真に移ると、教室のいちばん前に立っているルーカス・フリセルの姿が表示される。彼はホワイトボードにマーカーでなにかを描いている。リドには見覚えのあるものだ。二本の垂直な線の上部に、いくつかの輪が乱雑に描かれている。どうやら枝葉のつもりらしい。ということは、二本の線は木の幹を表わしているのだろうが、そこには原始的な装置が描かれている。

「これはなに？」とリドは訊く。

「フリセルの危機管理の講義」肩をすくめながらカールグレンは言う。

「この写真はあなたが撮ったの？」

「この写真はそう。でも、全部の講義に出てたわけじゃないけど」

「このとき、彼がなにを描いていたのか覚えてる？」

初めてヨンナ・カールグレンは一瞬考え込み、画面を見つめる。

「たぶん、狩りについてだったような……」

「狩り？」

「動物がそばを通ったときに爆発するような装置」

ソーニャ・リドは考え込む。なにかを見落としているような感覚が、体のなかで渦巻いている。

「録画を見ればわかると思うけど」とカールグレンは言って立ち上がる。もうこれ以上話すことはないと、合図を送っているかのように。

54

要請したとおり、ヘリコプターはイェストリークランド地方の小さな町カルフォシュのそばにある工場の上を旋回する。黒い雲が集まりつつある上空から見おろすと、工場の建物は驚くほど中世の城に似ている。

ヘリコプターの騒音のなかでも聞こえるように、サルワニは記憶した内容を大声で言う。

「〝神の白い住処によって目撃がなされた今、城の門を開き、無関心な者たちの上にピンク色のマイクロプラスチックを撒くときが来た〟」

爆破の被害がもっとも大きい部分の外側に、新しくコンクリートが敷かれたような場所がある。荷物の積卸し場所かもしれない。コンクリートの上に、今もピンク色の楕円形が拡大しつつあり、外側にいくほどピンク色が薄くなっている。

「あそこから、ピンク色のマイクロプラスチックが城の外に撒かれてる」とアントン・リンドベリが叫ぶ。「でも、いったいあれはなんなんだ？」

エヴァ・ニーマンは無言で下を覗き込み、首を振る。サルワニは揺れるヘリコプターの窓に額を押し当てながら大声で言う。「残念ながら、あのピンク色の楕円は〈メルプラスト社〉CEOのリカード・アルブレクソンのようだ」

リンドベリとニーマンは振り向いてサルワニを見る。サルワニの説明を聞く前に、ヘリコプターが着陸するため急に激しく揺れはじめる。

三人は、ヘリコプターの回転翼が起こすすさまじい風のなか、救急車と消防車、そしてパトロールカーが集まっている場所まで走る。それらの車両が、犯罪現場を青い光で照らしている。

制服を着た大柄の女性警察官が彼らを出迎える。

「ウッラ・フルトクヴィストです」深いアルトの声で彼女は言い、三人から簡潔な自己紹介を受ける。

「新しい情報は?」とエヴァ・ニーマンは尋ねる。

「では、最初からお話ししましょう」とフルトクヴィストは言って、青と白の非常線テープを持ち上げる。「カルフォシュという町は工場のおかげで発展し、このあたりの住人のほとんどが工場で働いています。爆破されたのは倉庫部分で、会社が製造しているポリ塩化ビニル《PVC》製品が――主にパイプや関連部品が――保管されていました」

「それらはピンク色なんですか?」とサルワニが訊く。

「パイプが、ですか? いいえ。倉庫のなかを写した写真を見ただけですが。パイプはほとんどが白色です。ピンク色は……」

「〈メルプラスト社〉CEOのリカード・アルブレクソン?」

貫禄《かんろく》のあるウッラ・フルトクヴィストは、興味が湧いたような目でサルワニを見る。

「現在のところ、そのような事実は確認できていません。ただ、爆破で拡散したプラスチックの残骸に人体組織が混じっていると、つい先ほど報告を受けたばかりです。さらに、現時点で行方がわかっていないのはアルブレクソンだけです。彼のオフィスはポリ塩化ビニル《PVC》保管庫の隣にあったそうです」

「倉庫に防犯カメラはなかったんですか?」

フルトクヴィストは首を振る。「ここは従来、なんの犯罪も起きない安全な場所でした。だから必要性がなかったんでしょう」

彼らは、立入が厳重に規制されている積卸し場にはいる。近づいてみると、ピンク色の楕円は先ほどまでとは違って見える。飛散しているのはプラスチックだけではない。注意深く見ると、人間が混じっている。

「すでにイェヴレから二名の鑑識が到着しています」とフルトクヴィストは言って指差す。「残りの人員もこちらに向かっているとのことです」

白い服を着たふたりがピンク色の楕円の横に膝をつき、注意深く調べている。何人かの制服警官が規制線のすぐ外にテントを設置しているが、急いでいるのがわかる。黒い雲が上空を覆いはじめており、今にも最初の雨粒が落ちてきそうだ。犯罪現場が荒らされてしまう。

しかし、雨の前に風が吹きはじめる。遠い森から吹いてくる一陣の風が工場の敷地内に渦巻く。ピンク色のマイクロプラスチックの一部は風に巻き上げられながら近所の家々の上を越え、カルフォシュの町に飛散する。

「〝無関心な者たちの上に〟」とサルワニが言う。

ウッラ・フルトクヴィストは怪訝そうな目を彼に向けてから、工場の敷地の中心部に集まっている少人数の人々のほうへと彼らを案内する。

「あとはお任せします」と彼女は言う。

リンドベリが、〝医師〟と背中に書かれた黄色いベストの男性の隣にかがみ込んでいるとき、雨が降りはじめる。その医師自身、ストレッチャーの横で身をかがめている。ストレッチャーに横たわっているのは、顔面が蒼白で両腕に包帯を巻かれた女性だ。医師が体を起こしてストレッチャーの横に立っている男性にうなずくと、彼は待機中の救急車にストレッチャーを載せ、自分も乗り込む。後ろのドアが完全に閉まりきる前に、救急車は発車して去っていく。

「負傷者のなかで、彼女がいちばん軽症でした」医師はもう一度うなずき、ラテックスの手袋を脱ぐ。「つまり、いちばん長く待たされたということです」

「負傷者の人数は？」とリンドベリは訊きながら、むかしながらの警察のメモ帳を取り出す。

「爆破での負傷者は五人、死者はひとり。負傷者のうち、ふたりは重篤と言えるでしょう」

「特に気になったことはありませんか？　たとえば、負傷者全員に共通している特徴とか」

「トライウィング」と医師は答える。

「はい？」

「どの負傷者にも、鋭いトライウィングのネジが刺さっていました。プラスではなく、三つ叉《また》の溝のある珍しいネジです。私が知る限りでは、一般的なドライバーが使えない、いたずら防止のためのネジです」

「そういったネジが爆弾のなかに仕込まれていた、ということですか？」

「私に言えるのは、傷口のなかにそのタイプのネジが刺さっていたということまでです。爆弾がどのような作りのものだったのかは、鑑識に確認してください」

テントから出てきた鑑識の女性が十歩くらい歩いてから傘を閉じ、サルワニを壁に開いた穴のなかに案内する。粉々になったセメントが、彼の上に降ってくる。

鑑識は爆破された倉庫を身ぶりで示す。まるで、引き裂かれてねじ曲げられたＰＶＣのパイプで創った芸術作品の展示場のようだ。そんな倉庫のなかを通りすぎ、さらにその奥の壁に開いた穴をくぐり抜ける。

穴の先の部屋の破壊具合は倉庫以上だ。もしかしたら爆破される前のその部屋が、いかにもすてきな部屋だったからなのかもしれない。新しく到着した鑑識がふたり、床を這《は》いずりまわっている。部屋の奥の壁にも爆破でできた穴が開いており、めちゃくちゃに破壊されところどころ血だらけになったオープンプランのオフィスが見える。

「負傷者はあの部屋で仕事をしていたようです」鑑識が、穴の向こうのオープンプラン・オフィスを指差して言う。「ただ、爆破自体はここ、ＣＥＯのオフィスで起きました。部屋の前後の壁が吹き飛ばされましたが、使われたのが爆弾だとすると、建物の外側に向けて爆発するように仕向けられていたようです。その結果、死亡した被害者は爆風とともに倉庫の外まで吹き飛び、粉々になったＰＶＣプラスチックを赤く染めながら積卸し場に飛散したと思われます」

「〝外側に向けて爆発する〟、というのはどういうことですか？」とサルワニは訊く。

「爆発の威力が、オープンプラン・オフィスよりもPVC保管庫の方向に大きく向かった、という意味です。もしもその反対であれば、死亡者の数は格段に増えていたでしょうね」

「その場合は、マイクロプラスチックもピンク色には染まらなかったということですよね？」

鑑識は一瞬サルワニを見つめ、言う。「そうとも言えます」

コーヒーのはいったカップを手渡されたエヴァ・ニーマンは、持っていた傘の角度を調整する。彼女は、地元警察が工場の中庭に集合させた従業員たちから事情聴取をおこない、ちょうど帰宅させたところだ。彼らは大なり小なりショックを受けていたが、特に重要な話を聞き出すことはできなかった。いくつか聞き出した内容を手帳にまとめていると、隅のほうでアスファルトの上に座っている女性に気づく。四十代と思われるその女性はずぶ濡れで、マスカラが流れおちている。

「なぜこんなところに座っているんですか？」手を差しのべながらニーマンは尋ねる。

「すみません」と女性はつぶやき、引っぱられるに任せて立ち上がる。

ニーマンは、コーヒーのカップと同じほうの手に持ちかえた傘を女性の上にさしながら自分の上着を脱ぎ、女性の肩にその上着を掛ける。

「名前をお訊きしてもいいですか？」そう言いながら、自分のコーヒーのカップを彼女に渡す。

「マリアです」と女性は答える。カップの縁で、歯がカタカタと鳴っている。「リカードの秘書です」

「あなたの上司が爆破されたとき、どこにいましたか？」

「ちょっと用事があって、工場があるフロアに行ってました」

「リカード・アルブレクソン宛に届いた荷物について、あなたの同僚は誰も知らないらしいの。あなたはどう？」

「ここにはメール室があるんです。もしリカード宛に荷物があれば、それを届けるのが彼らの仕事です。でも、今朝はまだ早かったから」

「わたしの理解が正しければ、リカードのオフィスに行くには、オープンプランのオフィスを通らないといけないのよね？」

マリアはうなずく。泣きじゃくってはいるが、夢中でコーヒーを飲んでいる。おかげで、体に温かさが戻りつつあるようだ。

ニーマンは続ける。「もしリカード宛になにかが届けられたのだとしたら、それはあなたが彼のオフィスを出てからということになるわね。つまりあなたが……実際、なにをしていたの？　用事というのは？」

「工場のフロアにいる友人と話していたんです。彼女、結婚生活でちょっと問題を抱えていて」

「どのくらいオフィスを空けていたの？」

「二十分くらいかしら。たぶん、そのくらい」

「リカードは、すでに自分のオフィスに届けられていた荷物を開けたとは考えられない？　あなたがいなくなったあとで」

「でも、なんでわざわざそんなことを？」

「まるで、誰にも邪魔されたくなかったとしか思えないわよね」

55

イェストリークランド地方では、不思議なほど早く日々が過ぎていく。ＮＯＤのトリオは臨時のオフィスを規制線が張られている〈メルプラスト社〉の工場内に設置し、むかしながらの警察仕事を夜通し繰り広げる。カルフォシュの町には〈メルプラスト社〉と提携しているホテル――余計な装飾もなく、従業員もほとんどいない――があり、通常は出張してくるプラスチック業界のビジネスマンたちが宿泊場所として利用する。今はそのうちの三室に、Ｎｏｖａグループのオリジナルメンバーの半数以上が宿泊している。

ボリューム満点の夕食のあと、ニーマン、リンドベリ、サルワニの三人は、ニーマンの部屋——ホテル内でいちばん大きな客室——に集合する。彼らはなんとかワインを一本手に入れ、これから三人で飲むつもりだ。リンドベリとサルワニはソファでくつろぎ、ニーマンも肘掛け椅子にゆったりと座っている。長いあいだ沈黙が流れる。お互いのことをあまり知らない者同士であれば、どうしようもない居心地の悪さがとっくに広がっているだろう。

「PVCは、この世でもっとも自然環境に悪影響を及ぼすプラスチックとして知られている」しばらくしてサルワニが口を開く。「だから象徴的な意味で言えば、これまで標的にされてきた人や場所と同じくらい、〈メルプラスト社〉が狙われたのは単純明快だ」

「でも実際問題として、オーデンプランは象徴的な標的だったのか？」とリンドベリが訊く。

「あそこにいた人々は、気候変動の加害者とは真逆の人たちだ。環境問題を意識しているからこそ、地下鉄で通勤しているんじゃないのか？　地下鉄の駅から出てきて、たまたま野次馬として集まってきただけだろ？」

「たしかに」サルワニはうなずきながら言う。「あのときの犯人からのメッセージは、有罪なのはみんなだということだったんだと思う。だからぼくは、その路線で犯行はエスカレートしていくものだと思ってた。ところが、また限定された明白な象徴を狙う路線に戻った」

「たしかに、〝象徴〟というのはまさにそのとおりね。マイクロプラスチックがゆっくりと着実に人類を侵略して、わたしたちみんなをプラスチックでできたフィギュアに変えようとしているんだから」とニーマンはつぶやく。

「ただ、今回の〝侵略〟はあまりにも早く実行された」とリンドベリは言う。

「でも今回の場合、人間の組織のほうがプラスチックを侵略したんじゃない？」とニーマンはまたつぶやく。「爆弾が、そう仕向けたから」

「そこが興味深い点なんですよ」とサルワニは言う。「爆風はまずCEOのリカード・アルブレクソンを襲い、そのミリ秒後にPVC保管庫を襲った。もし爆弾テロ犯が、爆破がその反対方向に起きるように爆弾を仕掛けていたら、奥の壁の向こう側でより多くの被害者が出ていたはずだ。そこには大勢の従業員がいたわけだから。でもその場合、ピンク色のマイクロプラスチックは飛散しなかった」

「つまり、手紙に書かれていたとおりにはならなかった」とニーマンは言う。「そして、わたしたちは犯人のことばを信じなくなる」

「やつにとっては、かなりの賭けだったんじゃないかな」肩をすくめてリンドベリは言う。

「いずれにしても、死者は出た。それが目的だったんじゃないのか？　おれは、こんなとこにいちゃいけないんだ。クロノベリ留置場のいちばん狭い部屋で、エリアス・シャリクを脅しつけてるはずだった」

「もしかしたら、荷物に説明書きがあったのかもしれない」とサルワニは言う。「ここで開けるように、とか、この面を上にするように、とか？」

「そもそも、どんな荷物だったんだ？」とリンドベリは訊く。「どこから送られたものだったんだ？」

「秘書のマリアがボスの部屋を出てから彼が吹き飛ぶまで、二十分という空白の時間がある」とニーマンは言う。「そのあいだ、誰も彼のことを見ていない。荷物はその空白の時間に、なんらかの理由でメール室を経由せずに早朝に直接彼に届けられたのか、あるいは、ずっと前に届いていたものをひとりきりになるのを待って開けたのか。いずれの場合も興味深いけど、もしも後者だとしたら、極秘のものか個人的なものかは別として、その荷物は前もって届けられていた。逆に前者だとすれば、荷物を届けた人物はマリアが席を離れた瞬間を狙った。しかも誰にも目撃されずに」

「しかも、今回の配達員はエリアス・シャリクではない」リンドベリをちらっと見てサルワニが言う。

「可能性としては、CEOのオフィスに荷物はあらかじめ届けられていた、というほうが高いわね」とニーマンは言う。「メール室の担当者に話を聞いたのはどっち？」

リンドベリが大儀そうに手をあげる。

「その担当者は、最近CEOに届けた荷物の大きさについてなにか言ってなかった？」とニーマンは訊く。

リンドベリは首を振る。

「まあ、送ったり届いたりする荷物が多い会社だからしかたがないかもしれないわね。しかも今回の爆発でショックを受けているスタッフが、爆破直後に特定の荷物について思い出せないのは、それほど不思議なことでもない。でも、時間が経って気持ちも落ち着いてきたはずなのに、いまだに誰もなにも思い出せないというのも不自然ね」

「荷物が爆発したと決めつけていいんでしょうか」考え込むような面持ちでサルワニが言う。

「これまでの犯行が全部荷物だったという理由だけで？　もしかしたら、荷物なんかじゃなかったのかも。時限爆弾とか？　ひょっとしたら、爆弾は部屋のなかに仕込まれていたのかもしれない。どの方向に爆発するかも合わせて」

「そして、遠隔操作で起爆した」うなずきながらニーマンは言う。「菜の花畑のときのように。双眼鏡を覗いていた人物が、アルブレクソンがちょうどいい位置に来るのを待っていた。ちょうどそのとき、秘書も不在だった。窓や門の外からも、アルブレクソンの姿が確認できたのかもしれないわね」

みんな黙り込み、考えにふける。

「たしかに、それがいちばんありえそうだ」しばらくしてリンドベリが言う。

「でも、それには土地勘がないと」とニーマンは言う。

「〝無関心な者たち〟」と言ってサルワニはソファから飛び上がる。

ニーマンとリンドベリは彼を見つめる。サルワニは、またソファに腰をおろして続ける。

「そのことをすっかり忘れてた。どうして爆弾テロ犯は、マイクロプラスチックが〝無関心な者たち〟の上に撒かれるなんて書いたんだろう」

「突風が吹いて、プラスチックはカルフォシュの町じゅうにばらまかれた」とニーマンは言う。「カルフォシュの住民が〝無関心な者たち〟なの？」

「もしかして、過去に〈メルプラスト社〉によるなんらかの環境汚染、たとえば毒物が排出されたりしたことがあったんだろうか」サルワニはゆっくり言う。「ところが、〈メルプラスト社〉に依存しているカルフォシュの町は、会社による環境犯罪を見て見ぬふりをした。つまり、無関心を装った、とか？」

「もしそうなら」とニーマンは言う。「爆弾テロ犯はそれを個人的に体験したのかもしれない。本当にそんな環境汚染が実際に起こっていたのだとしても、国内でニュースとして取り上げられることはなかった。わたしたちの誰も知らないくらいだから」

「ここが、すべてが始まった場所だと？」とリンドベリは訊く。

「今はまだ当てずっぽうで考えているだけ。でも、もしそれが事実なら、爆弾テロ犯はこの地域とつながりがあるはず。犯人は、〈メルプラスト社〉の環境犯罪と、カルフォシュの無関心さに激怒した誰か、ということよね？」

「〝城の門を開き、無関心な者たちの上にピンク色のマイクロプラスチックを撒く〟のは、いったい誰なんだ？」サルワニはまた手紙の文面を引用する。

「だから、責任を負っている人、CEOのリカード・アルブレクソンが狙われたのね。でも、なんで今なの？　なんで先に、四件の爆破テロで無実の人たちを殺害したの？」

「連続殺人事件にまぎれて、本当の狙いを隠すため？」とサルワニは言う。

「あるいは、いちばん大事なことを成し遂げるための準備をしていたとか？」とリンドベリは言う。

「明日の朝、真っ先に取り組まないといけないのは、ふたつの問題」とエヴァ・ニーマンは言いながら、ワインボトルに手を伸ばす。「とりあえず、今日の仕事はここまで」

サルワニはソファの背にもたれて言う。「最初の問題は、〈メルプラスト社〉に対して地元住民たちの反対運動があったのかどうか、ですよね？　でも、どうやったら調べられるだろう」

「もし誰も話したがらなかったとしても、少なくとも地元新聞の記事かなにかはあるはずだ」とリンドベリは言う。

「ふたつ目の問題がなんなのかがわからない」とサルワニは言う。

「カルフォシュが、ルーカス・フリセルの住処《すみか》からどれだけ離れているか、よ」とニーマンは言い、ワインボトルのコルク栓を抜く。

56

粉々になってしまった〝メルプラスト城〟を、工場の門越しに丘の反対側から双眼鏡が覗いている。サルワニは双眼鏡をおろすと、リンドベリが持っている地図をじっくりと見る。

「アントン、あなたの言うとおりだ」うなずきながら彼は言う。「この絶好の場所からなら、リカード・アルブレクソンがオフィスのなかを歩きまわっているのが見えただろう」

「残念ながら、昨日の雨で足跡なんかは全部消えてしまったようね」濡れた地面を指差してエヴァ・ニーマンが言う。「だとしても、なにか痕跡が残ってないか、鑑識にここまで来て調べてもらいましょう。彼らはもうすでに過重労働だけど」

「犯人がここにいたのは間違いないような気がする」とリンドベリは言う。「爆弾テロ犯は、確実にここにしゃがみ込んでいた。起爆装置を手に、アルブレクソンがピンク色のマイクロプラスチックに変身できるちょうどいい場所に来るのを待っていた」

ニーマンは、泥の上に波打つように沈んでいる朝靄《あさもや》を見わたす。「爆弾が届けられた荷物ではなく、あらかじめ設置されていたものだというのが、現時点で鑑識の七割方の見解よ。わたしたちが知っているのは、その時期にルーカス・フリセルがストックホルムにいたということ」

「だけど」とアントン・リンドベリが口をはさむ。「もしあいつが犯人だとしたら、少なくともひとりは共犯者がいたということになる。それに、CEOのオフィスに爆弾がいつ設置されたのかもわかっていない。ひょっとしたら、何週間も前から置かれていた可能性だってある」


それからしばらくして、彼らはレンタカーで南に向かっている。助手席に座っているニーマンが言う。「もしアントンの仮説が正しければ、ルーカス・フリセルにもエリアス・シャリクにも、アリバイがないことになるわね。でも、そんなことありうるのかしらね。ある程度の大きさの爆弾が何日もオフィスのなかに隠されているのに、アルブレクソンも秘書も気づかないなんてこと」

「ソファかなにかのなかに仕込まれていたのかもしれない」とリンドベリは言う。

「だとしても、清掃業者に見つかるとか、なにかの拍子に過《あやま》って爆発するとか、かなりリスクは高かったんじゃないかな。そう思わない？」とサルワニは訊く。

ニーマンは背筋を伸ばして座りなおし、言う。「つまり、持ち込まれたのは比較的最近ということよね。フリセルともシャリクとも違う、第三の人物によって。その人物は土地勘があるだけじゃなく、〈メルプラスト社〉のオフィスのなかにはいることができた。おそらく夜に忍び込んで、爆弾を隠した。そして双眼鏡と起爆装置を持って所定の位置につき、ちょうどいいタイミングになるのを待った。だとしたら、それはただの共犯者じゃないわ。本当にそんな人物がいるのだとしたら、その人物こそが主犯なんじゃない？　で、ルーカス・フリセルは、ただの子分にすぎない。この説はどう？」

「それはありえないと思う」とサルワニは答える。「自分がいなくなったとしても、詳細な計画を立てておいて、ほかのメンバーが実行できるようにしていたのかもしれない。彼はあの古いボルボに盗んだナンバープレートをつけてローセシュバーリの郵便ターミナル近辺まで行き、三通目の手紙を投函《とうかん》したあとでまた森に戻り、その次の夜に逮捕されたのかもしれない」

「雇われの殺し屋エリアス・シャリクが逮捕されたとしても、予定どおりに計画が実行されるように？」とリンドベリは質問する。

「いくら検事にインターネットの使用を制限されているとしても、フリセルのような男がその縛りを突破できないはずはないとぼくは思う」とサルワニは言う。

ニーマンはしぶしぶ反論する。「でも、フリセルがどこに、どれだけの時間いたのかは、四六時中モニタリングされているのよ。少なくともあと二十四時間はこの監視を続けたいと思ってる。街じゅうにあるインターネットカフェはすべてGPSアンクレットに登録されているから、そのいずれかに足を踏み入れたとたんに警報が鳴る。彼が、共犯の可能性がある人間と連絡を取っているかもしれないというあなたの意見には、わたしも同意するわ。でも、その連絡手段はかなり限定されている。そういったもろもろを考慮に入れると、そう長く監視を続けるのは難しいかも……」

サルワニは携帯電話を見ている。「ぼくの計算が間違っていなければ、カルフォシュとフリセルの森の住処との距離は、約百キロある。〈メルプラスト社〉の環境犯罪に怒りを燃やすほどの近さだろうか」

「疑わしいわね」とニーマンは答える。「彼のパソコンにも、〈メルプラスト社〉のニュースを読んだ履歴はなかった。彼の時代遅れのウェブブラウザには、何年も前から出会い系サイトの検索履歴しか残っていない」

「つまり、今回の〈メルプラスト社〉の事件から、彼は排除されると？」リンドベリは訊く。

「もちろん、容疑者から排除はされない」とニーマンは言う。「でも、容疑者である可能性はかなり低い。今回の事件は、地元の人間を指し示しているように思える。〈メルプラスト社〉への反感が、犯人を駆りたてる最後のひと押しとなった。地元の無関心が、地球規模の無関心の象徴に変わった。それが、まだわからない犯人のなかの怒りの炎に火をつけた」

考え込んでいたサルワニがうなずきながら言う。

「その地元の人間だかグループが、格好のスケープゴートとして、なんらかの理由でルーカス・フリセルに白羽の矢を立てた。そして、彼のことを徹底的に調べあげた」

「あるいは、どこかで接点があって、彼のことを最初から知っていたか」とニーマンが言う。

「さあ、到着した」とリンドベリは言いながら、一九七〇年代に建てられた背の低い灰色の建物の駐車場に車を乗り入れる。その一帯は、どこか工業団地を思い起こさせる。建物のなかにはいって行き先を告げ、教えられたとおりに行って地元新聞の小さなオフィスにたどり着く。そのオフィスにはいると、散らかった机からひとりの女性が立ち上がり、彼らを出迎える。

「ええ、そのとおり」挨拶を交わすより先に彼女は言う。「スタッフはわたしひとり。エヴァ＝ロッタ・テリンよ。よろしく」

「こちらこそ、よろしく」とニーマンは言い、自分たちを紹介する。ひととおりの挨拶がすむとテリンは言う。

「〈メルプラスト社〉に関しては、ふたつの事件があった。わたしは、そのどちらの報道にも関わった。ひとつ目は四年前の冬。郡の管理委員会が年に一回実施している検査で、主に塩化ビニルとフタル酸エステル類の放出量の増加が見つかった」

「四年前のことを、よくそんなに覚えてますね」リンドベリは驚く。

エヴァ＝ロッタ・テリンはためらいがちに笑い、白状する。「実は電話をもらったとき、パソコンから古い記事を引っぱり出してきたの。放出量はそれほど大きくなかったから、ストックホルムのマスコミでは取り上げられなかった。でも、地元ではそれなりの抗議運動が起きたのよ」

「カルフォシュの町で？」とサルワニは尋ねる。

「抗議団体は主に周辺地域の人たちだったと思う。でも、ふたつ目の事件のほうは結構大きかった。かなりの量のマイクロプラスチックが流出したの」

「なんとまあ、そいつは驚きだ」とリンドベリは言う。

「このニュースはわたしたちまで届かなかったのかしら」とニーマンは訊く。

「このニュースは全国的に売り込もうとしたの。でも、ちょうど二〇二二年の二月二十四日だったのよ」

「なるほど」とサルワニは言う。「戦争か」

「そう。ロシアがウクライナに侵攻した日だったの。公共放送のテレビもラジオも相手にしてくれなかった。大きな新聞社もね。だから、このニュースは地元でしか報道されなかったの」

「でも、また抗議運動が起きたんですね？」とニーマンは訊く。

「ええ」とテリンは答える。「抗議運動に参加したのは前回と同じ人たち。ドラムを叩いて、カルフォシュでの抗議集会に人を呼び込んでた。〈メルプラスト社〉の環境犯罪を、広く世に知らしめる絶好のチャンスだったのよ。で、その抗議集会には何人くらい集まったと思う？」

「あまり来なかった?」思い切ってリンドベリは言う。

「ゼロ」とテリンは言う。「ゼロ人よ。彼らはカルフォシュの公会堂を借り切って、座って待った。でも、誰も来なかった」

「〝無関心な者たち〟」サルワニがきっぱりと言う。

「まあ、地元の人たちにも同情すべき点はある。彼らの暮らしは、〈メルプラスト社〉に大きく依存しているから」

「抗議運動の参加者の名前はわかりますか? あと写真とか」とニーマンは訊く。

エヴァ＝ロッタ・テリンは散らかった机まで戻り、パソコンの向きを変えてみんなに画面が見えるようにする。

「わたしが書いた記事」と彼女は言う。「ふたつ目の事件にしか写真はないけど。最近では記者とカメラマンを兼ねないといけないから、写真はわたしが撮ったもの」

彼女は写真を拡大する。変形した手で巻き上げた横断幕を持っている怒鳴り顔の男のうしろに、〈メルプラスト社〉工場の中庭がはっきりと見える。その男の背後にもプラカードが掲げられているが、カメラの焦点は明らかにその男に当てられている。

「ボリエ・サンドブロム」とテリンは言う。「二、三人が大きく抗議の声をあげていたけど、いちばん攻撃的だったのは間違いなくこのサンドブロムという男ね。彼は、最初の小さな抗議運動のときからのメンバーよ」

「ということは、不成功に終わった抗議集会の準備にも関わっていたということですね？」とサルワニが訊く。

「そう、そのとおり」うれしそうにテリンは言う。「その集会についての記事も書こうとしていたんだけど、上からの圧力で結局は書けなかった。記事の影響を考慮すると妥当じゃないと判断された。だから記事としては日の目を見なかったけど、写真は保存してあったの。〈メルプラスト社〉の工場での抗議運動の写真は一枚しかない——記事のなかで使ったあの写真よ。でも、ボリエ・サンドブロムと〈メルプラスト社〉CEOのリカード・アルブレクソンとは激しくやり合ってた。アルブレクソンは日頃から体を鍛えていたから、ほとんど殴り合い寸前だったのよ」

「そのボリエ・サンドブロムには、どこに行けば会える？」とニーマンは訊く。

「見当もつかない。一年ほど前に、彼の住所を調べようとしたけどなにも出てこなかった。唯一わかっているのは、彼の左手には二本の指しかないということ。この写真にも写っているわよ」

「カルフォシュでの集会のときの写真をメールしてくれる？」

「さっきもらったメールアドレスにもう送ったわ。二枚の写真と、記事も」とテリンは言う。

だが、まだなにか言いたそうな顔をしている。

「ありがとう」とニーマンは言う、「で……？」

「ねえ……昨日のカルフォシュの現場に行った最初のジャーナリストはわたしだった。あの爆破と抗議運動はなにか関係があると思う？」

こうなるのは想定内だ。まるでタイミングを見計らったかのように、サルワニとリンドベリは後ろに下がる。ニーマンはテリンのそばに寄って小声で言う。「現時点で、この件についてなにも書かないでいてくれたら大変恩に着るわ。そのかわりと言ってはなんだけど、国内のどんな地元新聞でも夢に見るような大スクープを、あなたは手にすることになるはず」

数秒間、沈黙が流れる。

「わかった」とテリンは言う。「あなたを信じるわ」

「よかった。それから、もうひとつ協力してもらえたらとてもうれしいんだけど、ジャーナリストとしての研ぎ澄まされた勘で、なんとかボリエ・サンドブロムの行方を探れないかしら。もしも見つけたら、必ずわたしに直接知らせて」

アントン・リンドベリはイェヴレに向けて車を走らせる。あと二十キロほどだ。二十分間、誰にも邪魔されずに会話できる。

「なんでボリエ・サンドブロムの居場所を特定するのがそんなに難しいのかしら」とニーマンは言う。

「ひょっとして、彼も社会から隔絶された暮らしをしているんだろうか」とサルワニは言う。

「ルーカス・フリセルみたいに？　たしかに、その可能性はあるわね」

「あの切断された指」サルワニは自分の携帯電話を見ながら言う。「彼の左手には、本当に二本の指しかない。この写真を見てみて」

彼は携帯電話を運転席と助手席のあいだに差し出す。カルフォシュの公会堂と思われる場所にいる、四十五歳くらいのポリエ・サンドブロムの写真だ。ほかにもふたりの人物が写っている。ひとりはカーキ色の服を着た短い髪の女で、横顔しか見えない。もうひとりは黄色い野球帽をかぶったそばかすだらけの若い男で、カルフォシュじゅうの住民を殴り倒したがっているように見える。ふたりの前に座っている大柄な男と合わせて一堂に会しているこの三人が、〈メルプラスト社〉への抗議運動をおこなっている全員のようだ。

いちばん前の赤ら顔の男はむっつりとして、ヘビメタのサインのように変形した左手を上げている。

「まるでハードロックのシンボルみたいだ」とサルワニは言う。「人差し指と小指だけを立てる、悪魔のしるし。なんて呼ぶんだったっけ？」

「〝ゴルナ〟だ」とアントンは答える。

57

アンカンはルーカス・フリセルが書いた〝本〟を読んでいる。オープンプランのオフィスで読書をするというのは、彼女としては今までにないおもしろい経験だ。郊外で生まれ育ち、ずっと自然の近くで生きてきたアンカンにとって、森の香りに包まれながら犬を長い散歩に連れていくのはごく自然なことだ。しかしフリセルの綴ることばを読んでいると、そこに生え、芽吹き、這いまわり、生きているすべてのものが、より近い存在として実感させられる。数分間読んだだけで、彼女は自分たちの世界に内在するまったく別の世界に連れていかれる。原点の世界。生物と真正面から向き合う世界。まるで自分が地球の表面のすぐ下、土のなかにもぐり込んでいるかのように感じられる。

休憩を取ったほうがよさそうだ。

フリセルの手記には、アンカンが知りたいことが書かれていない。唯一書かれているのは、自然のなかに呑み込まれ、それでも人として、人間として生き残っている男の話だ。ほかにはなにもない——まだ自分と手記のあいだに適切な距離がおけていないことを充分に理解していたとしても。

どこか自分のなかに、ルーカス・フリセルとは十年前に会っていたかった、という思いが湧き上がるのを認めざるをえない。

昨日セーデルテリエまで出かけていって都市計画プランナーに会ったあと、ソーニャ・リドは苦労の末、スウェーデン農業科学大学における然《しか》るべき接点を見つけることができた。それは、ヴァンヤ・パーンという名の受付係だった。彼女はすでに定年退職していたが、まだシフト勤務でときどき大学に来ているらしい。その彼女が、ルーカス・フリセルが担当した危機管理やサバイバルの講座――二〇一〇年代中頃から彼が大学を辞めるまで――の録画映像を探し出してくれた。大学内の熱心なIT技術者が、映像をデジタル化してくれたらしい。リドがその映像を見ているとき、電話が鳴りだす。

カルフォシュにいるエヴァ・ニーマンからの、進捗を伝える電話だ。電話を終え、リドはそこに座ったまま宙を見つめる。

いったい、自分たちは今なにをしているのだろう。練りに練った作戦だと自信を持って言えるのだろうか。本当に、こういった気候テロリズムは存在するのだろうか。まあ、あったとしてもおかしくはない。むしろ、これまでなかったほうが不思議かもしれない。おそらくそれは、気候変動に抗議する活動家たちが、ファシストやイスラム主義者――男性優位主義のふたつの典型例にすぎないが――とは異なり、ほとんど暴力に訴えることがなかったからだろう。

リドは哲学的な空想をシャットアウトし、映像の確認作業に戻る。〝隔離された環境下での健康と医療〟という講義の映像のなかで、茶色がかったブロンドの薄い髪のフリセルがホワイトボードになにかを書いているとき、肩越しに誰かが覗き込んでいる気配を感じる。振り向くと、よく知った顔が笑いかける。

「なにかおもしろいもの、見つかった？」とアンカンが訊く。

「まだなにも」とリドは答え、イヤホンを耳から抜く。「フリセルが、取調室とは違って講義室だと別人のようによくしゃべるのはわかったけど」

「彼は、ことばを操るすべを心得てる。わたしも今、彼のパソコンのなかにあった手記を読んでいるところなの。自然のなかで暮らしてきたというのは、本当の話みたい」

「しかもかなり情熱を燃やしていた。それは講義の映像を見るだけでもわかる。その手記については、あとで詳しく教えて」

「今朝も彼と会ったの？　同じ武装警備員も一緒だった？」

「ええ。おかげで居心地が悪かった。結局、なんの進展もなかった。まるで、すべての記憶を消し去ってしまったかのように。ときどき、彼は森のなかで少しおかしくなったんじゃないかと、本気で思うことがある」

「彼は有罪だと思う？」

リドはゆっくりと首を振る。

「正直言って、本当にわからない。わかるべきなのに。わたしは、取り調べや性格分析が得意なはずなのに。毎日毎日彼と顔を突き合わせて、なるべく奥深くまで掘り進めているつもりでも、まともに彼のことが読みとれない。彼はまだなにかを隠している。彼の過去と関係あるなにかを」

「まあ、見る限り……圧倒的な存在感よね」とアンカンは言い、画面を指差す。映像のなかで、フリセルは隠せない熱意で講義を続けている。

リドは、アンカンに立ち去る気がないのを察する。彼女にも聞こえるように、ボリュームを上げる。

どうやらカメラはSUASの講義室の天井に設置されているらしい。斜め上の角度から、彼女たちはフリセルが講師用の机のまわりを歩いているのを見ている。講義室の前方にある何列かの席も映り込んでおり、すべての席が埋まっている。そのときの彼は、森のなかで負傷した場合にどのような処置を施せばいいのかを話している。基本的な必需品を用意する必要がある――抗生物質、消毒剤、包帯や絆創膏、鎮痛剤。

「しかし森のなかには、天然の包帯や薬が存在する」机のまわりを歩きながら、彼は言う。「自然のなかに隔絶され、長期間にわたって生き延びなければならない状況に陥った場合、用意していった市販品も尽きてしまうことになる。この講義の最後に、止血剤として使えるだけでなく、さまざまな治癒力を持つハーブや苔のリストを渡しておこう」

リドは彼の言っている内容は無視する。彼女は、音を聞かずに彼を観察する。彼の一挙手一投足、聴衆のほうに体を向けるときの様子。それは、外向的であると同時に内向的でもある。まるで、人から見られたいという思いと、見られたくないという思いが交錯しているかのように見える。最前列に座っているふたりの女性の背中が映っている。フリセルは、彼女たちを共鳴板のように使う。彼女たちのほうを向き、その反応を待つ。そのふたりが〈楽しい農業〉のページに載っていたかはわからない。

講義は続く。しばらくして、フリセルはホワイトボードになにかの図を描きはじめる。まず、彼は大きな円を描く。そしてその円のなかに、もうひとつ小さめの円を描く。

アンカンが即座に反応する。映像を巻き戻すように要求し、ボリュームも上げてほしいと頼む。リドは音を大きくする。フリセルは、〝重複域〟について話している。「人間社会の外の世界は、なかの世界よりもはるかに大きい。それは、われわれ自身の外側の世界と内側の世界でも同じだ」

フリセルがホワイトボードに描いたシンボルのところで映像を止めてほしいと言われ、リドはなんとかちょうどいいところで再生を停止する。アンカンは必死になって自分の携帯電話の画面をスワイプする。そして、ようやく探していた写真を見つける。

ヴァーサ公園に面したダーラ通りに行き、初めてラヒム・アブドゥルハミドと会ってからどれくらい時間が経っただろう。まるで永遠のときが流れたように思える。彼と彼より年配の警察官と話をしたあと、彼女は少しだけ公園内を歩きまわった。イェスパー・サールグレンが落下した場所の芝生に残っていた不快な焼け跡のすぐ近くで、木の幹に刻まれていたシンボルを彼女は見たのだ。

二重の円。

円のなかにあるもうひとつの円。

アンカンは携帯電話の画面をリドに見せ、説明する。

「なんてことなの」とリドは言う。

「クソ爆弾魔は、あそこに立っていたのよ」とアンカンは言う。「ダーラ通りの木の裏で、爆破を待ちながらこのシンボルを幹に彫っていた。円のなかの円を」

「二〇一三年にルーカス・フリセルがおこなった危機管理とサバイバルの一般人向けの講義のなかで、彼が描いたシンボル。社会の外側と内側にある世界、わたしたち自身の外側と内側にある世界を表わすシンボル」

「ふたつの可能性がある」とアンカンは言う。「フリセルが爆弾テロ犯なのか、それとも、クソ野郎が講義室のどこかにいたのか」

「冒頭部分」と言いながらリドは映像を巻き戻す。

映像が最初から再生される。人々が講義室にはいってくる音が聞こえるが、講義室の前方に置かれている講師用の机のそばを歩いている人しか映っていない。しかも、頭と後ろ姿だけ。

ようやくフリセルがやってきて、机の上にバックパックを置く。彼はバックパックのなかから数冊の本を引っぱり出す。そして一枚の紙を引き出し、最前列の人に渡す。

「これだ！」とリドは言い、再生を止める。

「受講者リスト？」

「そう見える。もしそうなら、大学にまだ残っているかもしれない。さっそく電話してみる」

リドは再生を早送りし、フリセルが円のなかに円を描いている瞬間を映し出す。そこから映像をそのまま再生する。彼はそもそもの講義のテーマ――〝隔離された環境下での健康と医療〟――から逸《そ》れ、サバイバリストとしての一般的な哲学に関する抽象的な話を即興で話しはじめている。その数分後、彼は講義を次のことばで締めくくる。

「それでは、また来週の金曜日に、破壊しつくされた廃墟の向こう側で」

58

ニーマン、リンドベリ、そしてサルワニが入室すると、オープンプランのオフィスの雰囲気ががらっと変わる。エヴァ・ニーマンはまっすぐにホワイトボードに向かい、写真を貼り付け、大きな文字で書く。〝ボリエ・サンドブロム〟。

特になにか言われたわけでもないが、刑事たちがいっせいに近寄ってくる。ホワイトボードを中心に、あっという間に密な半円形の人だかりができる。

「カルフォシュの爆破事件に関して、現状ではこのボリエ・サンドブロムがもっとも可能性の高い容疑者よ。彼は過去数年のあいだに二度ほど、〈メルプラスト社〉に対する地元での抗議運動を先導していて、もっとも最近におこなわれたのは、二〇二二年の二月。〈メルプラスト社〉は何度かにわたって毒物やマイクロプラスチックを不注意に流出させている。それに抗議するため、サンドブロムと彼のグループはカルフォシュでの抗議集会の開催を計画した。ところが、住民は誰も参加しなかった。これは、最近届いた手紙の内容と一致する。〝無関心な者たちの上にマイクロプラスチックを撒く〟と書かれていた部分よ」

エヴァ・ニーマンはしばし間をおき、彼女のチームを見わたす。

「興味深いのは」と彼女は続ける。「ボリエ・サンドブロムがどこにも存在していないという点。彼はスウェーデン国内のどこにも登録されていない。過去にもその存在を示す記録がない。でも、彼は地元の人間ということで間違いないと思われる。イェストリークランド地方の警察の力を集結して、彼の行方を地元で調べてもらっているところよ。わたしたちが今すべきことは、彼を全国レベルで捜索すること。この写真以外にも、彼が写っている写真はすべてメールで送っておいた。考えうるデータベースを全部当たってみて。彼がプレッパーであるという可能性は否定できない。なんらかの手がかりが得られ次第、何人かにはイェストリークランドに行ってもらう」

情報伝達のミーティングは終わる。リドはニーマンのもとに歩み寄り、進捗を伝える——フリセルの手記、彼が講義のなかで描いた二重の円、第二の爆破事件の際にヴァーサ公園で見つかったシンボル。

「なかなか興味深い」とニーマンは言う。「ただ、偶然ということもありうる。それほど珍しいシンボルではないんじゃない？」

「わかってる」とリドは言う。「フリセルに映像を見せてもかまわない？　もしかしたら、なんらかの手がかりにつながるかもしれない」

ニーマンは、リドを見つめたまま少し考え込む。「ええ、そうして」やがて彼女は言い、欠席しつづけていた上層部との会議に出るために急いで立ち去る。

リドは自分の机につき、最新の情報に目を通す。というより、むしろその有無を見る。フリセルのポリグラフ検査ではなんの結果も出ていない――〝神の白い住処が見おろす〟場所の写真を見せても、ほかの場所と大して反応は変わらない。また、彼が隠し持っていた二枚のナンバープレートに関する交通カメラの記録は、いずれもフリセルの供述と一致している――ティエプのスーパーマーケットの外で二回、ウプサラのバー〈フルストレット〉の駐車場で一回。

彼女はため息をつき、ボリエ・サンドブロムの写真を開く。でも、上の空だ。どうしても二重円のシンボルが頭から消えない。この件については、ルーカス・フリセルと話さなければならない。彼女は〈iPad〉を出し、フリセルのGPSアンクレットの動きを見るアプリを開く。ほとんど意味をなさなかった今朝の面談以降の彼の足取りがわかる。どうやらストックホルムの街を探検しているらしい。

このとき、彼は比較的近くにいるが、アンネ通りのアパートメントにはいない。運河に沿ったクングスホルム遊歩道へとつながる、特になにもないイネダル通りにいる。そこからなら、警察本部までは十分もかからない。

彼女は彼に電話をかける。フリセルは興味を抱いたようだ。はっきり言って、今朝の面談は無気力そのものだった。新しい情報はなにも得られなかった。この〝フリセル・プロジェクト〟は、マンネリ化しているとしか思えない。

彼女はふたたび〈ｉＰａｄ〉を見る。点滅する赤い光はイネダル通りを南下し、まっすぐ警察本部へと向かっている。タブレットを右側にスワイプすると、同じような地図が表示される。アプリの二枚目の画面だ。

一枚目の画面と違う点がふたつある。まず、点滅する光には動いた履歴を示す線がない。そして、光の色は緑色だ。それは、ＧＰＳアンクレットのバックアップとしてフリセルの〈ノキア３３１０〉に仕込んである秘密の追跡機能だ。警報が鳴るのがいやなら、必ず持ち歩く約束になっている。

第二の画面でも異状は認められない。

リドは階下におり、彼を待つ。まるで見計らっていたかのように、武装した警備員が現われる。彼女は警備員に軽く会釈をする。これが今は、彼のフルタイムの仕事なのだろうか。警察組織の人員配置には謎が多い。

四分後、リドとフリセルはいつもの古い会議室で、いつもの古い机をはさんで座っている。机の上にはコーヒーのはいったいつもの古い保温ポットと、おそらくはいつもと同じシナモンロールが用意されている。リドは非常ボタンを握りながら、コーヒーを淹れることとシナモンロールを買いにいくことも警備員の職務記述書に書いてあるのだろうかと考える。それとも、古いシナモンロールからカビを拭き取ることが仕事なのか。

リドは机をまわり込み、フリセルの前に置いてあるラップトップパソコンを開く。そして、彼の隣の椅子に座る。映像は、フリセルがホワイトボードに二重の円を描く少し前から始まる。彼女はまずフリセルに、今より若い自分の映像に慣れる時間を与える。

実際、彼は少し心が動かされたらしく、首を振りながら言う。

「いや、まいったな」と彼は言う。「こんなものを録画していたのか」

「これを見て、どう思う?」

「妙な感覚だ。まるでなにか別の人生の一部を見ているようだ。自分とは違う、別人の人生を」

リドはうなずき、画面を指差す。

「あなたはもうすぐ、この講義の本来のテーマである〝隔離された環境下での健康と医療〟を逸脱して、わたしに言わせれば見せかけだけの哲学の空想世界について語りだす。このすぐあとよ」

彼は、自分がホワイトボードに二重の円を描くのを見る。そして、今よりもかん高い声で言うのを聞く。「これが意味しているのは、重複域、つまりわれわれが自分の内側と外側に存在していることを表わしている。しかし基本的な点は、人間社会の外側にある世界は、内側の世界よりもはるかに大きいということだ。同じことが生命についても言える。この考えは、心理学的にも当てはまる。人間の内側と外側についても同じだ」

リドは手を伸ばして映像の音声だけを消し、机の反対側の自分の席に戻る。

フリセルはいささか当惑したような顔をしながら画面を見つめている。無音のまま流れつづけている映像が、眉間にしわを寄せたフリセルの顔に色とりどりの光を反射させている。

「わけのわからないたわごと。そう思わない？」と彼女は言う。「哲学的に分析したら、あなたのことばはなんの意味もなさない」

彼は肩をすくめる。

「どういう意味だったの？」と彼女は続ける。「それから、あの円のなかの円。あのシンボルはよく使っていたの？」

「たぶん、前の回の講義内容に関するなにかを話していたんだと思う」しわがれた声で彼は答える。「だから、このときは文脈とは関係なく唐突に聞こえたかもしれない。もともとあの円は、狭い世界から逃げ出して広い世界に一歩踏み出すことを表現している。自然のなかに踏み出すことを」

「じゃあ、あのシンボルはよく使っていたの？」

「よく使っていたというのは言いすぎだが、たしかに何度かは使ったことがある。意外と重宝なんだ」

「それなら、爆弾テロ犯の事件にも関係していることは知っているはずよね」

彼女は携帯電話を彼のほうに向ける。アンカンが撮影したヴァーサ公園の木の写真だ。幹に、二重の円が刻まれている。

「第二の犯行のときの写真」とリドは言う。「見覚えは？」

フリセルは携帯電話を受け取ってテーブルの上のパソコンの横に置くと、まるで魅入られてでもいるように見つめる。青ざめた彼の顔は、絶えず変化しているパソコン画面の光に照らされている。

「ああ、もちろん見覚えのあるシンボルだ」彼は慎重に答える。

「日曜の朝」とリドは言う。「六時二十分ごろ。街に人の姿はない。ダーラ通りからはずれたヴァーサ公園の木の裏で、爆弾テロ犯は広告会社〈フラット・ブローク社〉のオフィス内の爆弾が爆発するのを待っている。待っているあいだ、犯人は木の幹にこのシンボルを刻む。午前六時二十九分、広告会社は爆破され、黒焦げになった男性の遺体が公園の芝生の上に吹き飛ばされる。そして、爆弾テロ犯は誰にも見られずに姿を消す」

フリセルは携帯電話を彼女のほうに押しやる。実際、彼はショックを受けているように見える。携帯を受け取ると、エヴァ・ニーマンからメールが届いていることに気づく。NODの局長からの新しい指令についてだが、あまり期待できそうにない内容だ。間もなく打合せが始まる。

公安警察《サポ》じゃありませんように、とリドは思う。公安警察にこの事件を奪われることだけは勘弁してほしい。少なくとも、まだ今は。

彼女はフリセルのほうを向く。彼の顔には、画面から反射するさまざまな色がまだ躍っている。その表情はまるで放心状態で、なにかに怯えているようにさえ見える。リドは身を乗り出し、彼の前に置かれているラップトップパソコンを閉じる。画面から反射していた色が消えると、彼の顔が蒼白になっていることがわかる。

「これについて、なにか言うことはある?」

彼は何度かまばたきをすると、やがてかすれた声で言う。「おれに、いったいなにが言えるというんだ?」

彼女はフリセルをじっくりと観察し、決断をする。

「少し顔色が悪いようね、ルーカス。じゃあ、こうしましょう。一時間くらい街に出て、いつものように歩きまわってきて。考えをまとめたり、コーヒーでも買ったりして。現金で。それで、きっかり一時間後にまたここに戻ってきて」

武装警備員がルーカス・フリセルを出口まで連れていくあいだ、数分間リドは会議室に留まる。彼がいなくなって初めて、やっと椅子から立ち上がる気になる。

59

エリアス・シャリクとその弁護士は、アントン・リンドベリが突然狭苦しい取調室にはいってきて、不釣り合いなふたりの向かい側に座るのを見ている。彼らは特に気にする様子もなく、リンドベリがテーブルの上に書類を広げるのを眺める。リンドベリは妙に興奮気味に話しだす。「一日の休暇は楽しめたかな？　おまえがヒュルスタ・ギャングからくすねていたことを知ったハッサンがどんな反応をするのか、じっくり考える余裕があったのはよかっただろ？　貴重な一日を、有意義に過ごせたことを願ってるよ」

弁護士は咳払いをして言う。「私のクライアントは、あなたがハッサンと話していないのではないかと疑っていますよ、警部。そんなことは、実に非倫理的ですからね」

リンドベリは一瞬にして氷になってしまったかのように、動作の途中で凍りつく。シャリクと弁護士の双方が居心地悪そうに椅子の上でもじもじするまで、彼はそのままでいる。やがて彼は石化状態を解いて言う。「非倫理的？」ただそのひとことだけ。しばらくして、続ける。「驚いたね。まさか、あんたの口からそのことばを聞くとは。倫理の意味をまったく理解してないあんたたちから」

弁護士はシャリクになにかを耳打ちする。かなり長いことそれは続く。リンドベリが言う。「まさに、こうやってマフィアはアメリカに食い込むことになった。見下げ果てた悪徳弁護士が、マフィアが王国を築きあげるのを手助けした——そして一家の顧問弁護士としての地位を築いた。おれたちが住むこの世界の、なんとすばらしきことよ。歴史から学ぶことが多い」

アントン・リンドベリは、今度はエリアス・シャリクのほうを向いて言う。「おれが、今現在も進行中の爆破事件で忙しくて、おまえはラッキーだったな。おまえが関与している事件だよ。あいにく、やっとおれにも時間ができた。今この瞬間に真っ当な情報を寄こせ。さもなければ、おれはまっすぐハッサンのところに行く。これはただの脅しなんかじゃない。彼はこの部屋から五つ目のドアのなかにいる。彼のところに行って、直接ピクリン酸のことを話してくる」

リンドベリは突然立ち上がる。必死にテーブルの下に隠しているが、シャリクが弁護士の上着を引っぱっているのがわかる。

弁護士が言う。「私のクライアントは、断固として抗議……」

リンドベリが彼のことばをさえぎる。「いいだろう、エリアス。少なくともおまえは意思表示した。感謝するよ」

彼はエリアス・シャリクの顔に自分の顔を近づけて言う。「その礼として、腹を決めるまで一時間の猶予をやるよ。エリアス・エリクソン」

リンドベリは取調室から出ていく。

60

エリアスと弁護士がすぐに取調室から出てくることを知りながらも、廊下の先にある五つ目のドアの前でリンドベリは立ちすくむ。

ためらっているのは、入室したくないからだ。とことん腐りきった彼らの世界に、触れたくもないし触れられたくもない。しかも、彼にはその権利がない。このことは誰にも言えない。特にＮｏｖａグループには。しかし、エリアス・エリクソン——別名エリアス・シャリク——の口を割らせるためには、どうしても切り札が必要なのだ。この奥の手を使い、あの悪党を絶対に逃しはしない。

「さて、どうなるか」看守は鍵をジャラジャラ鳴らしながら言う。

アントン・リンドベリはうなずく。この決断が運命の分かれ道になるのを骨身に染みて感じる。だが、ずっと前から考えは変わっていない。組織犯罪で頭がいっぱいになるようになってからは。

独房のなかの囚人は、ごく普通の平凡な男にしか見えない。ただ、囚人服を着れば誰もがそうだ。ズボンにも緑色のＴシャツにも、虫食いの穴が開いている。無精ひげも、今ではふさふさのひげになっている。

看守は囚人をベッドの上に座らせると、床にボルト留めされたテーブルに手錠を固定する。リンドベリの合図とともに看守は出ていくが、ハッチは開けたままドアを閉める。声が届く距離で待機しているのがわかる。

「ハッサン」とリンドベリは言い、彼と向かい合う形でテーブルの反対側につく。

「また別の警官か」ヒュルスタ・ギャングの親玉はため息をつきながら、氷のような視線をリンドベリに向ける。

「ピクリン酸」とリンドベリは言う。「密輸しているのか？」

「裁判にもならないようなことを、なんで話さなきゃならないんだ？」ハッサンは、眠そうな笑みを浮かべる。

アントン・リンドベリには、そんなごまかしは通じない。

「あんたの罪状とは関係ないことだからだ」と彼は答え、感覚を研ぎ澄ます。

ハッサンが装っている退屈さの化けの皮がはがれる。興味を抱いていることが隠せない。それともこれは、リンドベリの張りつめた神経が見せた幻影なのか。

「おい、この男を連れていってくれ」ドアに向かってハッサンは大声で言う。「退屈すぎる」

リンドベリは、取り調べのテクニックをソーニャ・リドからかなり習得できたと自覚する。ここでの最適な対応方法は、黙っていることだ。ハッサンが知りたくてしかたないのが、手に取るようにわかる。

外の廊下からは、なんの物音も聞こえてこない。覗き込む看守もいない。アントン・リンドベリは、ただそこに座り、黙り込んでいる。

「なら、誰の事件なんだ？」やがてハッサンが訊く。一時的な敗北を認めているかのような声色だ。

「ピクリン酸」リンドベリはそれしか言わない。

聞こえるのは、絶えることのない単調な空調の音だけだ。こんな音のする部屋で寝るのは、さぞ大変だろうとリンドベリは思う。

最終的に、ハッサンは手錠の許す限り両手を広げて言う。「おれは、ピクリン酸なんてものがなんなのかさえわからない」

「強力な自家製爆弾に必要な物質だ。今、この国のあちこちで爆発して、多数の死者を出している爆弾だよ。その物質を、ヒュルスタ・ギャングがバルカン半島から密輸している。証拠もある。どの積み荷で密輸されたか判明するのも時間の問題だ」

リンドベリはハッサンを観察する。

「わかったら教えてくれ」少ししてからハッサンは言う。

「つまり、どの積み荷か、あんたにはわかっているということなんだな？」

ハッサンは氷のような視線でリンドベリを見つめる。その目が、何人の死者や拷問されている人間を見つめてきたのか、リンドベリは考えないようにする。ハッサンは、一瞬たりとも視線をそらさない。リンドベリが立ち上がり、看守が鍵を開けるのを待っているときでさえ。

鍵穴に鍵が挿し込まれたとき、初めてハッサンは落ち着いた声ではっきりと言う。
「おれたちの邪魔をしようとするやつを、おれは本当に哀れに思うんだ、刑事さんよ。あんたたちがどこに住んでいるかを調べるのが、どんなに簡単なことかわかってるのかい?」

ドアが開いた瞬間、ハッサンは人差し指でリンドベリを撃つ。そして、想像上の煙を指の先から吹き消したとき、分厚いドアがバタンと音をたてて閉まる。

61

パソコンに覆いかぶさるようにして、サルワニは画面を見ている。彼の周囲にいる同僚たちも同様だ。リンドベリ、アンカン、そしてリドも、オープンプランのオフィスのそれぞれのコーナーで、それぞれのチームメンバーに囲まれて同じように仕事に没頭している。まるで競い合ってでもいるかのようだ。

サルワニは謎多き人物、ボリエ・サンドブロムについての情報収集をおこなっている。なぜこんなに姿を現わさないのかについていくつかの仮説をたて、彼の情報が保管されていそうな記録やデータベースのリストを作成し、最終的には彼が写っている写真を集めて加工し、顔認証システムにかける準備をしている。

そんなとき、パソコン画面上部にあるメニューバーのアイコンに小さな数字が表示されていることに気づく。急いでメールの受信ボックスを開くと、八十四通の未読メールのなかに、新しいメールがあることを発見する。

回答が来たのだ。オーデンプラン広場で、アーミーグリーンのバックパックを背負った人物と衝突し、怒った顔をして映像に映り込んでいた男に合致する人物が見つかったというメールだ。間違いなく暴力的な傾向を持っているだろうという予測どおり、男には犯罪歴がある。なんの意外性もなかったが、彼は性犯罪者であるだけでなく、メタンフェタミンの売人でもある。彼の名はスロボダン・ヨヴァノヴィッチ。パソコンに表示される犯罪の記録が、サルワニの目の前でどんどん長くなっていく。

サルワニはもう一度、オーデンプランで撮影された映像の静止画を表示する。そこには、バックパックを背負った人物と軽くぶつかった男の怒りの顔が写っている。そのあとバックパックの男は人混みに紛れ、野次馬でごった返す広場に殺人兵器を置くことになる。スロボダン・ヨヴァノヴィッチは、たしかにその人物を見たのだ。

サルワニは彼の犯罪歴を見る。今現在、ヨヴァノヴィッチは拘留されていない。麻薬からみの罪で三年の刑を言いわたされ、六カ月前に釈放されている。勤務先の住所も本籍も、親戚やパートナーについての記録もない。あるのは疑問符のついた住所だけだ。ストックホルムの南にあるファルスタ市のアパートメントで、ヴェスナ・ダムニャノビッチという女の名前で登録されている。

サルワニは椅子の背もたれから上着をそっと取り、なるべく目立たないようにオープンプランのオフィスを抜け出す。あとの三人は、シャビール・サルワニ抜きで競争を続けなくてはならない。彼はまったく別の戦いに挑んでいる。

62

ソーニャ・リドは競い合ってはいない。たしかに覆いかぶさるようにパソコンを見ているが、赤ら顔のボリエ・サンドブロムと、爆弾テロ犯の容赦ない緻密な連続爆破とが関係しているとはどうしても思えない。それは警察官としての勘でも、哲学的分析の結果でもなく、ただ単に偏見によるものだ。

彼女は今、別の中年の男、本心を読みとるのが極めて難しい男で手一杯なのだ。もうすぐ一時間が経とうとしている。そろそろ下の受付まで、彼を迎えにいかなければならない。彼女は〈iPad〉をつかみ、オフィスから出る。

廊下に出たところでエヴァ・ニーマンと鉢合わせする。足早に歩いていたふたりは、同時に立ち止まる。「頼むから、公安警察じゃないと言って」それが、リドの第一声だ。

「今はなにも言わないほうがいいと思う」手を上げながらニーマンは言う。「でも、脅威はなんとか回避できた。四十八時間の猶予を与えてもらった」

ソーニャ・リドは大きくため息をつき、ボスの肩に手を置く。

「ありがとう、エヴァ。今この場ではっきり言っておくけど、将来的に管理職へのオファーがあったとしても、わたしは絶対に断わるから。まったく、あなたの官僚主義者たちとの奮闘ぶりには頭が下がるわ」

「了解。あなたの気持ち、しかと受けとめた。ところで、これからどこに?」

「受付」腕時計に目をやりながらリドは言う。「あと数分でフリセルと会う約束になってる」

「フリセルとのあいだで交わした契約では、彼に遅刻は許されない」ニーマンは念を押す。

「もし、あと何分かのあいだに彼、もしくは受付から連絡がなければ、契約違反ということになる」

リドは携帯電話を確認する。

「早くNovaグループに、あと四十八時間しか猶予がないことを伝えにいかないと」ニーマンはオープンプランのオフィスへと通じるスイングドアを押しながら言い、最後につけ加える。「ルーカスとの進捗については、あとで教えて」

ちょうどそのとき、ソーニャ・リドの携帯電話が鳴る。契約違反まではあと三分ある。リドは、受付係の簡潔な声が聞こえるものと予想している。しかし、携帯電話の画面に表示されているのはフリセルの電話番号だ。

「約束の時間はあと三分後よ」とリドは冷ややかに言う。

「わかっている」フリセルの声が聞こえてくる。「すまない。確認しないといけないことができた。それがまだ終わってないんだ」

「どんなこと?」とリドは言い、空いているほうの手で〈iPad〉を起動する。アプリを開く。赤い点滅が見える。画面をスワイプし、緑の点滅の画面を表示する。GPSアンクレットと携帯電話の位置を示すそれぞれの光。二色の光は、同じ場所を示している。当然のことだ。

「説明するのが難しい」とフリセルは言う。「おれを信じてもらうしかない。あともう一時間、面会を延ばせないか?」

「今、あなたがエステルマルムにいて、ストゥーレ通りに向かって歩いているのはわかってる。そんなところでなにをしてるの?」

「会ったときに話す。もう切らないと」

そのことばどおり、フリセルは電話を切る。リドは唖然《あぜん》として携帯電話を見つめる。彼女はもう一度〈iPad〉をスワイプして、ふたつの地図画面を交互に表示させる。GPSアンクレットの赤い点と、〈ノキア3310〉の緑の点は、同じ場所で点滅している。今のところ、すべて制御できているように見える。

彼女は、フリセルが立入を許可されている範囲のぎりぎりにあるヤーデル地区を確認する。近いことは近いが、警戒を要するほどではない。

〝確認しないといけないこと〟、〝おれを信じてもらうしかない〟、〝もう切らないと〟。いずれもそれほど気になるようなことではない。ぎりぎりではあるが、彼は約束の時間内に電話してきている。ごく標準的な言いまわし。信頼の構築。互いに通じる言語領域の創出。そして、前向きな専門的好奇心。

すべてがうまくいっている。あと一時間後に彼と会う。そのときになれば、すべてがわかる。

ソーニャ・リドは動く気になれない。まるで目のなかに、小さいが気になるごみがはいってしまったかのような気分だ。

ほんの微少な埃が。

くそ。なにかがおかしい。彼は電話をかけてくるまで、なんであんなに待ったの？

それにエステルマルム。なんでエステルマルムにいるの？

これこそがルーカス・フリセルの本質なのだ。なにかがおかしい――でも、どうしてもその違和感の正体がわからない。

岩のように硬い決定的な数秒間、彼女はその場に微動だにせず立ちすくむ。そして、腹を決める。今、この場で。無駄にしている時間はない。

ソーニャ・リドは車庫まで走って覆面パトカーに乗り込み、フリードヘムスプランに向けて車庫を飛び出す。そして、エステルマルムに進路を変更する。赤信号で停まったとき、もう一度〈iPad〉を確認する。赤い光の点滅はストゥーレ公園を通り、オリンピック・スタジアムのあるヴァルハラ通りとの交差点に向かっている。

信号が青に変わる。ちょうどラッシュアワーのため、中心部の道路は渋滞している。彼女は青い回転灯をパトロールカーの屋根につける。それでも渋滞は解消できない。リドはハンドルを膝で押さえながら、ルーカス・フリセルの〈ノキア3310〉に電話をかける。応答はない。

くそ、くそ、くそ。彼は電話に出ない。

彼女は画面をスワイプして赤から緑の画面に切りかえる。ない。ふたつ目の地図に、緑色の点がない。

ルーカス・フリセルは携帯電話の電源を落としたらしい。

そこに、彼自身の悪意はなかったのかもしれない。たとえば、犯罪の闇組織の誰かと会っていて、携帯電話の電源を切るように命じられたのかもしれない。信頼の影はまだ存在する。

ただ、そのとき彼女は気づく。フリセルには、携帯の電源は落とせないのだ。それが彼に持たせる携帯電話に仕込んだ、そもそもの追跡システムの仕組みだ。

電源は、落とすことができない。

リドはテグネルルンデン公園の周囲を走り、スヴィア通りの交通渋滞に吸い込まれる。サイレンを鳴らしても、混乱した渋滞から抜け出すことは無理そうだ。なんとかテグネル通りの車に道を空けさせようとする。車の動きは遅く、ほぼ動けないままサイレンの音だけが容赦なく鳴り響く。電話をかけるために、サイレンは止めざるをえない。リドは、スヴィア通りの真ん中で立ち往生する。青い回転灯だけでは、郊外の頑固な運転者たちの気持ちは変えられない。

リドはエヴァ・ニーマンに電話する。応答がないところをみると、また会議に出ているのだろう。耳障りなクラクションを鳴らしながらなんとかスヴィア通りを抜け、テグネル通りをスピードを上げて走る。GPSアンクレットをはめたフリセルからは、五分も離れていない距離にいるはずだ。赤い光が今は動いていない。その場所の住所がわかる。

ビリエル・ヤールス通りに着くと、彼女はアンカンに電話する。ちょうどサイレンを鳴らす必要ができたとき、アンカンが電話に出る。錯乱状態で叫んでいるアンカンの声が聞こえてくる。リド自身も叫び返す。「リディンゲ通り二十八番地。ここになにがある？」

「ちょっと待って、落ち着いて、ソーニャ。今調べてるから……」

「早く、早く」

「騎兵隊の兵舎」とアンカンは言う。

「なにを言ってるのかわからない」リドは怒鳴る。サイレンを止め、タイヤを軋ませながらコーラ通りからストゥーレ通りにはいる。「騎兵隊の兵舎ってどういう意味？」

最大の困難が目に飛び込んでくる。ヴァルハラ通りとストゥーレ通りの大きな交差点だ。その向こう側にリディンゲ通りがある。でも、今サイレンは鳴らせない——電話を続けないといけない。

「たぶん、馬小屋」とアンカンは言う。「うちの馬小屋」

「い、うちの、ってどういうこと？」

「警察の馬小屋」とアンカンは説明する。「騎馬警官よ」

ちょうどそのとき、赤い光の点滅が動きだす。リドが何車線もあるヴァルハラ通りの車をぬって進んでいくと、赤い点滅が自分のほうに向かってきていることに気づく。赤い光は百八十度方向転換し、急激に彼女に近づいてくる。どんどん近づき、三百メートル先にいる。車が少し渋滞し、彼女はまたサイレンを鳴らす。

もうすぐアンクレットをはめたフリセルとすれ違うはずだ。アプリによれば、彼はまっすぐ彼女に向かって歩いてきている。

そのとき、リディンゲ通りの反対側を通って近づいてくる騎馬警官に気づく。サイレンの音を無視することを習得するのは、警察の馬が必ずおこなう訓練だ。渋滞している車のあいだをジグザグに彼女が接近していくと、馬たちが多少混乱状態に陥る。馬とすれ違ったとき、サイレンはまだ鳴っている。同時に、地図上の赤い光も彼女とすれ違う。

ルーカス・フリセルがいるはずの場所だ。

なんともドラマチックなことに、一頭の馬が後ろ脚立ちになる。その馬の前脚に黒いアンクレットが装着されているのを、ソーニャ・リドは瞬時に見つける。

車内にこだまする怒りの咆哮《ほうこう》で、サイレンの音はかき消される。

63

ヴァーサスタン地区にある家の正面玄関の外で待っていると、マロニエの独特な香りがルーカス・フリセルを包み込む。澄んだ青い目で空を見上げ、夜の空気のにおいを嗅ぐ。

不思議なことに、近くにマロニエの木はない。同じようなことが、どこかでなかったか？

昼から夜への変化が、物理的に感じられる。こんな街なかでも感じることができる。なんだかんだ言っても、ここにもまだ自然は存在する。それほど遠くないところに天文台《オブサヴァトリエルンデン》の丘公園がある。ヴァーサ公園はもっと近い。

待っているあいだ、この数時間に起きたことが脳裏をかすめる。イネダル通りにある臨時の作業場。ハイテク技術の天才アロンゾが、包みと車を用意してフリセルの到着を待っている。そこから、ストゥーレ広場まで車で行く。ストゥーレ通りの端で、やるべきことを指示される。

フリセルは、自分が訊いた質問を思い出す。「なんで騎兵隊の兵舎なんだ?」

「そこに知り合いがいる。ちょっとしたおふざけだ。クソおもしろいことになるぞ、アミーゴ」

「クソおもしろい?」

「とにかく、ストゥーレ通りを歩きながら警察に電話してくれ。約束の時間のちょうど三分前に電話するんだ。どうやって携帯電話を細工するかは覚えているよな?」

「やり方を教えてもらってから、まだ三十秒も経ってないじゃないか、アロンゾ」

「電話をかけたら、すぐに携帯電話を細工するんだ。きっかり三分前だぞ、アミーゴ。たとえやつらがあんたを疑ったとしても、絶対に捕まえることはできない。まあ、そもそもそんなに賢い警察《サツ》官はいないけどな」

「ひとりだけいる」車のドアを閉めながら、フリセルは言う。

脳裏には、さらにさかのぼった記憶が浮かぶ。四人護送用のヴァンの前に彼は立っている。

ヴァンの窓に、警察の制服を着て軍隊式の丸刈りにした自分が反射して映っている。髪はいまほど薄くなっていない。トレーニングウェアを着て鉄製の足かせをつけた、黒髪に薄茶色の肌をした若い男が彼をハグしながら言う。「おれの家族の面倒は頼んだ。あんたを信じてるよ、アミーゴ」

「おれは、信用に値する男だ」フリセルは言う。

今よりもずっと若いアロンゾが、フリセルの頰を軽く叩きながらぎこちなく笑う。「じゃあ、四年後に、アミーゴ」

そう言うと、アロンゾはヴァンのところで待っている護衛のところまで歩いていく。

しわの増えた現在のフリセルは、追跡機能が解除された〈ノキア〉をポケットから出し、しばらく凝視する。やがて、首を振りながら古いカーキ色の上着の内ポケットにしまう。

人生とはおもしろいものだ。

彼はたしかに情報屋アロンゾの家族の面倒を見た。もっとしてやれることがあればよかったと思うが、アロンゾの大規模なオンライン詐欺の計画を見逃すわけにはいかなかった。フリセルは、アロンゾの敵から彼の妻と娘を守った。

まったく予想外なことに、ハイテク技術に触発されたオンライン詐欺師と若い警察官は友情で結ばれた。早いうちからアロンゾがオンラインを駆使した詐欺に手を染めていたことが、フリセルを極端なインターネット嫌いにさせることになった。

フリセルは周囲を見まわす。見える範囲に人の姿はない。ここはストックホルムの中心街だが、豪華な装飾が施された建物の出入り口のすぐ下にずっと立っていれば、やがて神経質な住人の注意を惹いてしまうかもしれない。

あまり長く待たされないことを願うしかない。

過去の知り合いの女性と交わしたつい先ほどの会話を思い出し、彼は暗い気持ちになる。彼女は、抑圧された記憶の沼から突然現われた。

フリセルは騎兵隊の兵舎からここまで、アロンゾの車で送ってもらった。警察官としての本能から、そんな短距離のドライブから彼らを追跡するには無限の人員が必要だということがわかる。

十年ほど前、フリセルは元教え子のソフィアと、学年度末にスカンセン野外博物館で偶然鉢合わせした。彼女の親戚がユールゴチターデン地区に賃貸アパートメントを用意してくれたと言っていた。彼女は、彼女が獣医師としての職を得たスカンセン野外博物館からは徒歩二分の場所だった。突然、フリセルは彼女の裸体を思い出す。そしてなにより、彼女の体に絡みつくように描かれていたタトゥーを。

タトゥーはだいぶ薄くなっていたが、幸いなことに彼女はまだユールゴチターデンに住んでいた。彼はなによりも、彼女の蛇のように裂けた舌が気になった。ただ、今ではそれも普通のことになっているが。形成手術のことはどうでもいい。彼が訊きたいのはただひとつのことだ。

彼女は記憶をたどり、友人の年老いた親族が住んでいたというヴァーサスタンの古い住所を思い出してくれた。

ルーカス・フリセルがたった今立っているのはそこだ。ひたすら待っている。

マロニエの香りはいつの間にか消えている。彼は待ちつづける。

待っている時間に、奇妙な、しかし間違いようのない悲しみの数分間が混じる。

そのとき、若い男性が玄関から出てくる。フリセルは閉まる前に急いでドアを押さえる。不可解な深い悲しみを感じながら、四階まで階段をのぼっていく。これほど脚が重く感じられたことはない。森のなかで、栄養失調になりかけていたときでさえ。そのときには別の力が湧き上がっていた。

ドアには〝エリクソン〟という名が書かれている。ここで間違いなさそうだ。

呼び鈴を鳴らすが、なかからは物音ひとつしない。一分間待つ。

彼は今のところ、なんとか法律的に正しい側にいる。しかしこれから実行しようとしていることは、彼からすれば言語道断なことだ。もう一度呼び鈴を鳴らし、文明の残響が完全に消えて静寂が訪れるまで待つ。

次の瞬間、彼は暴挙に出る。

古いピッキング用具を引っぱり出し、ドアをこじ開ける。暗闇のなかでひと呼吸してから、なかに忍び込む。

それほど広いアパートメントではないが、部屋の奥のほうからも不快な閉塞感は感じられない。この古めかしい、寝室がふたつあるアパートメントからは、年老いた女性のにおいがする。フリセルは一瞬で判断する。間違いなく、夫に先立たれた老女の家だ。

しかも、今は誰も住んでいない。

内装は古くぼろぼろで、埃だらけで暗い。森の住人らしい用心深さで、フリセルは部屋のなかを動きまわる。特になにか秘密のものが隠されている様子はない。しかし、最近ここに誰かがいたのを感じる。

何人かの人間がここにいた。しかもそれほど前のことではない。複数の人間が、このアパートメントに集まっていた。

ひとつの寝室の奥の隅に、古い洋服ダンスがある。そのなかに、少し新しいように見える金属製のキャビネットがあり、床にボルト留めされている。ピッキング用具を使おうとするが、金属の扉の鍵穴に合う道具がない。

少し時間をおき、心を落ち着かせる。そして、使えそうな道具があることに気づく。過去の経験を思い出し、ゆっくりともう一度試してみる。かなり時間はかかったが、耳慣れたクリック音が聞こえる。古い木の扉のなかにある金属製の扉を開ける。

残念なことに、キャビネットのなかにはなにもはいっていない。

ズボンの脇ポケットから、新しく買ったばかりの強力な懐中電灯を取り出し、空っぽのキャビネットのなかを照らす。そのとき、それを見つける。

金属製のキャビネットの上の隅に、小さく仕切られた小部屋がある――一種の金庫だ。鍵がかかっている。ひと目見ただけで、ピッキングで開けられるような鍵ではないことがわかる。

彼は深くため息をつき、金属製の扉を閉めて立ち去りかけたところで、奥のほうにくしゃくしゃに丸められた紙切れがあることに気づく。

その紙を取り、しわを伸ばす。

請求書だ。なんの請求書なのかは関係ない。関心があるのは住所だけだ。ミージグラン通り十三番、トムジャーラ。

彼は請求書をポケットに入れ、立ち去る。今度こそ本当に姿を消す。

64

シャビール・サルワニは、ファルスタ市にある建物のエレベーターに乗りながら、鏡に映った自分の傷を観察する。こうして、傷をまじまじと眺めるのは久しぶりだ。こんなに狭いエレベーターには、今まで乗ったことがない。否応《いやおう》なしに鏡に押しつけられ、傷を見ないわけにはいかない。

全体的に見ると、彼は正気とは思えないほど疲れはて、真っ青な顔をしてぼろぼろの状態だ。全身の傷口も塞がってはまた開くことを繰り返し、頭痛が絶えることがない。聴力はどのくらいダメージを負ったのだろう。不吉な音が鳴りやまない。耳鳴りか？

本来なら、休暇を取るべきなんだろう。

どんなにエレベーター内が狭かろうが、彼はなんとか赤と黄色の制服の上着をはおり、ズボンの背側に挿し込んだ拳銃の位置を調整する。ダムニャノビッチと書かれたドアの呼び鈴を押し、覗き穴に光の変化があるかを観察する。明らかに誰かが覗いていることを確認すると、彼はやさしげな声で言う。「ＤＨＬです。荷物にサインをいただきたいんですが」

ほんの少しドアが開くと、彼はドアをしっかりと握り、勢いよく開ける。たくましい体つきの女の背後で、寝室にいた男が服をつかんでサルワニの視界から逃げるのが見える。

サルワニは女を押しのけ、男を追いながら銃を抜く。まるで戦略的に壁ぎわに並べられたようなゴミをよけながら寝室のドアまで行き、左側を見ると隣の部屋にバルコニーがあるのがわかる。しかし、人の姿はない。彼は寝室にはいり、足の踏み場もないゴミのなかをなんとか進んでバルコニーまでたどり着く。半分裸の男が脚を引きずりながら階下にある中庭を横切り、隣の建物にはいっていくのが見える。

一瞬、サルワニも同じように下に飛びおりて男を追おうかと考える。しかしバルコニーの手すりに半分乗るように脚をかけながら、今の情けない自分の体の状態を認識せざるをえない。冷静かつ賢明に、彼は脚をおろし、バルコニーに飛びおりる。そして、女と話をするためになかにはいる。

彼女は開け放した玄関ドアのところに、腕を組んでまだ立っている。薄っぺらの夏用のワンピースは、しわくちゃなだけでなく、後ろ前が反対だ。

「ひょっとして、スロボダンとのお楽しみの最中に邪魔してしまったかな、ヴェスナ？」銃を握ったままサルワニは言う。

彼女はただ彼を見つめる。その鋭い眼差しには憎しみが満ちている。

「彼はどこに行った？」とサルワニは続ける。「ほかに隠れ家があるのか？」たくましい体つきの女はなにも言わない。だが、彼女の視線は短剣を投げつづけている。

「なんでなにも言わないんだ、ヴェスナ？　沈黙が自分を守ってくれるとでも思っているのか？」

「あたしはアラブ人とは話さないんだよ」ヴェスナ・ダムニャノビッチは嚙みつくように言う。

サルワニは深くため息をつき、ズボンのウエストバンドに銃を挿して言う。「ぼくはアフガニスタン出身だけどね」

65

狭い取調室は、とんでもなく混み合っている。アントン・リンドベリは少し吐き気を感じる。実は、廊下の先にある独房から出てからずっとだ。今回はアンカンも連れてきているので、取調室のテーブルのまわりに全員が座るのはほぼ限界に近い。

エリアス・シャリクを注意深く観察すること、それがアンカンに課せられた唯一の仕事だ。

リンドベリは秘密の切り札を隠し持ちながら、テーブルの反対側に座っているふたりのほうに身をかがめて言う。

「ハッサンとちょっとしたおしゃべりをしてきた。彼はピクリン酸のことなど、まったく知らないそうだ。ただ、ギャングの密輸用のヴァンを、おまえの個人的な副業に使っていることについて、彼の表現を借りるなら〝興味深い〟と言っていたよ」

リンドベリはエリアス・シャリクを見てさえいない。彼が見ているのはアンカンだ。彼女は軽くうなずく。

リンドベリは続ける。「おまえが刑務所送りになったら、じっくりと話がしたいそうだ」

沈黙が流れる。誰もなにも言わない。リンドベリが沈黙を破る。「それから、おまえの本名がエリアス・エリクソンだということを、そこまでひた隠しにしなければならなかったというのも、非常に興味深い。半分スウェーデン人だというのは、ギャングの一員でいるには不都合だったんだろうな」

リンドベリがアンカンをちらっと見ると、彼女はまた軽くうなずく。彼は続ける。「あちこちの交通カメラのおかげで、おまえが逮捕された夜、ヒュルスタ・ギャングのヴァンがどのルートを通ったのか追跡することができたんだよ、エリアス・エリクソン。二度ほど、ヴァーサスタンのとある住所にかなり接近していたことがわかった。そこは、おまえが秘密にしている実の母の——ビルギッタ・エリクソン、七十四歳の——家だ」

びしっとした身なりのギャング団の顧問弁護士は、なかば守りの姿勢にはいりながら、なかば叫びながら訊く。「私のクライアントが、年老いた母親の家に爆発物を保管していると、あなたは本気で言っているのですか？」

「大好きなママがそこにいたら、そんなことはしなかったかもしれないな」苦笑しながらリンドベリは言う。「でも、大好きなママが介護施設にはいっていたら、話は違うかもしれない」

彼はまたアンカンを見る。彼女はまたうなずく。

リンドベリとアンカンは、それ以上なにも言わずに部屋を出る。

車のなかでアンカンは言う。

「あなたが母親のことを話したとき、彼にははっきりと反応が現われた」

「それが正確にはどんな反応だったのかを見極めるためには、少し待たないといけないかもしれないな」とリンドベリは言い、オーデンプランを離れ、ヴァーサスタンの裏道をジグザグに進む。

アンカンは、心配そうにリンドベリを見つめる。「本当のところ、調子はどうなの、アントン？」

彼はただ首を振る。でも、そんなことでごまかせるアンカンではない。「なんだか、いつものあなたらしくない。なにか気になることでもあるの？」

なんの返事もないと、彼女はため息をついて話題を変える。「さっきあなたが言ったこと、どれくらいが本当のことなの？」と彼女は訊く。

「彼がかつてエリアス・エリクソンとして洗礼を受けたこと、ビルギッタ・エリクソンという名の母親がいること、かなり歳をとってからの子で、今は認知症を患っていること」

「それだけ？」

「あとは全部、キャリブレーション（表情や動作、呼吸速度や声のトーンなど、言語以外の情報から相手の心理状態を認識する手法）のためさ」リンドベリは笑みを浮かべて言う。「重要な質問をおれがする前に、きみが狙いを定められるようにと思ってのことだ。なにしろ最近では、性格を見抜くきみの才能はすごいからな」

「それって、わたしがデートしているから？」

「たしかにそれもある」とリンドベリは認める。「いつも精密なレーダーかなにかを張りめぐらしてるように見える」

「そりゃあ、デートしているときの女なら誰だってそうよ」アンカンはぶつぶつ言う。

彼らは目的の住所に到着する。リンドベリは車を、過剰な装飾が施されたひさしのある正面玄関のすぐ前に駐める。アンカンはすばやくピッキングで鍵を開ける。目の前にある階段を四階まで上がり、〝エリクソン〟と書かれた地味な玄関ドアの前に立つ。

アントン・リンドベリは捜査令状を手に持っているが、アンカンはピッキングの道具を用意している。しかしドアが施錠されていないことがわかり、リンドベリは令状をポケットにしまう。ふたり同時に銃を抜き、音をたてないようにドアを開ける。アパートメントにはいると、互いを掩護《えんご》しながら、建物全体には聞こえない範囲の声で「警察だ！」と叫ぶ。

彼らは効率よく部屋から部屋へと移動する。部屋数は多くない。ほどなくして、アパートメント全体の確認が終わる。

アンカンはラテックスの手袋をはめ、奥のほうの寝室の床にしゃがみ込む。人差し指を床に這わせて言う。

「ごく最近、誰かがここにいた」と彼女は言う。

リンドベリは廊下まで戻り、玄関ドアを閉める。そして、銃を構えたまま居間にはいる。

むかしながらの暖炉の上に、額に入れられた写真が並んでいるが、どれもうっすらと埃をかぶっている。暖炉の前を歩きながら写真を眺めていると、新旧二枚の結婚写真がある。花婿は違うが、花嫁は同じだ。その花嫁のさらに若いころの写真もある。あまりにも古くてはがれかけているが、パルミラ遺跡――写真にそう書かれている――の寺院の前で満面の笑みを浮かべている。間違いなくビルギッタ・エリクソン本人だろう。少し黄色がかったもう一枚の古い写真には、ビルギッタの膝の上に座っている、豊かな赤色の髪と鋭い緑色の目の十二歳くらいの少女が写っている。その列の最後の写真が、アントン・リンドベリの目に留まる。彼はラテックスの手袋をはめると、その写真を手に取る。かすかにアラブ系の顔つきの十歳くらいの少年の写真だ。

幼いころのエリアス・エリクソン――別名、エリアス・シャリク――に違いない。

「ねえ、こっち」奥の寝室からアンカンが呼ぶ。

リンドベリは写真をもとの場所に置き、寝室に行く。アンカンは古い洋服ダンスの前に立っている。扉を開けると、なかに比較的新しい金属製のキャビネットがあり、床にボルト留めされている。キャビネットの扉は少し開いている。注意深く金属製の扉を開けると、右上の隅に、頑丈に仕切られた小部屋があるのが見える。キャビネットの内側にしっかりと溶接されている。

「このタイプなら知ってる」とアンカンは言い、考え込むように金庫を指差す。

「知ってる、ってどういう意味だ?」とリンドベリは訊く。「この鍵は破れそうにない」

「最新式のものよ。古いピッキング用具じゃ開けられない。でも、二カ月前に講習を受けたばかりなの。最新式のピッキング用具も借りてきた。ここにあるわ」

「たまげたな」とアントン・リンドベリは言う。

アンカンは見事なピッキング用具のコレクションを取り出し、ちょうどいいものを選び出す。彼女はそれを鍵穴に挿し、慎重に錠の内部のピンを探り出す。そしてついに、クリック音が聞こえる。

小さい頑丈な扉が開く。なかに、透明なガラスの瓶がある。極小の黄色い粒がふたつ、液体のなかに浮かんでいるのが見える。

「ピクリン酸だ」アントンは静かな声でつぶやく。

66

エヴァ・ニーマンはガラス窓の前に立ち、薄暗い部屋のなかで動きまわっている白い防護服の男性を見つめている。顔もすっぽり覆われているので、国立科学捜査センター主任研究員の目しか見えない。

「このガラスの部屋はなんのため？」とニーマンは尋ねる。

「そちらさんからの第三の案件のためだ」と主任研究員はくぐもった声で言う。「でも、まずは第一の案件からだ。おたくらのおかげで、こっちは忙しくてしかたがない、エヴァ・ニーマン」

「それを言うなら、忙しくさせているのは爆弾テロ犯でしょ」

「じゃあ、まずは第一の案件。ヴァーサスタンのアパートメントの件だが、たしかに、ガラス瓶にはいっていた黄色い粒はピクリン酸だ。非常に不安定な爆発物で、乾燥状態では移動できない。それから、あのアパートメントには、最近何人かの人間がいた痕跡が残っていた。少なくともふたり。今、DNA鑑定をしているところだ。さらに、三人目の人物がいたかもしれないという兆候も、かすかだがある。おたくのチームのメンバーがあのアパートメントにはいる直前だ。しかしその人物が残したのは、埃の上の足跡ひとつだけだ。その分析はまだできていない」

「ビルギッタ・エリクソンは、一年以上前から認知症の介護施設にはいっている」とニーマンはひとりごとのように言う。「息子はあのアパートメントは売らずに、倉庫がわりに使うことにした。それに、誰かと会う場所としても使っていたんでしょう」

「アパートメントについてはまだ分析を続けているから、なにかわかったらすぐに連絡する。

浴室についてはなにかありそうだ。バスタブのなかに、未確認の酸の痕跡があった。ただし、まだ期待はしないでくれ」

「わたしはめったに期待しないの」とニーマンはつぶやく。「で、次は？」

主任研究員は白い手袋をはめた手でなにかを取り上げ、ぶらぶら揺する。それは黒い円形のもので、切断されている。

「アンクレットだ」主任研究員は自己満足げに言う。「かなり苦労したが、なんとか馬の脚からはずすことができた。うちでも最上級の電子技術専門家が、ひと晩かけて調査した——警報が鳴るのを防ぎながらどうやってアンクレットをはずし、そのあとどうやって警察の馬の脚に取り付けたのか」

「で、なにかわかった？」

「外付けの電子機器を使ってオフラインにしたあと、物理的な力を加えて広げたようだ。人の足首からはずしたあとは、すぐに馬の脚に装着されたようだが、騎兵隊の兵舎のなかでおこなわれたとしか考えられない。馬が外に出される直前に。すべての行程は冷静かつ緻密に実行され、しかも検知されないようにおこなわれた。うちの技術者たちも深く感銘を受けていたよ」

「でも、なんで警察の馬なの？」

主任研究員はしばし黙り込む。白い防護服から唯一見える目が、驚きを隠せないとでも言うように細められる。

「それがわからないのは、まったくユーモアを解さない人間だけだ」

「ユーモア？」とニーマンは言う。

「まあ、深刻な法的問題が山ほどあるにせよ、騎兵隊の馬の脚にアンクレットが装着されていたなんて、これほど馬鹿馬鹿しいことはないだろ」

ニーマンはなにも答えない。必死に急速回転している頭を少しゆるめる。するとようやく見えてくる。たしかに、馬鹿馬鹿しいにもほどがある。彼女は一瞬笑みを浮かべ、すぐに頭の回転速度をもとに戻す。

「何人かの捜査官に、騎兵隊兵舎の職員を聴取させているところよ。今のところ、どうやってあんなことをやってのけたのかは謎のまま」

どういうわけか、主任研究員はふさわしいことばを探しているようだ。やがて、彼は言う。

「このタイプのGPSアンクレットは、国内だけじゃなく海外でも広く普及して利用されている。でもその秘密の歴史をひもとくと、今回と同じようにアンクレットがはずされた事例が二件見つかる──ノルウェーで一件、フィンランドで一件。ただ、それを世界に向けて発表しようなんて誰も思わない。そんなことをしても無駄だと思っているんだろう」

ニーマンはため息をつくが、突然思い出して言う。

「でも、〈ノキア〉の件は？ 取り付けた追跡装置は、絶対に電源を落とせないんじゃなかったの?」

「実は、内蔵の回路には抜け穴があるんだ」と彼は言う。「普通ならアクセスできない電気回路のなかに、ひとつだけ電源を落とすためのマイクロスイッチがある。もしも間違ったところを触れれば、ただちに警報が鳴る。相当な技術が必要だ」

「それをルーカス・フリセルはたったひとりでやってのけたということ? ストゥーレ通りを歩きながら?」

「かなり器用な手の持ち主なんだろうな。あるいは、歩いているあいだも、専門家と一緒だったか。いずれにしろ、騎兵隊兵舎のなかに、少なくともふたりの協力者がいたはずだ」

エヴァ・ニーマンはうなずくと同時に首を振る。

「では、私たちがここにいる第三の案件に移るとしよう」と主任研究員は言い、引き出しから手紙を取り出して作業台の上に置く。ニーマンにも、タイプライターで書かれたお馴染みの宛先が見える。〝ストックホルム市、警察本部、NOD、エヴァ・ニーマン主任警部さま〟。

「郵便で届いた」と彼女は言う。「第四の手紙。わたしが読む前に、あなたに横取りされた」

「今のところ、これまでの三通と違うところはなにも見つかっていない。ただひとつ違う点は、今回はわれわれが早く入手できたということだ。証拠が汚染される前に」

彼の目しか見えないにもかかわらず、主任研究員が責めるような表情を浮かべているのがわかる。

「明らかに同じタイプライター」と彼は続ける。「同じ紙、同じ論調。ローセシュバーリの郵便ターミナルから昨日送られた」

「新しいことはまったくないの？」

「まあ、メッセージはもちろん前のものとは違う。しかし、それ以外は同じだ。顕微鏡で詳細を調べたり、DNAが検出されないかとかいろいろ調べたりするまでは。このガラスの部屋は、そのためのものだ」

「でも、その分析がすべて終わる前に内容を見る必要がある」

「それなら、写真を撮ってそっちに送る」

彼は巨大な固定カメラを移動し、作業台の上まで持ってくる。何回かフラッシュがたかれ、主任研究員がビニールカバーをしたパソコンになにかを打ち込んでいるのが見える。間もなく、ニーマンの携帯電話に着信を知らせる音が鳴る。

彼女は手紙を読む。その場を立ち去る彼女の顔からは、すっかり血の気が引いている。

ソーニャ・リドは昼前の太陽を浴びながら、警察本部から五百メートルほど離れたイネダル通りに立っている。〈iPad〉を開き、赤い線が表示されている地図から、履歴のページに移る。条件を入力し、ルーカス・フリセルがまだGPSアンクレットを装着していたときに五分以上留まっていた場所を絞り込む。長いリストが表示される。

彼女が今立っているのは、シンボルについての話をするためにフリセルを呼び出したとき、彼が電話に出た場所だ——円のなかに円が描かれたシンボル。警察本部にやってきた彼とシンボルの話をするうちに、彼は次第に青ざめ、動揺を見せはじめた。そのあと、リドは決定的なミスを犯した。動揺した彼に、自分を立て直して考える時間を与えるため、一時間の休憩を与えてしまったのだ。その一時間を彼がどう使ったのかを考えると、今でも息ができなくなる。今朝は五時からジムに行き、二時間ぶっとおしで自分に罰を与えた。

彼は、呼び出されたときにここにいただけではなく、そのあとにもここに戻ってきたのだ。この、まったく同じ住所に。そしてその十五分後、車でここを立ち去った。その車の追跡は可能なはずだ。タクシーに乗ったのかもしれない。その車が停車した場所が、ストゥーレ広場でタクシーが乗客を降ろすときに必ず停まる場所だったからだ。

イネダル通りのその住所にある建物の短い階段をおりると、なんの変哲もない地下室のドア——郵便投入口があるだけ——の前に出る。彼女はドアを叩く。応答はない。ピッキング用具を取り出し、すばやく鍵を開ける。ドアのなかは、普通の作業場だ。何台かの壊れた自転車、古い変圧器、ペンキで汚れた二脚の椅子、そしてテーブルがある。その上でハンマーやノコギリが使われた痕があり、テーブルの短辺にはさまざまな大きさの用具がぶらさがっている。しかし、テーブルの上には埃ひとつない。作業場が放置された様子はなく、かといって最近使われた様子もない。とてもきれいに片づいている。

あまりにもきれいすぎる。

通りに面した窓からは、歩道を歩いている女性の足が見える。それしか見えない。それでも、リドにはわかる。

彼女は警察仕事と哲学の訓練を受けている。超常現象の類いはいっさい信じない。しかしこのとき、彼女は確信する。この地味な作業場こそ、どのようにやってのけたのかは別として、ルーカス・フリセルの逃亡劇が計画された場所であることを。

携帯電話に着信を知らせる音が鳴る。彼女はショートメッセージを読む。

〝至急〈待合ホール〉に集合。第四の手紙。エヴァ〟。

67

ソーニャ・リドが勢いよく〈待合ホール〉にはいると、Ｎｏｖａグループのほかのメンバーはすでに集合している。無言のままエヴァ・ニーマンはプロジェクターをつける。壁に、無限ループのようなタイプライターの文字の羅列が投影される。いつもどおり、彼女は第四の手紙を読みあげる。

〝……これはもはや警告ではない、意味を失いし者の子孫たちよ。今となれば、私になにができるか、おまえたちをいかに簡単に騙《だま》すことができるのか、わかったことだろう。おまえたちはあまりにも似かよっている。携帯電話に没頭しながらただそこに座って魂を売り飛ばし、洗脳されることもいとわない。なにが待ち受けているかを知っていながら、おまえたちはなにもしようとしない。日々の暮らしを同じようにおくり、大きな裏切りも罰せられることなく見過ごされている。今やおまえたちは、母の日（スウェーデンの母の日は五月の最終日曜日）に、死の鳥の住処がおのれ自身の灯油で炎に包まれ、破壊しつくされた廃墟になることを知っている。それは、われわれ全員――特にもっとも深い裏切りを犯した者――を待ち受けるものを思い起こさせる暗示だ。聖なる怒りは、生命の意味を忘れてしまった地を、すでに呑み込みつつある。私は二度、おまえたちを騙した。そしてふたたび騙す。どのように実行されるのかを見破ることはできない。しかしその愚かさは、全世界の知るところとなる。これはもはや警告ではない……〟

エヴァ・ニーマンは、手紙の冒頭と同じ終わりの部分の余韻が消えるまで、ただそこに座って待つ。〈待合ホール〉のなかは、物音ひとつしない。

「なにかコメントは？」やがて彼女はため息とともに言う。

ソーニャ・リドはじっと座ったまま、考えをめぐらす。シャビール・サルワニが、おそらくみんなが考えているであろうことを発言する。「〝母の日に、死の鳥の住処がおのれ自身の灯油で炎に包まれ、破壊しつくされた廃墟になる〟。これは、空港のことだ。ジェット燃料――灯油の一種――で動く死の鳥の住処は、空港だ」

「母の日は明日」とニーマンはつけ加える。

「アーランダ国際空港とは限らない。ブロンマ空港かもしれない」とアントン・リンドベリは言う。「それも、ストックホルムに限定した場合だ。そうでなければ、ヴェステロース空港とかランドヴェッテル空港とか、スウェーデンじゅうの空港だってありうる。マルメ空港も――なんならコペンハーゲン空港ってことも。ついでに言えば、軍用飛行場ならどこだって」

「爆弾テロ犯は、本当に北欧の空港を爆破なんてできるの？」とアンカンは訊く。「軍用の飛行場は言うまでもなく。そんなこと……難しすぎない？」

「犯人はこれまでも難しいことをやってのけてきた」とニーマンは言う。「だから、今回も真剣に受けとめないといけない。スウェーデン国内のすべての空港において、脅威レベルが上げられた。特に、間違いなくもっとも大規模で象徴的な意味でも重要なアーランダ国際空港については重視している。すでに注意喚起はされている。なにしろ、母の日は明日なんだから」

「彼はアーランダ国際空港を爆破するつもりだ」とサルワニは暗い声で言う。

「やつらはテロリスト集団だ」とリンドベリは言う。「犯人はひとりの男じゃないから、彼じゃない――集団なんだ。そのうちのひとりが、ここに勾留されている」

「そのエリアスからはどんな情報を入手できたの？」とニーマンは冷ややかに訊く。

「問題ない。必ず吐かせる」

「で、これまで何語くらい吐いた？」ニーマンは執拗《しつよう》に訊き返す。

「認めるよ。ゼロだ」とリンドベリは言う。「でも、やつの隠れ家は見つけた。言い逃れのできない証拠も入手した。真実を吐くまで、エリアス・シャリクを締めあげさせてくれ」

「法令集で頭を殴りつけるつもり？」とニーマンは言う。リンドベリは答えない。彼は首を振り、黙って座っている。

「この手紙は、ほかになにを言っている？」やがてニーマンは訊く。

「二度、わたしたちを騙した」とリドは言う。「一度目は、おそらくオーデンプランの事件のとき。二度目は、見事に逃げおおせたこと」

「その場合、ルーカス・フリセルが手紙を書いたということね？」とニーマンは言う。「彼はまた第一の容疑者に返り咲いたということ？　だから逃亡したの？」

「あるいは、テネリフェ島のヌーディストビーチでくつろぐため」とアントン・リンドベリが口をはさむ。「理想主義のことは忘れたほうがいい。彼はただ森がいやになっただけだ。日光浴と女が恋しくなっただけだよ」

「ほかに、二度目の騙しに相当することがあるとすれば？」とリドは訊く。

「おれたちは騙されどおしだ」とリンドベリは言う。「おれには、エリアス・シャリク＝エリクソンがフリセルのような男の言いなりになるとは、どうしても思えない」

「もし彼がフリセルの殺し屋なら、報酬がもらえる」とリドは反論する。「たとえ信念とか道徳心がなくても、金《かね》のことは理解してる。金のためならどんな命令にも従う」

「まあまあ、みんな、少し落ち着きましょう」とエヴァ・ニーマンは言って立ち上がる。

「わたしたちは四十八時間の猶予をもらったけど、それは、絶対に逃げられないはずだったフリセルが消える前の話。今はあと三十時間しか残ってない。わたしたちからこの事件を奪おうと、無数のチームが手ぐすねを引いてるの。フリセルの一件があってからも、わたしたちはまだ切られていないけど、そうなるのも時間の問題よ」

「母の日、か」突然サルワニが言う。「彼は最初から母の日に焦点を合わせていたんだろうか。母の日になにか特別な意味がある？　エリアスの母親に関係は？」

「今この瞬間になにか仕掛けていない限り、解決策を考えるまで少なくともあと一日ある」とニーマンは言う。「今わたしたちが持っている有力な手がかりは、ボリエ・サンドブロムね」

「あまり大した手がかりじゃないような気がする」とリドは言う。「フリセルとサンドブロムのあいだに、深い関係がない限りは。ただ単に、何年も近くに住んでいたサバイバリスト同士だったということだけじゃなく。とはいえ、フリセルの住処からカルフォシュまでは百キロしか離れてない。もしもボリエがカルフォシュの南に住んでいるなら、フリセルとはもっと近かったことになる。ウップランド地方とイェストリークランド地方の境界付近の森で、ふたりは出会っていた可能性もある。そのとき、サンドブロムは〈メルプラスト社〉の環境犯罪についてフリセルに話したのかもしれない。それが、フリセルがすでに企《たくら》んでいた計画とぴったり当てはまった。だから自分の大がかりな計画に組み込んだ。彼が取り調べのなかで〝計画〟と言っていたことを、わたしたちはもっと真剣に受けとめるべきだった」

「もしその計画に殺し屋でありピクリン酸の密輸者であるエリアス・エリクソンを加えたら、それでもう完全なテロ組織だ」とリンドベリは言う。「フリセルが頭脳、熱狂的なサンドブロムが力仕事、そしてエリクソンが殺しと密輸の担当。この三人を合わせれば、爆弾テロリスト・トリオだ」

「だとすると、フリセルはすべてを森の隠れ家で計画したことになる」とアンカンは言う。「もっと正確に言えば、彼の〝書斎〟で。ITの専門家にも話を聞いているんだけど、もしそうなら、彼はパソコンのデータを完全に消去する方法を知っているらしいわよ。彼が書いた文書、言ってみれば彼の〝本〟は、八年も前から書かれているものなんだけど、あまりにも自然に近いから、まるで吸い込まれそうになる。でも信じてほしいのは、そこには根底にあるような憎悪なんて微塵も感じられない、ってこと。それに、〈メルプラスト社〉の爆破は、サンドブロムがたったひとりでやったってこと？　だとしたら、彼が自分でリカード・アルブレクソンのオフィスに爆弾を仕込んで、双眼鏡で覗きながら、ちょうどいい瞬間を狙ってリモコンの起爆装置のスイッチを押したことになる。だって、そのときあとのふたりは勾留されていたんだから」

「いや、完全に可能だ」とリンドベリは言う。「彼には土地勘がある。だから、あの事件だけは、フリセルの詳細な指示のもとで、彼ならやってのけることができる」

「まだ全部のピースがきっちりと所定の位置にはまったとは思えないけど」とエヴァ・ニーマンは言う。「でも、異なる視点から物事を見るのは大切なことよ。フリセルとサンドブロムがつながっていたという、明らかな証拠は見つけられないかしら。もしかしたら、映像のなかに映っているんじゃない、ソーニャ？　すべての映像を見たの？」

「自分ではまだ」とソーニャは認める。「全部で十八時間ある。でも、わたしの助手は全部見た。今こうしているあいだも、映っていたもののリストを作ってくれているはず」

「了解」とニーマンは言う。「その当時、サバイバルに関する講義はスウェーデン国内でどのくらいおこなわれたのかしら。その地域の潜在的なプレッパーたちのなかには、興味を持った人もいたんじゃない？」

「たしかにいい考えね」とリドは言う。「あと、受講者リストの件もある。少し前に大学に問い合わせたら、それほど前の受講者リストはもう残っていないだろうと言われた。でも、まだ可能性は残ってる」

「わかったわ。みんなそれぞれやるべきことがあるようね。それにたった今、イェストリークランドの警察から、謎の人物ボリエ・サンドブロムの手がかりが見つかったかもしれないという連絡があった」

〈待合ホール〉の全員の目がエヴァ・ニーマンに集中する。彼女は言う。「ヘリコプターがアントンとアンカンを待ってる。あと十分で出発よ。今回もまた徹夜の捜査になると思うけど、必ずこの男を捕まえて。いいわね？」

68

カルフォシュのはずれの野原で、制服警官の一団が彼らを待っている。ヘリコプターは、〈メルプラスト社〉の工場の上を一周する。すでに修復工事は進んでいるようで、荷物を積んだトラックが門をはいっていくのが見える。

日常は続いていく。マイクロプラスチックと同じように。

ヘリコプターの回転翼が引き起こす竜巻の外で、アントン・リンドベリとアンカンは見覚えのある制服姿の大柄な女性に出迎えられる。

「やあ、ウッラ」軽く会釈しながらリンドベリは言い、手を差し出す。

ウッラ・フルトクヴィストは握手をすると、さっそく本題にはいる。「ボリエ・サンドブロムの人相風体に合致する男が、バトンルージュで目撃されたとの連絡を受けました」

「え？　どこ？　もう一度言ってもらえますか？」とリンドベリは言う。

「カルフォシュ北西の沼地にある生活共同体《コミューン》です」

「バトンルージュという名の沼地コミューン？」

「今からそこに向かいます。詳しい話はその途中で」

四台の車――パトロールカー三台に警察のヴァン一台――が隊列を組んでバトンルージュに向かう。リンドベリとアンカンは、パトロールカーの後部座席に座っている。同じ車の助手席に、何事にも動じることのなさそうなウッラ・フルトクヴィストがどっしりと構えている。彼女の深いアルトの声は朗々と響き、話すときにも後部座席に顔を向ける必要はない。勇猛果敢な運転手が、難聴になるリスクをおかしているのではないかとリンドベリは心配になる。少なくとも右耳は。
「バトンルージュは、グリーンウェイブ（植樹などを通して生物多様性を周知する活動）支持者、マリファナ愛好家、酒類密造者、ワクチン反対派に加えて、アメリカのトレーラーハウスが集まっている生活共同体です。自由至上主義者のトッシュ・ラーソンが創設したコミューンで、沼地がルイジアナを思い起こさせたそうです。それで、アメリカでもっとも貧しい州の州都の名前をとって名付けたと言われています。今朝、バトンルージュから亡命してきた者からの話で、ボリエ・サンドブロムが頻繁に集落を訪れていたことがわかりました」

「イェストリークランドには、そういう〝コミューン〟がいっぱいあるんですか？」とアンカンが尋ねる。

ウッラ・フルトクヴィストはくすっと笑う。「文明社会から逃げたがっている人の数を、甘く見ちゃいけません」と彼女は言う。「さまざまな事情があるようです」

「前回ここに来たときも訊きましたが」とリンドベリは言う。「また訊きます。この地域に住んでいるプレッパーについては、なんらかの情報は把握しているんですか？」

「あのときも〝いいえ〟とお答えしましたが、残念ながら今回も答えは同じです。検討したことはあるのですが、なにしろこのあたりの森は広大です。なかでなにがおこなわれているのか、逐一把握するのは無理なのです」

警察車両の隊列は大きな道路からはずれ、森のなかの狭い道にはいる。空は暗さを増し、空気は雨を含んでいる。昨日の大雨のせいで、草原はもはや草原とは呼べない状態になっている。ここはすでに沼地だ。ベトナムの水田を思い起こさせる。道はどんどん狭くなっていく。

〝バトンルージュ〟という手書きの看板を通りすぎたとき、空が口を開け、雨が落ちてくる。

警察車両の隊列が、アメリカの南部地方とヒッピー・コミューンを足して二で割ったような場所に着いたころには、土砂降りになっている。そこに立ち並んでいる風変わりな家は、かつては移動可能なトレーラーハウスだったようだが、今は素人の手による大工仕事と無慈悲な時間経過によって、すっかり固定化している。

モーターサイクルベストを着た痩せこけた男が雨のカーテンをくぐり、到着したばかりの警察のほうに歩いてくる。土砂降りのせいで彼の後ろにいる人々の姿はかすんでいるが、明らかに彼の用心棒だろう。少なくとも数人が、胸の前に散弾銃を持っているのが見える。四台の警察車両のなかでも、数挺《ちょう》の銃の安全装置がはずされる。リンドベリとアンカンは言うに及ばずだ。銃を背中に隠して車から出た彼らは、目の前に繰り広げられている光景に唖然とする。

ウッラ・フルトクヴィストは痩せこけた男にまっすぐ歩み寄ると、うなずきながら言う。

「トッシュ、ここに来るには最悪な日になってしまった」

しわくちゃだった男の顔が少しなめらかになる。彼にとってはそれが笑顔なのだろう。

「訪ねてきてくれるとは光栄だ、ウッラ。今日はどんな用件で？」

彼女はラミネート加工された大きな写真を掲げ、しっかりとした数歩を歩み出る。トッシュは目にはいった雨をぬぐって写真を見ると、困惑したように首を振る。

「この男はボリエ・サンドブロムという名前で呼ばれているけど」とフルトクヴィストは言う。「偽名かもしれない。何度かここで目撃されたらしい」

「ここに何人が住んでいるか、誰も把握してない」両手を広げながらトッシュ・ラーソンは言う。「おれたちは、個人の自由と高潔をなにより重んじている。もし誰かがここで目撃されたとしても、その人間を捜し出すのは難しいだろうな」

「その一方で、あなたたち――特にあなた――が、よそ者を警戒しているのはよく知っている。ここに出そろっている歓迎団を見ても、一目瞭然」

トッシュ・ラーソンの顔がまたなめらかになる。彼は背後に控えている男たちを呼び寄せる。近くで見ると、たった三人しかいないことがわかる。ひょっとしたら、雨のカーテンに隠れて、さっきまではもっと多くの人数がいたのかもしれない。

ボリエ・サンドブロムの顔写真を覗き込んでいる彼らの表情を読みとろうと、アンカンが一歩前に出たことにリンドベリは気づく。彼らは一様に首を振るが、全員が同じように振っているわけではなさそうだ。しかしリンドベリには、その違いがさっぱりわからない。

「これから一軒ずつまわって、全員から話を聞く」とウッラ・フルトクヴィストは言う。

「それを止めるつもりはある?」

トッシュ・ラーソンは大げさにため息をつく。と同時に、黙認することを態度で示す。彼と彼の用心棒たちは、雨のなか後ろに下がり、やがて土砂降りに呑み込まれて見えなくなる。

ウッラ・フルトクヴィストは警察官たちを集める。彼らはキックオフ前のサッカーチームのように円陣を組む。フルトクヴィストが話しはじめる。「わたしが知っている限り、正式に住所登録している人はほとんどいない。つまり、なにが出てくるかはまったくわからない。別の言い方をすれば、ここでは絶対に単独で行動しないこと。必ず誰かが誰かを掩護する。今日は全部で十六人いるから、八人ずつの二チームに分ける。ひとつのチームはバトンルージュのいちばん下方から始め、もうひとつのチームは上方から始める。ストックホルムから来たあなたたちには、それぞれのチームにはいることを提案したい。各チームに専門家がはいるように」

アンカンとリンドベリのあいだで円が分かれ、警察官たちはそれぞれペアを組む。リンドベリはフルトクヴィストと組み、下方から始めるチームにはいる。アンカンは筋肉隆々の地元警察の巡査と組み、上方から始めるチームにはいる。

アンカンとリンドベリはしばし見つめ合い、上から始める八人のチームが動きはじめる。リンドベリは、暗い空を見上げる。雨は、雲の毛布から撃ち込まれる銃弾のように降ってくる。彼は深くため息をつく。

興味深い午後になりそうだ。

69

停車するタイヤの軋み音で、ソーニャ・リドの考えが中断される。車のまわりを照らしていた青い回転灯が切られる。運転席の制服警官が、振り返って彼女のほうを向く。彼はスピードを出すことをリドから非公式に要請され、ウプサラ市郊外のウルトゥナまで高速度で運転してきた。リドは彼にうなずき、車を降りる。

彼女は一泊用のバッグを持ってきている。これからおこなう作業に、かなりの時間がかかるのは覚悟のうえだ。しかし、決定的な情報が得られるかもしれない。

彼女はスウェーデン農業科学大学《SUAS》の中央管理棟に向かって歩いていく。受付カウンターの年配の女性は、週末の今日は本来出勤予定ではない。しかしソーニャ・リドが、どうしても来てほしいと依頼したのだった。

女性は静かに本を読んでいる。今日のSUASの活動レベルは低い。土曜の午後のせいか、ほとんど人がいない。

年配の女性は本を下に置くと、誰が受付に現われたのかと、老眼鏡を鼻の先まで下げて見る。

「あなたは、たぶん……」

「ソーニャ・リドです」とリドは言う。「あなたはヴァンヤ・パーンですね？」

老婦人はうなずいてから立ち上がる。

「土曜日なのに来ていただいて申し訳ありません」とリドは言う。

「どっちみち、ジョン・ルカレを最後まで読まないといけなかったから」温かい笑みを浮かべてパーンは言う。「それに、近くに住んでいるの。だから気にすることはないのよ。たしか、古い受講者リストを調べたいんでしたね？」

「はい。二〇一三年度から二〇一四年度までのあいだにおこなわれた、危機管理に関する一般向けの講座を受講した人たちのリストです」

「ええ、おぼろげながら記憶があるわ」とヴァンヤ・パーンは言う。「でも、そのときの受講者のリストが保存されている可能性はかなり低いんじゃないかしら。ただ、例外的に保存されているかもしれない。一般向けの講座というのは、政府の予算で開催されることが多いから。それじゃあ、一緒に来て、ソーニャ」

彼女たちは、人のまばらなキャンパスをゆっくりと横切る。パーンがリドのほうに振り返って言う。「それから、今夜はここに宿泊するから、その準備をするようにと言われているけど」

「どのくらい早く資料に目を通せるかにもよりますが、でも、よろしくお願いします。ご迷惑をおかけしますが」

「まあ、おそらく泊まることになるでしょうね」と彼女は言い、リドに鍵を渡す。リドは、パーンのことばにいやな予感を覚える。

パーンが地下の古い保管庫へとつながるドアを開け、反応の遅い天井の蛍光灯が点滅しながらようやくついたとき、そのいやな予感はますます強くなる。蛍光灯の明かりに照らされ、分厚いフォルダーがびっしりと詰まった棚が、何列も何列も並んでいるのが見える。

「ひどいもんでしょ？」とパーンはしぶい表情で言う。「わたしが退職してからというもの、この保管庫はまともに扱われてないのよ。でも、もしあなたの言う受講者リストがまだどこかに存在しているとしたら、それはここしかないわ」

リドがまだ棚を見つめていると、老婦人が地図を差し出す。「今夜の宿泊場所にたどり着けるように。それと、これはわたしの予備のＩＤカード。明日は日曜日だから、キャンパス内のどこにはいるにも必要。たとえば、図書館とか」

ソーニャ・リドは彼女に心から感謝する。ひとりきりになってまずしたのは、全体像の把握だ。古い書類は右に、新しいものは左に置く。二〇一〇年代のフォルダーは、それなりに多く残っている。何冊かはちゃんと日付順になっているが、なかには日付印さえ押されていないものもあれば、背表紙に意味のわからない文字列が書かれているフォルダーもある。

〝シーシュポスの岩〟の神話さえも生ぬるく感じられる。

最初はあぐらをかいてフォルダーを調べていたリドも、そのうち棚に寄りかかり、最後には何冊かのフォルダーを枕がわりにして床に寝そべりながら調べつづける。くしゃみが止まらない。きっと肺のなかは、古い紙の埃で完全にコーティングされているだろう。それでも彼女が諦めずに作業を続けているのは、真相に近づいているような気がするからだ。探している期間に近い日付のテストの解答用紙や受講者リストが一緒くたになって見つかったり、解読可能な名前が保存状態のいい紙に書かれていたりする。だが、ずっと空振りが続く。別の場所で別の仕事をしていたほうがよほど役に立てるのではないかという思いが、今おこなっている調査の作業の邪魔をする。

ついに、もう耐えられなくなる。建物の外に出ると、今まで味わったことがないほど新鮮な空気に包まれる。彼女はヴァンヤ・パーンからもらった地図を広げ、五月の夜のなか、キャンパス内にある宿泊場所に向かって歩きだす。

宿舎はすぐに見つかり、さっそくソファの上に大の字に寝そべる。それから、あらかじめ用意してきた出来合いのサラダを食べながら、箱ワインをがぶ飲みする。彼女の心はあちこちさまよう。ルーカス・フリセルを思い浮かべると、なにか見逃しているのではないかという思いがいっそう強くなる。

窓の外では、まだ日も暮れていない。すべてを見直すのに、これほど適した時間はない。明日の母の日までに、考えをまとめるには絶好の時間だ。しかし、それができない。あまりにも疲れ果てている。まぶたが勝手に閉じるのを感じる。どうしても起きていられない。そのかわり、明日の朝は早く起きなければならない。自分はもっとしっかりしていると思っていた。

少なくとも歯は磨かなければ。呑み込んでしまった埃をすべて吐き出すためにも。歯磨きのかわりに、埃を赤ワインで洗い流す。そのとき、携帯電話が鳴る。がんばって上体を起こして座る。携帯電話の画面に焦点を合わす。名前を見て自分を立て直し、電話に出る。

電話の向こうで、エヴァ・ニーマンが前置きなしに言う。「ソーニャ、こっちは政府の大臣たちとの会議に出ているんだけど、今は五分だけコーヒーブレイク中。明日、アーランダ国際空港を全面的に閉鎖するかどうかについて、激しい議論が繰り広げられている。彼らは、閉鎖しない方針に傾きかけているの」

「まあ、脅迫内容が曖昧だから……」

「国内でいちばん大きな空港を閉鎖するのは、たしかに大変なことよ」とエヴァ・ニーマンは言う。「その判断がどこから来ているのかは理解できる。でも、わたしのなかの警察官としての信念が、その判断に抗議の悲鳴をあげているの。アメリカの警察と同じように〝奉仕し守る〟ことを宣誓したわたしが、そう悲鳴をあげている」

「わたしたちは、まだ事件の担当なの？」リドは息を荒くして訊く。「まだはずされてはいないの？」

Novaを排除したがっているけど、彼らにはわたしたちが必要なの。すべての情報を掌握しているのはわたしたちだし、それは彼らも理解している。そのための妥協案だと思うけど、今日の深夜午前零時に、アーランダ国際空港内に合同のマネジメントチームが設置されることになった。わたしも参加すべきだと思う?」

「そのマネジメントチームにあなたが参加すべきかどうか、わたしに訊いてるの?」

「もう会議が始まってしまう。わたしが唯一信頼しているのはあなたなの、ソーニャ。わたし個人としては、捜査現場に近い場所にいたほうが役に立てると思ってる。でも、マネジメントチームに参加すべき? イエスかノーか、どっち?」

リドは即答する。なんのためらいもなく。「もちろんイエスよ、エヴァ。百パーセント、イエス。あなたはマネジメントチームに加わるべき」

「ありがとう」ニーマンは思いのほかやさしい声で言う。

リドは、電話の向こうから法務大臣の声が聞こえたような気がする。もうひとり聞こえるのは、首相? エヴァ・ニーマンは電話を切る。

ソーニャ・リドは、自分の携帯電話をしばし見つめる。残っていた力をすべて使い尽くしてしまったのを感じる。服も脱がずに、ソファに倒れ込む。意思に反し、彼女は即座に眠りに落ちる。

70

長い一日はまだ続いている。バトンルージュの風変わりな家々に明かりがともり、そしてまた消えていく。沼地のにおい、湿地帯ならではの悪臭も、今では背景に溶け込んでしまって気にならなくなっている。住人たちは、誰もボリエ・サンドブロムをバトンルージュでは見かけていないと言う。夜になって雨はやんだが、家々のあいだの道は水浸しでぬかるんでいる。

アントン・リンドベリとウッラ・フルトクヴィストは、コミューンの中心近くの家のドアを叩く。応答はない。が、ドアは開いている。

彼らは家のなかにはいる。

信じられないほど大きな口径の散弾銃に迎えられる。もし銃が撃たれていたら、リンドベリもフルトクヴィストも薄っぺらな壁を突き破り、ピンク色のプラスチックパイプのように、周辺の広い範囲に飛び散っていただろう。

「ラグナル」フルトクヴィストは落ち着いた声で言うと、自分の拳銃をゆっくりとホルスターに戻す。「ここに引っ越してきたとは知らなかった」

「ここには、警察は絶対に来ないと聞いていたんだがな」と髪の薄い男が言う。散弾銃が震えている。彼の口は、あくびの途中のように半開きになっている。ドラッグの影響だろう。それも、かなり強力な。

この家にはいるまで、リンドベリの緊張も徐々にほぐれはじめたところだった。なにが起きるかわからない状況で、彼らはいくつもの掘っ立て小屋を訪ねてまわった。ここ数年間、娘たちのことをこれほど考えたことはなかった。

それが、今はこんな状況に陥っている。体の震えが止まらない、予測不可能な薬物中毒者が構えているのは、電車の車両さえぶっ飛ばしかねない散弾銃だ。

普段のリンドベリなら、この男を殺せる自信がある。銃を抜き、ラグナルが反応できる前に、そのあくびの途中のような半開きの口に狙いを定められるだろう。しかしそのためには、精度が要求される。今の彼には無理かもしれない。

「ラグナル」深いアルトの声が響きわたる。それはラグナルではなく、どちらかといえばリンドベリに向けられたことばだ。ウッラ・フルトクヴィストは、はっきりと両手を下げる動作でことばを補う。

リンドベリはようやくその意を理解する。彼は注意深く自分の拳銃の安全装置を戻し、ズボンの後ろに挿して隠す。それから、両手を自分の前に上げる。

ふたたび視線を上げたときには、ラグナルは散弾銃を持っていない。ウッラ・フルトクヴィストが散弾銃を持ち、手首ほどの太さの散弾実包を取り出している。彼女は、これ以上ないほど大きく堂々としている。まるで超人だ。

彼女は、リンドベリに視線を向けることなく散弾銃を彼に渡す。リンドベリは、自分に散弾銃を持つ力さえ残っていないことに気づく。

フルトクヴィストは散弾実包を玄関の外に放り投げる。実包は外の泥のなかにしぶきを上げて落ちる。彼女は、ボリエ・サンドブロムの写真をラグナルの目の前に掲げる。

「この男、知っているね？」

あくびのような半開きの口で、なにか話せるのは奇跡に近い。ところが、そんな障害などおかまいなしに彼は言う。「誰なのか、さっぱりわからねえな」

「だけど、この男をバトンルージュの近くで見たことがあるんだよね？」

「くそ。ああ、そうだよ」とラグナルが言う。「てっきり、あんたはおれの売人を逮捕しにきたのかと思った。もう大丈夫だ。だいぶ気分も落ち着いてきた。やつは木曜日に来る」

ラグナルはふたりを見つめてから、もう一度サンドブロムの写真を見る。自分が決定的なミスを口にしたことに気づいたようだ。

「いやいや、売人はその男じゃない。そいつのことは、ここらへんで見かけたことがあるだけだ。でも、かなり前の話だ。たしか」

「どこで見かけた？」とフルトクヴィストは訊く。

「ウグッツの家だ。くそ！　今のも声に出して言っちまったのか？」

「ウグッツがその男の友だちなのは知っている」フルトクヴィストは、なんとも自然に嘘を言う。ラグナルではなく、リンドベリをじっと見すえながら。リンドベリは、ここは黙っているべきだと悟る。

「いやあ、よかった」激しく首を振ったため、ラグナルの開いた口のなかを通過した空気が口笛のような音をたてる。「余計なことをうっかりしゃべっちまったかと思ったよ」

「ウグッツがどこに住んでいるか教えてくれたら、散弾銃を返してやる」ウッラ・フルトクヴィストは笑みを浮かべながら言う。

「ふたつ先の家だ」鼻を鳴らしながらラグナルは言う。「でも、やつは今いないよ。金曜と土曜はいない」

「ありがとう、ラグナル。ウグッツとその男が、一緒のときになにをしているのかは知ってる？」

「ファック？　ドラッグ？　日曜学校？　そんなこと、おれが知るかよ。だけど、半年前はかなり親しげに見えた。それ以来そいつは見かけてないけどな。いいから、早くライフルを返してくれよ」

「そのうちに」とフルトクヴィストは言い、リンドベリから散弾銃を受け取る。「ウグッツは明日帰ってくるんだね？　日曜に」

「ああ。おれが起きたときには、たいていやつはいる。酒のよく出る週末は、イェヴレのどっかのバーで働いてるみたいだ」

ウッラ・フルトクヴィストはゆっくりとうなずくと、ラグナルの散弾銃を腕の下に抱えて家を出る。そのあとにリンドベリが続く。

「おい、ライフルを返してくれるんじゃなかったのか？」とラグナルが叫ぶ。

「許可証を見せてくれたら返す」とフルトクヴィストは言い、ドアを閉める。彼女は深くため息をつく。「明日の朝、もう一度戻ってこないといけないようです。そうならなければいいと思っていたんですが」

「あと、木曜日のことも忘れないでくれ」とリンドベリは言い、ようやく緊張を解く。

「木曜？」

「ラグナルの売人が通ってくる日」

71

今日は母の日だけではなく、日曜日でもある。大学構内に職員の姿は見当たらない。昨夜見かけた自動販売機のある建物まで、ソーニャ・リドは自動運転しているかのようにまっすぐに向かう。ヴァンヤ・パーンから借りたIDカードのおかげで建物にはいり、極めて人工的な朝食を急いで食べる。朝食がすむと、地下室に戻る。

閉じ込められたような感覚に襲われる。活力がすべて吸い取られるように感じる。時間はおそろしく遅く過ぎていき、と同時にあまりにも速く過ぎていく。なにしろ今日は、〝死の鳥の住処がおのれ自身の灯油で炎に包まれる〟日なのだ。

ようやく、彼女は探していた年の受講者リストのはいった古いフォルダーを見つけ出す。順番はばらばらになっていたが、なんとか目的の日付のものが見つかる。〝隔離された環境下での健康と医療〟というテーマでフリセルが一般向けにおこなった講義の受講者リストを引っぱり出す。

突然、リドは息ができなくなる。講義を録画した映像のなかで見たリストに間違いない。一メートルほど積み上がった古いフォルダーの山の上に載せたまま一分ほど待ち、深く息を吸い込んでからリストに向き合う。

残念ながら、きれいに印刷された名前ではなく、受講者たちが手書きで記入したものだ。約半分は解読できず、もう半分は彼女にとってなんの意味もない。

リストのいちばん下まで来たところで、力強い字で書かれた名前に目が留まる。解読できる。百パーセント間違いない。

そこに書かれていた名前は――ボリエ・サンドブロム。

カルフォシュの〈メルプラスト社〉による環境汚染にもっとも激しく抗議していたサバイバリスト——左手に二本の指しかない男——は、実際にルーカス・フリセルの講義を受講していたのだ。フリセルが、円のなかの円を描いて紹介した講義に。

今の今まで、リドは故意にサンドブロムのことは無視していた。それは、彼が爆弾テロ犯であるはずがないと思い込んでいたからだ。いたって単純な理由だ。しかし急に、彼の二本の指に、なにか引っかかりを感じる。

カルフォシュでおこなわれた抗議集会で撮影されたサンドブロムの写真を表示し、大きな赤ら顔をした、始終興奮気味に見える男を観察する。しかし、なにかが頭の隅に引っかかっているような感覚はなくならない。

とはいえ、サンドブロムとフリセルがつながっていたことは確認できた。そのとき、彼女はあることを思い出す。〈楽しい農業〉のフェイスブックだ。そのページから保存しておいた写真を開く。そして、フリセルがふたりの女子学生にはさまれたパーティーの写真に写っていた〝コルナ〟のサインをじっくり見る。

リドは自分を罵倒する。

ボリエ・サンドブロムはコルナのサインを手で作っていたのではなく、それは彼の左手そのものなのだ。この点と点を、もっと早く結びつけるべきだった。サンドブロムに対する偏見が、彼女を遠まわりさせてしまった。

ホワイトボードに二重の円が描かれたとき、サンドブロムは確実に講義室にいたのだ。この時点で、彼が爆弾テロ犯だと指し示している点がいくつかあることを、リドは認めざるをえない。

あるいは、爆弾テロリスト・トリオのメンバーの一員か。

リドはニーマンに電話をかける。「ボリエ・サンドブロムは、フリセルの一般向けの講座を受講してた」

「上出来よ」とニーマンは叫ぶ。「もうすぐサンドブロムの身柄を確保できる。イェストリークランド地方にあるコミューンかなにかに友人がいるそうで、アンカンとアントンが、その友人を捕まえようとしてる。今日の午前中にも帰宅するらしいから、その友人からサンドブロムがどこに住んでいるかを聞き出せるはず」

「了解」とリドは言う。形容しがたい空虚さを感じる。SUASに来たのはこのためだったのだ。ここでの仕事はもう終わった。

「これからシャビールもアンカンたちに合流させる。今日の夜に、奇襲することになると思う」とニーマンは言う。「彼は、わたしと同じヘリコプターに乗せていく」

「つまり、あなたは……」

「そう」とニーマンは割り込む。「あなたのアドバイスどおり、アーランダ国際空港のマネジメントチームに加わることにした。あなたもこれからイェストリークランドに直行するつもりなんでしょ、ソーニャ？　ボリエ・サンドブロムが逮捕されるときに、その場にいられるように。ウプサラのスヴァルトベック通りにある警察署に、覆面パトカーを待たせてあるから」

ここでできることはもうなにもない。ソーニャ・リドには、SUASに残らなければならない理由はない。それなのに、彼女はためらっている。彼女の奥底で、まだ終わっていない、となにかが叫んでいる。

「また連絡する」そう言って、リドは電話を切る。

72

結局、リドはイェストリークランドには行かない。しかし地下の保管庫からは抜け出し、大学の図書館まで行って誰もいない隅に座る。そこで自分の考えをまとめ、状況を広い視野で把握しようとする。

まず、フリセルがNovaグループから逃げ出そうと決断した瞬間まで戻る。おかげで、Novaは笑いものになった。この逃亡が、GPSアンクレットが装着される以前から計画されていたのは間違いないだろう。必ずしも逃亡ではなくても、自由の身になるという選択肢が必要だったのは明らかだ。

でもなぜ？

辟易《へきえき》するような取り調べでフリセルと対峙《たいじ》していたときに覚えた違和感を思い出す。尋問しているのは彼女ではなく、まるでフリセルから尋問を受けているように感じた。あの違和感はなんだったのだろう。

それに、彼はわざと捕まった。

ルーカス・フリセルは自分の住処にいるときに、Ｎｏｖａに逮捕されるように仕向けたのだ。彼はエヴァ・ニーマンから手紙のことを聞き、自分が容疑者だと聞かされたあと、故意に逮捕された。それがどういうことを意味するのか、彼は知っていたはずだ。取り調べが進めば進むほど、彼はソーニャ・リドから多くの情報を手に入れた。ひょっとしたら、犯人――彼に罪をなすりつけようとしている者――が、自分の過去と関係のある人物ではないかと気づいたのかもしれない。それが誰なのか、彼もまだ知らなかったことだけはたしかだ。ソーニャ・リドは自分の取り調べの技術に自信を持っている。だからそれだけは断言できる。しかし彼は、点と点をつなぎ合わせられると信じた。そしてついにそれがつながったとき、自分ひとりで解決することを選んだ。Ｎｏｖａにも、ＮＯＤにも、警察にも助けは一切借りずに。

それが第一のシナリオだ。フリセルは犯人が誰なのかわかるまで待ち、自分で犯人を追えるようになるまで待った。

第二のシナリオはもっと複雑だ。

それは、ルーカス・フリセルこそが爆弾テロ犯だというものだ。たしかに、あのGPSアンクレットの件ではすっかり騙された——彼がずっとNovaを欺いていなかったと誰が言える？　四通目の手紙には、人々を〝騙す〟ことが繰り返し書かれていた。

しかしリドが知るようになったフリセルは無口で簡潔な人間で、手紙に書かれているような華美で啓示的なことばはけっして使わない——故意に、むかしの自分を模倣していない限りは。フリセルは、エヴァ・ニーマンがよく知って覚えている自分、好意を寄せていたかもしれない自分になりきって手紙を書いたのだろうか。手紙は、直接彼女に語りかけていたのかもしれない。そして、留置場のなかから捜査状況を監視し、遠隔から共犯者に指示を出していたのだろうか——エリアス・シャリクには必要な殺人を指示し、ボリエ・サンドブロムにはカルフォシュに爆弾を仕掛けさせる。そうすることで、彼に対する疑いは薄れていった。

そんなことは、実際に可能だったのだろうか。

でも、GPSアンクレットを装着することを、彼があらかじめ知っていたとは考えられない。まだ試行段階の装置なのだから。

それとも、予想できていたのか？

フリセルに雇われた類い希《まれ》なるハイテクの天才とは、いったい誰なのか。どうやってそんな人材を短期間のうちに見つけられたのか。インターネットも電話もなしに。あらかじめすべてが計画されていたのだろうか。ひょっとして、そのハイテクの天才はGPSアンクレットの仕事をしていたのだろうか。製造した会社の社員なのだろうか。だから、スウェーデン検察当局が試行したがっているのを知っていたのかもしれない。

彼女は、誰もいない図書館のなかの、誰もいない隅にしばらく留まる。

いつからこんなに弱気になったのだろう。ルーカス・フリセルが有罪だと確信できなくなったのは、いつからなのだろう。いつから彼は、本気で彼女をくどきはじめたのだろう。あのバーに行ったときから？　キャッシュレスのバーがあるなんて知らなかったと、彼女に信じさせたときから？

騙された、騙された、騙された。

かつてエヴァ・ニーマンを誘惑したのと同じように、ソーニャ・リドを誘惑することが彼の計画だったのだ。

73

シャビール・サルワニはもう一時間も待ちつづけている。脚がしびれ、顔の傷も痛む。しかしスロボダン・ヨヴァノヴィッチは今、リンケビー地区にある母親の家に向かっている。やっとの思いで捜し出した目撃者が、毎日母親に会いにいっているという情報を、犯罪記録から得た。

彼は、母親と自分が結びつかないように、アパートメントの玄関の名前を変えている。

〝ソマリ〟？

サルワニは隣のアパートメントのドアに体を押し付け、覗き穴から外を見ている。近隣のアパートメントの住人には、しばらく家を空けるように要請ずみだ。

待っているのが苦痛になりつつある。いつでも動きだせるように、体のストレッチが欠かせない。目を覗き穴に戻すと、エレベーターの音が鳴る。

エレベーターから降りてきた悪名高い性犯罪者かつメタンフェタミンの売人は、体が少し震えている。自分の商品の効き目を試したのだろう。

隣人のアパートメントから飛び出したサルワニは、大男をエレベーターの扉に押し付け、銃口を彼の歯のあいだに押し込んで言う。「今日は時間を無駄にできないんだ、スロボダン。おまえはオーデンプランの人混みのなかで、アーミーグリーンのバックパックを背負った男とぶつかった。その男はどんな顔だった？」

スロボダン・ヨヴァノヴィッチの顔が蒼白になる。震えが激しく、銃口に当たっている歯がガタガタと鳴る。それでも、彼はなんとか言う。「男なんかじゃねえよ」

「今すぐ説明しろ」

一瞬、ヨヴァノヴィッチが白目をむく。

気なんか失うなよ、とサルワニは思う。頼むから失神するな。

数秒後、眼球の虹彩と明らかに開ききっていた瞳孔が、正常な状態に戻る。

「バックパックを背負ってたのは、小娘だ」

「小娘？」

「若い女だよ。首に双眼鏡をぶら下げてた」

74

騙された、騙された、騙された、騙された。あまりにも腹が立ち、ソーニャ・リドは無人の図書館のなかを歩きまわらずにはいられない。

もしそれが本当なら、彼女の人生は新たな時代を迎えたことになる。もしそれが本当なら、ルーカス・フリセルは彼女よりはるかに勝《まさ》っていたことになる。今まで、これほど鮮やかに騙されたことはない。犯罪者に、これほど魅惑されたことはない。そんなこと、絶対に信じたくない。

心の奥では、ただただ裏切られたと感じている。彼女の思いは、かすかに元夫をかすめるが、無理やり頭から追い出す。いつもなら朝から飲酒はしないが、でも今は、一杯あおりたい。

〝裏切り〟ということばに引っかかりを感じている。最後の手紙のなかでは、若干異なるふたつのことが書かれている。ひとつは、独りよがりな〝騙す〟ということ。そしてもうひとつは、〝裏切り〟。

彼女は図書館の席に戻り、〈ｉＰａｄ〉に保存してある手紙の画像を開く。そして、じっくりと読む。四通目の手紙の最後に書かれている〝裏切り〟は、気候変動とは切り離されたことのような気がする。いくつかの言いまわしが気になる。

その部分を抜き出してみる。〝大きな裏切りも罰せられることなく見過ごされている〟。そして、〝もっとも深い裏切りを犯した者〟。

裏切り、裏切り、裏切り。

注意深く読まなければ、この〝裏切り〟を気候変動と論理的に結びつけるだろう。しかし細かく見ていくと、気候問題への大きく抽象的な裏切りの裏に、実はもっと個人的で重要な裏切りが示唆されていることに気づく。

フリセルの元妻、ニーナ・ストレムブラッドのどこか金属的で録音されたような声が、リドの頭のなかにこだまする。幅広い赤褐色の口ひげを生やした制服警官が、秘密裏に録音した音声だ。「ウプサラの大学では、かなりお盛んにやっていたんじゃないの、ルーカス？」

リドは数分間そこに座ったまま、まっすぐ宙を見つめる。脳細胞が活発に働いているのがわかる――関連性やつながり、首尾一貫した物語を探している。

フリセルの顔が目に浮かぶ。頭のなかに、これほど多く彼の表情を記憶していたことに自分でも驚く。強い感情が表われたことはほとんどない。ただ、何回かはあった。特にニーナに関する話をしたときと、あと数回。しかし、たった一度、彼の顔が蒼白になったときがある。

それはいつ？

彼女は、すでに過度に酷使している頭で必死に考える。フリセルの顔に、色とりどりの光を照らしていた……絶えず変化する光の色。

そう、あのときだ。

警察本部の会議室で、ふたりは隣同士に座っていた。コーヒーポット、シナモンロール、非常ボタン、ドアの外で待機する警備員。二〇一三年の講義の映像がフリセルの顔に反射していた。今より若い自分がホワイトボードに二重円を描くのを見たとき、彼は純粋に驚いているように見えた。

そのあとなにがあった？

ふたりは映像のことを話した。リドは映像の音を消し、テーブルの反対側に戻った。物思いにふけっているフリセルの顔に、映像が反射していた。彼の目の前で、映像は再生されつづけていた。

アンカンがヴァーサ公園で撮影した木の幹の写真を、リドは携帯電話に表示して彼に見せた。大きな円のなかに刻まれた小さな円。あのとき、なにが起きた？

そうだ。三段式ロケットだ。

まだテーブルに座っているとき、エヴァ・ニーマンからメールが届いたことから始まった。そのときリドが最初に思ったのは、〝公安警察《サポ》じゃありませんように〟ということだった。彼女が視線を上げたとき、フリセルはさっきよりも動揺しているように見えた。ラップトップパソコンを閉じて彼の顔に反射していた色とりどりの光が消えると、彼の顔が蒼白になっているのがはっきりと見えた。

そして、彼女は大きな間違いを犯した。外の空気を吸わせてあげようと、彼に一時間の休憩を与えてしまったのだ。おそらく、彼はそのときすでに逃亡する決心をしていた。

彼を襲った動揺は、次のような段階で起きたのだろう。

第一段階：フリセルは、ホワイトボードに二重の円を描いている自分を見た。

第二段階：ヴァーサ公園の木に、殺人犯が二重の円を彫った写真を見た。

第三段階：？

それは、リドがほかのことに気を取られているとき、ニーマンからのメールを読んでいるときに起きた。その瞬間、彼に第三段階の衝撃を与えた可能性があるのは、たったひとつ。映像だ。

でも、彼女自身、あの映像は最後まで見た。映像のなかのルーカス・フリセルが、「それでは、また来週の金曜日に、破壊しつくされた廃墟の向こう側で」ということばで、講義を締めくくるのを見ているのだ。

あれが映像の最後ではなかったのか？　もっと続きがあったのか？

彼女は〈iPad〉の別のアプリを開き、映像を早送りして今より若いフリセルが締めくくりのことばを言っている場面まで進める。彼は、自分の荷物をまとめはじめる。それが一分ほど続く。斜め上の角度から、フリセルの机の前を通って講義室から出ていく受講者たちをカメラは映している。しかし、人が特定できるほどまともには映っていない。

約一分後、講義室から出ていく人はだいぶ減っている。赤い髪を丸刈りにした若い女性が、一瞬フリセルの前で立ち止まり、すぐに歩き去る。リドは再生を止め、その女性に目を凝らす。上からのカメラでは、彼女の顔は確認できない。

リドが映像の再生を再開すると、その女性が講師用の机の上になにかを置いているのが見える。メモかなにかのようだ。リドは、その状況を理解しようとする。

講義室から出ていく直前、丸刈りの女性がカメラのほうを向く。リドは映像を巻き戻してからスローモーションで再生し、その女性の比較的はっきりした静止画が得られるまでコマ送りする。カメラからはかなりの距離があるが、彼女の目にはなにかを感じる。

ソーニャ・リドは凍りつく。頭のなかで、記憶の断片が渦巻いている。ふたたび〈楽しい農業〉のフェイスブックのページを開き、保存してあった写真を表示する。

ＳＵＡＳの学生寮で、カフェのテーブルを囲む六人の女子学生が写っている。そのグループの左端で悲しげな顔をして座っているのは、赤い髪を短く刈りあげ、鋭い緑色の目をした女性だ。

これは、映像に映っていたあの女性では？　一般向けの講義のあと、ルーカス・フリセルの机の上にメモのようなものを置いたあの女性ではないだろうか。

ソーニャ・リドは、講義の映像から切り取った静止画と、フェイスブックから保存した写真を自分の携帯電話に送ると、〈ｉＰａｄ〉をバックパックに押し込み、図書館をあとにする。

75

珍しく、ソーニャ・リドは幸運に恵まれる。二本かけた電話のうちの一本は、ルーカス・フリセルのＳＵＡＳでの元同僚レイフ・スティエナへのものだったが、ちょうど大事な試験期間なのでオフィスで採点中だと言う。

迷子になりそうだったが、なんとか彼のオフィスにたどり着く。学者然としたスティエナは、試験用紙の束を前に赤ペンを持ち、人間工学に基づいたオフィスチェアに座っている。ソーニャ・リドは無言のまま、彼に携帯電話の画面を見せる。そこには、カフェのテーブルに座っている丸刈りの赤い髪と緑色の目の女子学生だけを切り取った写真が表示されている。学者らしいしかめ面をしたままレイフ・スティエナは写真を見つめ、ゆっくりとうなずく。

「ああ、覚えているような気がする」顎ひげを掻きながら彼は言う。「だが、名前を覚えるのは苦手なもんでね」

「この写真は二〇一四年の春に撮影されたものです」とリドは言う。「なんとか思い出してもらえると、非常に助かります」

スティエナは顎ひげをまだ掻いている。やがて彼は椅子の背にもたれ、ややためらいがちに言う。「彼女には、なんというか、炎を思わせる激しいところがあった。突然、長かった赤い髪を剃り落としてきたのを思い出した。でも、彼女はうちの学部の学生ではなく、たしか獣医学部だったような気がする。野生動物の保護とか、そんなことを専攻していたんじゃなかったかな。名前は覚えていないが」

「彼女がルーカス・フリセルとなんらかの関係があったか知りませんか？」

「そこまではわからない」とスティエナは言う。「ただ、あの当時の彼は、カサノバ的な存在だった……」

スティエナから得られた情報はそれだけだった。リドは彼のオフィスのドアの外に立ち、二本目の電話──ヴァンヤ・パーンにかけたもの──に、なんらかの成果があっただろうかと思う。

そのとき、はっと気づく。セーデルテリエまで都市計画プランナーのヨンナ・カールグレンに会いにいき、SUASの学生寮のカフェテーブルを囲んで座っている六人の女子学生の写真を見たとき、丸刈りの寂しげな顔に見覚えがあるような気がした。もっと以前の写真、パーティーでフリセルの両隣にいた女子学生のひとりだ。ただ、そのときはまったく違う髪型をしていた。

携帯電話に保存してあった写真を開く。ひとりの女性は茶色の髪を丸刈りにし、体じゅうにタトゥーがある。そして、その舌は蛇のように先が割れている。もうひとりの女性の髪は長く、燃えるように赤い──彼女の緑色の目は、食い入るようにフリセルを見つめている。

彼女の髪は、獣医学部の女子学生たちと一緒に写っている写真でも赤色のままだ。ただし、かなり短く刈られている。その悲しげな表情にもかかわらず、ソーニャ・リドにはどうしても理解できない奇妙なオーラを発している。それは、二〇一三年秋の写真でも、二〇一四年春の写真でも同じだ。あとで正確な日付を調べなければならない。

彼女はSUASの廊下を歩いていく。もう少しでなにかがわかりそうな気がしている。そんな勘が働く。

かつての受付係、ヴァンヤ・パーンが、約束どおり受付カウンターで待っている。彼女はリドに笑いかけて訊く。「宿舎ではよく寝られた？」

「おかげさまで、寝すぎたくらいです」とリドは言い、笑い返す。携帯電話を取り出し、写真を見せる。ヴァンヤ・パーンは老眼鏡の位置を直し、時間をかけて写真を縦にしたり横にしたりして眺める。そして言う。「ええ、イェリン・エリクソンね」

ソーニャ・リドは大きく息を吸い、言う。「イェリン・エリクソン？」

「ええ」とヴァンヤ・パーンは答える。「獣医学部の学生。二〇一四年の春にやめたの。卒業の直前に。まったく、無駄なことよね」

「やめたというのはどういう意味ですか？」とリドは訊く。

肩をすくめてヴァンヤ・パーンは答える。「中退したの。どうしてなのか詳しいことは覚えてないけど、イェリンは特に優秀な学生だったから、中退するとは予想もしていなかった。つまり、とても聡明《そうめい》な子だったの。だから、学位を取るまで続けるように説得した覚えがあるわ」

「やめた理由を本当に覚えていないの、ヴァンヤ？　卒業まであと少しなのにやめるなんて、あまりにも馬鹿げている。なにか、よほどの理由がない限りは。大学は理由を知っていたんじゃないかと思うんだけど」

　それまでなんでも明け透けに話してくれていたパーンが、戸惑いはじめたのをリドは感じる。

「なにか個人的なことだった」パーンは感情を押し殺しながら言う。「スキャンダルになるのを恐れていた」

「スキャンダル？」とリドが言う。それ以上の情報をパーンから聞き出すのは無理だと悟る。

「ごめんなさい、覚えていないの。イェリンは、詳しいことを話してくれなかったんじゃなかったかしら」

「でも、あなたは止めようとしたんでしょ？　中退を思いとどまるように説得したのよね？　そのスキャンダルにもかかわらず」

　ヴァンヤ・パーンはゆっくりと首を振りながら、荷物をまとめはじめる。

「お願い、ヴァンヤ」とリドは言い、恐る恐る高齢の受付係の腕に触れる。

　パーンは動きを止め、そこに立ちすくむ。宙を見つめている。

　リドは続ける。「もし〝スキャンダル〟な話があるとしたら、それはおそらく教員が関係していたということなのよね？」

　パーンはリドを見つめている。元受付係の頭のなかで、必死に歯車がまわっているのがわかる。「たぶん。もしかしたら」

たぶん、もしかしたら、リドの次の行動は軽はずみだったかもしれない。彼女は思い切って、プロの警察官としてはふさわしくないことを尋ねる。「相手は、ルーカス・フリセル?」

そのひとことが、ヴァンヤ・パーンのなかで一線を越えさせてしまったのかもしれない。ソーニャ・リドと視線を合わせた彼女の眼差しは、急に確固とした忠実なものに変わっている。

一方で、その眼差しは千のことばよりも饒舌《じょうぜつ》に語っている。

リドの電話が鳴る。エヴァ・ニーマンからだ。リドはそれを無視する。

76

日曜日、バトンルージュには二台のパトロールカーしか来ていない。しかしアンカンとリンドベリ以外の警察官は、前日よりもはるかに重装備で身を固めている。

パトロールカーはうまく隠してある。こちらに向かってきているウグッツに勘づかれてUターンされ、危険なカーチェイスに発展しないですむように。

彼らはすでに何時間も待っている。アンカンは、しびれた脚を目覚めさせようとする。そのとき、見晴らし台にいるエキセントリックなトッシュ・ラーソンが手を上げる。彼は日中、起きている時間のほとんどをそこで過ごしているらしい。

「車が近づいてきている」とウッラ・フルトクヴィストが深いアルトの声で通訳する。彼女はバトンルージュの入り口のすぐ横にある木の切り株に陣取り、MP5電動ガンをまるでおもちゃのように持っている。彼女の部下たちは、道をさらに行った先のコミューンの端に配置されている。

リンドベリとアンカンは、フルトクヴィストより十メートル手前の道の両側で待機している。戦車ならこのトリオを突破できるかもしれないが、ほかの車両ならまず無理だろう。

車が近づいてくるのが、目で確認するより先に音でわかる。バトンルージュの手前で道が鋭角に曲がっているため、スピードを上げて近づいてくる車が目視できたときには十メートルと離れていない。

リンドベリとアンカンは泥だらけの道の両端から真ん中まで踏み出し、ふたり同時に右手を上げる。しかし車はスピードを上げているため、泥でタイヤが激しくスピンする。アンカンとリンドベリはそれぞれ道の反対側に飛びのく。

フルトクヴィストが、MP5を構えながら道路に出る。

車は彼女の三十センチ手前で急停車する。運転者が車を降りてくるとき、すでに両手を上げているのが彼女からも見える。

中東出身と思われる顔立ちの若い男は、両手を上げたまま凍りついている。ウッラ・フルトクヴィストが怒鳴る。「見えるところに手を上げていろ。名前は？」

若い男の顔からは血の気が引いている。

「名前はシャビール・サルワニです。たった今、同僚を轢《ひ》いてしまったかもしれない」

77

ソーニャ・リドはまた図書館に戻っている。イェリン・エリクソンの学生時代のID番号は、SUASのデータベースに残っていた。ストックホルムの警察本部内にあるオープンプランのオフィスで仕事をしている同僚たちの助けを得て、興味深い情報を掘り出すことに成功する。

イェリンは海外に住んでいることになっている。彼女には犯罪歴のある弟がおり、母親はヴァーサスタンに住んでいる。

その情報は、どれも聞き覚えがありすぎて無視できないものばかりだ。

ついこの前アンカンとリンドベリが侵入してピクリン酸の痕跡を見つけたアパートメントがあったのは、ヴァーサスタンでは？　それに、容疑者エリアス・シャリクの本名は、エリアス・エリクソンだったはずだ。その彼は、今は認知症を患っているビルギッタ・エリクソンが、高齢出産してできた子だったのではなかったか。

リドは、リンドベリとアンカンがおこなった家宅捜索の報告書を開く。鑑識が撮影した写真のなかに、むかし風の暖炉の上に飾られている額入りの写真があるのが目に留まる。

リドはその写真を拡大する。そこには、赤い髪を伸ばし、カミソリのように鋭い目をした十二歳くらいの少女が写っている。リドは、フリセルの講義を録画した映像から切り出した女子学生の写真を表示する。丸刈りにした赤い髪と印象的な目をした女。フリセルの机にメモのようなものを置いた女。そして最後に、パーティーでフリセルを見つめている真っ赤な髪の若い女の写真を開く。三つの写真を並べる。

間違いない。

すべて同じ人物だ。

ストックホルムにいるデジタル分野に長《た》けているリドのアシスタントたちは、イェリン・エリクソンがSUASに在学中だったときの記録へのアクセスに成功する。そこに記録されている彼女の成績はトップクラスで、野生生物に関する研究については賞賛するコメントばかりだ。なかには〝画期的〟と書いているものさえある。

「調べようと思えばもっと調べられますけど」ちょうどそのとき電話で話しているアシスタントのエノクが言う。

少しためらいがちな彼の声音が、リドの興味を惹く。「話して」と彼女は言う。

「でも、現行の法律に違反するかもしれないので……」

「いいから、話して」

「理論的には彼女の医療記録にもアクセスが可能です」エノクは慎重に言う。

「調べるのにどのくらいの時間がかかる？　あくまで仮定の話として」

「一時間もかからないかと」

「きっかり三十分。それ以上は一秒でもだめ」とリドは言い、電話を切る。彼女は目を閉じ、熟考する。

イェリン・エリクソンは危機管理とサバイバルに関するフリセルの一般向けの講座を受講した。受講者リストに書かれていた名前によれば、ボリエ・サンドブロムも受講していた。

二重の円のシンボルがホワイトボードに描かれた講義のあと、イェリンはメモのようなものをフリセルの机に置いた。

爆弾テロリストが生まれたのは、その瞬間？

ボリエ―イェリン―ルーカス。

リドはパソコンのほうを向き、忙しくなにかを打ち込んだりクリックをしたりする。彼女が探しているのは電話番号だ。エヴァ・ニーマンはサンドヴィケンに直接行ったはず。シャビールとアントンも一緒に？

彼女はメモを見つけ、電話番号を入力する。

「こちら、ローカル新聞のエヴァ＝ロッタ」素っ気ない女性の声が聞こえてくる。

「エヴァ＝ロッタ・テリンですか？　わたしはソーニャ・リドと言います。エヴァ・ニーマン主任警部が、先日ある事件のことで相談したと思いますが、わたしはその事件を担当しています」

「ただ事件のことだけじゃないわね」エヴァ＝ロッタ・テリンは先ほどより親しげな声で言う。

「ええ。ボリエ・サンドブロムのほかに、〈メルプラスト社〉に対するカルフォシュでの抗議運動に出ていたのは誰でしたか？」

電話の向こうでしばし沈黙が流れる。

「二、三人だけ」とテリンは答える。「カルフォシュの住人じゃなかった。周辺の田舎から来たんじゃないかしら」

「その人たちの名前は覚えていませんか？」

「いいえ、残念ながら。でも、写真は送りましたよ。ボリエ・サンドブロムのガールフレンドもいたんじゃないかしら。少なくとも、失敗に終わったカルフォシュでの抗議集会に出ていた人たちはいたと思うけど」

リドはエヴァ＝ロッタ・テリンに礼を言い、カルフォシュ関連のフォルダーをクリックして写真を探す。一枚の写真に目が留まる。男中心の写真。ステージ上の机の前で、ボリエ・

サンドブロムが不機嫌そうな顔をして写っている。彼の後ろで、黄色い野球帽をかぶった若い男が怒っている。

そのさらに後ろに、半分後ろを向いている三人目の人物が写っている。短い赤色の髪の女。

78

エヴァ・ニーマンはヘリコプターから降り立つ。すでにヘリパッドから離れ、今は巨大なアーランダ国際空港第五ターミナルの忙《せわ》しない出発ロビーのなかを、人混みをよけながらくねくねと足早に通り抜けている。ライトグレーのクラシックスタイルのパンツスーツに、汗染みができているのではないかと心配になる。あちこちで、意図的にゆっくりと動いている数人の目立たないグループがいる。

どう見ても警察官だ。捜索班。

上層部がくだした物議を醸す判断が生きている——空港は閉鎖せず、旅客機が離着陸を続けるなかでマネジメントチームはその仕事を全うする。〝単なる可能性でしかない脅威〟のためにアーランダ空港を閉鎖し、全員を避難させるのはあまりにも代償が大きすぎるとの判断だ。

しかし、スウェーデン当局の爆発物処理班も出動し、空港内をくまなく捜索している。当初は国家特別部隊が支援に当たっていたが、今では周辺地域の普通の警察官たちが続々と応援に来ている。目的はただひとつ、いかなる爆発物をも探し出すことだ。ボランティアの警備員たちも、周辺地域から集まってきている。

母の日でもある日曜日の午後、警察は秘密裏に全力をあげて事態に対応している。

しかし、旅慣れた旅行者のなかには捜索班の存在に気づきはじめている者がいるのを、エヴァ・ニーマンは見逃さない。明らかにこの事態を怪しんでいる。いつまで空港をこのまま閉鎖せずにいられるだろうか、と彼女は思う。問題は、こうしていることで大惨事を招きかねないということだ。

ターミナル間にある〈スカイシティー〉――第五ターミナルの小規模な保安区域に隣接するレストランや店舗が集中しているエリア――に近づくにつれ、混雑ぶりはますますひどくなる。もしかしたらエヴァ・ニーマンは過敏になりすぎているのかもしれないが、空気のなかにある種のパニックが漂いはじめているのを感じる。まだはっきりとは認識はされていないが、鬱積しつつあるパニックが。

彼女は年配の女性グループのそばを通りすぎる。彼女たちが指差す先には、あまりにも目立つ捜索班が、大型の出発案内板の下にいる。

エヴァ・ニーマンが〈スカイシティー〉のなかにはいると、疑いの余地もない私服警官が彼女を待っている。

うなずくだけで、彼女は案内されていく。

79

あの騒動が一段落したあと、まだ顔の赤いサルワニが沼地に近い木の切り株に腰をおろし、決まり悪そうな目でまっすぐ大自然を見つめている。ほかの者たちは気をつかって距離をおいている。アンカンは服についた泥を落とそうと躍起になっているが、リンドベリのほうは上着とズボンについた泥がケーキのように固まってしまったのを受け入れている。

そのとき、トッシュ・ラーソンがふたたび合図を送る。間もなく、車のエンジン音が聞こえてくる。

彼らは、道をもっと先に行ったコミューン近くの場所に陣取っている。そこなら、まっすぐ延びた道で車を待つことができる。さらに、今度は地元警察が先頭に待機し、そのいちばん前にフルトクヴィストが立つ。

古いフォルクスワーゲンが、エンジンを吹かしながらバトンルージュに近づいてくる。

車から降りてきた男はオリーブ色の肌をした白髪交じりのヒッピーで、頭より上に両手を上げている。怖がっているというより、おもしろがっているように見える。

「ウグッツか？」同僚に取り囲まれたフルトクヴィストが訊く。

「訊かれてる相手によるな」皮肉めいた笑みを浮かべながら男は答える。

「ふざけるんじゃない」笑いを押し殺してフルトクヴィストは言う。そして、ラミネート加工したボリエ・サンドブロムの大きな写真を取り出す。

ウグッツはゆっくりとうなずき、肩をすくめる。

「ああ、チョミンか」と彼は言う。「頭のおかしなやつだよ。だけど、おれのダチだ」

このとき、アンカンとリンドベリが前に進み出る。

「最初から話してくれる？」とアンカンが言う。

「だが手短に頼む」とリンドベリがつけ加える。「ホラ話を聞いてる時間はないからな」

「どっちみち、そんなつもりもないよ」とウグッツは言う。「おれたちは幼馴染みだ。やつが今ボリエと名乗ってるのは知ってるけど、おれたちはウプサラ郊外にあるちっぽけなバスク人の集落で一緒に育った」

「ボリエ・サンドブロムはバスク人なの？」アンカンが驚きの声をあげる。

「やつはスウェーデンで生まれた。本名はチョミン・ララサバルだ」

「なんで名前を変えたの？　ボリエみたいな典型的なスウェーデンの名前に？」

「やつはスウェーデン人っぽくないか？　赤ら顔で。チョミンなんてけったいな名前だと言われるたび、やつはいやがってた」

「バトンルージュで会うようになったとき、そんな話を聞かされたの？」

「ああ、いろんなことを話してくれたよ」とウグッツは言って笑う。「でも、ずいぶん前の話だ。もう半年は会ってないよ」

「最後に会ったとき、なにかやらかすような話はしていなかった？」とアンカンは訊く。

「ああ、なんか興奮してた。生まれて初めて、重要なことをしているような気がすると言ってた。正直言って、かわいそうなチョミンは負け犬だった。おれと違ってな。週末はイェヴレでゲロまみれのビールジョッキを洗っているけど、犯罪に手を染めたことはない」

「早く要点を言え」ため息まじりにリンドベリは言う。

答える前にウグッツは苦笑いを浮かべる。「チョミンは八年生の女の子たちの気を惹きたくて、左手の半分を吹き飛ばしたんだよ」

彼らが話しているあいだに沼地からゆっくりと近づいてきたサルワニが、突然質問する。

「左手を吹き飛ばした？　爆弾を作ってたのか？」

「さあな。やつが十四歳のときだ」ウグッツは肩をすくめて言う。「でも、たしかに爆弾作りはあいつの趣味だった。そのうち、爆弾作りのモーツァルトみたいなもんになったよ」

サルワニはなにか考え込むようにうなずき、アンカンに質問を続けるように促す。彼女はしばらくサルワニを見つめたあと、ウグッツへの質問を再開する。

「彼の言っていたその重要なことがなんなのかわかる？」

「まあ、最近のやつは環境問題にずいぶん熱心だったから、それがらみじゃないかとおれは思ってた」

ウグッツはまるで興味がなさそうに言う。もしそうでないなら、大した役者だ。

「森のどこらへんに彼の家があるかはわかるんでしょ？」とアンカンは訊く。

「ああ。でも、とても家と呼べるようなもんじゃないぜ」とウグッツは言う。「そんなおれだってバトンルージュに住んでるけどな」

「じゃあ、行きましょう」とアンカンは言う。

警察車両の隊列は一時間ほど大自然のなかを進む。リンドベリがサルワニのレンタカーを運転し、助手席ではウグッツがいやいや方向を指示する。そのあとを二台のパトロールカーが追う。やがて、道路らしきものが突然途切れ、周囲を森に取り囲まれる。ドーム状に垂れ下がった枝の下に、ヴァンが隠れている。明らかに、そこに駐められてから半年は経っていない。

チョミン・ララサバル――別名ボリエ・サンドブロム――は、車で動きまわっていたようだ。そしてなにより、彼は在宅しているらしい。

ウグッツは木々のほうを指差し、はっきりと方角を示す。「あっちの方向に五百メートルから一キロくらい行ったところだ」と彼は言う。「おれにもそれくらいしかわからない。でも、チョミンのことは痛めつけないでくれ。やつは羊のようにおとなしいんだ」

警察官たちは円陣を組む。ウグッツとともにその場に待機することを命じられたひとりが、不毛な抵抗をする。残りは、四人編成の前衛——アンカン、リンドベリ、サルワニ、そしてフルトクヴィスト——のあとに続く。

「彼の言ったことを聞いていたよね?」拳銃の確認をしながらサルワニが言う。

「吹き飛ばされた手のことでしょ?」とアンカンが言う。「永遠に続くコルナのサイン」

「いや、ぼくが言いたかったのは〝爆弾作りのモーツァルト〟のほうだよ」とサルワニは答える。

80

ソーニャ・リドは、不成功に終わったカルフォシュでの抗議集会の写真を凝視する。そこに写っている女の髪は、今の自分よりも短く刈られているが、髪が赤いのははっきりとわかる。さらに、顔を半分そむけてはいるが、イェリン・エリクソンであることは間違いない。SUASを中退してから数年後のイェリン・エリクソンだ。講義の映像に映っていたころに比べると、はるかにやつれている。もちろん、〈楽しい農業〉のフェイスブックのページの写真よりもだ。

森のなかで何年も暮らしたからだろうか。

リドは、〈楽しい農業〉の日付をチェックする。最初の写真――不自然なほど赤い髪の女子学生が、緑色の目でフリセルを食い入るように見つめている写真――は、二〇一三年の八月の終わりごろに撮影されたものだ。二枚目の写真――カフェのテーブルで悲しげな表情で写っている丸刈りの写真――は、二〇一四年の三月に撮影されたものだ。

六ヵ月後。

その六ヵ月のあいだに、多くのことが起こったのだろう。

リドは、急いで映像のフォルダーをまた開く。十月におこなわれたお馴染みの〝隔離された環境下での健康と医療〟の講義――フリセルが二重円をホワイトボードに描いた講義――の二週間前、彼は〝サバイバルに欠かせない個人の衛生管理〟という講義もおこなっている。

前にもその講義の映像は見ているので、どのあたりを探せばいいのかはわかっている。独演に近い長い話の最後に彼は言う。「端的に言うと、本気で森のなかで暮らそうと思うなら、髪の毛を短く刈ることは必須である。髪の毛のなかほど、害虫が……」

リドはそこで映像の再生を止める。この状況について考える。

非常に優秀な獣医学部の学生だったイェリン・エリクソンは、文明社会から離れて暮らすというルーカス・フリセルの講座を受講する。八月下旬ごろから、彼らは同じパーティーに参加している。それから一カ月後、ひとつの講義を受講したあと、この聡明な女子学生は髪の毛を剃り落とした。森のなかでの暮らしに丸刈りが必須だとフリセルが話した講義のあとで、髪の毛を剃ったのはとても偶然とは思えない。

このことは、ふたつのことを示唆している。ひとつ目は、イェリン・エリクソンがフリセルに憧れており、彼のことばや考え方を真剣に受けとめたということ。ふたつ目は、彼女自身が彼と同じ思い切った手段――文明社会を捨てる――について考えていたということ。カルフォシュでの抗議集会に出席したとき、彼女がすでにプレッパーだったというのは考えられないことではない。

イェリン・エリクソンとボリエ・サンドブロムの両者は、ルーカス・フリセルに触発された。しかし、フリセルの机にメモを残したのはそのうちのひとりだけ。

ちょうどそのとき、リドの携帯電話が鳴る。

「エノクです」電話をかけてきた人物が言う。「仮定の話ですが、なにか見つけたかもしれません」

「ここで話すことはすべて、仮定の話よ」とリドは念を押す。「で、イェリン・エリクソンの医療記録でなにを見つけたの？」

エノクは少し考えるように咳払いをしてから言う。「SUASを中退した三カ月後、彼女は死産をしています」

リドはなにも言わない。ただ、図書館の棚に並んでいる本の背表紙を見つめている。

「そのファイルは閉じて」と彼女は落ち着いた声で言う。「検索履歴が残らないようにして。今の会話は存在しなかった」

電話の向こうで、エノクがうなずいているのが聞こえたような気がする。

リドは一所懸命に考える。脳細胞が宙返りをしている。

彼女は、SUASの学生寮のカフェで撮影された獣医学部の六人の女子学生の写真を表示し、悲しげな表情を浮かべているイェリン・エリクソンを細かく観察する。かすかに、お腹が膨らんでいるようにも見える。それともこれは、リドの単なる想像だろうか。

もしかしてルーカス・フリセルはイェリン・エリクソンと火遊びをし、彼女を妊娠させたのだろうか。レイフ・スティエナの話では、当時のフリセルは〝カサノバ的な存在〟だった。妊娠したと知って、彼は彼女を見捨てたのか？

それが〝大きな裏切り〟の正体なのか？

SUASではさまざまな女性との逢瀬《おうせ》を楽しんでいたから、イェリン・エリクソンと関係があったことさえ忘れているということはありうる？　もしかしたら、彼女が妊娠したことさえ知らなかった？　死産だったことも？

ひょっとしたら、そんなことは彼にとってはどうでもいいことだったのかもしれない。

リドは、警察本部の会議室に思考を戻す。あのときルーカス・フリセルは、映像に映っていたイェリン・エリクソンを見た。講師用の机の上にあった彼のバックパックの横に彼女がメモを置くのを見て、そこで初めて自分の身になにが起きているのかを理解したのではないか。

あまりにもシンプルで、時間の流れとは無縁な〝復讐〟。

爆弾テロ犯が引き起こした一連の事件は、気候変動への単なる過激な抗議ではなかった。すべてはとても個人的な動機から発生したものだった。それは、裏切られた女の復讐。ことわざにもあるように、〝裏切られた女の怨念ほど恐ろしいものはない〟。

イェリンは、ルーカス・フリセルが話すときや書くときの言葉づかいを知っていた。彼のDNAも簡単に入手できただろう。ふたりの共犯者――ボリエ・サンドブロムとエリアス・エリクソン＝シャリク――とともに、彼女は爆弾テロ犯になった。

そして、その罪をフリセルになすりつけた。彼が当然負うべき罪として。

フリセルは映像のなかのイェリンを見て、点と点をつなぎ合わせ、たったひとりで彼女を捜しにいった。警察の力は借りずに。

逃亡したのは彼が犯人だからなのではなく、真犯人を絶対に自分が見つけ出すと心を決めたからだ。

それが、今時点での状況なのだ。

でも、いったいどうやってイェリン・エリクソンを捜し出せばいい？　そういう意味では、ルーカス・フリセルも。

彼女はＳＵＡＳの図書館のソファに深々と座り、途方に暮れる。

しかし、彼女の脳は忙しく働いている。その証拠に、突然アイディアを思いつく。彼女は〈ｉＰａｄ〉を持ち上げ、使わなくなって久しい追跡用のアプリを開く。

ＧＰＳアンクレットの画面にはなにも表示されていない。アンクレットが馬の脚に装着されるまで、フリセルがストックホルムじゅうを移動していた履歴はすべて保存されているが、もちろん今は点滅する赤い光はない。アンクレットは無効化され、廃棄されたのだから。もうひとつの画面も同じはずだが、リドは一応画面をスワイプしてみる。そこには、なにも表示されていないはずだ。

ところが、スウェーデンの中心部分を表示している地図の上に、点がある。

緑色の点。

電源が落とされていたルーカス・フリセルの〈ノキア３３１０〉が、また起動されたのだ。リドのタブレットの画面に焦げ穴でも開けようとしているかのように、緑色の光が点滅している。

81

エヴァ・ニーマンはアーランダ国際空港の指令本部にはいる。そこは、急ごしらえで〈スカイシティー〉の上階の会議室に設けられた本部だ。

何人かの民間職員がコンピュータの前に座り、捜索の統合的な連携を図ろうとしている。彼らはモニター画面を通し、歩いて二分の距離にあるさらに上階の部屋にいる最上層部と直接やりとりをしている。指令本部の画面に映し出されているさまざまな地図には、空港利用者や関係者の避難がすんでいる区域が表示され、それが徐々に拡大しているのがニーマンにも見てとれる。

しかし、彼女がいるべき場所はここではないと知らされる。当座、担当するのはより実践的な現場の仕事だ。

急遽《きゅうきょ》、周辺地域から集められた警察官のチームの指揮を執るよう命じられる。彼らが担当するのは、国内線ターミナルの上部にある指定区域の捜査だ。ニーマンはチームを〈スカイシティー〉の奥のほうのコーナーに集合させ、割り当てられた区域の捜査手順について確認する。

仕事に取りかかるよう指示を出そうとしているところに、携帯電話の着信を知らせる音が鳴る。彼女は全力でそれを無視する——今この瞬間に彼女がすべきことは、チームに明確な安全上の指示を出し、現場へと送り出すことだ。「もし通常とは異なるものを発見したら、たとえそれがどんなに些細なことでも、ただちにわたしか、いちばん近くにいる指揮官に報告すること」

そう言い終えると、それ以上はがまんできなくなる。彼女は携帯電話を確認する。見知らぬ番号からのショートメッセージだ。開くまで数秒間ためらったのち、メッセージを読む。

〝六時四十三分、第五ターミナル。ブーム《Booom》。エヴァ・ニーマン、幸運を祈る〟。

ニーマンは、自分の代理に指名した警察官にチームを委ね、指令本部に向けて駆けだす。

82

彼らは〝ひし形陣形〟を組んで森の奥深くに進む——先頭がサルワニ、左右にアンカンとリンドベリ、そして全体を見わたせる最後尾にはフルトクヴィスト。ほかの警察官たちは、ひし形陣形の約五十メートル後方につく。

森は深く、暗く、ぬかるんでいる。バトンルージュが築きあげられている沼地を、より近寄りがたくしたような場所だ。

うっそうと茂る落葉樹の森は、彼らを包み込むように迫ってくる。自分たちの足音が聞こえるくらい、身を寄せ合って黙々と進む。

隠されている爆発物、地雷、仕掛け線《トリップワイヤー》、自爆型《カミカゼ》ドローンがないか、その発見に全神経を集中する。おそらくボリエ・サンドブロムこそ、一連の連続爆破事件で使われた精巧な爆弾を製造した男だ。

アーランダ国際空港に仕掛けられている大型の爆弾も、彼の手によるものだろう。今日、母の日に起爆される爆弾。

細心の注意を払って進んでいるため、彼らの動きは遅い。しかしようやく、ボリエ・サンドブロムの住処らしきものをとらえる。彼らは大きな茂みの影に身をひそめる。ルーカス・フリセルの住処に比べると、見劣りがする。屋根用のトタンを無造作に積み上げただけにしか見えない。しかし、見た目に騙されてはいけないことを彼らは知っている。しかも爆発物に関するサンドブロムの技術を考えれば、彼を過小評価するつもりはない。

住処への入り口のようなものがある。ふたつの大きな岩のあいだを通る小道だ。岩と岩のあいだにワイヤーが張られているのをアンカンが発見する。それに気づかずにあと数歩進んでいれば、彼ら四人は粉々に吹き飛んでいただろう。

ワイヤーの周囲を綿密に調べたあと、彼らは細心の注意を払ってひとりずつゆっくりとワイヤーをまたぐ。案の定、岩の裏には樽《たる》いっぱいの爆発物が仕掛けられている。どうやら自家製の爆弾のようだが、この上なく危険なものだということは一見しただけでわかる。

あとから来る警察官のために、彼らはトリップワイヤーにしるしをつける。そして、妙な静けさのなか、前に進む。

双眼鏡を覗くと、小屋風の建築物の隠し扉のすぐ外側に、周囲の地面とは土の色がかすかに違う場所があることに気づく。その下には即席爆発装置《IED》が埋まっている可能性が高い。少し離れた場所から扉を開け、横から飛び込む必要がありそうだ。

最初に踏み込む者にとって、かなりの危険を伴うことは間違いない。ほんの小さな失敗が、大爆発を招きかねないのだ。

議論の余地はない——サルワニがその役を買ってでる。

フルトクヴィストとリンドベリに抱きかかえられ、おそらく地面の下に仕掛けられているであろうＩＥＤの上に浮かびながら、アンカンはドアの鍵をピッキングで開ける。リンドベリは薪割り台の横で見つけた長い棒を使い、いつでもドアを開けられる体勢で待機する。サルワニは拳銃を構え、あらゆるリスクを排除した筋書きを思い浮かべながら、全神経を集中させる。

彼は、大きな跳躍の準備をする。距離は、長すぎても短すぎても命取りになる。長すぎればドア枠にぶつかって跳ね返され、IEDの上に落ちる。短すぎればIEDの真上に着地する。跳躍のあとは、体を丸めて家のなかに転がり込まなければならない。どう見ても天井は低そうだ。大柄のボリエ・サンドブロムがそんなところに住んでいることを想像すると、滑稽に思えてくる。

とにかく、彼が転がり込む先には、なにが待ち受けているかはわからない。

リンドベリとサルワニは目を合わせる。アンカンは五本の指を広げる。指が四本になる。三本。二本。

若干、間をおいて……一本。

リンドベリが棒でドアを開ける。サルワニが飛び込む。空中にいるあいだにも、悪臭がサルワニを襲う。たまらずドアの敷居にしゃがみ込み、ゆっくりと後ろに倒れはじめる。完全に倒れる前に、リンドベリが棒で彼を家のなかに押し込む。

サルワニは前のめりに回転し、銃を構えて立ち上がる。アンカンが彼のあとに続いてなかに飛び込む。彼女が吐き気に襲われているのを聞きながら、サルワニは悪臭のたちこめる住処の短い廊下の先に、三つの金属製のドアがあるのを発見する。

彼はアンカンを待ち、ふたりで三つのドアのほうに歩いていく。彼女は吐き気をがまんしながら、ドアを開けて部屋のなかに進入するサルワニを掩護する。その部屋は保管庫で、真っ当なプレッパーにとって必要な物資が備わっている。

しかしボリエ・サンドブロムの保管庫には、過剰な量の肥料が保管されている。

ふたりが保管庫から出てくると、リンドベリが隣の金属製ドアの前に立っている。フルトクヴィストは正面入り口から飛び込んできたばかりらしい。ふたりとも、今にも嘔吐《おうと》しそうになっている。サルワニはみんなに向かってうなずいてから、三つ目のドアに向かう。アンカンはドアがスムーズに開けられる位置につく。

彼女がドアを開ける。サルワニが部屋に飛び込む。すさまじい悪臭が全員を襲う。

部屋のなかにはテーブルと椅子がある。誰かがその椅子に座り、物思いにふけるようにテーブルの上に置かれたなにかに覆いかぶさっている。

迷彩服に身を包んだその人物は彼らに背を向け、彼の前にはカラシニコフが置かれている。

サルワニは、男に向かって意味不明のことばを叫ぶ。反応はない。ライフルはテーブルに置かれたままだ。

銃を構えたサルワニとアンカンがテーブルをまわり込む。テーブルの上に両肘を載せて突っ伏している男のところまでふたりが行ったとき、リンドベリとフルトクヴィストが部屋にはいってくる。男は両手の上に顔を載せている。その左手には、人差し指と小指の二本しか指がない。

ヘビメタの悪魔のサイン、〝コルナ〟。しかしその手は、かすかに緑色を帯びている。

それは、ボリエ・サンドブロムも同じだ。緑色をして、崩壊しかかっている。サルワニは後ずさりする。迷彩服姿の死体の前のテーブルに、薬の空き瓶が転がり、錠剤がこぼれ落ちている。

しわがれた声でアンカンが言う。「プレッパーというのも、なかなか大変そうね」

薬の瓶の横に、ボールペンと紙切れが置かれている。その紙には、ほとんど解読できないような短く寂しげなことが書かれている。ボリエ・サンドブロム——本名チョミン・ララサバル——は、こういう結果に至った苦しみを簡潔に表現した遺書をしたためたようだ。サルワニは、顔を傾けて遺書を読みあげる。

「〝イェリンのクソ女め。邪悪ですばらしいあの悪魔に、おれはすっかり騙された。あの女は、気候変動にはまったく関心なんかなかった。彼女のために爆弾を作ってやったのに、あの女は自分の聖戦のために使っている。たったひとりの愛する男に復讐するために。おれはこれから死ぬ。あの女も早く死んでくれることを願う〟」

サルワニは、狭苦しく悪臭に満ちた部屋のなかで、できるかぎり体を起こす。吐き気をこらえながら彼は言う。「スロボダン・ヨヴァノヴィッチが言ってたことは正しかった。爆弾テロ犯は女だ」

83

残りあと五キロほどのところで、ソーニャ・リドは緑色の光の点滅にズームインする。地図は、イェストリークランド地方の深い森のどこかを示している。緑色の光は、動かずに一点に留まっている。

まるでルーカス・フリセルが彼女に呼びかけているようだ。

それが、最初に緑色の光の点滅を見たとき、彼女が本能的に思ったことだ。プロの警察官なら、発見した事実をただちに報告し、逃亡者を逮捕するためにいちばん近くにいるパトロールカーを直行させるべきだっただろう。

しかし彼女が見たあの光の点滅は、逃亡を図った犯罪者のうっかりミスではない。あれは、ひとりの警察官が同僚の警察官に呼びかけたものだ。

だから、ニーマンが手配してくれたウプサラの警察署の覆面パトカーは利用できない。リドはタクシーに乗り、いちばん近いレンタカー店まで行った。

あと五キロ行ったところで主要道路からはずれ、そこから先は森のなかのくねくねと曲がる小道を行かなければならない。ソーニャ・リドは、今がそのときだと決断する。

彼女は車の速度を下げて携帯電話を取り出し、フリセルの電話番号を押す。彼が警察から渡された〈ノキア3310〉の番号だ。彼女は待つ。呼び出し音が鳴っているのがわかる。汗が噴き出す。

道路には、彼女の車以外はいない。あたりは不思議なほど静かだ。

誰かが電話に出る。しかし無言だ。それでも、電話の向こうに人がいるのを彼女は感じる。

彼女には、ひとつしか言うことがない。声が驚くほどしわがれている。「イェリン・エリクソン」

長い沈黙が流れたあと、突然電話が切れる。彼女はタブレットの画面に表示されている緑色の光の点を見つめる。光は、すぐに消えてなくなる。

彼女にはわかる。これは合図だ。保存してあったスクリーンショットを見る。ルーカス・フリセルの携帯電話の光が消えた、おおよその場所を確認する。

トムジャーラ。

夏季の別荘地がある地域。しかし、まったく見知らぬ場所だ。そのとき、彼女の携帯電話が鳴る。フリセルの電話番号が表示されている。

〈ノキア〉の電源をまた入れたのだろう。ふたりが、今はつながっているという合図のように。もしかしたら心変わりしたのかもしれない。電話に出ると、聞き覚えのある低い声が聞こえてくる。「十三番。ミージグラン通り十三番」

突然、また電話は切られる。

心変わりはしていなかった。より具体的に知らせたかっただけだ。主要道路をはずれるときが来る。

こんな森のなかに別荘地があるとは思いもよらない。梢の上を見上げるのも難しい。どこからともなく、急に看板が現われる。トムジャーラ。狭い道は、看板を境に別荘地にはいる。リドはそこに立ち止まり、頭のなかで一歩下がって考える。

少なくとも別荘地の受付があるようだ。〈iPad〉を持ち、まだ緑色の光が点滅しているかを確認する。

まだあることはあるが、かなりズームインしているため、あちこち飛びまわっている。フリセルの携帯電話がトムジャーラのなかのどこにあるのか、具体的な場所を特定することはできない。

かわりに、グーグルマップで〝ミージグラン通り十三番〟を検索してみる。奇妙なことに、どこもヒットしない。フリセルはなぜ、存在しない住所に向かうように言ったのか。なんの目的があるのか。

ルーカス・フリセルと向き合うときは、必ず目的を考えねばならないことをリドは学んだ。彼女をおびき出すため？　彼女を殺すため？

今度は〝ミージグラン通り一番〟を検索してみる。もしも本当にそんな名前の通りがあるのなら、必ず一番があるはずだ。たしかに、一番はあった。ここから道を百メートルほど行った先の小さな四角の上に、グーグルマップ特有の赤いマークが表示されている。同じように、ミージグラン通りの二番から五番まで検索する。すべて実在する。引きつづき六番から十二番を検索すると、これまたすべて存在する。しかし、十三番はない。十四番、十五番、十六番もない。

それはつまり、ミージグラン通りには十二番まではあるが、十三番はない。イェリン・エリクソンは、テーブルを囲む十三人目――最後の晩餐《ばんさん》のユダのような不吉な存在――ということだ。

ソーニャ・リドはタブレットの地図表示を衛星画像に切りかえ、細いミージグラン通りがピクセルのモザイクになるほど拡大する。少しズームアウトしてから、トムジャーラのなかを通る主要な道路沿いに、地図を細かく見ていく。

行き止まりになっている細い道に、探していたものを見つける。郵便受けらしき物体が集まっている場所だ。

そこに向けて、彼女は車を走らせる。

やはり、地図に表示されていたのは郵便受けだった。

レンタカーが道の行き止まりに近づくと、そこに郵便受けが集まっているのが確認できる。

ミージグラン通りの右側に並んでいる。一番から十二番まで。

しかし、ミージグラン通り十三番という郵便受けがある。本来は存在しないはずの番号。

ソーニャ・リドは〈iPad〉をバッグの中に入れ、バッグを持って車を降りる。周囲を見わたす。誰もいない。暗く灰色をした春の日。名も知らぬ鳥の妙に寂しげな歌声を聞きながら、彼女は十三番の郵便受けを開ける。

そこには、電源がはいったままの〈ノキア3310〉が置かれている。えび茶色をした旧式の携帯電話を取り出し、ポケットのなかに入れる。

そして、ゆっくりと振り返る。

ルーカス・フリセルが、一メートルも離れていないところに立っている。

84

ブーム《Boom》、と彼女は思う。

エヴァ・ニーマンはアーランダ国際空港の上階で、マネジメントチームのトップとの面会を許される。彼がどういう人物なのか、政府のどの機関から来ているのかもわからない。わかりたいとも思わない。

頭を剃りあげたその人物は、急ごしらえで並べられた机の椅子に背筋をぴんと伸ばして座っている。目の前の机には、ニーマンの携帯電話が置かれている。深いバリトンの声が、メッセージを読みあげる。

「〝六時四十三分、第五ターミナル。ブーム《Boom》。エヴァ・ニーマン、幸運を祈る〟」

「そこに書かれている間投詞に注目していただきたいのです」

彼は含み笑いをして言う。「この〝ブーム《Boom》〟のことか？」

「次の写真をご覧ください」彼女は落ち着いた声で言う。

彼は写真を見る。そこには、手書きの文字で〝ブーム《Boom》、マザーファッカー〟と書かれている。

「〝O〟が三つ」うなずきながら彼は言う。

「日付を見てください」とエヴァ・ニーマンは言う。

「なるほど。オーデンプランだな？」

「はい。通勤電車のプラットホームに置かれていたバックパックのなかに、ふたつのピンク色の風船と一緒に入れられていたメモです」

「なにが望みだ」彼は端的に訊く。

「わたしに指揮を執らせてください」と彼女は言う。「それと、指令本部の壁に大きなデジタル時計を設置してください。六時四十三分までのカウントダウンが、一秒単位に表示される時計を、です」

マネジメントチームのトップは大声で笑いだす。しかしすぐに真顔になる。「きみに指揮を執らせよう」と彼は言う。「きみが指令本部に行くところには、その時計を技術部門に設置させておく」

「歩いてたった二分の距離です」驚きを隠せずにエヴァ・ニーマンは言う。

「残念ながら、きみが指令本部に行くにはもう少し時間がかかる」マネジメントチームのトップは、巨大なスクリーンを身ぶりで示す。そこにはＺｏｏｍの分割された画面が映っている。最近ようやく収束したパンデミックを経て、すっかりお馴染みになってしまった光景だ。そこに映し出されている数多くの顔のなかに、国家警察長官がちらっと見えたような気がする。

「申し訳ありません。どういう意味でしょうか」と彼女は言う。

「アーランダ国際空港を閉鎖する決断がくだされた」つるつるの頭を撫でながら彼は説明する。「閉鎖は部分的に進めていく手筈《てはず》だが、あそこに映っている人たちが思っているほど簡単なことではない」

エヴァ・ニーマンは彼が指差すＺｏｏｍの画面に目を向ける。明らかに、全員が彼を待っている。

政府の大臣たちみんなが。

ニーマンが一階におりるころには、空港閉鎖のニュースは〈スカイシティー〉まで伝わっているようだ。彼女がまず目にしたのは、走っていくスーツ姿の三人の男たちだ。彼らは子供連れの家族にぶつかりそうになるのも気にせずに駆けていく。家族の父親が、三歳くらいの幼児を引っぱって男たちにぶつかられるのを防ぐ。

ニーマンはゆっくりと〈スカイシティー〉のなかを通り抜ける。幸いなことに、パニックは局所的に発生しているだけで、全体には広がっていない。ただ、困惑している旅行者やスタッフも見うけられる。あちこちから悲鳴や恐怖の声があがっているが、遠くのほうでは、第五ターミナルの旅行者たちが静かに列に並んでいるのが見える。

奇妙に二分化された状態の〈スカイシティー〉から抜け出す寸前に、パジャマのズボンを穿《は》いた太った男が、悲鳴をあげながらエヴァ・ニーマンに突進し、彼女は立ち食い寿司屋のなかに押し込まれる。なんとか指令本部の入り口にたどり着いたとき、彼女は一瞬立ち止まって人々の避難が始まっている光景を眺める。非常に危《あや》ういものを感じる。

85

あまりのショックで、ソーニャ・リドはバッグを落とし、中身が地面に散らばる。ルーカス・フリセルは無言のまま、散らばった彼女の荷物を拾い集めて自分のアーミーグリーンのバックパックに入れ、空になったリドのバッグは郵便受けのなかに押し込む。

「あのバッグは野外での活動にはふさわしくない」と彼は言う。「あとで取りにきてくれ」

そのとき初めて、ふたりは目と目を合わせる。話さなければならないことが多すぎる。しかし、ことばはことばを相殺する。だからソーニャ・リドは言う。「髪を切ったのね」

「切ったというより、剃った」フリセルはそう言いながら、頭皮を撫でる。「エキスパートの助言を受けて」

リドは一瞬だけ笑みを浮かべる。

「すてきなバックパック」と彼女は言う。ルーカス・フリセルはくすっと笑う。

「十三年も前のスウェーデン軍のミリタリーリュック。そう、オーデンプラン事件のふたつのバックパックと同じものだ。それに気づくまで、時間がかかりすぎた」

「イェリン・エリクソンは、本当にあなたの真似をしているのね」

フリセルはゆっくりとうなずく。彼は唐突に話題を変える。「ミージグラン通り十三番は郵便受けしかないことにきみも気づいたんだろうね。実際の敷地もコテージもない。別荘地の管理組合によれば、郵便受けを一年あたり数千クローナで貸し出しているそうだ」

「それが意味するところは?」

「つまり、おれもきみも、イェリンがどこに住んでいるかはわからないということだ」とフリセルは言う。「だが、追跡する準備はできている。きみは?」

リドはうなずく。あたかも、〝追跡〟になにが必要なのかを理解しているかのように。

ふたりは歩きはじめる。

「どうしてこの方向に?」とリドは訊く。

「その理由は、何年も森に住んでいる者にしか説明できない」とフリセルはつぶやく。「なにより、イェリンは郵便を受け取るところを誰にも見られたくないはずだ。彼女はなるべく道を避ける。すなわち、森のなかから来ている」

「あなたは、見事なほどプレッパーと警察官を混ぜ合わせたような人なのね」

「サバイバリストと警察官だ」フリセルは、フンと鼻を鳴らして反論する。

どんよりと灰色をしたこの母の日、彼らは深い森のなかをほとんど会話もなく進む。フリセルは地形を読み、においや風や地面に注意を払う。

これが追跡するということ?

リドは彼のあとについていく。彼に全幅の信頼をおいていることを、認めないわけにはいかない。

小さな谷の底で、フリセルは急に立ち止まり、岩に腰かける。彼はバックパックから〈サーモス〉を取り出す。

「コーヒーは？」と彼は訊く。

リドはうなずき、同じように腰をおろす。すぐにマグカップを渡される。

「ここまでの経緯は、大体理解できていると思う。獣医学部生で野生生物の研究では優秀な成果をあげていたイェリン・エリクソンは、あなたを崇拝し、危機管理やサバイバルに関してのあなたの考えに心酔した。彼女はあなたとの関係を深めようと、二〇一三年十月におこなわれた一般向けの講義のとき、あなたの机の上にメモのようなものを置いていった。そのあと、なにがあったの？」

コーヒーをすすっていたフリセルは、顔を少ししかめて言う。「何年か経っているコーヒーというのは、味でわかるもんだな」

「コーヒーを淹れるために、住処に戻ったの？　なんで？」

「警察が発見できていなかった隠し場所に、これを取りにいった」とフリセルは言い、シグ・ザウエル226を取り出す。かつて警察で使用されていた拳銃だ。リドは、自分の真新しいグロック17を取り出す。

ふたりは、お互いの銃を近くの岩の上に並べて置く。

「時の流れを感じさせないもののひとつだな」二挺の拳銃を見比べながらフリセルは言う。「あなたは民間人よ」とリドは言う。「その銃の許可証を持っているのよね？」

フリセルは首を振る。リドは続ける。「わたしの質問に答えたくないようね」

フリセルは笑みを浮かべ、ヴィンテージのコーヒーをもうひとくち飲む。

「〝あなたは、本当のわたしに気づかせてくれた〟」と彼は言う。

リドはコーヒーを飲みながら待つ。たしかに少し苦い。

「それが、イェリンのメモに書かれていた内容だ」とフリセルは言う。「でもそのとき、おれは上の空だった。心はすでに、ここ、森のなかにあった。多少羽目をはずした独身生活にも、そろそろケリをつけようと思っていた」

「なのに、彼女と付き合ったの？　そのあと、彼女のことはすっかり忘れてしまった？」

「付き合うと言っても、たった数週間のことだった」フリセルはため息をつく。「それに、本気だったわけでもない。おれはそのときすでに、自分の住処にしようと決めていた森を見つけていた。住処を造りはじめていた。基礎造りを始めていたんだ」

「でも、イェリンも森での生活には興味を持っていたんでしょ？」

「ああ、そうだ。だけど、おれは本気だった。自分ひとりでやり遂げたかった」

「ウップランドの森のことは彼女に話したの？」

「いや、なにも話していない。おれにとって、彼女は過去の出来事のひとつでしかなかった。そのときはまだ関係が続いていたかもしれないが、おれにとっては終わったことだった」

「そして、〝隔離された環境下での健康と医療〟の講義の映像をわたしが見せるまで、あなたはイェリンが爆弾テロ犯だとは考えもしなかった」

フリセルは首を振りながら、深くため息をつく。

「まったく想像すらしなかった」と彼は言う。「あのころのことは、おれの頭のなかにぽっかりと開いた穴のようなものだ。生き方を根本的に変えようとしていたときだった。彼女とのことは、ただの気晴らしのようなものだった。こんなことを言えば本当のクズ野郎に聞こえるのはわかっている。でも、それがまぎれもない事実なんだ」

それを聞いて、リドは秘密を漏らしそうになる。しかし、彼女はそうしないことにする。今は、妊娠について告げるときではない。

死産した子のことも。

彼女には今、ルーカス・フリセルのサバイバリストとしての研ぎ澄まされた集中力が必要だ。イェリン・エリクソンの縄張りのなかで、彼女との対峙に生き残るためには。

秘密を打ち明けるかわりに、リドは注意深く別角度の質問をする。「でも、彼女にエヴァ・ニーマンのことは話したことがあるのね？　そうでなければ、よりによってエヴァ宛に手紙が送りつけられる理由はない」

「うろ覚えだが、しつこく訊かれて過去の話をしたことがある。そのなかでエヴァの話が出たんだと思う。それだけだ」

リドは少し黙り込む。そして、また話題を変える。

「イェリンが大学を中退したのは知ってる？」

「いや、初耳だ」とフリセルは答える。「あの冬は、自分の住処を築きはじめていて、徐々に森のなかの生活に切りかえていた。二〇一四年の春になると、もっと本格的にのめり込んだ。とにかく、SUASの学年度が終わるのが待ち遠しかった。最後の給料を現金化して、二度と戻ってくるつもりはなかった」

「彼女があなたのあとを追って、森で暮らすようになったという可能性は？」

フリセルは、まるで永遠を見つめるような遠い目をする。やがて、彼は言う。「彼女に、そこまでの執着は感じたことがなかった。少なくとも当時は。ふたりの関係は、ただ単に終わりを迎えた。それだけだ。自然消滅した」

「当時はそうでもなかった。じゃあ、そのあとは？」

「彼女が自分の存在を知らせてきたのは、おれが森を去る決心をしたあとだった。彼女は、おれの住処のドア枠に二重の円のシンボルを彫っていった」

「鑑識はそんなものを発見してない」

「おれが削り取った。関わりを持ちたくなかった。そのとき初めて、おれの住処が誰かに見つかったのだと悟った——あの二重の円は、おれのシンボルだったから。でも、まさかそれがイェリンだとは夢にも思わなかった。あまりにも想像の域を超えていた。きみたちがおれを逮捕しにやってきたとき、罠にはめられたことに初めて気づいた。だから、きみたちからできるだけの情報を引き出す必要があった。自分自身で犯人を捜し出すために」

「彼女はあなたに強く執着していた。当時のあなたの言葉づかいや終末論的な口調を身につけた。あなたのDNAを保存しておいた。あなたになりきっているの。きっとあなたは、あらゆる面で彼女を裏切ったのよ」

彼の顔に浮かんだ悲しみが、ナイフのようにリドを切る。

ふたたび動きだす前に、フリセルはシグ・ザウエルを取り上げてズボンのウエストバンドに挿し込む。それから双眼鏡をリドに渡し、自分の首にも双眼鏡を掛ける。

彼らは、まるで原始時代のスウェーデンの森を思わせる木々のあいだを、奥へ奥へと進んでいく。光の具合が普通とは違う。最後の氷河期から、この森が今の形のまま存在していたと知っても、ソーニャ・リドは驚かないだろう。

今でもこの森のなかで再生されつづけている生命の数を思うと、気が遠くなる。リドは今までも、そしてこれからも大都市で生まれ育った少女のままだ。だから、自然の力を完全に理解することはできないだろう。理解はできないが、感じることはできる。

やがて森が開《ひら》け、空き地に出る。彼女は自然の力を感じる。そこは、古代の森のなかに造られた、はるかむかしの劇場のステージのようだ。古代ギリシャの円形劇場。大自然の野蛮さと、新しく造り出された文明との壮絶な戦い。

おそらくこの森は、もっとも古いギリシャ文明よりも古いのではないか。

彼らはゆっくりと空き地にはいっていく。午後の太陽が木漏れ日となって、幾筋もの光を地面に落としている。空き地の真ん中あたりに光の筋が集まっている。そこに、小さな記念碑のようなものが見える。

リドとフリセルは近くまで歩いていく。長さが六十センチもないような低い塚──小さな墓だ。子供しかはいらないような大きさの墓。

赤ん坊の墓。

塚の上に、木製の十字架が立っている。十字架の真ん中に、シンボルが彫り込まれている。輪のなかの輪。円のなかの円。

リドとフリセルのあいだを、冷たい北風が吹き通る。

内側の円の中心に、小さいが見逃しようのない点がある。

ルーカス・フリセルは崩れるように膝をつき、円の中心を見つめる。そして、すべてを悟る。

86

円の中心で、ルーカス・フリセルは過去に引きずり込まれる。それは、二〇一三年の十月。ウルトゥナのキャンパス内にあるアパートメントに帰ってきたばかりの彼は、頭のてっぺんからつま先までカーキ色の服に身を固めている。これから彼の住処となる森から、ちょうど帰ってきたところだ。背負っていたアーミーグリーンのバックパックを下に置く前に、玄関の呼び鈴が鳴る。

彼は特に驚くこともなく、短く刈った赤色の髪とカミソリのように鋭い緑色の目の若い女を招き入れる。彼は、彼女に笑いかける。

しかししばらくのあいだ、それが彼の最後の笑顔になる。フリセルが玄関のドアを閉めるより先に、彼女が飛びついてきて、情熱的なキスを浴びせてきたからだ。フリセルは、彼女のなすがままになる。

彼女は彼の上に飛びのり、力強い脚を彼の腰のまわりに巻きつける。その瞬間、ふたりの欲望が燃え上がるのを彼は感じる——強烈で、瞬間的な欲望。

いつの間にか服は脱ぎ捨てられている。無防備に絡み合うふたりの裸体に、秋の暮れゆく夕陽が反射している。しかし彼を包んでいるのは、ふたりの多面的で強い欲望のにおいではない。

いや、まったく違うにおいだ。香水かなにかのにおいかもしれない。どこかとても自然なにおいだ。

彼らはベッドに倒れ込み、彼女が脚を開く。すでに圧倒されている彼の嗅覚に、まったく別のにおいが届く。しかし、そのにおいはまだ彼の鼻をくすぐっている。

マロニエのにおいのような気がする。しかし、キャンパスにマロニエの木はない。

彼女のなかに、少しずつ、ゆっくりとはいり込んでいくときも、そのにおいは消えない。

彼は、彼女のなかで動きを止める。彼女も動かない。

嵐の前の静けさ。

次の瞬間、嵐は一気に吹き荒れる。アパートメントの外の廊下から光をものすごい勢いで吸い込む。初めはドアの隙間から滴るように差し込んでいた光が、音をたてて流れ込んでくる極彩色の光のシャワーに変わる。

荒れ狂う情熱が渦巻きつづける部屋のなかでも、彼女のにおい――独特なマロニエのにおい――は、消えることがない。

87

エヴァ・ニーマンの白髪交じりの髪は乱れ、パンツスーツも寿司の染みにまみれている。彼女は指令本部の壁を見上げる。彼女が到着する前に時計を設置しておくというマネジメントチームのトップの約束は、少し言いすぎだったかもしれないが、それほど的外れなことでもなかったようだ。

時計を取り付けていた技術者が彼女に軽くうなずくと同時に、カウントダウンが始まる。48：00と表示され、すぐに47：59に変わる。

ニーマンの携帯電話に送られてきたショートメッセージに書かれていた午後六時四十三分までのカウントダウンだ。

爆破予告まで、あと四十八分もない。

ショートメッセージを受け取った直後、彼女が真っ先におこなったのは、六時四十三分前後の出発便と到着便のスケジュールを調べることだった。該当するのは少なくとも八便。遅延状況にもよるが、その八便の乗客たちが機内にいるかもしくは乗降中に、爆破予告時刻を迎えることになる。

つまり爆破のターゲットになりうるのは、少なくとも第五ターミナルの八カ所のゲートだ。ただちに捜索の対象は、全部で約五十あるゲートのうちの八ゲートに絞られた。しかし、なにも見つからなかった。

今ではもう、エヴァ・ニーマンは当たり前のように指揮を執っている。指令本部のスクリーンの前に立ち、〈スカイシティー〉と下階で進行中の避難誘導の混乱状況を眺める。指令本部内の整然とした秩序とは、対照的な光景だ。

モニター画面では、警察官と警備担当者たちが一区画ずつ捜索をおこなっているのがはっきりと確認できる。今は彼女の部下となったスタッフにより、進捗状況がデジタルマップに慎重に記録されていく。

壁に掛けられた時計の表示が、47:00に変わる。

88

過去から引き戻されたルーカス・フリセルは、円の中心にある小さな点を観察する。なにかで燃やしたような焦げ痕。小さな十字架の前にふたり並んで膝をついているフリセルとソーニャ・リドには、そのように見える。

フリセルがこれほど感極まるのは、おそらくかなり久しぶりなのだろう。純粋に人間的な感情。少なくとも、リドにはそう思える。でも、確信はできない。彼女自身、純粋に人間的な感情に最後に圧倒されたのがいつだったのか、思い出せない。

いや、実は覚えている。でも今は、それを思い出すときではない。

フリセルに見捨てられた子は、今彼の足元に埋葬されている。母親となったイェリンは、フリセルの″円のなかの円″という古いシンボルを、″人間のなかの人間″という新しい意味に変えた。

彼女の子宮のなかの赤ん坊。

円の中心の赤ん坊は、生きて生まれてくることができなかった。母の日に。

″ブーム《Boom》、マザーファッカー″。

今回の暴力のスパイラルを引き起こしたのは、ルーカス・フリセルの傲慢さにほかならない。真実に触れ、彼は打ちひしがれている。でもリドは、そんな彼をなんとか立ち上がらせる。

ふたりは空き地を、小さな墓をあとにする。森のなかに深く足を踏み入れていくほど、ルーカス・フリセルが覚醒してゆくのがリドにはわかる。彼の表情が意味するものを完全に理解することはできないが、彼女は注意深く彼の顔を見る。

フリセルはあちこち動きまわりながら、なにかを観察し、比較し、たしかめている。急に彼が両手を上げる。

「どうかした？」とリドは訊く。

「いや、つまり」困惑気味にフリセルは答える。「まるで、自分の住処のようだ」

「どういう意味？」

「文字どおり、本当におれの住処のように思えるんだ。すべてがおれの……なんと言ったらいいか、この周辺のものすべてが……」

「でも、あなたの住処だった森は、ここから百五十キロ以上も南にあるのよ、ルーカス」

「わかってる。でもここは、まるでおれの森のレプリカだ」

「レプリカ？」

「きみの話が本当なら、イェリンはおれが自分の森に行くのを尾行して、すべてを記憶した。もしかしたら写真も撮ったのかもしれない。それで、そっくりになるようにここを仕上げた。偶然とは言えないくらいに同じなんだ」

彼らは森の深くへと進む。森についてほとんど知らないリドにさえ、その相似性がわかるほどだ。イェリン・エリクソンはルーカス・フリセルの森を探し出し、おそろしいほどそっくりの世界を築きあげたのだ。

やがて、鏡のように鉛色の空を映している黒い池にたどり着く。どす黒い秘密を隠しているような池だ。音とにおい、騒音と悪臭が入り混じる。

池の横に、爆発物を仕掛けた罠がある。フリセルが自分の池の横に作った罠に、気持ちが悪いほどそっくりだ。彼は空気を嗅ぐ。爆発物のにおいを検知したのがリドにもわかる。池の表面がかすかに揺れ、反射がぼやける。池に反射している人間が、存在していないかのように見えなくなる。

ふたたび密になっていく森のなかを、彼らは進む。充分に近づいたところで、フリセルは巧みに隠された住処を簡単に見つけ出す。

丘の隣にある曖昧な地形が、常に変化しつづける自然ではないと気づくには、森を知り尽くした熟練者の目が必要だ。しかし、彼になら簡単に見分けがつく。丘が峡谷に変わる境目で、木の枝が不自然な形をしている。枝や葉に隠れてうまくカモフラージュされている住処はフリセルのものに似ているが、イェリンの住処はいくつかの方向に拡張されている。

「おれになにかを伝えたがっているようだ」とフリセルは小声で言う。彼は苔の上にしゃがみ込み、住処を凝視している。

「どういう意味？」グロックを取り出しながらリドは小声で訊く。

「自分が、おれよりすぐれていると示したいんだろう」とフリセルは答える。「彼女は何年にもわたって、おれの一挙手一投足を観察していた——それなのに、おれは彼女の姿を見たこともなければ、存在にすら気づかなかった。呆《あき》れたもんだよ」

「あなたやあなたの世界の写真をいっぱい撮っていたんでしょうね」フリセルはうなずく。

「彼女はおれを尾行し、真似をした。おれを騙し、出し抜いた。おれは、彼女が抱いていた理想をことごとく裏切った。それは、おれたちの関係や、知ろうともしなかった死んだ赤ん坊のことだけじゃない。専門的な次元でも、おれは彼女を裏切った」

「どういうこと？　サバイバリストとしても、ということ？」フリセルはまたうなずく。

「自然と純粋に調和を保って暮らし、〝炭素の足跡〟などまったく残さないのが理想だ。ところがおれは、その理想に背いた生き方をした――電気を引き、パソコンを購入し、ビールやワインやウィスキーを森のなかに隠しておいた。でもそれだけじゃない。もっと細かいレベルでも裏切っていた。彼女の独善的な世界観からすれば、あらゆる面でおれは裏切り者だった」

「女性と会うために、あなたがウプサラまで行っていたことも知っていた……？」

「彼女もそこにいた」とフリセルは言う。「おれの住処に。ウプサラまで女に会いにいって間もなく、彼女はやってきた」

「なんでわかるの？」

「ウプサラから帰ってきてから二日くらいして、おれは罠を取りはずしに池まで行った。そのときは森を去る決心をしていて、そのことを〈フルストレット〉でデートした相手に話したばかりだった。住処に帰ると、ドア枠に二重円が刻まれていたんだ」

「円のなかの円、ね」とソーニャ・リドは言い、うなずきながら深いため息をつく。「長い年月のあいだ、彼女は自分の存在をずっと気づかせたかった」

「もしかしたら、それだけじゃないかもしれない」フリセルは考え込みながら言う。「ひょっとしたら、彼女は〈フルストレット〉までおれを尾行して、会話を盗み聞きしたのかもしれない。ますますおれに失望した彼女は、いよいよ始まったことを、おれに知らせたかったのかもしれない。もはや、おれには時間が残されていないことを。爆弾テロ犯として、生け贄《にえ》になることを。計り知れない裏切りの代償として」

リドは大きく息を吸う。そして、吐く。

「あなたの言うとおりかもしれない」と彼女は言う。「でも、これからわたしたちはなにをすればいい？　今、ここで」

フリセルは双眼鏡を目に当て、カモフラージュされた住処をじっくりと観察する。それから周囲を見わたし、言う。「あの住処には、監視用の窓が少なくとも四ヵ所ある」

彼はズボンのウエストバンドからシグ・ザウエル226を引き抜く。

ソーニャ・リドは、茂みのなかにしゃがみ込んでイェリンの住処を眺める。寒々としたこの日の薄日を浴びて、とても安らかな印象しか感じられない。

89

カウントダウン用の時計はすでに二十九分を刻んでいるが、避難誘導はまだ本格的に進められている途中だ。エヴァ・ニーマンの前にある机に置かれている数台のモニターには、人々の避難が進む国際線ターミナルの混沌とした状況が表示されている。目の前の画面を切りかえると、第五ターミナルの入り口を見おろしている屋外カメラの映像が映し出される。レポーターやカメラマンを満載した報道機関のヴァンが、なんとか設置の間に合った防護柵に向かって押し寄せてくるのが見える。

そのなかに、サンドヴィケンの地元紙のエヴァ＝ロッタ・テリンの姿がちらっと見えたような気がする。見かけたのは気のせいかもしれないが、彼女には不誠実な約束をしてしまったと申し訳なく思う。

ひとつの画面に第五ターミナルの地図が表示され、捜索が完了している区域がゆっくりと広がっているのがわかる。

爆発物は見つかっていない。

エヴァ・ニーマンは椅子に座るのを拒み、指令本部内を歩きまわる。彼女は全神経を集中させている。

警報が鳴ると、彼女は即座に反応する。

画面の前の使われていないキーボードに打ち込みながら、四分割された映像を映し出す。警察官に装着されたボディカメラからの映像だ。

そのうちのひとつの画面で、重装備をした国家特別部隊の隊員が注意を惹こうと両手を激しく振っている。ボディカメラを装着した警察官の目の前にいるのだろう。「こちら一二九部隊。聞こえますか、指令本部？」

「聞こえています」椅子に座ってヘッドセットをつけている民間職員が言う。

「われわれは今、六番ゲートの下にいます」と隊員が言う。「この先に確認のとれていない物体があるとの報告を受けました。機体に近く、ＣＣＴＶカメラの範囲外の場所です。これからそこに向かいます」

「注意して進んでください」ヘッドセットをつけた男性が言う。

エヴァ・ニーマンは広い机に身を乗り出し、別のヘッドセットをつかんでマイクに向かって言う。「その情報は誰から？」

「われわれ一二九部隊とすれ違った三人の避難者からの情報です」

「どこから避難してきた人たち？」

「全員が黄色いベストを着ていたので、下のほうでなんらかの技術的な作業をおこなっていた人たちだと思います」

「ふうむ」とニーマンは言う。「わかりました。先に進んでください」

重装備の隊員は軽く首を振り、ゆっくりと動きだす。身を低くかがめながら、二本の柱のあいだの暗い通路へと向かう。ボディカメラの映像は、彼のあとに続いて武器を構えた五、六人の隊員たちが柱のあいだに消えるのを映し出す。ボディカメラを装着した警察官も彼らに続く。

指令本部のモニターには、暗闇しか映っていない。

90

大きな茂みの陰にしゃがみ込みながら、ソーニャ・リドはルーカス・フリセルを見ている。まるで別人の顔をしている。野生動物を見ているような錯覚を覚える。彼は茂みの反対側の、ほとんど隠れていて見えない住処の空気を嗅いでいる。決断がくだされたらしい。

「おれの住処に押し入ったときのことは覚えているか？」と彼は訊く。

「ええ、二手に分かれた」とリドは答える。「わたしとシャビールは裏口からはいった」

フリセルはうなずく。

「残念ながら、今回も同じことをしなくてはならない」と彼は言う。「イェリンはおれの住処を真似た。両方の出入り口を押さえなければ、簡単に逃げられてしまう。彼女が外に出るのを防ぐ必要がある」

フリセルはリドをじっと見る。彼の住処に押し入ったときのことはよく覚えている。死にそうになるくらいのパニックを、揺るがない決心に変えなければならなかった。

「やりたくないきみの気持ちはよくわかる」フリセルはやさしい声で言う。「できることなら、こんなことはしたくない」と彼女はつぶやく。「みんな仲良くやればいいのに。で、どうすればいい？」

彼はリドをまだ見つめている。そのうち彼女は辛抱できなくなって手を振る。

「おれが正面からはいる」と彼は言う。「きみは裏口にまわってくれ。おそらくおれの住処と同じような見た目だろう。できるかぎり音をたてずに進入する。もしもおれの住処と同じなら、ドアに鍵はないはずだ」

彼女はうなずく。彼は茂みの左側へとすべるように移動する。リドは茂みの右側にまわり込み、小声で言う。「彼女はあなたのストーカーなのよ、ルーカス。彼女はあなたの世界を真似て、より良く、より正統な世界をつくりあげたはず。彼女は、自分があなたよりすぐれていると思っている。あなた自身よりもあなたのことを知っていると思い込んでいる。だから、彼女が予期しない方法でやらないといけない。あなたらしくない考え方をして」

フリセルは少し後ろに下がる。「つまり、進入する場所を入れかえる？」と彼は言う。リドはうなずく。

「あなたが思っている以上に大きな違いになるはず」と彼女はつけ足す。

フリセルは顔をしかめたまま言う。「最悪の場合、彼女はおれのかわりにきみを襲う」

リドは一瞬だけ笑みを浮かべる。「そうなったら助けてくれるでしょ？」

彼らは目を合わせる。フリセルはうなずく。心の底からのうなずきに見える。

そして、彼らは役割を入れかえて出発する。

最初のうちは、茂みや岩で身を隠すことができる。物陰にしゃがみ込むたび、ソーニャ・リドは双眼鏡でイェリンの住処を観察する。妙な安らぎに満たされているのを感じる。死にそうになるくらいのパニックを乗り越えてしまったかのようだ。

彼女は全神経を集中させる。あたかもノールランド地方のレンジャー部隊になったような、正確な動きができているように思う。しかし、本当のところはわからない。単なる想像なのかもしれない。もしかしたら、その正確さは彼女の頭のなかにしか存在していないのかもしれない。

次の瞬間、彼女は物陰から走り出る。最後の茂みの後ろにしゃがみ込む。双眼鏡を上げる。ドアは閉まっている。手が届きさえすれば、すぐになかにはいれる。それが合意した内容だ。

ドアに鍵はない。

双眼鏡をおろすと、ドアはより遠く感じられる。現実の世界にいないかのように思える。逆に、彼女のなかに現実がないかのように。

最後の運命的な接近のためにゆっくりと立ち上がったとき、上着のなかに蜂がまぎれ込んで腕を登ってくるのを感じる。いつの間にはいり込んだのだろう。

ソーニャ・リドは、急な痛みに襲われた左肩を見ようと振り向く。彼女の目に映ったのは、ぐるぐると回転する空だけだった。

91

ボディカメラは暗闇のなかを進み、やがて反対側に出る。六番ゲート下の柱のあいだを抜ける通路は、滑走路横の広い空き地へとつながっている。エヴァ・ニーマンの前の画面は数秒間揺れたあと、やがて安定した映像を映し出す。

今は充分な明かりがあるため、特別部隊の隊員が進んでいくのが見える。ニーマンは音声のレベルを上げる。興奮気味な激しい息づかいが聞こえてくる。

十メートルほど先で、ひとりの隊員が大きな段ボール箱を指差している。ほかにはなにも置かれていないがらんとした空き地には、明らかに場違いな箱だ。

ボディカメラが止まり、曲がり角の手前に隠れてしゃがみ込む。必死な声が聞こえてくる。一分前に指令本部に話しかけていた重装備の特別部隊の隊員の声だとニーマンは思う。「爆発物処理班の到着を待つ時間はあるか？」

「最後に聞いたときは、ターミナルの反対側で作業をしているとのことでした」声がかなり大きい。おそらくはボディカメラを装着した警察官の声だろう。

「そうか、くそ。おれたちで調べるしかないな。まずは確認してくれ。ムスタファ？」

バイザーをおろした特別部隊の隊員が画面に現われ、素っ気なくうなずく。ムスタファはきびすを返し、大きな段ボール箱のほうに歩いていく。

彼はゆっくりと箱のふたを開ける。指令本部の画面を通しても、彼の手が震えているのが見える。

しかし、なにも起きない。爆弾が爆発することはない。ムスタファはカメラのほうに戻ってくる。

「上の階のどこかのレストランに届けられるはずのものだった」荒い息で彼は言う。

「なにを言っているんだ？　説明してくれ」グループの隊長がしわがれ声で言う。

「エスプレッソマシンでした。間違った場所に届けられたようです」

エヴァ・ニーマンは唸り声をあげる。

そのとき、指令本部のドアが開く音が聞こえる。私服を着た三人がはいってくる。そのうちのふたりは乾いた泥にまみれている。アントン・リンドベリ、シャビール・サルワニ、そしてアンカンだ。あまり泥にまみれていないサルワニが訊く。「なんで電話に出ないんですか？」

「忙しくて」と言いながら、ニーマンは携帯電話を確認する。サルワニ、リンドベリ、アンカンから、少なくとも十件の不在着信がある。彼女は壁の時計を指差す。カウントダウンの時間は26：00を表示している。爆破予告の午後六時四十三分まで、残り二十六分を切っている。

サルワニはうなずき、簡潔に報告する。「ボリエ・サンドブロムは少なくとも一週間前に死亡していました。爆弾テロ犯は、イェリンという名の女です。ボリエはその女に片思いをしていたようです」

「ソーニャは一緒じゃないの？」

「いえ、なんの連絡もありません。アーランダ国際空港の爆破まで、あと二十五分四十一秒ということですね？」

「ええ、爆破を阻止しなければ」食い入るように画面を見つめながらニーマンは言う。「ほかの報告はそのあとにしてくれる？　あなたたちに頼みたい仕事があるの」

「どこで？　この空港で？」

「そう。まだ確認のとれていない場所を調べてほしい。見てのとおり、もう時間がない。避難はだいぶ進んでいるけど、とにかくできるかぎりの場所を確認してから、わたしたちも避難しないといけない。死傷者を出さないために。メールを送るから、適宜分かれて作業して」

彼女はそう言うと、捜索範囲とは反対側の画面を指差す。三人は三人とも、一秒たりとも躊躇しない。

92

捕らわれていることは、においだけでわかる。そのあと、リドは体が動かないことに気づく。

土のようなにおい。いや、本物の土のにおいだ。始まりの土。終わりの土。

灰は灰に、塵《ちり》は塵に。

漆黒の闇。

自分がどこにいるのか、自分がどういう状況にあるのかをソーニャ・リドが理解するまで、数秒かかる――生き埋めにされている。

ゆっくりと、深く呼吸をする。今パニック状態になるのは、絶対に避けなければならない。氷のように研ぎ澄まされた意識のなかで、彼女は思う。

しかし、呼吸するのが予想以上に困難だ。しばらくして、それが口のなかに押し込まれた布のせいだとわかる。

暗闇に目が慣れたところで、横たわっている彼女の上を覆っている板のほんのわずかな隙間から光が漏れているのに気づく。リドは、つとめて理性的に、論理的に考えようと努力する。

ひょっとして彼女は棺に入れられ、墓のなかに沈められているのだろうか。でも、まだ土はかぶせられていないようだ。

そのとき、ものすごい音がする。棺のふたが、軋み音と唸り音とともに開けられる。

ふたは、箱の長辺に蝶番《ちょうつがい》で固定されている。

あまりの眩《まぶ》しさに意識が飛びそうになる。脳が爆発しそうだ。しかし、棺のなかが明るく照らされているわけではない。彼女は今見えているものに集中し、できる限りの視覚情報を記憶する。蝶番で固定されている木製のふた、自然の材料で作られた太いロープで縛られている手と足、墓穴の端からこぼれ落ちてくる土。

深さはおよそ二メートル。

つまり、彼女は間もなく二メートルの深さの穴に生き埋めにされるということだ。

棺のふたは、墓穴の上から開けられたのだろう。上のほうから、とげとげしい女の声が聞こえてくる。姿は見えない。「あんたの愛《いと》しのルーカスが、最後にものにした女だね。もし口がきけたら、自分の名前を名乗ったかな」

リドは、布をぎゅうぎゅうに詰めこまれた口で叫ぼうとする。フリセルに警告しようと、なんでもいいから音を出そうとする。しかし、無駄に終わる。ほとんど声が出ない。出るのは、死にそうなほどのパニックに陥った、ことばにならないくぐもった音だけだ。

深いため息が聞こえ、墓穴を覗き込む人物の姿がリドの視界のなかにすべるようにはいり込んでくる。カーキ色の服に身を包んだ丸刈りの赤い髪の女が逆光を浴び、その緑色の目でリドを見すえる。

「あんたたちが一緒にいるところを見た」と彼女は言う。「あの浮気男は、愛人を連れてきたようだね。あんたも警察なんだろ？　しかも、ここに来たのはあんたたちふたりだけで、ほかには誰も来ていない」

リドは、ロープで縛られている足を懸命に動かしながら棺の角を蹴る。でも、音は出せない。赤い髪の女の静かな声だけが聞こえる。「これだけは言っておきたいんだけど、あんたたちのせいでわたしの〝円〟が乱された。本来なら、その棺桶《かんおけ》のなかにいるのはあんたじゃなくて、ルーカスのはずだった。あの男に、死んで生まれてくるだけのために子宮のなかにいるのが、どんなものなのかを経験させたかった。円の中心で。でもそのかわり、あんたたちはふたりで一緒に経験できる」

彼女は頑丈そうなショベルを棺のふたまで伸ばし、閉める前に言う。「今から、あんたの愛しい男を殺しにいく。すぐに戻ってくるから待ってな。あいつもそっちに落としてやるから。そうすれば、ふたり仲良く永遠の世界に旅立てるだろ？　ロマンチックだと思わないか？」

ソーニャ・リドが最後に目にするのは、赤毛の女がライフルと拳銃で武装したあと、携帯電話を取り上げ、声を出しながらメッセージを打ち込んでいる姿。「〝F29番ゲート。ブーム〟。〝O〟が三つ」

ショートメッセージを送信すると、彼女は楽しげにリドに手を振り、視界から消える。

リドの顔のすぐ上で、棺のふたが閉まる。ドスンという音が聞こえる。穴の上のほうでショベルが土にめり込むたび、ドスンという音が繰り返し聞こえてくる。やがて、原始的な棺の木製の板の隙間に土が覆いかぶさっていくのがわかる。

イエリン・エリクソンの目標に達するまで音は続く。

最後の光が消える。

93

エヴァ・ニーマンの目の前にあるカウントダウン用の時計が、午後六時四十三分——爆弾テロ犯が空港を爆破すると予告してきた時間——まで、残りあと十九分だということを知らせている。

直近の数分間はなんの進展もなく、無限に続くと思えるような長い時間だった。そんななかでも、モニター上に示されている確認ずみの区域がどんどん拡大しているのは良いニュースだ。新しく捜査に加わる警察官の人数も確実に増え、爆発物がないことが確認されたエリアは赤く塗りつぶされていく。第五ターミナルのなかで、未確認の区域は残りわずかだ。

それでも、ニーマンは完全には安心できない。爆弾処理班の重くて扱いづらいハイテク装置では検知できないような爆発物が、スタッフや配送係によって持ち込まれ、どこかに隠されているかもしれない。

完全避難を強硬に要求すべきときが来たのかもしれない。マネジメントチームを含むすべての人々を、アーランダ国際空港から避難させるべきなのかもしれない。

でも、まだそれはできない。あと十九分ある。

　この短い数分のあいだに、彼女は新しく到着した警察官のチームをすでに確認のとれている区域に派遣し、追加の捜索を指示した。彼らの進捗状況を示す緑色は、地図上ではまだ狭い区域にしか表示されていない。

　残り十九分が、十八分に変わろうとしている。どんなことをしても押し殺さなければならない無力感が、彼女のなかで広がりつつある。

　エヴァ・ニーマンの携帯の着信を知らせる音が鳴る。見知らぬ番号からのショートメッセージだ。単純で明確なメッセージ。

　〝F29番ゲート。ブーム《Boom》〟。

　ニーマンは急いでそれを上層部に伝え、指令本部内の民間職員に叫ぶ。「すべての捜索隊をF29番ゲートへ向かわせて！　ただし、十分以内を厳守。それ以降は完全避難に移行する」

　アーランダ国際空港の第五ターミナルを捜査している人員のなかで、Fの区域にいる人数は非常に少ない。それには理由がある。

　ニーマンは別の画面の前に移動し、民間職員の肩越しに画面を見る。彼女の出した思い切った再編成が、ゆっくりと始動しているのがわかる。しかし、第五ターミナルのFの部分は確認済みを示す赤色で埋め尽くされている。すでに捜索活動が終わったと判断されているのだ。だから、その部分に残っているチームはほとんどいない。なにより問題なのは、よりによって爆弾処理班がいちばん遠くにいるという点だ。絶対に間に合わない。

ニーマンは民間職員の担当者に指示を出し、F29番ゲートにできるかぎりポインターを近づけさせる。担当者がマウスをクリックすると、第五ターミナルのいちばん奥にいるボディカメラの不安定な映像が表示される。カメラはF29番ゲートに向かっている。もともとそのゲートは、午後六時四十三分前後の出発便として認識されていた八つのゲートのうちのひとつだ。

ニーマンの画面上では、F29番ゲートは赤く表示されている。徹底的に捜索がおこなわれたことを示している。最初の捜索で本当になにも見つからなかったとすれば、新しいなにかが持ち込まれたことを意味する。もしそうだとしたら、持ち込まれたのはごく最近ということになる。

ボディカメラの映像は、F29番ゲートに向かって走る一団を映し出している。爆破予告時間まであと十七分となった瞬間、その一団のなかに見覚えのある姿がいることにニーマンは気づく。

シャビール・サルワニだ。

カウントダウンの時計は、16:56を表示している。

94

ルーカス・フリセルがイェリン・エリクソンの住処に一歩踏み入れた瞬間、なかには誰もいないことを直感する。それでも彼は、部屋のひとつひとつを点検する。彼のなかで不安が膨れあがる。この住処のなかにいるのがまだ自分だけだというのが気になる。ソーニャ・リドは、とっくに正面のドアからはいっているはずだ。少なくとも、なんの音も聞こえないのはおかしい。

化学物質のようなにおいのする部屋にはいる。むかし嗅いだことのあるにおいだ。漆黒の闇に目を慣らしているあいだに、においを嗅いだときの記憶を呼び起こそうとする。そうだ、これは暗室のにおいだ。現像液と定着液のにおい。彼は懐中電灯を取り出して点灯する。何枚かの写真が洗濯バサミで吊されている。しかし、部屋じゅうの壁は写真で覆われている。そのすべてが、彼の住処と森の写真だ。考えうるあらゆる角度から撮影されている。イェリン・エリクソンは数えきれないほど頻繁に彼の住処に侵入していたのだろう。そのことに、フリセルはまったく気づいていなかった。

写真の引き伸ばし機に、バッテリーで動くランプが使われていることに彼は気づく。一見したところ、電気が引かれている形跡はない。

強い嫌悪感を抱きながら、彼は正面の出入り口に向かう。ソーニャ・リドがはいってきたはずの場所だ。銃を抜き、用心深くあたりを見まわす。彼女がそこにいた形跡はない。

千年紀の変わり目に製造されたシグ・ザウエルを構え、彼は前に進む。以前の人生において、このシグ・ザウエルは郊外の困窮地域――当時から犯罪率の高い〝立入禁止区域〟となっていた――をパトロールするときの予備兵器だった。しかし今では、イェリン・エリクソンが装備しているはずの高度で洗練された武器に比べると、情けないほど不釣り合いだ。

彼は外に出る。本当ならイェリンを彼女の住処のなかで倒せたらよかったが、結局、彼は外が好きだ。

かつて、彼の銃の腕前は一流だった。

リドがとったであろう動きは手に取るようにわかる――どの物陰に身を隠したか。正面の出入り口から約十メートル離れた茂みが、彼女が最後に隠れた場所だろう。

案の定、その茂みの地面は踏み荒らされている。ふたり分の重みがかかったように地面が沈んでいる。まるで誰かがもうひとりの人間を担いで連れ去ったかのように。

そこで、足跡は途切れる。

彼は森に戻ってきている。まるで自分の森のようだ。が、やはり違う。水色の空を見上げ、空気のにおいを嗅ぐ。まだしばらくは暮れる様子のない、五月の夜のにおいしかしない。

日暮れはまだまだ先だが、母の日が疑いようもなく終わりに近づいている。決定的な瞬間に向かっていっている。

ルーカス・フリセルは聴覚と視覚と嗅覚を研ぎ澄まし、ふたたび野生動物になる。考えられる限りのスナイパー・ポジションを、一瞬たりとも見逃すわけにはいかない。同時にあらゆる場所に目を配りながら、ゆっくりと前進する。

彼には経験と独創性がある。一方、彼女には燃えるような怒りと、不思議なほど創造的な模倣力がある。つまり今から対峙しようとしている相手は、より進化した、より動機づけられた自分自身のクローンということだ。

もっとも合理的な方向を見定めてから、フリセルは荒れ果てた静かな森のなかをゆっくりと進む。全神経を張りつめる。生命体である森に包み込まれる。彼は、森を知り尽くしている。

二度ほど、ちょっとした動きや音、なにかがきらっと光るのを感じる。しかしそれが森の自然な風景が生み出しているものの一部だと、彼は即座に把握する。

しかし三度目は違う。

茂みのなかでなにかが急に動く。それを彼の目と耳がとらえる。が、すぐに消える。事態は深刻だ。構えている銃に目をやると、激しく震えていることに気づく。高性能なハンティングライフルのスコープが、彼の胸か背中に焦点を当てていたとしても、なんの不思議もない。

彼の銃は今も震えている。

茂みのなかの動きが止まり、鹿が飛び出してくる。フリセルはなんとか発砲を免れる。

95

エヴァ・ニーマンは、モニター画面から無理やり視線を引きはがして時計を見る。表示されている残り時間は十一分。頭のなかを駆けめぐっている無数の思考はことばに変換できない。

カウントダウン表示は10：59。

完全避難は現在進行中だ。しかしニーマンは、F29番ゲートの捜索チームとの連絡がとれていない。

画面上では、ゲートに近づいていく一団をとらえるボディカメラの不安定な映像が映し出されている。目的のゲートの上には、〝F29番ゲート〟のサインが光っている。周辺には誰もいない。機内にいた乗客同様、急いで避難したようだ。重装備の国家特別部隊の隊員たちが、無人の空港内をはっきりとしない陣形で動いている様子は、幽霊じみていて不気味に見える。

今のところ、ボディカメラのマイクが拾う激しい息づかい以外、音は聞こえない。客も誰もいない近くのカフェも含め、ゲート近辺を捜索する映像のなかに、ニーマンはときどきシャビール・サルワニの姿を見る。

ニーマンはヘッドセットのマイクを通し、彼らに叫ぶ。もう十回は呼びかけているだろうか。しかし、誰も反応しない。明らかに、通信状況になにか不具合が生じている。

捜索隊が円陣を組む。ニーマンは彼らの声に耳をそばだてる――しかし、議論に加わることはできない。彼女の出す指令は、岩だらけの地面に種を蒔《ま》いているかのように虚しく四方八方に飛び散る。

「機内へのゲートは開いている」捜索隊のリーダーと思われる大柄な隊員が言う。

「機内はすでに捜索ずみだ」別の男性の声が聞こえてくる。

「でも、もし爆弾があるとすれば、それは機内のはず」武器を構えた女性隊員が言う。

エヴァ・ニーマンは、ただちにその場から避難するようにと叫ぶ。しかし彼女の声は、彼らには届かない。指令本部からの音声を隊の誰かが故意に遮断したか、あるいは単に故障しているかのいずれかだ。

ボディカメラはゲートのほうを向く。たしかに、搭乗ブリッジへのガラスのドアは開いたままになっている。職員がパニック状態で避難したのだろう。

捜索隊のリーダーと女性隊員が目を合わせる。ボディカメラの映像は激しく揺れているが、ニーマンには彼らの会話が聞こえる。

「くそっ」と言いながら、隊員たちは搭乗ブリッジへと突っ込んでいく。

しかし、ボディカメラはそのあとには続かない。カメラを装着している警察官は壁を背に床に座り込み、めそめそと泣き声をあげる。カメラはまだゲートを映している。結局、搭乗ブリッジに駆け込んでいった隊員は全部で五人だ。

カメラを装着した警察官は、今では大声をあげて泣きじゃくっている。やがて映像が暗くなる。膝のあいだに頭を垂れたらしい。

彼女の退避命令は隊員たちの耳には届かず、彼らは機内へと駆けていった。しかしその五人のなかにサルワニがいなかったことに、エヴァ・ニーマンは気づいている。

96

フリセルは鹿のあとを目で追う。が、ほんの少し目を戻すのが遅れ、全貌を一瞬だけ見失う。命取りになりかねない。

しかし、なにも起こらない。小さな鹿が去ったあとは、耳が痛くなるほどの静けさに包まれる。木々のあいだに完全に身を隠せる場所を見つけると、地面に身を沈めて苔の上に直接腰をおろす。古いシグ・ザウエルを見つめながら、鼻から長くて深い息を吸い、そして吐く。ゆっくりと、心拍数が平常に戻る。

握っている銃が震えていても気にしない。むかしから、重大な局面ではいつもそうだった――強いていえば、それは集中している証拠だった。今でもそうであることを願う。あと三回、深く鼻呼吸をする。そして立ち上がり、動きだす。

あらゆる点から考えても、イェリンはソーニャ・リドを引きずって荒れた地面の上を移動したはずなのだが、なんの形跡も残っていない。それにしても、どこに運んでいった？　フリセルは頭のなかの地図――彼自身の住処とその周辺の地図――を探る。しかし、行き場を失う。イェリンがどこに向かったかはさっぱりわからない。

彼のなかには、たったひとつのことしか残っていない。約束だ。絶対に守ると誓った約束。ソーニャ・リドを助けるという約束だ。

彼は動きつづける。今は純粋に本能に従っている。イェリンは、彼がやりそうなことをやり、彼が動くように動くはずだ。そう確信している。

彼はふたたびシグ・ザウエルに目をやる。かつて、彼は射撃の名手だった。森のなかでひとり暮らしていたころ、何度か野生動物を撃ったことがあったが、腕が鈍ったと感じたことはなかった。でも今は？　そんなこと、知るか。

今は、通常の状況とは呼べない。

彼の敏感な嗅覚は、近づきつつある夜のにおいを強く感じる。

だが、そのなかになにかのにおいが混じる。非常にかすかな別のにおいを、彼の鼻は嗅ぎとる。嗅いだ覚えがあるような気がするが、思い出せない。しかし、ほかの記憶よりも強力なにおいの記憶を探すのに、一秒もかからない。

どこで嗅いだにおいなのか、彼は思い出す。

それは、池の隣に仕掛けた罠をはずし、住処に戻ってきたときだ。ドア枠に、二重の円が刻まれているのを発見したとき。そして今、このにおいがマロニエのにおいだと認識する。

そのあと、すべてが急速に起きる。

シグ・ザウエルを構えたフリセルが振り向くと、三十メートルほど離れた茂みの陰にイェリン・エリクソンが立っている。彼女は、高性能なハンティングライフルを彼の胸に向けている。彼女のライフルから銃声が鳴り響くと同時に、フリセルも発砲して体を回転させて脇によける。

銃弾の衝撃を感じる。長く生きてきたなかでも経験したことのないような激痛が、縦横無尽に全身を駆けめぐる。

そのあいだずっと、マロニエのにおいがしている。

97

エヴァ・ニーマンの前にはふたつの画面がある。ひとつの画面には、彼女の左側にいる民間職員が見つけ出してくれたCCTVカメラの映像が映し出されている。そこに映っているのは、無人のF29番ゲートだ。なにも動きはない。捜索チームのほとんどは機内にいる。ボディカメラを装着した警察官だけが床に座り込み、うなだれて泣いている。

もうひとつの画面に表示されているCCTVカメラの映像――ニーマンの右側にいる民間職員がまだ調整をしている――には、F29番ゲートの下の一階部分におりた三人が映っている。

三人のうちのひとりはシャビール・サルワニだ。彼らがいるのは作業場のような場所で、そのすぐ外には給油を終えたばかりの飛行機が駐機している。

次の瞬間、三人の姿が映像から消える。ニーマンはカウントダウン用の時計をちらっと見る。表示されているのは03：27。

エヴァ・ニーマンは呼吸できない。

上階を映しているもうひとつの画面では、特別部隊の隊員たちが機内から出てくる。彼らはF29番ゲートをあとにして駆けだす。ボディカメラを装着している警察官も立ち上がると、泣きながら彼らのあとに続く。

サルワニはスマートウォッチに目をやる。カウントダウンの時間が表示されるように設定してある。

残り時間が、01：24から減っていく。

ゲートの下におりるとき、会話がしやすくなるように三人は名前を教え合った。サルワニはアンデシュとニッケと並んで、誰もいない一階の作業場のなかを走っている。とてつもなく広く感じられる。

三人は三方に広がる。残り四十秒。

サルワニが即時撤退の命令を出そうとした瞬間、いちばん遠くにいるニッケが叫ぶ。「なんだ、これは？」

サルワニは、ニッケが指差している先が見える場所まで移動する。そこに見えたものが、色の記憶を蘇らせる。

オーデンプランのときと同じ色。あやうく、人生最後に見ることになったかもしれない色だ。

目を凝らして焦点を合わせると、それがアーミーグリーンだとわかる。置き去りにされた機内食運搬用のトラックに寄りかかるように、バックパックが置かれている。

しかし、オーデンプランのときと違って、今回サルワニは遠すぎる。ニッケのほうが近い。

サルワニは考える。

起爆薬と第二爆薬。

バックパックとトラック。

小さい爆薬が大きい爆薬を爆発させる。それがさらに、十五メートルも離れていない満タンに給油された飛行機を爆発させる。

三段階の爆発。

〝死の鳥の住処がおのれ自身の灯油で炎に包まれる〟。

サルワニは叫ぶ。「そのバックパックを投げて、身を守れ!」

ニッケがバックパックをつかみ、トラックから離れて駆けだすのが見える。

「早く投げろ!」とシャビール・サルワニは怒鳴り、柱の陰に飛び込む。

エヴァ・ニーマンは、ふたつの別々の画面に映っているF29番ゲート下の作業場を見つめている。しかし、三人の姿はどちらにも映っていない。シャビール・サルワニの姿は見えない。

彼女はカウントダウン用の時計に目をやる。刻々と午後六時四十三分に近づいている。息ができない。

00：01が00：00に変わる。

98

イェリン・エリクソンの撃った銃弾が当たっても、フリセルはなんとか意識を保つと同時に握った銃も放さない。彼は苔だらけの地面に伏し、シグ・ザウエルをあっちに向けたりこっちに向けたりする。どっちが上でどっちが下かもわからない。それでも目だけは開けている。自分でも不思議だが、目は開けている。

彼女はどの方角から来る？　いつここに来る？

どうやっておれを殺す？

森のなかに動きがある――しかし、なにも起きない。彼女はとどめを刺しにこない。

それとも来るのか？

ぼろぼろの体に、なんらかの理性がゆっくりと戻ってきたとき、彼はその理由を問う。しかし気をゆるめた瞬間、激痛が彼を完全に支配しようとする。

それだけは避けなければならない。

理由を問うのはあとにとっておくことにする。森で暮らした何年ものあいだそうしたように、彼は警戒態勢に戻る——しかしイェリンはやってこない。

そこで、彼は自分の怪我の状況を把握することに集中する。理性的に。負傷したのは肩——撃たれたのは左肩のすぐそばだ。主管動脈をやられたらしく、血が噴き出している。急いで止血を試みる。上着にそこら辺の植物を詰め、止血帯もどきを作る。でもどんなに失血したとしても、今いちばんしなくてはいけないのは、なんとか進みつづけることだ。なんとしてもソーニャ・リドを見つけ出さなければならない。今ならできるはずだ。少なくとも、試みることはできる。

しかし、いったいどこを探せばいい？　これほどの激痛に襲われながら、どうやって見つけ出せる？

立ち上がると、バックパックが肩から滑り落ちていることに気づく。そのおかげで理性が戻る。

フリセルはアロンゾが言っていたことを思い出す。イネダル通りの作業場で、アロンゾが座っていたときのことだ。「もし警察が標準的なアプリを使ってあんたを追跡しているなら、アンクレットの場所は赤い光の点滅として地図上に表示されているはずだ。あんたの〈ノキア〉のほうは、ふたつ目のタブに表示されている同じような地図に、別の色で点滅しているだろうね。彼らは持ち運びできる端末——タブレットとかその類い——で、アプリが見られるようにしてあるに違いない」

フリセルがアイディアを思いついたのはそのときだった——ちょうどいいタイミングが来たら、〈ノキア〉の緑色の光の点滅を利用してソーニャ・リドに合図を送ろう、と。

しかしそのせいで、彼女に死刑を宣告してしまった。

フリセルは、リドがバッグを落としたことを思い出す。郵便受けが集まっているあの場所で、彼女はバッグを落とし、中身が地面に散らばった。フリセルはそれらのものを拾い集め、自分のアーミーグリーンのバックパックに押し込んだのだ。

激痛をこらえて身をかがめ、バックパックのなかを漁る。息も絶え絶えになりながらも、彼はリドの〈iPad〉を取り出す。電源ははいったままで、起動しているのは追跡用のアプリだけだ。

もう何年ものあいだ、ルーカス・フリセルは最新技術には縁がなかった。タブレットとアプリを前にして、自分の無力さを痛感する。画面に表示されているのはストックホルムの地図だけ。ほかにはなにも表示されていない。

ところが恐る恐る地図の上に指を這わせると、地図が動くことに気づく。しかも、拡大したり縮小したりもできる。でもだからといって、どうすることもできない。地図上に点滅している光はない。

耳のなかにアロンゾの声が聞こえてくる。〝あんたの〈ノキア〉のほうは、ふたつ目のタブに表示されている同じような地図に、別の色で点滅しているだろうね〞。

腹立たしさを覚えながらも、フリセルは画面を相手に考えうるありとあらゆることを試してみる。そして偶然にも、画面をスワイプすることに成功する。彼の目の前に、別の地図が現われる。しかもその真ん中に、緑色の点が表示されている。

心身ともに疲れきっているこの状況でも、皮肉を感じずにはいられない。二〇〇八年の秋、ルーカス・フリセルがデジタル・ツールの活用を拒んだために、リーゼロッテ・リンドマンの命を救うことができなかった。それから何年も経った今、彼はソーニャ・リドの命を、そう、デジタル・ツールの力を借りて救おうとしている。ただそれは、彼が生きていられれば、の話だが。

フリセルは緑色の光の点滅にズームインし、どうすればそこに近づけるかを試す。一秒たりとも構えている銃をおろすことなく、負傷した体を引きずって緑色の光が点滅している方向に進む。拉致されているソーニャ・リドの方向に。

森のなかの移動は、拷問以外のなにものでもない。ところが、身体的な痛みはほとんど感じない。すべての痛みは心に移ってしまった。心に、大きな傷口がぱっくりと開いている。

斜面の急な丘の下にたどり着く。地図が正しく読めているとすれば、緑色の点滅はこの丘の向こう側にあるはずだ。フリセルは丘を登りはじめる。まるでエベレストを登っているようだ。痛みが全身に広がる。一歩上がるにも、渾身《こんしん》の力が必要になる。それでも、なんとか登りきる。急な斜面を登って頂上の裏に身をかがめる。

彼は目を閉じる。そして目を開けると、速い動きで丘の上に頭を出す。イェリン・エリクソンが地面の穴を埋めているのが見える。墓だ。それが墓だということはすぐにわかる。全身が震える。彼のすべてが震えている。震えているのは彼の心だ。ソーニャ・リドはあの墓のなかにいる。

生きているのか？　死んでいるのか？

イェリン・エリクソンの肩にハンティングライフルが掛かっている。しかし、掛かっている角度がおかしい。それに、彼女が穴を埋めているショベルの動きがどこか弱々しくてぎこちない。それで説明がつく――なぜ苔だらけの地面に倒れている負傷したフリセルのところまで、彼女はとどめを刺しに来なかったのか。彼女も負傷したのだ。倒れ込んだときに発砲した彼の銃弾に当たったのだ。きっと彼女は、彼を仕留めたと思い込んだのだろう。だから最後の力を、やり残した殺人を成就させるために使うことにしたのだろう。

葬式をするために。

それはつまり、棺のなかのソーニャ・リドは、まだ生きているということかもしれない。

彼は〈iPad〉を下に落とし、シグ・ザウエルを構える。イェリンに見つかる前に、できるだけ彼女に近づいておきたい。できるだけ距離を縮めておきたい。彼はゆっくりと、一歩ずつ忍び寄る。もっと近くへ。もっと近くへ。彼女に気づかれるまで。

まだかなりの距離があるにもかかわらず、カミソリのように鋭い彼女の緑色の目と、フリセルの目が合う。森と同じような鮮やかな緑色の目。デジタルの地図の上で点滅する緑の光と同じ色。

99

エヴァ・ニーマンの視線の先で、カウントダウンの時計の表示が00・01から00・00に変わる。その瞬間に彼女が思うのは、まだ死にたくない、ということだけだ。まだ一本、電話をかけなければならない。

彼女の前の画面のひとつは突然真っ暗になる。もうひとつの画面には、世界が爆発するのが映し出される。F29番ゲートの下の作業場は、煙と砂利と破片でいっぱいになる。爆弾が爆発した。

予告どおり、爆弾は爆発したのだ。

彼女は、近くにいる民間職員と目を合わせる。彼の顔面は蒼白だが、その目はなにかを問いかけている。ふたりのあいだで、質問がこだまする。ここにいても、なにか聞こえたはずではないか？　少なくとも、振動くらいは感じたはずでは？　それともこれは単なる時間差でしかなく、〝死の鳥の住処がおのれ自身の灯油で炎に包まれる〟前の、幻想的な一時的な休息にすぎないのか？

やがて、すべてが爆破される。あと数秒も残っていない。

エヴァ・ニーマンと彼は魔法が解けたかのように合わせていた目をそらす。そのあと、指令本部内にごく普通の恐怖が広がる。

「なんでもいいから爆発現場近くの映像を映し出して」とエヴァ・ニーマンは叫ぶ。それが自分の声だと気づかない。

まわりにいた民間職員の何人かがいくつか別々のカメラ映像をそれぞれの画面に表示する。第五ターミナルの遠い端にいた特別部隊の隊員たちが、爆発に対応しているようだ。現場に向かって走っている者もいれば、離れていく者もいる。いくつかのカメラは真っ暗になる。ほかのカメラの映像には煙と灰と火が映っている。

滑走路や駐機場からの遠巻きの映像もはいってくるが、見るべき肝心なものはほとんど映っていない。

F29番ゲートのカメラは失われてしまったようだが、隣のゲートのカメラに、F29番ゲートに駐機している飛行機が無事であることが映っている。飛行機の前輪の横にある一階の作業場から煙が出ている。

たしかに爆発は起きた。しかし、予告されていたものよりはるかに小さな規模の爆発だったようだ。でも、本当にそうなのか？

「いったいなにが起きたの？」エヴァ・ニーマンは、指令本部にいる誰にともなく叫ぶ。

100

ルーカス・フリセルは木の枝に寄りかかり、約二十メートル先にいるイェリン・エリクソンの緑色の目にしっかりと焦点を当てている。彼女は高い松の木の前に積まれた土の山の横に立ち、ハンティングライフルを肩に掛け、拳銃をホルスターに挿し、ショベルに寄りかかっている。全体重をかけてもたれかかっているように見える。

彼女はしゃがれた声で怒鳴る。「そんな距離からじゃ、絶対にわたしを撃つことはできない。さっきはたまたま運が良かっただけ。でも今度は、わたしがちゃんとライフルで狙うから」

「きみの命をそれに賭けてみるか？」フリセルの声は、腐ったソースのように半固形化して聞こえる。

イェリンは弱々しい笑みを浮かべる。「こんなに離れていても、顔が真っ青なのが見える。ルーカス、致命傷を負ったんでしょ？　本当はあんたをここまで運んできて、あんたの愛する女と死の世界で再会できるようにしてあげたかった。ただ、あんたの遺体を森のなかを引きずってこられるほど、わたしも体調がよくなかったのは残念だったね」

フリセルは、木に寄りかからずにはもう立っていられないことを自覚している。「狙いははずさないよ、イェリン」

「ねえ、初めてイ、イ、イェリンって呼んだんじゃない？　わたしを名前で呼んでくれたことなんてあった？　どうしても思い出せない。でも、これだけは約束する。あんたは自殺したように偽装する。爆弾テロ犯のルーカス・フリセルが、自殺する前に警察官の愛人を埋めたように見せる」

フリセルのまわりで世界が旋回している。意識を保っているだけで精一杯だ。

イェリンは続ける。「興味ないかもしれないけど、赤ちゃんは女の子だった。あんたの娘。でも今度は、あんたがどんなに罪深いかを世界に知らせる。死んでから有罪判決がくだされるんだ、ルーカス。母の日に。ブーム《Boom》、マザーファッカー」

彼女はショベルを放し、肩からライフルを取る。

フリセルはシグ・ザウエルが震えないように構える。銃弾をすべて使ってでも、この一枚のカードに賭ける。

イェリンは土の山の陰に身を隠す。ライフルは持ったままだ。

ルーカスは前のめりに体を倒し、地面の上を少しずつ這って進む。いつ撃たれても不思議はない。しかし、銃弾に襲われることなく土の山までたどり着き、そこで前進を止める。さっきよりも気温が低くなった気がする。不思議なほど空気が薄い。真っ黒な雨雲が、空き地を一気に夕闇に変える。

彼は深く息を吸う。これが最後の呼吸になるかもしれないと覚悟する。這って土の山をまわり込む。そこには、松の木の根元にもたれて座っているイェリン・エリクソンがいる。彼女はハンティングライフルを腕に抱え、鮮やかな緑色の目で彼を見つめている。緑色の死んだ目で。

彼女の上着の前面は、血で真っ赤に染まっている。

筋肉が覚え込んでいた射撃の記憶は、まだ彼のなかに生きつづけていたようだ。どんな記憶よりも強く。

フリセルは土の山の反対側に戻り、墓穴のなかを覗き込む。土の下から、棺の角が少しだけ見えている。

「ソーニャ！」可能なかぎりの声で彼は叫ぶ。返事はない。もう一度叫ぶ。残っている力を振り絞って。

傷口から血が噴き出しているのを感じる。彼は上着をきつく結び直し、ひどく不充分な止血帯の効果を最大限に発揮させようとする。

もう諦めざるをえないのか。限界はすぐそこまで来ている。しかしそのとき、下のほうからなにか聞こえるような気がする。

本当にかすかな音だ。なにかを打っているような、木の板を足で蹴っているような音。

101

エヴァ・ニーマンは、F29番ゲートの下の作業場のなかのCCTVカメラのうちまだ作動しているものの映像を映し出す。もうもうと舞い上がっていた粉塵がようやく落ち着き、作業場がうっすらと見えはじめている。しかしまだ粉塵はうねりとなって床を深く覆っている。

突然指令本部のなかに、鳥のさえずりのようなかん高い音が鳴り響く。それが自分の携帯電話の呼び出し音だとエヴァ・ニーマンが気づくまで、かなり時間がかかる。ビデオ通話アプリの〈フェイスタイム〉だ。電話に出た彼女は、あまりのショックで、自分の通話相手が何者なのか理解できない。どう見ても幽霊だ。

その幽霊の頭のてっぺんから足の先まで覆っている白い粉塵は、あちこち血が染み込んで赤くなっている。

幽霊が話しはじめると、ようやくそれがシャビール・サルワニだとわかる。「起爆薬です」と彼は言う。

「え?」やっとのことでニーマンはそれだけ言う。

「爆発したのは起爆薬です。第二爆薬でも、飛行機でもありません。爆発したのはピクリン酸だけです。でも、彼が無事かどうかはわかりません」

「誰のことを言ってるの?」とエヴァ・ニーマンは言う。まるで、体が自分の体ではないように思える。

「ニッケです」とサルワニは答える。「今日の本当のヒーローはニッケです、エヴァ。あなたでも、ぼくでもない」

「はっきり言って、あなたの言っていることがなにひとつ理解できない」とニーマンは言う。

「とにかく、今すぐ医療チームをここに寄こしてください」とサルワニは言い、一方的にビデオ通話を切る。

まるで携帯電話が毒にまみれているかのように、エヴァ・ニーマンは電話を目の前の机に置き、電話を見つめる。

すると、突然また鳴りだす。

ニーマンは自分を立て直して電話に出ると、落ち着いた声で言う。「これが、生きているうちに話せる最後のことばになるかもしれない」

102

どこにそんな力が残っていたのかは本人にもわからないが、ルーカス・フリセルは最後の力を振り絞る。墓穴の底にほぼ埋まっている棺のなかから音がするのを聞いたフリセルは、一瞬もためらわない。彼はぼろぼろになった体を転がして穴の縁を越え、一メートル下に落ちる。半分以上が土に埋まった棺の上にドスンという音とともに着地する。その激痛は例えようもない。

背中を穴の壁に押し付けながら、なんとか立ち上がる。そして腕を伸ばすと、穴の縁のところに放置されていたショベルをつかむ。

一瞬一瞬がまるで地獄の苦しみだ。体のなかには、もうほとんど血液は残っていないのではないかと思う。土を棺の上から取り除くために、ショベルを何度も何度も頭の上まで持ち上げなければならない。まるでギリシャ神話の〝シーシュポスの岩〟のようだ。最後には、意思の力で動いていると言っても過言ではない。彼の体には、もはや力は残っていない。

それでも、どうにか棺のふたの上の土は充分に取り除けたかもしれない。彼は足を棺の横にねじ込む。たぶんこれが本当に残りの最後だと思える力を振り絞り、指をふたの端の隙間に入れ、こじ開ける。

ソーニャ・リドが彼を見つめている。不自然なほど目を見開いている。彼はそのまま棺のなかに倒れ込み、彼女の上に落ちる。

ふたりはしばらくそのまま、棺のなかで横たわる。

計り知れない深みからの力を出して、ルーカス・フリセルはソーニャ・リドの手首を縛っている縄をほどく。その瞬間、彼はすべての力を失って彼女の上に倒れ込む。

リドはなんとか彼の体の下から這いずり出て、体の自由を取り戻す。口のなかに詰め込まれていた布を取り出すと、咳き込み、唾を吐き出す。固まってしまった手足を動かし、血管に血のめぐりを戻す。足首に巻かれた縄をほどくと、なんとかフリセルを立たせる。

彼らは墓穴から首を出す。まずはリドが穴から這い出る。そして、フリセルを引きずり出す。

まるで出産のようだ。

彼女はフリセルを土の山の反対側に運んでいくが、驚いて飛びのく。イェリン・エリクソンが、松の木の幹にもたれかかって座っている。しかし今は異常と正常がごちゃ混ぜになっているのか、リドはフリセルをイェリンの遺体の隣に座らせる。

彼の上着とシャツを脱がせ、止血のために彼が自分で詰め込んだ草を取り除く。肩から血が流れ出ている。彼女は自分の上着を脱ぎ、傷口に強く当て、袖を使ってきつく巻きつける。

先ほどまでの草の止血帯よりはよほど効果的だ。

フリセルの顔は真っ青になっている。

彼女は彼のポケットを漁るが、なにもはいっていない。彼のバックパックも見当たらない。救護を呼ぶ手段がない。ソーニャ・リドはただそこに座り、ルーカス・フリセルから命が漏れ出していくのをただ眺めているしかない。彼女は、それほど遠くない場所にある小さな墓に眠る女の赤ちゃんの両親――ひとりはすでに死に、もうひとりも死にかけている――とともに、大自然の真っただなかに取り残されている。

そこには、ある種のゆがんだ正義があるのかもしれない。

ソーニャ・リドは、ふとイェリンに目を向ける。最後のチャンスに賭けてみる。

彼女は、血でいっぱいになったイェリンのポケットに手を突っ込む。なにかが指に触れる。それをポケットから取り出し、地面に座り込む。あとのふたりと同じように、松の木を背にして座る。松の木の幹を三等分するように、三人が座る形になる。不気味で異常なシンメトリーだ。

必死に、その物体を覆っている血を拭き取る。姿を現わしたのは、えび茶色の〈ノキア3310〉。ルーカス・フリセルの携帯電話だ。おそらく、イェリン・エリクソンがソーニャ・リドから奪い、ポケットに入れておいたのだろう。

携帯電話のボタンを押すのは、ほぼ不可能に近い。電話全体が血に浸かり、すでに凝固しはじめている。もしもちゃんと作動したら、それは奇跡と言うしかない。でも、どうしても作動してもらわないと困る。どうしても。ルーカス・フリセルの命が懸かっているのだ。

彼女がボタンを押すと、携帯電話の画面が明るくなる。震える手で、彼女はエヴァ・ニーマンの電話番号を入力する。

「これが、生きているうちに話せる最後のことばになるかもしれない」妙な声でエヴァ・ニーマンが言う。

「わたしよ」弱々しい声でリドは言う。「ソーニャよ」

「ソーニャ、なんで今ここにいないの？　もしもこっちがどんな状況か……」

「救急ヘリ」リドはかまわずニーマンのことばをさえぎる。「今すぐ。ルーカス・フリセルが死にかけてる」

「え？　どういう……」

「緑色の光の点滅で場所はわかるはず」

そう言い終えると、リドは携帯電話を落とし、木にもたれかかる。ああ、今は本当に一杯飲みたい。

エピローグ

103

ソーニャ・リドが取調室の裏にある観察室のドアを開けたとき、日付はすでに母の日ではなくなっている。まるで前世に戻ってきたような感覚だ。

彼女は四対の鋭い目に出迎えられる。Ｎｏｖａグループが集結している。なにがあろうと、ここが彼女のいるべき場所だ。

ガラスの向こう――向こう側からは鏡になっている――に、古い取り調べ用のテーブルがある。彼女が神経を尖《とが》らせてルーカス・フリセルに取り調べをおこなったテーブルだ。まだ誰もそのテーブルについてはいない。

エヴァ・ニーマン主任警部が、観察室のなかにある唯一の椅子に座っている。彼女の髪は、ようやく何色になるかを決めたらしい。グレーヘアに落ち着いたようだ。

「みんな、あなたがどこに行ったのか不思議に思っていたのよ、ソーニャ」ニーマンはかすかな笑みを浮かべて言う。

「ルーカスは生きてる」とソーニャ・リドは言う。

四対の目は、ずっとリドに向けられたままだ。その目の持ち主になら、会う気になれる。

会えてうれしい。

「手術は成功して、彼は意識を取り戻した」とリドは言う。「イェリン・エリクソンにハンティングライフルで撃たれてかなりの量の出血があったけど、彼はわたしを救い出してくれた。そのおかげで彼自身も生き残れたわけだけど。あとは、病院側がいつまで彼を入院させておけるかが見ものね」

小さな部屋を、ため息が満たす。

「ヒーローと言えば」とシャビール・サルワニが言う。「こっち側のヒーローの名前はニッケだ」

「ニッケ?」とソーニャ・リドは訊く。

「この二十四時間のあいだのニュース速報とかニュースの大見出しとか、なにひとつ見てないってこと?」ブロンドの髪をおろしたアンカンが声をあげる。

「生き埋めになったあとは、ずっと病院にいたから」険しい顔でリドは反論する。

「ニッケの本名はニコラス・アデレケだ」とサルワニは言う。「ぼくが彼を死に追いやるところだった」

「説明してくれる?」とリドは言う。

サルワニは首を振りながら言う。「彼がいちばん近くにいたんだ。残り時間はあと十秒もなかった。ぼくは彼に、バックパックを放り投げて隠れろ、と怒鳴った。彼はバックパックをつかんで走りだした。バックパックを投げた瞬間に、ピクリン酸が彼の顔の近くで爆発した」

「顔の近くで？」とリドは声をあげる。

両手を広げながらサルワニは言う。「状況を分析した結果、彼は最後の瞬間にバックパックを投げようとしたらしい。それでなんとか命だけは助かった。でも、まだたしかなことは言えないんだ。彼は今、レーヴェンストロームスカ病院のICUにいて、助かる可能性はある。スウェーデン国内はおろか、世界じゅうのニュースで、彼のことを〝ストックホルム爆弾テロ事件のヒーロー〟と呼んでいるよ」

「それは、起爆薬を第二爆薬から遠ざけたから？」

「そう。彼はバックパックのなかのピクリン酸が、トラックに仕込まれていた第二爆薬のDNPまで届かない距離まで走ったんだ」

エヴァ・ニーマンもうなずきながら言う。「もしもトラックが爆発していたら、燃料を満タンに積んだ飛行機の大爆発を誘発していた。その爆発が、今度は隣のゲートに駐機している飛行機の爆発を招いて、そうやってターミナルの周囲の飛行機が次々に爆発するところだった。テンスタ地区から来たニコラス・アデレケ巡査は、ヒーローの名にふさわしい大仕事をしてくれた。それに、世間の注目をＮｏｖａから少しそらしてくれたし」

ソーニャ・リドはゆっくりとうなずく。「で、わたしたちはここでなにをするの？」と彼女は訊く。

「みんなもそうだと思うけど、まだあやふやになっていることをすべてはっきりさせたい」とニーマンは言う。

アントン・リンドベリが一歩先に進み出る。ぼさぼさの明るい茶色の髪が、少し長すぎるほど伸びている。それに、心配そうに眉間にしわを寄せている。今までそんな彼は見たことがない。

「最善を尽くすよ」彼はうなずきながら言う。

「興味深く見学させてもらうわ」とリドは言う。

リンドベリはくすっと笑いながら言う。「きみなしではやれない」

ソーニャ・リドは目をしばたたく。巨大なジグソーパズルのピースをはめようと苦心している。

「わたし?」と彼女は言う。

「きみがいちばんだということは、誰だって知ってる」とアントン・リンドベリは言う。

エヴァ・ニーマンは咳払いをし、みんなが黙るのを待つ。

リドはニーマンのほうを向いて言う。

「用意ができてない」

「必要な情報はすべて渡すわ」とニーマンは言う。「でも、事件のことはもう全部その頭のなかにはいっているんでしょ?」

104

取調室には、初めに顧問弁護士がはいり、そのあとに犯罪組織のメンバーが続いて入室する。彼らは机の椅子に並んで座り、必ずしも親しみがこもっているとは言えない笑みを交わす。

ドアが開き、ぼさぼさの髪の屈強な男が取調室にはいる。

「残念なことを報告しないといけないんだが」そこでことばを止めて椅子に座る。

弁護士と容疑者は互いをちらっと見る。

「私のクライアントは――」と弁護士が言いかける。

「――すぐに決断しなければならない」アントン・リンドベリが弁護士のことばをさえぎって言う。「彼の姉がどうしているのかを知りたいかどうか、決断してくれ」

エリアス・エリクソン――別名エリアス・シャリク――の体が一瞬びくっとする。これまでひとこともことばを発したことのない彼に動揺が見える。

「状況ははっきりとしました」と弁護士は言う。「今後、こちら側はなにも話しません。そうだね、エリアス？」

「ノーコメント」とエリアスは弱々しい声で言う。こんな様子を見せるのは初めてだ。

アントン・リンドベリも、初めて彼の声を聞く。これまでの強がっていた雰囲気とは違う、かん高い声をしている。

「まだすべてについて確認しているところだから、ひとつずつ質問させてもらう」笑みを浮かべてリンドベリは言う。「まず最初に伝えておきたいのは、おまえの古い友人のハッサン、ヒュルスタ・ギャングの親玉のことだ。やつは終身刑を食らって、クムラの重警備刑務所に収監されることになった。そこにはテロリストなんかも収監される。たとえば、スウェーデン最大の空港を爆破しようとするようなやつらだ。まあこれは、おまえの〝ノーコメント〟戦略の参考のために伝えておく。理解したか？」

弁護士もエリアス・エリクソンも黙って話を聞いている。

「前置きはこのくらいにするとして、おれの相棒のソーニャ・リドを紹介させてくれ」とアントン・リンドベリは言う。

リドは取調室にはいると、テーブルの上に分厚いフォルダーを置き、刈りあげた短い髪をこする。

「まずはこの写真を見てもらいたい」リドはそう言うと、写真をエリアスの前に置く。

それは、墓穴の横にある木の幹にもたれて座っているイェリン・エリクソンの写真だ。彼女はまっすぐ前を見すえているが、死んでいるのは明らかだ。

この写真の件では、観察室のなかで激しい議論が繰り広げられた。これは賭けだ。賛否が拮抗した。おそらくこれで勝敗が決する。すべての真実が明らかになるか。それとも、この男からは〝ノーコメント〟しか引き出せないか。

リドとリンドベリはエリアス・エリクソンをじっくりと観察する。彼は写真を見た瞬間、目を閉じる。今は目を閉じたまま黙って座っている。彼のなかで、さまざまな思いが渦巻いているのがわかる。

「お悔やみを言うわ」リドは静かな声で言う。

エリアスは目を開ける。彼はまっすぐリドの目を見すえている。

まだどっちに転ぶかはわからない。グラディエーターの生死を決するというローマ皇帝の親指は横を向いたままだ。あと数秒で、親指が上を向くのか、それとも下を向くのかが決まる。

そもそも、エリアスにとって姉のイェリンがとても大切な存在だと確信したのは、マジックミラーの向こうの狭い観察室にいたソーニャ・リドだった。でも、まだ答えはわからない。

「もう終わったのよ、エリアス」リドは先ほどと同じ静かで穏やかな声で言う。「あなたはお姉さんのことをとても愛していたのよね？　わたしにはそう思える」

彼はまだ彼女を見つめている。彼女も目をそらさない。

「お母さんはどんな人だったの？」とリドは訊く。「一緒にいるのは大変だったんでしょ？」

「ノーコメント」とエリアスは答える。しかし彼の目が、まったく別のことを語っているのがリドには見える。父親の違う姉を、心から追悼したがっているのがひしひしと伝わってくる。

「でも、お母さんのことを話す必要はないの」とリドは言い、手のひらを上にしてテーブルの上に置く。「そのかわり、イェリンのことを話しましょう」

「ノーコメント」またエリアスは言う。弁護士がなにかを彼の耳にささやく。エリアスは弁護士から少し身を引く。

「ちょっとだけ過去に戻りましょうか」とリドは言う。彼女のこんなにやさしい声を、アントン・リンドベリは今まで聞いたことがない。「あなたのお母さん、ビルギッタはどんな人だったの、エリアス？　あなたのシリア人のお父さん、ナジーブ・シャリクとは、シリアのパルミラで出会ったのよね？」

エリアス・エリクソン――別名エリアス・シャリク――はなにも言わない。彼は取調室の壁の見えない一点を見つめている。

リドは続ける。「ひとつ、忘れてはいけない重要なことがあるの、エリアス。話しても話さなくても、あなたは殺人とテロ行為で有罪判決を受けることになる。でも、犯罪組織の仲間とは別の刑務所に拘留されるチャンスを、今ここで与えられるかもしれない。もちろん、彼らにあなたの裏切り行為については伝えないから、暗殺者を送り込まれる心配もない。もしもすべて話してくれたら、拘留中もだいぶ楽に過ごせるはず。それになにより、あなたの心が楽になるんじゃない？」

ソーニャ・リドはアントン・リンドベリにちらっと目をやる。彼の眉間のしわがさらに深くなっていることに驚く。

弁護士はエリアスの耳元でなにかをつぶやく。エリアスは彼を押しのけて言う。

「あんなのでも、おれのおふくろだ。たしかに良い母親じゃなかったかもしれない。でも、おれはおふくろを愛してた」

リドとリンドベリは目配せをする。

「イェリンもお母さんを愛していたんでしょうね」とソーニャ・リドは言う。「だからお母さんがお酒に溺れてからは、お姉さんがあなたの母親がわりになった。イェリンはあなたより十歳上だった。まだ十四歳だったにもかかわらず、彼女はお母さんのかわりにあなたの世話をすることに、なんのためらいもなかった」

「おれたちは田舎に住んでた」宙を見つめながらエリアスは言う。「動物もいっぱいいた。どうしたらそんなことができたのかはわからないけど、イェリンはおれとおふくろをまるで親になったように面倒をみてくれた」

「彼女は田舎暮らしが好きだった」うなずきながらリドは言う。「でも、あなたは嫌いだった？」

「十六歳になるころには大嫌いになった。あんな田舎じゃ、死んでるも同然だった」

「だからヒュルスタに住んでいた父方の親戚の家に行って、苗字もお父さん側に変えたのね。でも、正式には改名しなかった。どうして？」

「そんなことはどうでもよかった」とエリアスは言い、肩をすくめる。「親父には興味もなかった。そもそも、とっくにシリアに戻っていたし。おれはいとこたちと暮らした」

「あなたがエリクソンという苗字を捨てなかったのは、お姉さんとのつながりを失いたくなかったからなんじゃない？　あなたたちきょうだいは、とても仲が良かったんでしょ？　お姉さんを愛していたのね？」

エリアスはまた肩をすくめる。でも、それ以外に彼の顔に変化が起きはじめる。目に涙があふれ、やがてこぼれ落ちて頬を伝う。

「最初から話を始めましょうか」とリドは言い、彼の手に自分の手を載せる。ほかのみんなが驚くなか、エリアスは手を引っ込めることもない。しばらく手を重ねたまま、リドは続ける。「今回のことは、どうやって始まったの？　ひとつ残らず、最初から話して」

エリアスは、自由なほうの手で涙をぬぐう。

105

ソーニャ・リドはエリアスの目のなかに、彼女とはまったく異なる働き方をする彼の脳の動きを見る。彼女の大胆すぎたかもしれない要求にどう対処すればいいのか、彼の脳が必死に処理しようとしているのがはっきりと見える。

〝ひとつ残らず、最初から話して〟。

彼は口を開く。心を決めたらしい。

「イェリンはあるとき突然、森で暮らすと言って家を出ていった。ただ消えてしまった。姉貴らしくなかった。イェリンから連絡があったのは、それから何年か経ったあとだった。姉貴とその相棒だかなんだか、どこの馬の骨ともわからないプレッパーのボリエ・くそ・サンドブロムが、なんかの計画を立てたと言ってた」

「それはいつごろのこと?」

「うーん、一年くらい前だったかな。気候変動がどうのこうのとかほざいてた。ふたりは――ええと、なんだったかな――〝気候変動を引き起こしてる犯罪者たちを、急いで止めないといけないことに気づいた〟とかなんとか言ってた。で、それにはおれが必要だ、って言われた。姉貴から、そう言われたんだ。イェリンとエリアス、ぴかいちのコンビ、〃ダイナミック・デュオ〃だ。手伝わないわけがないじゃないか。おれにとっちゃ、気候変動なんてどうでもいい話だったけど」

「あなたは、どういう役割として必要だと言われたの？」

「実際に手を使ったり行動したりすることだよ。あとは、ものすごく不安定で危険な、黄色いなんとかクソ酸とかいう薬品の密輸だ。ヒュルスタ・ギャングのルートを使って、バルカン半島から密輸した。誰がどう追跡したって、イェリンにはたどり着けない」

「あなたのお母さんのアパートメントの件は……」

「おれがヒュルスタ・ギャングの仕事を始めたころ、おふくろがアルコール依存症から立ち直った時期があったんだ。おふくろは田舎の家を――イェリンがあれこれ改造して住みやすくした家を――売って、ヴァーサスタンのあのアパートメントを買った。イェリンも反対はしなかった。やっと子供のときからの夢だった獣医になるチャンスがめぐってきた、って言ってた。野生動物だかなんだかを保護したかったみたいだ。でも、おふくろの認知症がひどくなって、すぐに介護施設にはいることになった。でも、イェリンとおれは、アパートメントは売らないでそのままにしておくことにした。結果的にはそうしておいてよかったよ。そこが本部みたいな場所になったんだから」

「〃爆弾テロ犯の本部〃ね」とソーニャ・リドは言い、うなずく。

エリアス・エリクソンはくすくす笑う。

「そう、そのとおり。新聞も馬鹿みたいなあだ名をつけたもんだよ、まったく……」

「どうやって計画を練ったの？」

「おれは直接は関わってなかった。どっちかと言えば、イェリンがおれたちにあれこれ指示を出してた。ボリエってやつもまったくのピエロだよ、田舎もんまる出しのツラをして、指もそろってないし。だけど、爆弾作りに関しては、やつは大したもんだった。正直言って、ちょっと知的障害があったんじゃないかな」

「つまり、ボリエはスウェーデン農業科学大学には通ってなかったということ？」

「まさか！　あのボリエが勉強だって？　そんなことありえないよ。ただ、大学でなんかの講座には参加してたみたいだけど。どうやったらプレッパーになれるかとか、そういった感じの。でも、姉貴と出会ったときには、やつはもう森に住んでたんじゃないかな」

「あなたたち三人は、どうやって計画を実行に移していったの？」

「最初は、まるでジェームス・ボンドの映画みたいだったよ。おれは、ウプサラにある家からBMWのあとを追うように言われた。あまり近づきすぎず、かといってあまり遠くならないように。広くて黄色い原っぱのそばまで行ったとき、おれはイェリンに電話した。姉貴はその近くの丘で待っていて、双眼鏡でBMWを見つけて爆発させたんだ。車はまっすぐに黄色のなかにすっ飛んでいったよ。で、おれはそのまま街のほうに運転してった」

「その爆弾がどうやってBMWに仕掛けられたのかは知ってる?」

「いや、あまり詳しくは知らない。ただ、イェリンとボリエが前の日にその家に行ったのは知ってる。それだけだ」

「で、そのあとヴァーサ公園の……」

「ああ、あれはもうちょっとやっかいだった。変な名前の会社のなかに爆弾を仕込まないといけなかったからな。イェリンは、イェスパーなんとかっていうやつに目をつけてた。おれはそいつが友だちと昼メシを食いに〈テンストペット〉とかいう店に行くのをつけてった。そんとき、なんかの荷物の到着が遅れてて土曜日の午後まで届かないとかで、ものすごい剣幕でさ。次の日、おれはその荷物が到着するのをヴァーサ公園でずっと待ってた。そんで、DHLの配達員も荷物も一緒に、おれはヴァーサスタンのアパートメントで待ってたイェリンとボリエのとこまで車で連れていったんだ。ボリエはその荷物のなかに爆弾を仕込んだ。そのあと、おれは配達員の服を着て広告会社まで運転していって、なかなかのいい女に荷物を渡した。すごく壊れやすいものだから扱いには気をつけるように、って念を押した」

「その配達員はどうしたの?」

それまでずっと剥製になったかのように身動きひとつしなかった弁護士が、条件反射で言う。「その話に対しては、明らかに〝ノーコメント〟だ」

「この話は」とソーニャ・リドは言う。「明らかに〝ひとつ残らず、最初から話す〟に含まれる。エリアスの命が大いに左右されるような取引をわれわれ警察としたいなら、省略された話では不充分よ」

エリアスは首を振りながら話を続ける。「まず、おれは配達用のヴァンをヴェストベルガのDHLの駐車場に駐めて、鍵をグローブボックスに入れた。それで数時間イェリンとボリエをアパートメントから追い出して、バスタブのなかで配達員を酸で溶かしたんだよ。おれは、効果的な配合割合を知ってるからね」

リドは思わず身震いする――取り澄ました顔で恐怖を隠す――が、エリアスに勘づかれていないことを願いながら彼女は訊く。「イェリンはヴァーサ公園での爆発を見たがったんでしょ？　彼女はどうやってちょうどいい時間に、あの木の後ろにいればいいとわかったの？　あなたが荷物を届けたとき、すでにイェスパーはオフィスに向かっていた可能性だってあったでしょ？　広告会社のフリーダ・セーデルが、荷物が到着したことを連絡したときに」

「タビー市のイェスパーの家の外に、ヒュルスタ・ギャングの若いやつらを車で見張らせていたんだ。そいつらはよく訓練されてて、なにも見逃さないし、休むときも順番に寝るから、イェスパーが日曜の朝早く家を出たときも起きてたんだよ。で、アパートメントに連絡してきて、イェリンはヴァーサ公園に出かけていった」

「じゃあ、そのあとのヴェステロース市のデータセンターは？　三人とも一緒に行動したの？」

「いや、ボリエは行かなかった。ヴェステロースのプラスチック工場とアーランダ空港の爆弾を作ったあと、突然姿を見せなくなったんだ。しばらくのあいだ、やつは逮捕されたんじゃないかと心配したけど、警察はおれたちを捜しにこなかった」

「ヴェステロース市の事件で使われた爆弾を、ボリエはすでに作っていたのね？」

「ああ、そうだよ。おれの知り合いがあの地獄のホールで働いているから、あそこを選んだんだ。でも、そいつの名前は教えないよ。スペアパーツの配達の仕組みとか、アメリカからの荷物が特定の場所に集められて、それをデータセンター長が取りにいくとかを教えてもらった。そいつのおかげで、イェリンはCCTVカメラにアクセスすることができて、おふくろのアパートメントでライブ映像を見られるようになった。それで荷物が大体どんな形をしてるとか、配達用のヴァンがどんな車かもわかった。だから空港からの裏道で待ち伏せして、イェリンがおとりになってヴァンが停まるように仕向けた。若い女の車が故障して、みたいな感じで。おれが配達員を殴り倒して、アメリカから来た荷物のステッカーを、爆弾を仕込んだ荷物に貼り直した。で、おれがデータセンターまでヴァンを運転していって、荷物を届けたんだ。そのあとおれたちはヒュルスタまで行って、若いやつらにヴァンを森のなかで焼くように指示した。配達員のほうは、また酸で溶かしたけどね」

「その若い人たちって、何歳くらいなの？」

「そいつは、〝ひとつ残らず、最初から話す〟の範囲外だよ、ソーニャ・リド」

「わかったわ。そして、次はオーデンプラン……」

「あれは、ちょろいもんだったよ。おれが通勤電車のプラットホームにバックパックのひとつを置いて、もうひとつをイェリンがオーデンプラン広場の人混みのなかに置いたんだ」

「手紙については、どこまで知ってるの、エリアス？」

「なにも。イェリンが警察の誰かに手紙を書いてたのは知ってるけど、それだけだ。おれには関係ないことだから」

「でも、そんなときに逮捕されてしまったのよね？」

「ああ、そうだ。よりによってイェルヴァ警察なんかに。情けないなんてもんじゃない」

「つまり、イェリンが〈メルプラスト社〉を爆破したとき、あなたはイェストリークランド地方にはいなかったということね？」

「ああ。もともと、あそこにおれは必要じゃなかった。イェリンにはボリエが作った爆弾もあったし。姉貴には土地勘があった。あそこの近くの森に住んでたからね。夜のあいだに会社に忍び込んで、CEOのオフィスのソファに爆弾を仕込んだんだ。計画どおりに進んだとしたら、姉貴は次の日に会社が見えるとこで待機して、ちょうど良いタイミングのところでリモコンを使って爆破を起こした」

「それに比べてアーランダ国際空港の場合は、かなり複雑だったんでしょうね」とリドは言う。

「まず、機内食を運ぶトラックに仕込む第二爆薬を持ち込む必要があった。時間をかけて持ち込んだんだ。おれには伝手《つて》があるからね。作業場のあちこちに爆弾を隠しておいた。タイミングについても、事前に充分相談してあった」

「でも、あなたが逮捕されて……」

「それは大丈夫だった。おれの仲間は、イェリンの細かい計画について知っていたからね。イェリンはどういうわけか、日付にこだわってた。起爆薬がはいったバックパックは、ちょうどその日にならないと持ち込んじゃいけなかったんだ。で、空港の全面避難が始まるまで待って、起爆薬のはいったバックパックをトラックの横にもたせかけることになってた。そんでタイマーをセットして、とっととずらかる手筈だった」

「あなたのその仲間には、相当な報酬を約束したんでしょうね」とリドは言う。

「さあね。報酬なんか必要としない、本物の仲間かもしれないよ」とエリアス・エリクソンは言い、隣に座っている顔面蒼白の弁護士をちらっと見る。

次の瞬間、彼の意識は死んでしまった姉に戻ったのか、目を閉じる。話を終えるつもりらしい。

でも、ここで終わらせるわけにはいかない。まだ今は。ソーニャ・リドには、あとひとつだけ訊いておかなければならない質問がある。訊き方を間違えられない質問だ。

「イェリンがこだわっていたのは気候変動の問題だけ?」と彼女は尋ねる。「ほかに、なにか動機はなかったの？」

　エリアスは目を開け、首を振る。そして興味なさそうに言う。「たとえばどんなこと？」

　自分の質問のせいで、エリアスのなかに余計な疑念が生まれなかったことをリドは願う。彼がルーカス・フリセルに恨みを抱くことだけは、どうしても阻止しなければならない。エリアス・シャリクの言うところの、伝手も若いやつらも仲間も、絶対に相手にはしたくない連中ばかりだ。

　ソーニャ・リドが、すべてのエネルギーが吸い取られたようにそのままそこに座っているあいだに、エリアスが先頭に立ち、呆然としている弁護士を従えて取調室を出ていく。彼女の指が、テーブルに刻まれている文字をなぞる。

　〝FREE〟。

　これで、みんな自由だ。ソーニャ・リド以外は。彼女はまだ自分自身の裏切りに囚《とら》われている。〝ティスケルトス〟。でも、少なくとも生き埋めにはされてはいない。

　しばらくして、彼女はアントン・リンドベリのほうを向く。しかし、彼はいない。

　リドは振り返る。彼はマジックミラー裏の狭い部屋へと続くドアロに立ち、手招きしている。

106

取調室の裏にある観察室は、また混み合っている。エヴァ・ニーマンは部屋のなかの唯一の椅子から立ち上がり、ソーニャ・リドにうなずく。

「エリアスがルーカスのことをなにも知らなくてほっとしたわ」とニーマンは言う。「ほかのことは、予想外のことばかりだった」

「そうでもない」とリドは言う。「姉に対する深い愛情は、彼の言動からすでにわかっていた。姉のためなら、彼はなんだってしたでしょうね」

「ふたりの配達員を溶かして排水溝に流したことも含めて」とシャビール・サルワニはつぶやく。「デディック・ジャヤとヴィルヘルム・ボックを」

「エリアスの減刑は、まずありえないでしょうね」とアンカンは言う。

エヴァ・ニーマンはうなずく。しばらく黙ってから言う。「オープンプラン・オフィスのメンバーが、アーランダ国際空港のCCTVカメラ映像の分析を進めている。エリアス・シャリクの仲間が、起爆薬のはいったバックパックを置いていると思われる映像をちょうど見つけたところよ。その人物はカメラの位置を正確に把握していて、映らないように動いていたようだけど、一ヵ所だけちらっと映っているの。後ろ姿だけど、これがその映像よ。全国的な緊急警報が発令されている」

ニーマンの前の画面に全員の目が集中する。ごく短い映像だ。角を曲がった男が、ほんの一瞬だけ映っている。男を識別できる唯一の特徴は、ターコイズブルーのトレーニングウェアの上着で、アディダスの三本線がくっきりと映っている。

「もしもこれしか情報がないなら、見つけるのに相当苦労しそうね」とアンカンは言う。

「わかってる」エヴァ・ニーマンはため息をつく。まだ胸のなかになにか言いたいことがあるようだ。彼女は咳払いをして続ける。

「あとふたつだけ伝えておきたいことがあるけど、その前に、タイプライターが見つかったことだけ言っておく。イェリンの住処に、注意深く隠してあった。では、まずひとつ目。今回のみんなの働きは、誰もが認めるほどすばらしいものだった。そのおかげで、Novaグループは NODのなかの恒久的な組織、〝特殊犯罪捜査班〟として残ることになった。それがどういう意味の名称なのかは別として」

狭い観察室が静寂に包まれる。ニーマンは続ける。「この件に関しては、誰も異論はないと思う。でも、もし反対意見があるなら、今言ってほしい」

反論は出ない。驚きと満足感に満ちた無言の空気が流れる。

「それでは、伝えておきたいことのふたつ目。NODの全面的な後ろ盾を得て国家警察委員会に申請した結果、ルーカス・フリセルは本日付で復職することになった」

全員がうなずく。ニーマンはさらに続ける。「今のところNovaグループに人員の空きはないから、当面のあいだフリセルはNovaの予備要員として働いてもらう。以上」

アンカンがドアのハンドルを下げると、それが合図となったかのようにみんなが観察室を出ていく。ソーニャ・リド以外は。エヴァ・ニーマンが彼女を引き止めたのだ。リドはニーマンの目の表情を読みとろうとするが、できない。

ニーマンは椅子に沈み込む。リドは机の角にもたれる。

「取り調べはすばらしかった」こちら側からは素通しになっているマジックミラーを顎で示してニーマンは言う。

「そんなことを言うために引き止めたわけじゃないでしょ?」とリドは言う。

ニーマンは笑みを浮かべる。そして口を開く。「はたして良いチームだったのかしらね、ソーニャ。あなたとわたしのことよ、Novaじゃなく。Novaグループは文句なしに最高のチーム」

「わたしたちふたり?」とリドは言う。「どうなんだろう。わたしにもわからない」

「あなたは最後に自分だけで行動した。フリセルと組んで。わたしのことを信頼していなかった。わたしに内緒で動いた。でも、わたしはあなたのことを信頼していたし、あなたが一方的に電話を切ってそれ以降電話に出なくなってからも、それを黙認した。それだけは知っておいてもらいたい。それに、エリアス・エリクソンの尋問の方針については、わたしたちの考え方は真逆だった。結果的にはあなたが正しかったけど。それは認める」

しばらくふたりとも黙り込む。

「わたしは、これから電話をかける」とニーマンは言う。「個人的な電話よ。意識的に電話するのを避けてきた」

「わたしに立ち会ってほしいということ？　証人として？」

「いいえ、心の支えとして」とニーマンは言う。「だって、あなたはわたしの親友だから。ほかに頼りにできる人がいないから」

リドはうなずく。ニーマンは部屋のなかを見わたし、深いため息をつき、そして携帯電話を見つめる。「やっぱり、やめておく。気にしないで」そう言いながら、ニーマンは携帯電話をポケットに戻す。

リドは彼女の腕をつかんで言う。「あなたにとって、とても大事なことなんでしょ、エヴァ。先延ばしはしちゃだめ。わたしはここにいる。あなたが望むとおりにする。だから、電話して」

ニーマンはポケットからもう一度携帯電話を出し、見つめる。「もう二度と電話はしないと自分に約束したの。わたしはひとりでも平気だから」

「でも、楽しくはないんじゃない？　こんなこと、わたしに言う権利はないけど。また誰かと関係を築くことなんて、今のわたしにはまったく考えられないんだから」

ニーマンは深呼吸をし、番号を押す。女性の声が応答するのがリドにも聞こえる。

「もしもし」ニーマンは息もせずに言う。「エヴァよ」

長い無言の時間が過ぎるのがリドにも聞こえる。そのあとなにかを話す声が聞こえるが、なにを言っているのかはわからない。

「本当にごめんなさい。なにもかもわたしが悪いの」とニーマンは言う。「あなたには謝らないといけない。心から謝罪します」

電話の向こうでなにか言っているのがリドにも聞こえる。その声に聞き覚えがあるような気もしてくる。

するとエヴァ・ニーマンが微笑み、目尻を拭いてから言う。「ええ、喜んで夕食の時間に伺うわ、ニーナ」

107

ルーカス・フリセルが退院すると言いだしたとき、もちろん医師たちは猛反対した。しかし今、彼はアンネ通りにある警察の小さなアパートメントのなかで座っている。ひとりきりではない。

「まるでこの体に流れているのは、全部が他人の血液のようだ」とフリセルは言う。

彼と向かい合って座っているラテンアメリカ系の男は、ソファにもたれて首を振りながら言う。「馬鹿なことを言うんじゃない、アミーゴ。あんたはあんたそのものだ」

「本当にそうだろうか、アロンゾ。この頭のなかは、立て直さなきゃいけないものばかりだ。破壊しつくされた廃墟のなかそのものだ」

アロンゾは首を振りつづける。

「祝杯をあげなきゃならない」と彼は言う。「テキーラのボトルでも持ってくればよかった。なにしろあんたは、またクソ警察官に戻ったんだからな、ルーカス」

フリセルは一瞬笑みを浮かべる。「テキーラか。いいね。でも、今のおれの体では、あまり飲まないほうがよさそうだ」

「さあ、アミーゴ、そのかわりにバーにでも繰り出そう。病院はすぐそばだ。なにかあったら、すぐに担ぎ込めばいい。でも、あんたのその秘密だらけの頭のなかに、なにが渦巻いているか気づいてないなんて思うなよ」

むかしも、アロンゾはまるで本を読むようにフリセルの頭のなかを読みとることができた。あれから、ふたりにはそれぞれいろんなことがあったが、その能力だけはまだ効力を失っていないらしい。「リーゼロッテ・リンドマンのことなんだろ？」とアロンゾは言う。「否定する必要はない」

「あのディック・リンドマンのクソ野郎が、ゴアのビーチでマリファナを吸ってる姿が、どうしても頭のなかに浮かんで消えない。まるで自由を得た鳥のようにいい気になって」

「大丈夫、今度こそやつを捕まえられるさ、アミーゴ。それより、おれがここに来たときに誰と電話してたんだ？ あんたの前のかみさんのように聞こえたけど」

「彼女の名前は、今はニーナ・ストレムブラッドだ。二度の離婚をした。いわゆる〝バツ2〟ってやつだよ」

「ほう、そうかい。で、なんの話をしてたんだ？ なんかショックを受けてたみたいだったけど」

「おれも、ちゃんと理解できたか自信がない。エヴァ・ニーマンとよりを戻した、とか言ってたんだ」

「あのエヴァ・ニーマンか？ あんたがむかし一緒に仕事してた？」

「ああ。それに、今回おれのことを追跡していた張本人だ——今はおれの上司だけどな。彼女とニーナは、おれたちが離婚したあとに友だちになって、ニーナが再婚してからも友情は続いていたそうだ。でもそれから〝いろいろあった〟らしい」

アロンゾは大爆笑する。「なんだって？ あんたがニーナをレズビアンに変えたっていうのか？」

「ああ。どうやらそうらしい。ニーナだけじゃなく、エヴァまでも」フリセルは苦笑いを浮かべて言う。

彼らはしばらくそのまま中年の男たちがよくするように、静かに笑いながら座っている。過去にひたりながら。

しばらくして、今までとはまるで違う声の調子でアロンゾが言う。「ところで、その女はどんな女だったんだ？　あんたに濡れ衣を着せようとしていたっていう、その若い女は？」

フリセルの顔が曇る。

彼はイェリン・エリクソンを思い浮かべる――彼女のとてつもない精神力と粘り強さ、そして、たぐいまれなる個性。そのすべてが、彼に見捨てられたせいで、底なしの純粋な憎悪に変貌を遂げてしまったのだ。

ないがしろにしていることさえ知らなかった、ふたりのあいだにできた子のことも。

今ごろになって、苦悩が襲ってくる。死産した娘への悲しみに、押しつぶされそうになる。

こんな人間でしかいられない自分に対しての悲しみ。

「話す気になったら、あとで聞かせてくれ、アミーゴ」とアロンゾは言い、フリセルの肩を叩く。「ちょっと飲みにいこうじゃないか」

そのとき、玄関の呼び鈴が鳴る。

ここの呼び鈴は鳴るはずがない。

ルーカスは思うように動かない体で立ち上がり、玄関まで足を引きずっていく。ドアの覗き穴から外を見る。

なにも見えない。外には誰もいない。最後には、失うものなどなにもないことに気づき、ドアを開ける。

ソーニャ・リドが玄関の右側の陰に隠れている。

彼女は空気のにおいを嗅ぎ、赤の箱ワインを持ち上げて言う。「エタノールでも、どう?」

108

誰もいないヒュルスタのテラス付きの自宅に帰ってくるのは、妙な感じがする。いつもであれば、元気すぎるほど——学校の先生たち全員一致の見解——の娘ふたりが絶えず動きまわったりしゃべったりしているため、家のなかはにぎやかだ。しかし今日は、アントン・リンドベリの義理の母のたっての希望で、ターナビーへの訪問を母の日のあとも一日か二日延ばすことになっていた。

今日は長く大変な一日だったが、最後にはなんとかすべて落ち着くべきところに落ち着いた。調和のとれた穏やかな一日だったとさえ言えるかもしれない。

彼らは大仕事をやり遂げた。爆弾テロ犯による恐怖に終止符を打つことができたのだ。これでようやくスウェーデンもストックホルムも、いつもの日常に戻ることができる。

そんな日常があるのだとしたら、だが。

テラス付きの家へと続く砂利道で、アントン・リンドベリは少し立ち止まる。

わが家。満足げなため息とともに彼は思う。やっとわが家に帰ってこられた。わが家ほど良いところはない。

玄関の鍵を開けて廊下の明かりをつけ、キッチンに向かう。冷蔵庫からビールを取り出して開け、それを持って居間に行く。チャンピオンズリーグのプレイオフの放送が、彼を待ってくれているはずだ。

居間まで行って明かりをつけたとき、ひとくち目のビールがまだ口のなかに残っている。

ふたりのティーンエイジャーがソファに座り、セミオートマチックライフルに寄りかかっている。コーヒーテーブルの上に置かれたボウルからポテトチップスを鷲《わし》づかみにしながら、彼らは歪んだ笑みをリンドベリに向ける。

「若いもんの無作法を許してやってくれ」陰になっている肘掛け椅子から声が聞こえる。「テーブルマナーがなってない」

アントン・リンドベリの全身の血管の血が凍る直前、彼の目に飛び込んできたのは、アディダスの三本線のはいったターコイズブルーのトレーニングウェアの上着だった。

解説

三橋 曉

臆面もなくアメリカ・ファーストをスローガンに掲げ、大統領の座に返り咲いたドナルド・トランプが、就任と同時に二度目のパリ協定離脱を含む大統領令に署名した翌週の一月二十八日のことだ。人類滅亡までの残された時間を表示する〝世界終末時計〟が、いよいよ九十秒を切ったと、アメリカの学術誌が発表した。ロシアのウクライナ侵攻などによる核兵器使用のリスクの高まりに加え、洪水や干ばつ、山火事などの異常気象が多発する現状に対しての世界規模の取り組みは、依然順調とは言い難い。そんな中、温室効果ガスの排出量世界第二位の大国が自国の利益優先を表明したのだから、気候変動対策への大きな懸念材料と判断されたのも当然だろう。

一方、国民の意識の高さや先進的な取り組みで、SDGs（国連サミットで定めた自然循環の中で活動ができる社会のための開発目標）の国別ランキングでも常に上位を占める西欧の各国では、環境問題への意識のエスカレートが、時に活動家たちの暴走という事態を招いている。ベルリンのブランデンブルク門やルーブル美術館の「モナリザ」など、貴重な文化遺産への心ない汚損行為は、エコ・テロリズムの非常識さを世界に知らしめた。

さて、ここにご紹介する『円環』は、地球温暖化対策をめぐる、そんな危うい現実を映し出してみせる。作者のアルネ・ダールは、環境先進国といわれるスウェーデンの作家で、社会をあげての関心事であるエコロジーをめぐり、明日にでも過激な事件が起こりうる危機感を敏感に感じ取っているのだろう。物語はこの国の平穏な日常を揺るがす、衝撃的な事件とともに幕をあける。

ある春の日の早朝、ウプサラ市郊外の高速道路を走るBMWがいきなり制御不能となり、黄色い花が咲き乱れる菜の花畑を暴走し、炎上した。さらにその一週間後、ストックホルム市内のオフィスで爆発が起き、休日出勤していたスタッフが爆風でビルの壁を突き破り、前の公園まで吹き飛ばされる。どちらも手製の爆弾を使った手口で、大手製鉄会社と、石油産業をクライアントとする広告代理店という、気候変動の加害企業を狙ったエコ・テロリストの犯行と推測された。

ほどなく犯行声明と思《おぼ》しき文書が届くが、NOD（国家作戦局）の主任警部エヴァ・ニーマンには、その独特の語彙と内容から差出人に思い当たる人物があった。十五年前、誘拐事件の被害者を救うことができず、責任をとって職を辞した元上司のルーカス・フリセル。文中には彼のあだ名にもなった、お気に入りの言い回しが二度も使われていた。最新の技術《テクノロジー》に懐疑的で、環境活動家でもあった彼は、その後大学に戻り、教える側にも回ったが、現在はプレッパーとして人里離れた自然の中で暮している筈《はず》だった。過激なテロリストの正体は、果たして彼なのだろうか？

繰り返し出てくる〝プレッパー〟という言葉に聞き覚えがなくても、サバイバリストとほぼ同義と言えば、理解いただけるかもしれない。文明や社会を崩壊させる自然災害や原発事故、戦争、パンデミックなどに備え、日頃より備蓄を行い、自給自足的な独自の生活を送る人々のことだ。社会に依存せず、すべて自力で準備《プリペア》を整えることから来た呼称だが、自衛自警の精神が根を下ろすアメリカには、数百万人単位で存在するという。

世間との交流を断ち、久しくスウェーデンの深い森に身を潜めていたルーカス・フリセルもその一人だったが、彼はゆえあって文明社会に帰服することを決意する。プロローグには現在と過去にまたがる三つの重要なシーンが並ぶが、しかし、読者よ侮ることなかれ。わずか十五ページ足らずのこの冒頭部分から、作者はすでにたくらみの爪を研ぎ澄ましているのである。

本作の原著にあたるアルネ・ダールの *I cirkelns mitt*（円の中心の意）は、二〇二三年九月、ストックホルムに拠点を置く出版社の老舗アルバート・ボニエ出版から上梓《じょうし》された。ちなみに英題は *Within the circle* という。何度か作中に浮上し、物語の核となっていくナイフで刻まれた二重の円には、ある人物の悲痛なメッセージが込められている。読者は、円の中の小さな円が意味するところを、事件を追う捜査官たちと共に、読み解いていかねばならない。

ところで、アルネ・ダールの作品が日本の読者に届けられるのは、本作で四作目となる。文芸誌の編集に携わる傍ら、本名のヤン・アーナルド名義で小説や文芸批評を手掛けていた作者は、三十歳代半ばでペンネームのアルネ・ダールを名乗り、警察小説を書き始めた。

日本でも第一作の『靄《もや》の旋律』（集英社文庫）が紹介されている国家刑事警察の特別捜査班（特捜Aチーム）が活躍する十作は、シリーズのいわばファースト・シーズン（A-gruppen series：1998～2007）にあたる。本国のフィルムランス・インターナショナル制作で全作がドラマ化されており（各作が前後編からなる計二十話）、「スウェーデン国家警察特捜班」の邦題で〈ミステリーチャンネル〉でも一部放映されている。

その後、特捜Aチームのメンバーが欧州刑事警察機構《ユーロポール》へ移籍した後を描くセカンド・シーズン（Opcop Qurtet：2011～2014）にあたる四作を書き上げると、作者は新たなシリーズ（Berger & Blom series：2016～2021）に着手する。その第一作『時計仕掛けの歪んだ罠』（小学館文庫）は、主人公の紹介にも細心の注意が必要なほどのたくらみに満ちた作品だった。犯罪小説の常識を覆すどんでん返しの釣瓶《つるべ》打ちで読者を唸《うな》らせると、翌年には続編の『狩られる者たち』（同前）も翻訳紹介された。

読者の中には、*Mittvatten*（2018）、*Friheten*（2020）、*Islossning*（2021）と続くシリーズのその後が

気になる向きもあるだろう。しかし、作者の新たな一歩となるこの『円環』は、そんなファンの期待を裏切らない。先のシリーズで犯罪小説の最先端を覗《のぞ》かせてくれたアルネ・ダールが、今度は現代における警察小説の一歩先を見せてくれるからだ。

NODの主任警部でベテラン捜査官のエヴァ・ニーマンを中心に、年齢や性別、出自などの属性はさまざま。エヴァ率いる捜査陣にユニークな多士済々を揃《そろ》え、組織としてのチームワークだけでなく、個々のプロフェッショナリズムに焦点を合わせているのは、もしかしたら先に成功を収めた〈特捜Aチーム〉シリーズに倣ったものかもしれない。

エヴァの右腕で鋭い感性の持ち主ソーニャ・リド警部はじめ、夫との死別で性的な倫理観を反転させたアンニカ・ストルト（アンカン）、スウェーデン人の友人が一人もいない元難民のシャビール・サルワニ、マイホーム主義者のアントン・リンドベリとそれぞれの個性の幅は広いが、いずれも行動力に優れ、捜査のスキルも高い。主任警部はチームをＮｏｖａと命名し、連続爆破事件の捜査に乗り出していく。

ところが、そんなＮｏｖａの捜査網に、とんでもなく不確定で不穏な要素が紛れ込んでくるのが本作だ。かつて国家犯罪捜査課で捜査の指揮をとり、直属の部下だったエヴァも薫陶を受けたルーカス・フリセルが、あろうことかテロ事件の容疑者とされるのである。犯行声明文はエヴァ個人宛てで、明らかに愛弟子《まなでし》だった彼女に向けて書かれていた。その内容にエヴァは戸惑い、困惑は捜査班内にも及んでいく。

一度は投降するフリセルだが、今度は捜査に協力する姿勢を示しながら、曖昧な態度と予測のできない行動で捜査陣をさらなる混乱に陥れていく。捜査陣を疑心暗鬼にさせ、読者には先読みを許さない本作の展開は、昨今言われるVUCA《ブーカ》(変動性・不確実性・複雑性・曖昧性)という時代の風潮を連想させる。

かつては冷戦終結後の混沌《こんとん》とした世界情勢がそう呼ばれたといわれるが、二十一世紀も四半世紀が過ぎようとしている今、予期せぬ自然災害の多発や、新型コロナによるパンデミック、戦争の勃発などにより、未来を見通すことのできない状況が続いている。本作で描かれる気候問題や環境テロリズムも、そうした時代に顕在化した人類の新たな課題といえるだろう。

混乱する捜査陣をよそに、解決の糸口も見えないまま時間だけが過ぎていく事件の様相は、そんな現代社会の状況そのものといってもいい。そんな中、捜査陣からチームを離れたNovaのメンバーの一人がとる想定外の行動が、局面打開のきっかけを作っていく。

VUCAの時代の危機管理手法では、組織を重んじる従前の手法に拘《こだわ》らず、時には個人プレーに転じる臨機応変さが有効とされるが、作者は警察小説の定石を覆すことで、現実と虚構の距離をも一気に縮めてみせようとしたのではないか。そんな作者の狙いは、見事に成功を収めていると思う。

真相が明らかになった後のエピローグにも、さらにいくつもの驚きがある。その一つ一つをここで明かすことができないのは巻末解説のお約束だが、このことだけはお伝えしておいても問題ないだろう。本作が、昨年ドイツで翻訳紹介された際に、著者がインタビューで語っていたことだ。

すなわち、作者はエヴァ・ニーマンを登場人物とする本を、少なくともあと三冊計画しているという。もう二十年先の計画を立てることはできないからと自身の加齢にも触れているが、一九六三年十一月一日生まれのアルネ・ダールは、今年の誕生日が来てもまだ六十二で、老け込む歳《とし》ではない。鋭いテーマへの切り込みと、読む者を翻弄する小説の技法で、末長くわれわれを楽しませてほしいものだ。

（みつはし・あきら／ミステリー評論家）

―――本書のプロフィール―――

本書は、二〇二三年にスウェーデンで刊行された『I CIRKELNS MITT』の英語版『WITHIN THE CIRCLE』を本邦初訳したものです。

小学館文庫

円《えん》環《かん》

著者　アルネ・ダール
訳者　矢《や》島《じま》真《ま》理《り》

二〇二五年四月九日　初版第一刷

発行人　庄野　樹
発行所　株式会社　小学館
〒一〇一 - 八〇〇一
東京都千代田区一ツ橋二 - 三 - 一
電話　編集〇三 - 三二三〇 - 五七二〇
販売〇三 - 五二八一 - 三五五五
印刷所 ― 株式会社ＤＮＰ出版プロダクツ

ISBN978-4-09-407352-2